周大新中篇小说自选集
人 间

时代出版传媒股份有限公司
安徽文艺出版社

周大新◎著

（摄影：张敏杰）

周大新，1952年生于河南邓州。1970年从军。1979年开始发表作品。出版长篇小说《第二十幕》等九部十一卷，中篇小说《向上的台阶》等三十三部，短篇小说《金色的麦田》等七十余篇，另有散文、剧本等诸多作品。已推出《周大新文集》二十卷。曾获得全国优秀短篇小说奖、冯牧文学奖、人民文学奖、解放军新作品一等奖、茅盾文学奖、老舍散文奖、南丁文学奖、中国出版政府奖等奖项。作品曾被译成英文、法文、德文、日文、阿拉伯文、西班牙文、希腊文、越南文、捷克文等十几种文字。

RENJIAN

人间

周大新中篇小说自选集

周大新 ◎ 著

时代出版传媒股份有限公司
安徽文艺出版社

图书在版编目（CIP）数据

人间/周大新著.—合肥：安徽文艺出版社,2019.6
（周大新中篇小说自选集）
ISBN 978-7-5396-6577-1

Ⅰ.①人… Ⅱ.①周… Ⅲ.①中篇小说－小说集－中国－当代 Ⅳ.①I247.5

中国版本图书馆CIP数据核字(2019)第024908号

出 版 人：段晓静		选题策划：岑　杰	
特邀策划：华闳大新		统　　筹：张妍妍	
责任编辑：张妍妍		装帧设计：金　帆　张诚鑫	

出版发行：时代出版传媒股份有限公司　www.press-mart.com
　　　　　安徽文艺出版社　　www.awpub.com
地　　址：合肥市翡翠路1118号　　邮政编码：230071
营 销 部：(0551)63533889
印　　制：安徽新华印刷股份有限公司　　(0551)65859551

开本：880×1230　1/32　印张：14　字数：300千字
版次：2019年6月第1版　2019年6月第1次印刷
定价：49.00元(精装)

（如发现印装质量问题，影响阅读，请与出版社联系调换）

版权所有，侵权必究

自　　序

在中国文学界,通常把3万字以上13万字以下的小说,称为中篇小说。它是中国独有的一个小说品种。在国际上,小说只分为短篇和长篇两种,把页码少的称为短篇小说,把页码多的称为长篇小说。

我觉得中国文学界的这种分法有道理,事物总是有大、中、小之分嘛,小说按其长度做个区分是对的。也是因此,我在写小说的过程中,经常根据自己掌握素材的多少,来决定小说的长度,在写短篇小说和长篇小说的同时,也写了不少中篇小说。收在这套作品集里的作品,就是其中的一部分。

小说总是要涉及具象的生活,要选择题材。我的中篇小说在题材上,主要指向三个方面:一是乡村生活,这与我在乡村长到18岁的经历有关系;二是军旅生活,这与我先是在野战军当战士、副班长、班长、排长、副指导员,后到团部、师部、大军区和总部工作有关系;三是市镇生活,这与我年轻时在小镇求学且后半生在多个城市居住有关系。

小说里总是要有人物出场。从我的中篇小说里走出来的人物很多,按年龄来分,什么年龄层次的人都有:既有耄耋老者,也有风华少年;既有壮健汉子,也有妙龄姑娘。其中的女性形象要更多更丰满一些。按身体状况来分,有健康人,也有残疾人。按心理状态来分,有心理正常的人,也有心理病态的人。按职业来分,那就更复杂,教学的、种地的、杀猪的、做银饰的、当官的、卖棺材的、当战士的、当将军的,啥样职业的人都有。

小说里既然有人,就会发生故事。没有一点故事的小说应该改称散文。我从小喜欢听故事,所以我的中篇小说里的故事性还是很强的。我一向认为,把读者吸引到自己的小说文本里,是小说家必须要有的本领;读者拿到你的小说若是翻几页就扔下了,那你有再好的思情寓意也不能传达给读者。

小说里的故事应该负载精神内容,要有形而上的思考,有超越生活现实的理性思索。没有一点故事的小说很难说是好小说,只有故事的小说也不是好小说。小说的故事必须有精神负载,对读者有新的思想启示。我的中篇小说就思考的内容来说,有关于生命的诞生与死亡的,有关于人生奋斗和得失的,有关于人性探索的,有关于社会公平正义与制度设计的,有关于人与自然关系的。对许多我疑惑的感兴趣的问题都有追问和思索。

小说总要讲究叙述方式,不同的叙述方式所产生的阅读效果是不同的。衡量一部中篇小说的艺术价值,其叙述方式的创新占有很重要的地位。我的中篇小说在选择叙述视角、确定叙述语言、创新结构样式、掌握叙述节奏时,都尽了最大努力,力图做到陌生化,力争不重复前人、同时代人和自己,很想给读者带去新的阅读享受。

小说创新是无止境的,中篇小说在艺术上的创新当然也是无止境的。我在中篇小说的创作上虽然做了些努力,但当把她们集中起来排着队让大家过目时,我还是心怀忐忑的:你们会喜欢她们吗?

但愿她们的姿色能令你们满意。

感谢安徽文艺出版社出版了这套书!

如果我还能写出中篇小说,自会继续努力。

谢谢打开这套书的朋友们!

周大新

己亥年早春于北京

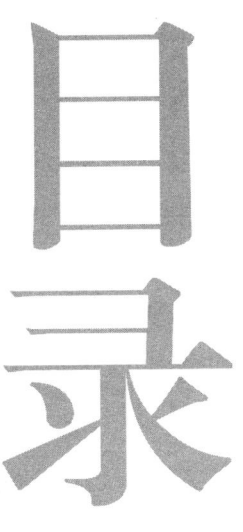

自序 / 1

伏牛 / 1

山凹凹里的一种乔木 / 77

向上的台阶 / 120

新市民 / 229

瓦解 / 274

人间 / 316

溺 / 394

伏　牛

奇顺爷一辈子与牛打交道,少时当过放牛娃,长大当过阉牛的,后来当过牛经纪、牛贩子,再后来当过牛把式。他目下虽牙已落得只剩一颗,但讲起牛的事儿仍是一串一串。奇顺爷说,中国的黄牛共五种:南阳牛、秦川牛、鲁西牛、晋南牛、延边牛,南阳牛位居五牛之首。说南阳牛祖籍在伏牛山,最初发现它们的人是我们周族的一位祖先。说伏牛山里那时到处都是青草密林,发现牛时男女已不再在本族通婚。说我们周族的那位祖先身高力大,二拇脚趾特长且善使一柄石斧。那祖先看中了黄姓部落一个臀部奇大已经很高却没破身的闺女。有一天早晨,他肩扛一头野猪径直走进黄姓族长的茅屋,先把野猪在屋当中一放,而后平端了石斧在地上一跪,用手朝正在茅屋外撩水嘻哈着擦身的大臀闺女一指,说:"我要她!"

黄姓族长的眼皮一点一点放下,慢吞吞地说:"野猪肉我们已经吃够了!"

拿石斧的祖先听罢,点点头,起身,走出屋去,朝那撩水擦身的闺女只看一眼,就又上了伏牛山。第三天早上,他又扛来了一只小豹,但当他把那只豹平放到黄姓族长屋中时,族长照例把眼皮一耷拉,慢腾腾地说:"豹肉我们有!"

我们那位祖先听了,又起身,默默无言重又上山。此后,几乎每天,他都送来一样猎物:野羊、虎、鹿、狼、山鸡、兔……但黄姓族长始终没有在脸上露一丝笑纹。我们那位祖先于是有些发愁!

那天,他又无精打采地向山上走时,忽听见他设置的一个陷阱里响起一声长吼:哞——他先是一喜,有野物!但飞奔到陷阱前探头一看,又一惊:这是什么东西?身子这么大!有毛!有角!有蹄!有尾!头如此难看!他还从未猎获过这种野物!那野物在陷阱里凶猛地冲,凶猛地跳,凶猛地叫:哞——叫声震人!他用他惯用的办法:用石头砸!他足足砸了半晌,才总算把野物砸死。但他却怎么也没办法把死了的野物拖出,那东西太重!他只好返回族内,叫来三个男人,一人抓一条腿,把它弄出,径直抬到黄姓族长的茅屋门口。

黄姓族长看见躺在地上的那个庞然大物,吃惊地迎出屋叫:这是什么?他也是第一次见到这种东西。他抽出身上的石刀,从那野物的屁股上砍下一块,扔进屋旁的火堆,一刹那,用棍拨出,拿起咬一口,嚼一下。"好吃!香!"那族长满意地大叫。这东西肉多,足够全族人吃上几天!众人围上来,齐问:"它叫什么?"族长抬头向天,思虑半晌,而后说:"就叫它——牛!"

众人欢呼,又发现一种可吃的野物!

欢呼声落地,族长转向我们那位祖先,指了指站在人群中的大臀闺女,叫:"领走!"

那祖先听罢,二话不说,把石斧往腰上一插,几步走到闺女面前,伸手横抱起她,就急急向我们周族走,边走边用手拍她那奇大的臀部……

不知奇顺爷讲的是真是假,但现在我们牛湾有两个地方似乎可算作这故事的佐证:其一,我们牛湾村里,到处都有牛刻——各家的堂屋前墙上,都挂有一个木刻的牛神;村中的老树躯干上、村南的石桥桥墩上、村后山坡的大石上,都刻有大小不等的牛像。其二,我们牛湾人的后代,是男,二拇脚趾必定奇长;是女,长成姑娘后一律是大臀,画家们的说法叫丰臀美女,已经有几个画院来我们牛湾物色模特儿,但湾里没有一个姑娘愿去。

我小时候常去队里的牛屋,我和照进、荞荞就是在生产队的牛屋里玩熟的。那时候我爹和照进他爹都是队里的牛把式,也叫饲养员,荞荞她爹刘冠山是大队长,是干部,穿四个兜的很干净的衣服。那时候我和照进、荞荞都喜欢骑牛,每当我们在大人的帮助下坐在牛背上就又笑又叫又拍手;我们还喜欢手执一把青草伸近牛嘴,看牛伸出舌头一下一下把草卷进口里,边嚼边在鼻里喷气;我们也喜欢用毛刷子给牛刷毛,有时刷着刷着它们会咂地卧在地上,舒服地闭上眼睛,尾巴在地上一扫一扫;我们特喜欢看牛喝水,牛被牵到河边时它们总愿把前蹄踏进水里,头扎进水中咕嘟嘟半晌不起,它们喝水时我们就数数字:一、二、三、四、五、六、七,看它们一气能喝多久,最长时我们能数到十一;我们更喜欢看犍牛抵架,四只牛角相碰时咔咔咣咣,八只牛蹄把地弄得一晃一晃。那时候我和照进衣服很破而荞荞穿得很好。我问爹为什么我不能穿得和荞荞一样时,爹说:"她爹是大队长!"但荞荞也有不如我的地方,荞荞不会说话,荞荞只会"呀啊啊"地喊,荞荞是哑巴。所以当我们在牛屋前过家家时,总是我当照进的老婆。荞荞有时羡慕我羡慕得要哭时,我就说:你可以给我的孩子喂奶,就像我娘去你们家给你弟弟喂奶一样!那时候我娘生了妹妹不久,荞荞她妈也给荞荞生了一个弟弟,但是她妈没奶水,后来她爹刘冠山就叫我娘去给他的儿子喂奶,喂一天给我们一筐红薯。每天我娘从刘冠山家挎回一小筐红薯时我爹总要骂她:"丢人!"我觉得让荞荞扮这个角色最好,谁让她穿得比我漂亮,我要让她"丢人"!我想她将来给我的孩子喂奶时我也要给她一筐红薯!

　　奇顺爷说,自从人们发现了牛肉可吃之后,这方圆四周的人就开始进山逮牛杀牛,用弓、用箭、用棍棒、用陷阱,直把伏牛山里的牛十成杀了五成。那时候谁也没想到去制止,后来制止住这捕杀的是一个小孩,小孩是我们周族族长的长子。那孩子三岁半的那年夏天,有天中午晃晃荡荡走出窝棚玩耍,顺一条通往山里的小路一直往前走。小孩的妈妈大约那天太累,从中午一直睡到日头偏西,待她起来喊孩子时孩子已经不见了。先是他妈,后是他爹慌慌地四处寻找,再后来全族人都上了山,整整找了四天,四天后族人们都认为孩子已被野物吃掉,谁也不再抱他会生还的希望。二十天后的一个午后,我们族长领几十个男人进山猎兽,在一个偏僻孤寂的山坳里,突然听到了一个孩子的笑声。他们诧异地循声找去,最后呈现在他们眼前的那幅情景让他们又意外又惊喜:那笑着的孩子竟是族长丢失了的长子,那孩子正和一头小牛犊一起伏在一头仰卧在地的母牛腹上嘬奶头。吃一阵后那孩子就伸手扯扯牛犊的耳朵,而牛犊则用尾巴轻轻甩打一下小男孩的屁股,于是那男孩就咯咯地笑,老母牛微闭双眼模样舒服。这情景把人们看得目瞪口呆。族长欢喜得当即跪地仰天说道:从今以后,杀牛即同杀我族人!我们要和牛永远和平相处!当他们走近那母牛时,母牛紧张地把孩子和牛犊一齐护在腹下,最后他们很费了一番工夫才把那母牛和牛犊拉回了家,自此后这四周的人才逐渐停止了杀牛。

牛愿和孩子玩这话我相信。那时我和照进、荞荞就常在牛屋前同牛玩游戏。我们常玩的一个游戏是越牛踢毽。毽子是用四根淡红色的鸡毛做的,底座上绑着两个不大的写有"乾隆通宝"的铜钱。我们常让一头牛卧在地上,而后两人各站一边,用脚把毽子隔着牛头踢给对方,卧在地上的牛就不时把头摆来摆去看毽子飞,脖子上的铃铛叮咣乱响,我们就高兴得又叫又笑。但有时也有反常现象,那个天气暖和的上午发生的那桩事至今想起来我还有点心惊。那天上午我和照进在牛屋前玩的就是越牛踢毽游戏,荞荞来得很晚,她来时我俩一开始都没理她,那时我俩都已不愿同她玩,她是哑巴,和她一起玩游戏会影响乐趣,但后来我们差不多又一齐住手拿眼看她,因为她手上当时拿了一个白面蒸馍,白馍的香味已钻进我俩的鼻孔,那东西太诱人了!那阵子牛湾村能吃上白馍的只有荞荞一家。我和照进一年都甭想吃上一个,我听见自己咽了口唾沫,也听到照进哥咽唾沫的声音,我们太想吃一口了。现在已经记不起是我在前还是照进在前,反正我俩一齐朝荞荞走去。十哑九聋,但荞荞却是只哑不聋。我俩向她说明:"你把白馍分一块给我们吃,我们就让你做游戏。"在说这话的同时我们两个相互挤了一下眼睛,我们已经做好了打算,只要她把白馍分给了我们,我们拿上就跑,决不跟她一块玩,跟一个哑巴有什么玩头!荞荞听了我们的话后咧嘴笑笑,我承认她笑起来很是好看,她一边笑一边把那白馍掰成两块,痛快地向我俩递来。就在我俩迫不及待地伸手去接的当儿,卧在旁边刚才同我们一块游戏的母牛突然站起大叫了一声:哞噢——我们从未听过母牛这样个叫法,那叫声震人心魄,我们被惊得一抖,荞荞手中的两块白馍随之落地。那母牛叫声刚停,又啪啪地挣断缰绳向我们跑来,照进拉了我的手急忙后退,那母牛就从我和照进面前跑过,把荞荞隔在身子那边,与此同时它用蹄子把那两块白馍猛踢到了旁边的牛粪坑里。我和照进眼看着那两块白馍在粪水中渐渐下沉,都惊呆在那里。好多年后我才明白那是一个预兆,但当时我只是怔怔地看母牛转身用眼瞪着我们。

奇顺爷说,牛的两只眼睛特别厉害,它能看到人的心里。民国三十五年,有一天他牵着牛从地主周青善家门前过,那是初冬,天冷,但他没有棉袄穿。他看见周青善门前扯着一条绳,绳上晒着一长串衣服,内中有一件袄子。在离那晒衣绳几十步远时,他停了步,直直地盯着那件袄子,心想:日他奶奶,那件棉袄要给我穿该有多好!他看见牛在望他,他没有在意,后来那牛忽然从他手上挣掉缰绳,径直朝那晒衣绳跑去。跑近时它用角尖一挑,刚好把那件棉袄从绳上挑下挂在角上直往家跑。周青善家没人看见,后来奇顺爷就穿上了那件袄子,在袄外套了一件旧褂,暖暖和和且无人知晓。

现在已记不起那是一个什么季节的早晨,反正是个早晨。就在那个早晨我说出了此生的第一个誓言。记得当时我和照进站在牛屋门前看牛把式们拉牛出屋,那是很壮观的一刻。队里的十八间牛屋长长一溜,有四个出口,随着饲养组组长一声哨响,四个门同时向外走牛。十八犋共三十六头役牛和十来头牛犊排队向外走,一头接一头,脖子上的铃铛响成一片,而且每头牛迈出门槛时都长叫一声:哞——声声相连,一时间惹得村子里的所有狗和驴跟着一齐大叫,闹嚷嚷热闹非凡。三十六头役牛出屋之后,相继被套上大车或栏拖,拖子上放着犁、耙、耧,跟着他爹和我爹和其他牛把式扬鞭一甩:啪、乒、叭!声音又尖又脆,牛们于是拖着车和栏拖,顺着通到村外的土路,迤逦下地。那天早晨最后一犋牛上路之后,照进望着那长长的牛行列说:"我长大后也要养牛,要养很多很多牛!"记得我当时立刻接口:"你要养牛,我就当大队长!我要像荞荞她爹管你爹管我爹一样管住你!让你听我的话!"照进听罢就笑,就说:"你吹牛!女的还能当大队长?"那天上午我和他一块坐在我爹的栏拖上下地,站在地头看他爹和我爹把牛套上木犁,而后牛鞭一挥,叫:"走!"于是牛们就弓起脊背把犁拉得嗞嗞地走,那酱黑色的黑土就被犁一缕一缕地平摊在身后。半晌歇息时,大人们坐地头吸烟,照进悄悄走到我爹的犁后,轻轻摸起牛鞭扶起犁,而后猛朝牛屁股上打了一鞭,叫道:"走!"正垂首休息的牛一惊,拖起犁就走。照进没有力气把犁按住,那犁铧浮出地面,犁把一歪,啪一下把他压倒在地,嘴中啃的都是泥,两股殷红的血顺嘴角下滴。"胡闹!"他爹走过来扶起他叫。他没哭,只是噗一下吐掉口中的土,又跑上去扶起了犁,犁刚扶起,牛一走,犁把又将他打倒在地,他再次爬起要去扶犁时,他爹抓住了他的手腕。那是我第一次看到他的执拗,我看见他在他爹手里挣着叫:"我要叫牛犁地!"

奇顺爷说,我们周族的人开始并不知道让牛犁地干活。自从不杀牛之后,族里人逮住牛就把它们拉回来拴在树上,起先只是看着它们有趣,时间久了却又嫌喂它们麻烦,就不再捉了。一日中午,一头牛被拴在一个用四根粗木头绑成的木台上,那木台的主人本想把它搬到村外河边用来观察洪水,无奈做好后才发现它太重搬不动。也巧,那天中午主人忘了给牛饮水,渴极了的牛便拖着木台径去河边喝水。主人看见大惊,没想到牛还有这么大的力气。族长见状却喜得高叫:"好!从今以后可有帮咱干力气活的了!"于是便让人用木头做了那种四方形的拖子,人站在上边,让牛牵了走;后来人们又在那拖子下边装了木轮,成了牛车;再后来,人们才做出了让牛帮人松土的木犁。

后来我和照进、荞荞到了上学年龄,就都上了学。荞荞只上了一年,就不再上了,她是哑巴,读书难处太多。这样,我们同荞荞就越发有些生分。我们在冬天的晚饭后再去牛屋玩时,就很少再约她了。牛屋是冬天全村最舒服的地方,因为怕牛冻着,队上允许夜晚在牛屋生火。牛把式们用喂牛的大竹筛端来铡碎的喂牛的麦草,在屋子中燃起火堆。那碎草并不是轰轰地烧着,而是慢腾腾地闷燃。火堆红红的,偶尔跳起一点火苗,大量的是蹿着一股股暖烘烘的白烟,整个牛屋就被那烟雾弄得十分暖和。队上爱闲扯的男人和牛把式们就在那大大的火堆旁散散地坐着,嘴上一边吧嗒着烟一边漫无边际地闲谈,要是奇顺爷也在场的话,大家就怂恿他讲牛的故事。每当奇顺爷讲故事时,我和照进就坐在离火堆不远的一堆碎麦草上,把脚和腿全用麦草埋了,鼻子闻着碎麦草发出的清香,耳朵就静听奇顺爷讲。大概是在我十岁那年冬天的一天晚饭后,我和照进又坐在那草堆上听奇顺爷讲故事时,我的脚在碎草下一动,无意中伸到了照进的怀里。他笑笑,把手探进碎草捉住了我的脚,一边用笑眼看我,一边轻揉着我的脚趾、脚背、脚掌,一种又痒又甜又舒服的感觉升上心头,我一动不动,任他轻轻揉着。奇顺爷的声音在我耳边慢慢飞去,牛们喷鼻倒沫、卧倒的声音也渐渐消失,我只觉得自己的身子变得像飘在屋顶的那些白烟一样,很轻很轻。

那是我和照进第一次肌肤相触,自那晚以后,我俩见面显得更加亲昵,当然,那时候我还不知道这种感情会发展到什么地步。

我在和照进变得越发亲昵的同时,和荞荞却变得越发敌对。我和她完全不来往是在我十二岁那年的冬天。那年秋天荞荞她妈又给她生了一个弟弟,但照样无奶水,于是我娘又被她爹刘冠山叫去喂奶——那时我娘又给我添了一个妹妹。有天后晌娘去喂奶去了很久,家里的妹妹哭得厉害,我便去荞荞家喊娘。那时我还不懂什么礼节,我没有敲门就进了院,又猛地推开堂屋的门,在门推开的一刹那我被我看见的场面惊住。我看见娘胸衣敞开着坐在刘冠山的腿上,刘冠山正用嘴噙着娘的一个奶头使劲吮吸,手还紧攥着娘的另一只奶子。我推开门时我听见娘尖叫一声捂上了脸,我看见刘冠山脸血红着说:"西兰,你来了?"同时把娘放下了地,他嘴角还沾着一点白色的娘的奶水。我那时虽然还不懂他们这是什么意思,但我已经知道害羞,扭身就跑了出来。我听见娘慌慌地跟在我的身后,到家后娘身子瑟瑟乱抖,搂住我嘱咐可不能把我看见的事告诉别人,我点头答应,但当晚我把这事给爹说了——爹不是别人。可我没料到爹听后会那样气恨,上前揪住娘的领口就打耳光,随后又抓起一把菜刀说要去找刘冠山拼命,娘死死抱住他哭着恳求别惹人家,最后爹打了自己两拳又命令娘永不准再去刘冠山家。后来刘冠山来门前喊过娘两次,娘都没去。这以后不久,刘冠山就在牛屋的那个土台上开了一次斗争我爹的会,说我爹偷了做牛料的麸子,让他低头弯腰在土台上站了半晌。这之后爹就一病半月,在病中爹抓住我的手说:"刘冠山这是在报复!"就是从那时起我恨开了刘冠山,也就是从那时开始,我同荞荞彻底断了来往。

  我发誓长大以后要把荞荞她爹弄倒,不让他再当大队革委会主任是在我十四岁!当时我上初中一年级!那年春上刘冠山家盖房子,他家要盖一溜七间大瓦屋外加青砖砌成的院墙。开始盖时刘冠山派我爹用牛车去给他拉砖,从砖窑到村里来回十五里,他每天要让我爹拉五趟。爹说:"这样干牛受不了,太累!"但刘冠山执意不准减少。那天爹拉完第四趟看见牛累得浑身淌汗,就没有再去,那时天已将黑,就停了车在那里歇息。刘冠山看见过来开口便骂:"懒蛋!不帮忙!"边骂边上来拉牛再走。驾车的那头犍牛先是长叫了一声,随即瞪眼俯角就朝他抵去,幸亏他躲闪得快,牛角尖只把他的小腿戳破一个口子。但这一下刘冠山不依我爹了,他说是我爹故意使眼色让牛抵他,存心要把他抵死,边骂边挥牛鞭去抽我爹。我爹知道人家是大队革委会主任不能惹,一味躲闪不敢还手。我亲眼看见他一鞭抽在爹的脖上,血把鞭梢都染红了。最后是照进最先冲上去攥住了他手中的鞭杆,几个牛把式上前好说歹说才算把他劝住。就在那个傍晚我在心中起誓:我长大后一定要把刘冠山弄倒!我同时望着爹喂的那犋牛暗暗祷告:牛呀牛,你下次要是再抵,就一角把刘冠山抵死!

奇顺爷说,牛抵人可是常事,抵死人的事儿也不断发生。自从人们开始让牛拉车犁地之后,它们心中一直不满,总还想再回到山林里闲逛,但人们不许,偏要缚了它们逼迫它们干活。它们中的大部分把不满慢慢忘掉,少部分仍心存不满,遇到使它们特别烦心特别恼恨的事,它们就要抵人。民国三十二年,村里的老七江从柳镇上买了一头牛,回家套上犁刚犁了一犁地,不知哪一点惹恼了它,它竟忽然回过头来,拖了犁就来追他,他吓得转身就跑。那牛拖着倒了的犁竟追他二里地,硬把他撵上,先用头把他抵倒在地,在他腰上碰了三次,最后用角把他的肠子、肝、胃挑得满地都是。奇顺爷说,你上牛市上买牛,要是看到哪头牛身子挺壮,膘水怪好,卖主却在它的角上挂一块"减价二百"的木牌,你就该知道:那是一头抵人牛!卖主减价二百是为了给买主留一副棺材钱!有些胆大但没钱的人,就专买这种牛。

照进读了高一我读了初二之后,我们两个平日已很少见面,因为两所学校不在一起。当那个暑假我们再次在牛屋相遇时,他已经长成了又高又壮、唇边有一层茸毛的小伙,我也变成了一个不大不小的姑娘。那是一个黄昏,他去喊他爹吃饭,我去喊我爹回家,我们在牛屋相遇的最初一瞬,都不自然地笑了一笑。我先开口:"照进哥放假了?"他说:"你也放了吧?"而后我们走进牛屋,进屋后我俩都意外地瞪大了眼：一头母牛正在生犊,他爹和我爹,正蹲在母牛身边忙活。母牛那凄厉的号叫、那大股涌出的血、那浓烈的血腥味,骇得我轻叫了一声,转身就扑到照进哥的肩上。照进哥也是第一次见这情景,他的身子也在哆嗦,但他仍拍着我的背说:"别怕,没事!"母牛的叫声一下比一下短,一下比一下急。"别怕,干什么都要有代价！它既然想要儿女就要痛上一阵!"我听到他在我耳边说,"走吧,走吧。"我慌慌地向门口移步,他的手仍在揽着我的腰,他爹和我爹,正在聚精会神看牛,一直没发现我俩的来和走。到了屋外时我记得我轻声叹了一句:"母牛太苦!"他当时低而平静地重复了一句:"干什么都要有代价!"我听了他这话心竟莫名其妙地一悸。他拉我仰靠在牛屋山墙上,那阵子家家都在吃晚饭,村子很静,四周只有清凉的夜气。我感觉到他的手在我的腰上一动,一刹那,又慢慢下移,落到我的臀上,很胆怯,只抚了一下,就滑了下去。第二天,我和照进哥知道了那头母牛生下的是一个莽牛犊,他爹和我爹给它起名为"云黄"。云黄身架颀长,四蹄浑圆,毛色米黄,身上又光又滑,双眼又大又亮,叫声稚嫩好听,很惹人喜欢。整整一个寒假,只要没事,我和照进哥就都跑到牛屋一边帮他爹和我爹做活,一边逗云黄玩,逗它跳、逗它叫。荞荞那时也已长成一个和我个头差不多的姑娘,她爹让她在牛屋前负责称草,不论谁割了草送来,都由她来掌秤称,称完后按斤数记工分。荞荞也很喜欢云黄,常看见她在草堆上挑一把鲜嫩的苞谷苗送给云黄吃,也常见她给云黄刷毛洗澡。不过她倒知趣,每逢看见我和照进进去了,她便自动离开云黄,让我们去逗。那时我们三个都没有料到,日后的云黄会长成那么一副剽悍模样,会做出那么可怕的举动!

第二年夏天有天中午放学,家里来了客,娘让我去牛屋喊爹。我进了牛屋刚要张口叫爹却忽地一愣,只见爹正站在牛槽前教照进哥给牛拌草:"这样,草筛完,倒进槽,抓豆料,水三瓢。撒上盐,用棍拌,左三右四拌均匀……"我看见照进哥极认真地听、挺笨拙地做,待告诉了爹家有客人他先走了之后,我上前诧异地问照进:"你不在高中上学,怎么回来学干这个?"他脸上晃过一丝痛苦,阴郁地说:"我爹有病,家里没钱,我得下学顶他干活!"我"哦"了一声,怔怔地看他。他苦苦一笑:"看我干啥?从今以后,我就是一个真正的牛把式了!"那一阵牛屋里没有别人,我看见他眼角有干了的泪痕,我想他因为不能上学一定哭过,我知道他喜欢读书,他曾因为用他娘积攒的三个鸡蛋去换一本书挨过一顿鞋底。我觉得我应该安慰安慰他,谁知刚说了一句:"照进哥,你想开点。"自己的眼泪竟先流了出来。他极慢极慢地摇了摇头,说:"哭什么?西兰!也许这对我是一件好事,你看!"他边说边从衣袋里摸出一本书伸到我面前,我看出那是奇顺爷常翻常读的《牛资源》,"牛身上到处都是宝,肉可吃,奶可喝,肝、脾、骨、鼻可做药,皮可做绳、做箱、做鞋。早晚有一天,我要靠牛发财!我要成为比刘冠山还富的人。到那时,你要缺钱花了,只管来找我……"我没有听他说,我只是注意到他的双手握成拳头,在牛槽上奇怪地不停地磕,磕得手背上都出了血。

照进哥喂牛之后大约一年,因我娘又生了一个小妹,爹竟也不让我再上学,一番哭叫抗议之后爹仍不改变主意,我也就只好死了上学的心。那段苦闷中唯一可给我安慰的,就是照进哥那默默的满含理解的目光。如今,我们差不多又像小时候一样,天天在一起了,因为爹要多忙家里的事,他喂的那犋牛就基本上交给我来喂,我日日要和照进哥一起筛草、拌草、垫圈、出粪。这时的照进哥身子已经长得更加壮实,上唇上的那层茸毛已微微发黑,说话开始带了瓮声。我喜欢看他在牛槽前忙乎的样子,尤其喜欢看他光着脊梁给牛铡草的架势:腰一直一弓,臂一抬一按,腿一屈一伸,肩一斜一平,身上的疙瘩肉一滚一滚,有时看着看着,心中就有一股热热的东西在翻,手就痒痒的,直想上前摸摸他那光赤的脊梁。大约是在我十八岁那年的初秋,一个挺热的傍晚,爹忙乎着在菜园里浇菜,让我去牛屋给牛添草。我进去后,见偌大的牛屋里只有照进一人。他正光着上身给牛筛草,随着草筛在他手中的晃动,他那宽阔的光脊梁也在一扭一扭,几片草叶飞起,沾在了他冒着蒸气的后背上。我站在那儿望了一阵,心底突然腾起一个强烈的欲望:把他脊梁上的草叶捏掉!我上前叫了一声:"照进哥,你背上沾了草叶,我帮你拿掉。"我的手在他的背上一触,我觉出自己的心悠悠一颤,麻酥酥十分舒服,同时我也觉出他的身子一抖,肌肉一搐。我刚把那几片被汗水沾住的草叶捏下,就见他猛地转身,一下子抱住了我。这个冷不防的动作吓了我一跳,我看见他望我的眼里有火苗一蹿,感到他两手从背后抓紧了我的臀尖,没容我开口说句话,他又一下子把我抱起,猛扔到铡碎的麦草堆上,紧跟着就扑到了我的身上。我没想到我这一触竟会引起他这么厉害的反应,我被吓得有些呆,这当儿,他一下子掀开了我的衬衣,嘴唇狠命地向我的脸压来。我的呆愣转瞬间飞走,心里被他的这种粗鲁举动弄得火烧火燎,不由自主地伸手抱住了他的头,我感觉到他的手在使劲掰我的腿,就在那一刻,在牛槽后吃草的小云黄突然大叫一声:哞——骇得我俩身子一抖,几乎同时撒手站了起来。我慌慌地抖落掉身上和头发上沾的草屑。几乎在我把那些草屑抖净的同时,两个吃了晚饭的牛把式走了进来。好险!倘若云黄不叫,再有一两分钟我们不起来,牛把式就会看到我俩紧抱在一起的模样。天哪!小云黄存心要救我们!那晚我给小云黄添草时,特意在它的嘴前多加了一把豆料……

后来听奇顺爷说,牛有未卜先知的本领,不知是它们的耳朵还是眼睛还是神经特别管用,它们能预先知道一些将要发生的事情。民国二十三年阴历六月初六半夜,全村里的牛突然一齐大叫,叫声整整持续两顿饭工夫,直把全村的人都惊醒。把人惊醒后它们的叫声仍然不停,弄得人们十分烦躁恼火。好多人家在喝止不住后就愤而用鞭打牛,越打越叫,致使全村无一人能熟睡下去,都坐在床沿骂:瘟牛!半个时辰后,从伏牛山深处滚下的一场巨大山洪啸叫着向牛湾村扑来,幸亏人们都没睡,预先听到了那不正常的水声,便一齐向村后的山坡上跑,洪水扑到时,人和畜全都上了高处,水恼怒地把全村的房屋全都卷走。这时人们才知道,倘没有那阵牛叫,全村人谁也别想幸存!第二天,全村人把牛拴在一起,而后朝牛齐齐跪了下去……

荞荞那时在管着队上的牛料仓库。仓库就在牛屋的旁边,每天中午,荞荞来打开仓库门,让饲养员们去领当天的牛料,牛料是粉碎的豌豆和豆油饼。这活儿又轻又干净,是刘冠山特意为他的女儿安排的舒服活儿。荞荞那时身子也已长成,胸脯好高,双臀好饱,看上去也十分入眼,加上她穿的衣服又干净又光鲜,每当我替爹去领料时,总有一种被她比丑了的感觉。我那时常穿姐姐的破衣服,而且因为要在牛屋帮爹干活,衣服上总是灰土、草屑,因此心里就对她生出一股妒恨,常在心里叫:荞荞,你穿得再好也是个哑巴!好男人是不会要你的!我注意到,荞荞只要闲下来,也像我一样,好把目光晃到照进和其他男人们的身上,定定地瞅一霎,逢那时我就在心里冷笑:瞅吧,你,不会有男人要你的!

最使我气愤的是她和小云黄的亲密。不知怎么的,自那天云黄惊叫一声救了我和照进之后,它再见了我们就没有了往日的亲昵,无论我们怎么逗它,它都是一副懒懒不睬的样子;相反,只要它看见荞荞,便准定欢跳着跑过去,又是摆耳又是弹蹄,一会儿用舌尖舔她的手,一会儿用脸蹭她的腰,一会儿用尾掸她身上的灰。荞荞呢,隔一阵给它口中塞点青草,隔一霎又用她梳头的木梳给它刷毛,隔一阵又在它的脖子上系一根花布条,同它玩得热闹无比,致使牛把式们都夸:荞荞会养牛!听到那种夸奖,我心里就又添了一层妒意,就在心里骂:小云黄,你一定是看中了荞荞她爹有钱有势才这样巴结她,贱牲口!

奇顺爷后来说,云黄这不叫"贱"!这叫认准了荞荞这个人"可倚"。好多牛都愿在人中选一个"可倚"的伙伴,它们很精,它们怕自己病时、老时得不到照应。它们一旦选中了"可倚"对象,就会对他百般顺从,尽力去讨他高兴。它们选这种"可倚"对象时非常挑剔,全凭自己古怪的感觉选得很准。一旦别人惹了它们的"可倚"对象,它们会生气,会报复。为什么有些大人都不敢牵上去饮水的牛,有的五岁小孩却可以牵得它老老实实地走?道理就在这。我有些不大相信,云黄为什么单认准荞荞"可倚"?荞荞她凭什么?

　　自那个傍晚以后,我和照进哥见面就更多更勤。见面时也不再像过去那样只是说说笑笑,只要没人,我们便相搂相亲。我想尽办法寻找尽可能多的同他见面的机会,主动替爹揽下了在牛屋里的全部活儿。爹也很乐意让我去替他干这些,他养的全是女儿,家里让他操心的事儿也实在太多。我就利用这机会频频和照进哥相会,时间短时我们就急急亲一下嘴;时间长时,他总要搂我在怀,把手轻轻放在我的臀上抚。他常在我耳边轻轻说,他最喜欢用手抚我的臀,说这样做心里就舒服得像腾云。我估计他说的这是实话,我晓得村里的年轻人都爱看我的身子。我对镜照过自己,知道我的脸微黑泛红而耐看,晓得我胸高腿长腰细,我懂得我继承了牛湾女人的最大的优点:臀部丰满。有一个来我们牛湾画画的画家曾当面奉承过我:"你是牛湾女人的代表!"那年秋季的一天后响,照进哥赶着牛车去地里拉棉柴,我和一群女人在拔掉的棉柴上寻摘最后一点残棉。他的车装满时,刚好我们摘棉的女人到了歇息时间。当其他的女人都去地头井边洗濯喝水时,借着装满棉柴的牛车的遮掩,我和照进哥抱在了一起,我的舌尖立刻尝到了他脸上汗珠的咸味,感觉到他那沾了棉花干碎叶的粗糙的手伸进了我的衣服,在我的臀上急急爬动,我的身子起了一阵战栗的快乐。开始我还能听到两头拉车的牛在车前甩着尾巴喷着鼻子,渐渐我就没进一片杳无声息的水里,直到一阵脚步声在车旁响起来时,我才睁开了眼睛。照进哥的身子也一抖,我们急速地分开,飞快地扭过脸:荞荞出现在牛车一边,正有些意外地望着我们。她的目光在照进哥身上停得挺长,她打了几个手势,我看懂她是说队长让照进快回去,让他用车向柳镇送什么东西。她在看照进时脸上露着慌乱和羞涩,当时我并未去想别的,只在担心她刚才是否看见了我和照进哥相亲的那一幕,但转瞬之后我就又安下心来:她即使看见也没什么了不起,她是哑巴,她不能去对别人传播!

那之后,我就开始想到了结婚。那时我已经二十岁,到了该嫁的年纪。我常常在夜里做一些和照进哥在一起的梦,那梦境只要一想就觉脸红,我已在准备下次相会向他提出这件事。但没容我找到这样的机会,队里突然开始分牛。

随着土地的重归私人使用,牛自然要分下去。我并未看重这件事,更没料到这件事给我生活带来的影响是那样巨大!队里人多牛少,牛按人头分,十三个人一头牛,我们家六口,照进家七口,刚好两家合分到一头大犊。大犊就是已经可以干活的青年牛。我爹和照进他爹商量好,两家一轮一月喂,一替一天使。分完牛那天晚上,照进哥先把牛牵到了他家,我和我爹跟在牛后。牛进他家院子前,他爹娘已在院中放了一个木桌,桌上摆了那个用木头刻成的牛神——这是迎牛进院的规矩——牛神前摆了豆料、青草、麦麸、薯秧四种供品,供品两侧燃着四根蜡烛。大犊进院照进哥把它往当院的刺槐树上拴时,他爹他娘和我爹一起,已在那木桌前跪了下去,我爹和他爹口中喃喃低语:"牛神在上,小民在下,谨求吾神,降福我们,一保黄牛无病无灾,二保黄牛做活勤快,三保黄牛饲草不挑,四保黄牛早生后代……"我和照进哥默站在那里,看三位老人无声地跪在当院,那木刻的牛神在昏黄的烛光下似乎在和那刚进来的黄牛犊无言对望。四周很静,夜风很轻,摇曳的烛光在牛神身上晃动,它那木刻的眼睛似乎一下一下睁大。突然,那牛犊猛顿一下前蹄,几乎在它双蹄落地的同时,一股风向供桌上的蜡烛扑去,其中一根烛苗一惊一闪,熄了。我看见三位老人慌忙磕头作揖,口中低叫:"牛神息怒!吾神保佑……"

奇顺爷说,敬牛神开始于那场大牛瘟。一开始我们周族的人并不知道敬什么牛神,那时候伏牛山野牛多,自己的牛干活累死或是病死或是老死了,就喊上几个人进山去再捉。你捉我捉,山里的野牛就全变成了家牛,谁家想多养牛,就只有靠自己的母牛生犊,这时候人们对牛就看得重了。汉朝刘秀坐殿时,伏牛山里发生了一场大牛瘟,十牛八死,牛尸遍地。瘟疫过去后方圆的牛所剩无几,人们种田没了帮手,对牛想念至极,要是哪家的母牛生犊,往往全村的人都要跑去在母牛头前跪下,祈求生产平安。久而久之,这习俗就传了下来,只是人们渐渐不再向真牛下跪,而是用木头刻了牛神,挂在各家的堂屋门前,祈求保牛安康。

队里分牛时我一直在关心着云黄的归属,我虽然没有奇顺爷识牛的经验,但也能看出那云黄早晚是一个干活的好料。分牛的那天晚上,我看见荞荞在云黄身边转来转去,便生了一丝担心,后来听说凡不能干活的小犊一律送村办的牛场由集体饲养,又稍微放下心来。未料荞荞她爹最后突然宣布:他家分到了云黄的母亲,考虑到云黄年小离不开妈妈,就让云黄跟老牛去他家,由他家出一百元钱给公家算作补偿。他这时已改任村长,众人听了这话无一人敢说一个不字,只在暗中彼此撇嘴。我看见荞荞听见这话后眉开眼笑的样子,恨得牙根都有些发麻!好你一个哑巴,就让你沾了这光吧!但愿云黄去你家后肉不长、骨不发、贪吃嘴、不拉犁,活活气死你!

大犊分来的第三天,我爹和照进哥的爹决定给牛穿鼻圈。这是牛犊长大后要当役牛必经的一关,也是牛犊要过的头一个苦关,好端端的一个鼻子,硬要用铁条在鼻中隔上穿一个洞,然后套上一个铁做的鼻圈,那能不疼?我和照进哥给两个大人当下手。我们先把牛的四蹄拴牢在四根柱上,用一块布将它的双眼蒙了,照进哥和他爹用双手各从一边抱了牛脖,然后我爹便手攥一根不长的一头磨尖了的铁条,猛朝牛鼻的中隔戳去。大犊疼得哞——地叫了一声,鲜血顷刻便向地上滴去,它使劲挣动四蹄摇晃脖子,不过它到底也没挣开蹄上的绳索和脖子上的四条胳膊。这当儿我爹又用铁条在那洞穿的口子上来回穿了几下,扩大洞口,而后攥一把预先碾碎的止血消炎草药粉抹上伤口,随后,便把一个浸了药水的铁环从洞口穿了过去。

奇顺爷说,任何东西都有降伏它的办法,给牛穿鼻圈是人最后降伏牛的最关键的一招。

大犊穿了鼻圈之后,一连三天,我爹和他爹便让我和他轮流去村西的河滩上放它。事情就发生在第三天的傍晚。那天傍晚是我们命运全剧的起点,人生究竟从哪点拐弯岔道,有时真难预先知晓。

那天后晌轮到照进哥在河滩上放牛,傍晚时分他正要赶牛回家时,我肩挑一担红薯从西坡地里回来经过河滩,我俩见面自然要坐下说话,说着说着他又动起手脚。我自然高兴,就闭了眼睛,偎到他的怀里听凭他的双手闹腾。那时节天已渐黑,我开始还能听到大犊在不远处啃草的声音,而且感觉到那声音在渐小渐远,但我没有在意,更没有睁眼去看或喊它走近。我被照进哥亲得透不过气,待我稍稍缓过气时,便开始悄言同他商量结婚的事,我们用耳语在那里讨论如何办婚礼,从如何向各自的爹说明到买一条什么样的床单,我们讨论得很细,一直到村中响起我娘喊我吃饭的声音我们才注意到天早已黑透,四周只能看清十几步远,凉气已经很重,才发现大犊早已不在近处,根本听不到它的一点蹄声。我俩先是喊了几声"大犊",不见回音后开始顺河滩向两头找,但两头各跑几百步仍不见大犊的踪影。这时我们才有些着慌,又喊又叫,惊来了他爹和我爹,后来两家人相继来了,拿着手电顺河滩向两头找,直找到天明,两头各跑出十里地,连一根牛毛也没找到。显然,大犊被人拉走了!

牛丢了,天塌了!两家十三口人没有一头牛可怎么种地?我爹在地上狠跺了三脚,照进哥的爹把照进一拳打倒在地,而且在他的屁股上乱踢,边踢边叫:"畜生呀!牛都能放丢呀!"……后来是我爹上前劝道:"算了吧,大哥!啥事都是命!还记得那晚迎牛进院的事吗?那晚,供桌上的蜡烛不是熄了一根?当时我就担心,这牛怕是喂不长久,如今,咱们就认命吧!"

我默望着爹,没想到他会做出这种解释,但心里却也缓缓舒了口气,他总算没追问牛丢时照进在干什么。照进他爹当时望着我爹歉疚地说:"这牛有你家一半,我们可拿啥赔你!"我爹蹒蹒跚跚地向门口走,边走边叹道:"还说啥赔,自认倒霉吧!"照进哥那阵一直抱着头蹲在地上,双眼呆望着地上的一道裂缝,嘴角挂一丝带血的唾沫。

后来奇顺爷听说我们丢了牛,捻捻胡子笑着说:"咱牛湾丢牛可不是第一回,就说照进家吧,他爷和他奶就丢过一回!民国三十六年九月初二晌午时分,他爷和他奶在柳镇用几乎全部积蓄买了两头三岁口的牛往家走,他爷握两根牛缰绳喜滋滋走在前头,他奶奶挺着怀孕四个月的肚子手拿一根细木棍走在后边,不时用木棍敲一下牛的屁股催牛快走。他爷爷过后跟我说,他当时边走边想,四亩坡地一犋牛,老婆儿子热炕头,这滋润日子到底过上了!想着想着就唱开了:'一把扇子两面晃哎,钥匙恋锁锁恋簧,姑娘们恋的是壮实汉,我恋的可是俏姑娘……'他唱得正顺口时,身后的两头牛猛然昂头同时高叫一声哞——那叫声刚一落地,就见路左的苞谷地里哗啦一响,陡然蹿出两条黑色的大狗,汪一声直朝他扑过来。他慌忙中就扔下了手中的牛缰绳,挥拳踢脚地同两条狗相斗,那两头牛这时就跑进了苞谷地。他边躲闪着狗的扑咬边朝女人叫:'拦住牛!拦住牛!'照进他奶朝牛追了几步,被土埂绊倒,待她起来时,牛早已跑远。两条狗仍像闪电一样缠着照进他爷,乱扑乱咬,直到那两头黄牛彻底消失在那一人多高的苞谷地里时,两条狗才真的朝他的两个脚脖各咬了一口,而后,又箭一样地蹿进了苞谷地,转眼间消失得无影无踪。他气极地忍痛爬起顺蹄印去追,但哪里追得上?他绝望地拐回来看见女人还坐在地头,就气极地朝她踢了两脚,没想到这一踢又把女人的肚子踢坏了,裤裆里当时就浸出了大股的血水。事后有人说他爷命中不该有牛,上天特意派天狗来把牛收走;有人说那是卖牛人玩的计谋;有人说他买牛不该带有孕的女人同去;有人说他去前没敬好牛神。不管怎么说,反正牛丢了!不过那一丢还真丢出一点福来,两年以后土改开始,上边规定,凡有三间房四亩地一犋牛的,都划为富农。他家前两个条件已够,就是没牛,要不然富农成分是没跑了!"

上次他家丢牛是福,这次是什么?老天爷,你睁睁眼睛!

我很快就体验到了牛对庄稼人的宝贵,拉犁、拉耙、拉车,如果没了牛,真能把人累死!大约是丢了牛的第四天下午,村东我家的责任田有半亩地要犁,爹把犁扛去,他掌犁,让我和娘和两个妹妹一齐拉。天,一个来回下来,衣服就完全湿透,娘累得脸色煞白,两个妹妹齐喊:"俺不干了!"爹蹲到那里闷头抽烟。那一阵我才明白为什么庄稼人要敬牛神,要牛神保佑牛的平安,人和牛真是不能离开!当晚,爹对娘说:下狠心借钱买牛!此后几天,爹去姑家、舅家、舅爷家、表叔家、姨家跑着借钱,最后总算借了一千一百一十七元,去村上办的牛场里买了一头犍牛回来。买牛的那天,爹让我和他一块去。牛场离牛湾几里地,一共养有五十来头牛,过去是为各小队无偿补充役牛,现在是谁要谁凭钱去买。进了牛场,我才知道荞荞已被她爹安排在牛场上班,还是管牛料仓库。荞荞看见我去,倒是挺欢喜,同我们一块去挑牛。但我对她则爱答不理,只在心里暗叫:你凭什么来管仓库？还不是因为你爹有权！

　　我们家的牛不管怎么说总算买了来，照进哥家却一直没钱去买,他爹因为长年有病，外边借的钱早已上千，亲戚邻居已经借了一遍,如今还问谁借？那天我见他娘掌犁，他一人腰弯如弓地在前头拉,脸上汗如雨下,背上热气升腾,喘气如风箱拉动,禁不住一阵心疼,就劝爹把牛借他家使使。但爹坚决不允,说:"怎么,还想把他家的晦气带给我？休想！"

　　眼看到了秋收种麦的时候,他家没牛可怎么办？我每次去他家,都见他爹他妈把牛神摆在供桌上磕头,可光磕头有什么用？一日,我忽然想起,村民有难可以贷款,便去找照进哥说:"你该去找一下刘冠山,看能不能贷笔钱买头牛,现在别管利息高不高,先把牛买来再说！"他听后忧郁地摇摇头答:"找过了,刘冠山说眼下村信用社代办点没钱可贷。""求求,再去求求！去时带一点礼物！"我违心地劝他,其实我何尝愿去求那个东西？但是没法,人到了这一步。后晌,我把省下的春节时爹给我的八块买衣服钱塞到照进哥手里,催他去代销点买点礼物,并说去找刘冠山时我同他一起。他默默站了好长时间,才犹豫地点了点头。

　　我那阵儿还不知道,我正在一步一步把他向和我本意相反的那条路上推。

　　去刘冠山家是在一个正午。要不是为了买牛,刘冠山家的院子我永远不会再进。

　　我和照进哥商量好,我先去,借口是找荞荞玩,他提了礼物后到,先找刘冠山说,我再相机去帮腔。

刘冠山当年的那一溜七间瓦房已经扒掉,如今盖了一座二层小楼,上三下四,我这还是第一次进他家的新院子。一走到那高大的门楼前,一种莫名的威压使我忽然变得胆怯起来:能不能成?我敲敲门,刚好,荞荞来开的。她对我的来访显然有些意外,但一见我打手势是请她用花塑料绳帮我打个扎头发的蝴蝶,她就高兴地笑了,她的手巧,最擅编这类头饰。我随她走进院里,看见身高体胖的刘冠山正在假山旁踱步,那假山不大,但亭台楼阁俱有,假山的四周还有石桌石凳。我还是第一次看到这种排场的院子,那院子让我顿时意识到,照进哥拿来的那点礼物有些寒碜,办成事的信心越发有些减少。

荞荞的住房在二楼,屋里的摆设好讲究,盖有红毛毯的单人高低床、漂亮的梳妆台、本色的大衣柜,早听说刘冠山十分喜欢这唯一的哑巴女儿,却不知道他让女儿生活得这么舒服。那阵子我忽然想起自己住的那间低矮潮湿的土屋、和妹妹挤着睡的那张破旧木床、用来装衣服的旧纸箱,眼里就又想冒出火星。我勉强在脸上露出笑容,看荞荞坐那里替我编着塑料蝴蝶。不一会儿,便听见照进哥在敲门,听他那磕磕巴巴的声音:"村长……来……看看你、你,村长……"

荞荞显然也听到了那声音,肩头一动,扭脸飞快地向院中一瞥。我见状,急忙撺掇:"荞荞,咱们下到院中编吧。"荞荞没有推辞,而且我注意到她的脸不知何故有些发红。我们两个下到院中时,看见刘冠山正瞥着照进提来的那点礼物慢腾腾地说:"我说照进,贷款的事我不是给你说了吗,不行!不要事事都向集体、国家伸手,要自己多想想办法,找找亲戚邻居!你这么大的小伙子了,又上过高中,多动动脑筋嘛!"这当儿我就急忙插嘴故意问照进哥:"你是不是要找村长贷款买牛?"待他刚一点头,我便急忙转向刘冠山叫,"刘叔!"——这称呼出口时我一阵恶心,"你不知道,照进他爹这二年有病,花钱太多,别处已不好借了,只有求你村长帮忙,你要是让他把牛买了,这大恩大德他一辈子能忘了?照进哥,你记住,逢过年时,你可要来给村长叔多磕几个头!……"刘冠山现出一丝勉强的笑容:"你这姑娘倒会说话,可惜没钱可贷呀!"一股怒气顺喉咙上涌,我差一点想当面揭他:"昨天你还批准荞荞她舅贷款三千!"但我抑制住自己,仍含笑恳求:"如果眼下实在无钱贷他,你能不能让村牛场先借他家一头牛用?日后有钱时他再还!""那怎么行?"刘冠山瞪我一眼,"集体的牛怎么能给私人使用?"

"呀呀呀!"荞荞此时突然开口,涨红着脸打着哑语,我立刻弄懂了那哑语表示的意思:"牛场那么多牛,为啥不可以借一头给他用?"她指了一下照进。

刘冠山笑了,笑得亲切柔和,他走过来轻拍了一下女儿的肩说:"孩子家,别插嘴!"

再说下去已经无用。

照进哥临出门时,刘冠山笑着叫:"照进,把你带的东西拿走!年纪轻轻的,可别学这些歪道!"我看见照进哥牙关紧咬面色铁青地拎着二斤猪肉一斤酒向门外走。当我最后离开荞荞去找他时,他正坐在村西头的那棵老桑树下,面前摔着那二斤肉和那个酒瓶的碎片。见我走近,他慢慢抬头,咬牙低叫:"这个杂种,总有一天,我要把他的这个村长弄掉！你等着看！"

"要弄掉他的村长你得当比村长还大的官。"我苦笑着接口，"不知你家祖坟上有没有这个风水！"

"也不一定！"他用拳头在桑树上砸了一下。

"好了，不说别的，得想一个买牛的法子！"我用手抚着他的头说。

"还能去找谁？"他绝望地捶了一下腿。

"反正不能再找刘冠山了，除非你是他的女婿！"我顺口说道，他当时没有吭气，半晌之后才冷笑了一声。

我为自己的这句话永远后悔！

但当时我未想别的，我只是在想牛！怎样才能为照进哥家买到一头牛！

我记起奇顺爷说过，当初天庭的御牛棚离天宫不远，牛们整日乱叫，惹得玉皇心中烦躁，便宣来牧牛大仙，命他速下凡间寻个去处，将御牛棚里的牛先养在凡间，御膳房要宰杀时可随时去领。那牧牛大仙驾云来到南阳地界，见八百里伏牛山草树繁茂，是放养牛的好地方，于是便把天庭的御牛全放了下来。自此后，天庭里要宰牛时，便派天兵或牧牛大仙来伏牛山领。

大约是这玉皇老儿贪吃牛肉，把俺伏牛山里的牛全领走杀光了，要不然，山里有牛，我和照进哥拼死也要去捉一头！

最后一遍绿豆摘完，苞谷秆一砍，种麦就要开始，就要犁地、耙地、拉粪、播种了。我心里暗暗替照进哥着急：他家那十来亩地怎么办？季节不等人！为此，我特意跑到我舅家，舅舅有一大一小两头牛,我恳求舅舅答应把那头小牛借几天用用。舅舅再三要我保证了不累坏牛之后,答应借给三天。那日傍黑,我去告诉照进哥这个消息,离老远,就看见他站在院门前同村里有名的身兼媒婆、神婆、沐婆三职于一身的银升婶说话,说得仿佛还很投机,银升婶不时夸张地抱着胳膊,照进哥则一个劲地点头。"说什么哪?"我好奇地紧走几步想去听听,不想他二人闻声立时住口,照进哥的脸上还显出一丝慌张。我当时没有在意,只含了笑问:"说什么哪?""几句闲话。"照进哥说。银升婶这时就扬了扬胳膊:"你们说话,我走了。"我随后就开始跟照进哥说我舅舅愿借牛的事。我原以为他听了这消息会很高兴,未料他听后竟半晌无语,末了才说一句:"这也不是一个长久的办法。"他的淡漠反应使我有些委屈,就声音很硬地顶他一句:"那你可想个长久办法呀!"他缓缓地说道:"我正在想!"我当时本应从他这话里听出一种不祥的决心,但我没有,我只是撇了一下嘴,把一丝不屑扔给了他。我根本未想这个动作给他造成的刺激,我只是生气——原以为一告诉他舅舅愿借牛的消息,他就会高兴地把我揽到怀里,而现在他竟如此冷淡!

我当时转身就走!

许久之后我才知道,那晚对我其实是一个机会!可我没有辨别那个机会的鼻子!

其实第二天晚上那事情又有些兆头显出,只是我仍没有在意。那晚我上床后总听见屋后有一个人来回踱步,来来去去,去去来来,步子缓而沉重,直到半夜还在那里。我有些诧异,就披衣拉门闪出身,就着淡淡月光一看,那踱步者竟是照进哥。我走过去问他怎么没睡,他说:"心里乱,想来看看你。"我以为他还是为买牛的事难受,就抓了他的手劝他别太焦心,我也在想主意。我抓住他的手时感到那手冰凉冰凉且在抖,我问:"你是不是病了?"并抬手摸摸他的脸,手指在他的鼻子两侧触到几个水珠,我问这是什么,他说是汗,浑身总出汗。后来我就掏出手绢擦干并把他劝了回去,直到我重又躺到床上时才想起有些怪:半夜天这么凉,他在那里踱步怎么还会出汗?但后来瞌睡扼断了我的这丝怀疑,我没有想下去。

第三天日将当头,我从地里挑一担苞谷秆回村,经过刘冠山家门前,忽然看见照进哥从那院门里出来,身上穿了一套过年过节才穿的半新衣服,刘冠山正满脸是笑地亲自送他出门,语气极亲热地嘱咐:"小进,得空来玩吧!"这和上次我与照进哥同去见的那个刘冠山判若两人!我当时一愣:莫非他又送了礼,使得刘冠山高了兴?待刘冠山转身进院后,我放下担子,疾步跑过去拦住正低头往家走的照进哥:"怎么,刘冠山答应贷款买牛了?"照进哥闻声抬头,见是我,身子似乎一哆嗦,脚向后退了两步,仿佛非常吃惊,先"哦哦"了两声,这才声音低微地说道:"也许能行。""你又送了什么礼了?"我又问。他没迎着我的目光看我,把眼睛移向村后的山坡,只答了一个字:"嗯。"脸变得十分阴沉。

我高兴地拍了一下手,叫:"送礼也值!"随即就又嘱他,"要抓紧,别让他拖!"他没有点头,双眼一动不动地盯住我,嘴唇动了几下,但未开口说话。我没有去想别的,只是为他高兴,解决了,牛到底有了!

我记得我重新挑起担子往家走时,还哼起了歌。这种快活心情一直持续到晚上。晚饭后,隔院的枝子嫂来家,向娘借一个绱鞋的顶针,见我在绣一个鞋帮,就说:"哟,巧手姑娘!看将来哪个有福的男人娶了你!"我瞪她一眼,未料她立刻又说,"晓得吧,和你同岁的那个荞荞姑娘,别看人家是个哑巴,还真有福哩,已说了个漂亮女婿!""男方是谁?"我漫不经心地边绣边问。"怎么,你不知晓?就是咱村的照进呀!听说很快就要结婚了,那小伙子除了家里穷点,其他可是样样都棒,身个高,面相好,听说刘冠山很高兴能找这样一个女婿,说要给女儿送很多很多陪嫁……"

轰隆一声,我觉得一团红色的东西在眼前炸开,一个尖利的东西扎进了胸内的什么地方,枝子嫂下边的话我一个字也没听到,我勉强使自己坐在原地,强抑住就要出口的一声呻吟。胡说!我很想在心里替照进哥反驳,待枝子嫂刚一告辞出去,我就慌慌地出了门,径直朝照进家跑去。我不再顾虑被他爹妈发现我在找他,到他家就猛推开院门高喊一声:"照进!"

他们一定都被我这高喊吓了一跳,齐站了起来。我看见照进在向我走近,我折身院外,我听见他的滞缓脚步在我身后扑嗒,大约走到离院百十步的地方我猛转回身,一把抓住了他的领口,声抖抖地问:"听说你要和荞荞结婚,是真的?"

沉默。黑暗中我看不见他的脸孔,只听见他的喘气声陡然变粗。

"说呀!究竟是不是真的?"我摇晃着他的身子。他依旧无声,只是那喘息又慢慢变细。"说呀!你哑巴了?"我催。原本压在心里的那个判断翻了上来:假的!那传闻是假的!他现在是故意吓我,马上他就会大笑,就会在大笑之后告诉我:你怎么会信这谣言?我就那样傻瓜,去娶一个我不喜欢的哑巴?

我等待着他开腔,心情竟镇静了下来。我开始听见四周的草丛里有秋虫在叫,仿佛是两只蝈蝈,一老一少,嗓音一粗一细、一高一低。

"真的。"静寂中突然响起他嘎哑的声音。在那一刹那,我竟没有立刻理解他这话的意思,竟忘记了自己刚才的问话,又问了一句:"什么真的?"

"我要娶荞荞。"

这是沉重的一击!疼得闷,疼得重,疼得深,但不锐,因此,我还能张嘴说出一句:"你——你为什么?"

"牛!"他似乎咬着牙。

"牛?"我意外地打个寒噤。

"三头。她爹已经答应了!"

啪!我使出全身的力气,照着黑暗中他那张微微泛白的脸,猛地抡起了巴掌。我的力气用得太大,以至于巴掌击中他的脸之后,巨大的惯性使我的身子向一侧跟跄了几步。

我站稳,转过身,脚如踏棉一样一高一低地往回走。身后的他仍站在黑暗中,一动不动,一声没吭。

不能哭!我紧咬牙关,把呜咽憋回喉咙。

我整整睡了一天!借口是头疼。

娘好像知道我的病因,中午时分来告诉我:"照进他爹妈不愿他同荞荞订婚,说怕将来有了孩子还是哑巴。照进妈妈头晌找媒婆银升婶吵了一场，说她不该不经过大人就给照进说媒。"

我的心轻微一动，一丝微弱的希望重新燃起：但愿他爹妈的干涉能起作用。可不到天黑，这最后的一点希望也告破灭，隔壁的枝子嫂来说："照进他爹妈拗不过儿子，加上听说刘冠山要为女儿陪嫁三头牛和五百块钱，点头了，银升婶已为两家择定，后天换八字，初六新娘过门。"

眼前只有金星在飘。

牛！你这该死的牛！

吃罢晚饭，我趁爹娘不注意，取下了挂在门旁墙上的牛神，把它抱回自己的睡屋，放在那个盛衣服的纸箱上，在它面前摆了两块豆饼，而后跪下，咬了牙说："牛神，你要真是神，你就该显显灵！周照进为牛坏了良心，你该让他死在牛蹄下边！"

我记起奇顺爷说过，想向牛神讨要什么，须得血祭，敬奉者要将自己的血滴在牛神面前，它才能答应你的祈求。这是因为牛神想让人知道，牛血和人血一样也是红的，人应该珍惜！

我用剪刀把右手中指戳破，在牛神头前滴血五滴。

我直盯着初六这个日子一点一点爬近。我恨！我真希望老天爷能把这天从时日中抹掉，脑子中一闪过照进和荞荞走在一起的幻影，我的牙就禁不住咯咯作响。但那个日子到底还是来了，来了！

早饭我勉强吃了两口，半点食欲也没有，我所以坐到灶前端起碗，实在是不愿让爹看出我的反常来。扔下饭碗，我就匆匆背上割草筐子疾步向地里走，我要躲到野地里，把这可恨的一天挨过。但还没走到村边,就猛听到刘冠山院门前鞭炮唢呐齐响,村里人纷纷走出家门去看迎亲。几个相熟的姑娘瞧见我,不由分说地扯了我的胳膊叫:"上地忙啥? 快去看看热闹!"我的脚不由自主地随着她们走,好! 就去看看! 就去看看周照进怎样娶这个哑巴新娘! 我咬着牙,随那群女伴先走到刘冠山家门前。今天的刘家大门洞开,门两边贴了大大的双喜字,红黄绿的鞭炮纸屑在门前铺了一层,几支唢呐朝天,声音把空中的云块冲得乱动。一辆迎新的牛车就停在院门口,车尾朝门,车后放一个裹了红绸的方凳,凳下便是一张又一张新苇席,直铺到一楼客厅门口。尽管从刘冠山到照进家不过几百步,但仍行的是牛湾人习用的"牛车迎娶":两头黄牛一公一母站在辕前,脖子上挂着锃亮的铜铃,牛角上饰着红色的彩带,牛肚带用的全是新织的彩色麻绳;牛车上用芦席扎着拱形的顶盖,顶盖上也饰着红色的绸带;车内铺了一床红缎子被,被子上放三个用麦秸编的涂了红色的圆坐垫,中间的坐垫大,那是新娘子的座位,两边的小,那是伴娘的位置。看着这排场,我心里对照进的恨又加了几分!

刘冠山正给人们散香烟,满脸都是抑制不住的笑容。他在为他的女儿高兴! 过去他一直愁女儿的出嫁,好小伙不愿要荞荞,残废小伙他又不同意嫁,如今他是满意了!

随着一声重重的锣响,几支唢呐齐吹出一声长笑,新娘出门了! 人群在向前挤,我也被女伴们拥着向前移了两步。看见了! 那个穿一色蓝布褂子、裤子的照进光脚踏着苇席来到了院门口,杂种! 他的身后跟着由两个姑娘搀着的荞荞! 荞荞头戴一顶平日由银升婶精心保管的花冠,身穿水红褂子和翠色裤子,脚上是一双绣着牡丹的缎子鞋。

她在笑!你这个哑巴!你穿上这身衣服是很漂亮,但只要你一张口,人们就会知道你是个不会说话的东西。不知怎么的,一看见她含羞带笑,我心里的恨忽然转了方向——对准了荞荞。你笑什么?照进本来是我的!我的!只是因为你爹有权、有牛,才被你抢走!你别高兴得太早!我不会让你活得安生!不会的!

荞荞被扶上了牛车,随着啪的一声鞭响,牛车的轮子转动了。牛铃叮当,牛蹄叩地。随着牛车的启动,送嫁妆的队伍出了院门,先出来的一个挑着一担食盒,食盒里溢着喷鼻的香气;接着出来的两个人抬的是一对黑漆箱子;跟着出来的三个人各捧一床缎子被;随后是四人抬的大衣柜;最后是六个人送的三头黄牛,两人一头,一人前边牵,一人后边赶,三头牛背上全披着红布。嗬!第一头是云黄!我认得它!"看见了吗?那后边两头牛是从村牛场买来的!"身边的女伴在议论。"多少钱?""六十块!""这么便宜?""没看是谁买的!"……我没再听下去,我一看见那三头牛,顿觉眼中冒出了火。牛,该死的牛!

哞嗬哞——云黄和那两头牛忽然齐叫一声。

这是牛在笑!奇顺爷说过,牛会笑,牛这样叫的时候就是笑!哞嗬哞——它们笑什么?为自己成为新娘的陪嫁?瘟牛!

我到底挨到了天黑。但坐在屋里,照进家闹洞房的笑声仍然隐隐传到耳中,我狂躁地在屋里来回走,一幅又一幅往昔看过的闹洞房的情景又在眼前变幻:照进和荞荞并肩坐在洞房的床沿,一颗圆圆的红枣吊在他们脸前,两个人的嘴同时伸去,把枣各咬下一半……我不能坐这屋里想下去,这样会把我折磨死,我轻轻拉开门,向暗黑的野外走。四周空旷寂寥,邻村有狗在叫,天幕上悬吊的几颗淡星在云海中时隐时现,夜风把树梢弄得一摇一摇。我微闭双眼,漫无目的跌跌撞撞地在田野间走。不知走了多少时候,我忽然听到前边有照进的声音:"慢走!"我一惊,睁大眼一看,才知我已走回到了照进家门前。他正在送闹洞房的客人,刚才那话就是对闹洞房的人们说的。我站在暗处,看他把客人送走之后,在木栅院门前无声地站了一阵,这才又慢慢转身进院。我的双脚不由自主地向院门走去,隔了木栅院墙,我看见他走进他家的牛棚,牛棚里挂着一盏风灯,那三头陪嫁的黄牛,正卧在牛槽后边缓缓地倒沫。他走到牛身边,默默地看了它们一阵,这才把马灯拧小,折身进了堂屋。杂种!瘟牛! 天开始飘起细雨,身后的树冠上有雨丝与树叶相触的声音。我双拳一攥,而后开始挪步。我不知道我当时出于什么心理,反正我在他进了堂屋后就轻步从木栅院墙的一个间隙迈了过去——我过去夜晚悄悄找照进时都是走的这个通道。夜已经很深,院子里悄无声息,他的爹娘弟妹们显然都已睡了,只有照进和荞荞的新房里的灯还在亮着。我仔细地观察了一阵院子和墙根,我得小心别碰上别的听墙根恶作剧的人。没有!可能因为今夜天阴且又开始飘雨,人们都已乏了。我一步一步地走向窗根,我的双拳攥得生疼,上牙紧咬下唇,双耳嗡嗡作响,我心里怀着一个模糊的说不清的愿望,看看!看看他们!

　　窗上原来糊的粉色窗纸显然已被闹房的人们捣烂,现在贴在窗上的白纸还湿着,我估计这是荞荞或是照进的妹妹刚糊上的。我用手指轻轻一捅,那湿着的白纸就立刻破了一个洞。现在,新房的一切都可以看清了!这间屋子,我过去进过多少遍,但如今它已完全变了模样:四壁全用报纸糊了,一只红漆大木床贴里墙放着,靠前墙和山墙摆着大衣柜、箱子和梳妆台,好漂亮!荞荞正垂首坐在床沿,双手不停地搓弄衣襟,照进则坐在离床不远的一把黑漆木椅上吸烟。床头桌上放一盏有玻璃罩子的煤油灯,一个拴了红提绳的青瓦尿罐放在床腿旁边。一股新家具的油漆味和着照进喷出的烟味飘进了我的鼻孔,我的心脏在剧烈地撞着肋骨,我感觉到胸口憋得难受,我知道我最恨的那一幕不久就要发生。果然,是荞荞先抬起头来,望着默默吸烟的照进,她的脸上带着羞意印着红晕,但我第一次注意到,她望着照进的眼里带着一股大胆和渴望,那羞怯的眼瞳深处闪着一种火星。我知道那火星意味着什么,我自己过去有时看照进,看着看着眼里就会蹦出那种东西。她懂!这个哑巴姑娘像我一样,什么都懂!她慢慢站起来了,扭过身,伸手弯腰去铺床。她拿起了两个枕头,犹豫了一下,似乎不知道该把它们怎么放,但最后还是把它们并排放在了床的一头。她拉开了一床红缎面被子,把它小心地抻好,她的手像是在抖。这主动铺床的举动是她妈预先教她做的还是她自己想起的?床铺好之后,她又转过身,向照进望,那目光里含有鼓励!是的,几乎全是鼓励!好你个东西!我觉到我心中的火一蹿一蹿,一股强烈的妒恨使我真想冲进去撕她!照进没动,仍在低头吸烟。她开始解衣扣脱衣服,她的身子也好看!看那胸脯,紧挺的一对东西把小背心顶得好高;那臀,也好白好大;那腿,又长又韧。但你是个哑巴!哑巴!我在心里狂叫。她穿着白色的小背心和粉红的短裤很快钻进了被子。她躺下了,但把脸转过来直直地看着照进,漆亮的双眸里含一种柔柔的恳求,我多希望她此刻能呀呀呀地叫几声,那样一定会让照进哥再一次意识到她是个哑巴,破坏他的心境。但是她不吭,只那么柔柔地望。照进虽然仍坐在原处,但到底朝床扭过脸去了!我觉得一股又一股血在冲撞我的头顶。不,不能!照进本来是我的!我的!决不能让荞荞就这样夺走。在那一刹那,我想起了过去照进几次撕扯我的衣服我都把他的手推开的情景,一股巨大的后悔吞噬着我的心:我早该要了他!要了他!几乎在这个念头闪过的同时,一个愿望突然出现在心里:把他引出来,让荞荞在那里空等!空等!这个愿望死死地揪住我的脑子,让我的大脑不由自主地飞快去想引他出来的法子。牛!对!只要他的牛发一声惨叫,他就会出屋,那是他的宝贝!

　　想到这儿,我转身就轻步离开窗根向牛屋走去,就着微弱的风灯光,我看见墙上挂着一把割草的镰刀,我抓过那把镰刀不由分说照那云黄的屁股上就砍了一下。哞——哞——那原本侧卧在槽后倒沫的云黄被这突然而至的伤害痛得高叫了两声。那牛叫声还未落地,我就听到了照进从他的新房门口跑来。"牛怎么了?"厦屋里传来照进爹一声带了睡意的惊问。"我去看看,你睡吧!"照进此时已出了屋门,我飞快地隐身在牛棚门外,他进棚刚走到牛槽旁,我就突然闪出,用尽全身力气一下子把他推倒在一堆铡碎的麦草上。他在仰倒时惊得要张嘴大叫,一看是我,又倏地闭嘴,只是双眼吃惊而意外地瞪着我。我扔掉手中的镰刀,怀着一种因仇恨而激起的疯狂,猛地扑到他身上,使劲用手去撕开他的衣服。他先是被我的举动吓住,不停地躲闪着身子,以为我要害他,后见我又撕开了我自己的衣服,他就被骇呆在那里,一动不动地看我,直到我紧贴在他的身上,用牙狠咬着他的嘴唇,他才明白了我要干什么。我感到他的双手猛地把我抱紧,身子渐渐开始激动,而我的心里却全是仇恨,我没有尝到任何快乐,我只感到了一阵撕心的疼痛,与此同时,我的嘴里也有了一股血腥味,我把他的嘴唇咬得鲜血直流。我最后仰躺在草堆上时,我看见云黄和那两头黄牛六只眼睛全在惊望着我和照进,云黄屁股上的血珠还在顺腿流动。"滚开!"当事情结束后他还伏在我身上时,我猛然用手和脚把他推滚到了草堆下边。他提起裤子站在那里,愣愣地看我。"滚到你的哑巴女人那里去!"我让声音从牙缝里冲出。荞荞,现在让你要吧!他已经跟过我了!已经做过我的男人了!他的童身是我的了!你要的不过是个烂男人、旧东西!荞荞,你知道吧?!……

第二天中午,我远远看见荞荞把云黄拉到院外,拴在一棵树上,而后用水洗它臀上的伤口,一下一下,洗得很仔细。洗吧,哑巴!你晓得那伤口是怎么出现的?

我恨牛!恨照进!恨刘冠山!恨荞荞!

我虽然再不进照进家,再不从他门前过,却一直在暗中注意着他和荞荞和那三头牛。我盼望着他们能出点事!

是在他们举行婚礼的第三天早饭后,我看见荞荞背一个草筐下地割草,我有些意外:牛湾的风俗,新媳妇三天之内不干活。在村边,她刚巧也碰见了她爹刘冠山,我听见刘冠山惊诧地问:"荞荞,怎么今天就出门割草?谁叫你干的?"荞荞默看一眼爹,缓缓抬手指指自己。"少割一会儿就回去。"我听到刘冠山在心疼地嘱咐。荞荞点一下头,急急向田野走。我晓得荞荞在娘家干活不多,像割草这一类的重活更少,看来结婚使她勤快了。

因为有了两头役牛和云黄,他家的地犁得耙得最快,种得最早。那天,我看见他把最后一耧麦种完之后,扶耧立在地头,默望着其余正在忙碌整地的人家,身子许久不动,末后便从衣袋里摸出一本书去看。虽然隔了两亩地,我还是认出那书是他从奇顺爷那儿借去的《牛资源》。

那之后没多久的一个早晨,我发现他牵了那两头役牛中的一头犍牛出村,过了三四天方回,回村时手上牵的是两头腿短身长的外地牛犊,那牛犊的毛色白底带黑纹,与本地黄牛完全不同。邻人们看见,就都新奇地上前问:"这是什么牛?"我听见他声音沉沉地答:"奶牛。"众人又问:"它们也能拉犁?"他又淡淡答:"不能。"我当时站在远处诧异:他用犍牛换来这牛犊是要干什么用?

那段日子每次晚饭后在我是一段最难熬的时间,过去,我常在这时出去同照进快活相会;如今,只剩下了无尽的痛苦和烦闷,我只有靠纳鞋底来打发这段时光,纳完一双再纳一双。一日晚饭后,娘破例地含笑坐我身边说:"西兰,有桩事想跟你商量,昨日你银升婶来家说,村东的赵老大家想跟咱们做亲,他家的儿子今年二十三,上过高小,家里两间房、四亩地、两头牛。你看……"

"少啰唆!"我呼地截断娘的话,恶狠狠地说,"我不嫁!你要是嫌我在家吃你的了喝你的了就把我杀了！"娘被我顶得噎住话，眼愣愣地瞪我。

找？现在找男人，我还能去找谁？我还能找到谁？让银升婶介绍还不如照牛湾人的老规矩，骑上牛，任它走，把我驮到哪家算哪家！

奇顺爷说，我奶奶就是这样来到牛湾的。我奶奶属牛，老家在秦坳，她长到十六岁那年，按那时的规矩，属牛的姑娘跟牛走，该骑牛找婆家了！她爹就牵出一头牛，对她说："闺女啊，人的命运神保佑，你这辈子属了牛，究竟找哪个男人好，你爹你娘都不晓，如今你就骑上这头牛，牛神我们已经拜过了，你骑牛走，我就跟在牛后头，牛勤劳，也会给你找一个勤快男人，牛最后在哪家的门口停下不走，哪家的儿子就是你的丈夫！"我奶奶那时欢欢喜喜骑上牛，放松四肢任牛走。整整走了半晌，过了一村又一村，那牛就是不停蹄，最后把她驮到了牛湾里，在我家门前停下了。我奶奶在牛背上一看我家只有两间草房的穷酸样，立时慌慌地去打牛，想催它快走，可那牛就是不动蹄，急得她都哭开了。我爷爷那时可胆大，一见有牛驮个俊姑娘，知道这是寻夫的，不管三七二十一，上前就把我奶奶抱下了牛……

几个月之后，村里人都发现，每天早晨天刚亮，照进都要借一辆自行车，驮两个白铁皮做的带盖的桶，飞快地向柳镇骑，却不知他这是干什么。直到一个早晨，几个早起的村人，看见照进和荞荞正钻在他买回的两头奶牛的肚子下挤奶子，惊呼一声，才引来了众人看，人们才知道他每天骑车去柳镇，原来是去卖牛奶。那日早晨我站在人群后,默看着照进和荞荞蹲在牛肚下,手不停挤压那硕大的奶子,一股股白色的奶汁呼呼啦啦注进桶里,心里忽然想起好多年前照进在牛屋同我说过的话:"早晚有一天,我要靠牛发财!我要成为比刘冠山还富的人……"也许,这就是他要靠牛发财的办法?我看看荞荞在牛奶子上灵巧捏动的手,望着四周人们脸上的羡慕,心中又泛出一丝酸楚:这双挤奶的手本该是我的!我的!我的眼珠从那硕大的牛奶子上转向了荞荞的胸脯,咬牙在心里恨恨地咒:但愿荞荞的奶子永远不出奶水!

到了那年夏天,照进就真赚了一笔钱。我原来在心里揣测,他即使赚也不过赚几个零钱花花,未料他竟赚了那么多!知道他所赚的钱数是一个有月的晚上,那晚因为天热,我去村外的河边擦澡,从刘冠山家门前过时,忽见照进拉着荞荞也向那门前走。刘冠山当时正坐在院门前乘凉,看见女儿女婿走来,忙起身招呼:"小进、荞荞来了。"借着从院里射出的灯光,我注意到荞荞的面孔十分苍白,她向她爹点一下头,就和照进在一条长凳上坐了。我当时就停步站在一个暗处,想看看照进究竟会和他岳父说些什么。一开始是几句平常的问候,接下来就听照进说:"我想再从村中牛场里买五头牛!""哦?"刘冠山显然有些吃惊,"你家里不是已有两头黄牛两头奶牛了吗?还买牛干啥?再说,那是集体的牛,并不是我一个人当家,咱总去买也不好……"照进这时慢腾腾地开口打断了岳父的话:"我这个人喜欢养牛,我想只要你说买,他们就会卖给你!"边说边用手掐了一下坐在他旁边的荞荞的手背。他这个动作刘冠山看不见,但在我站的这个角度却可以借着从院中映出的灯光看得很清,那荞荞被掐得眉头一搐,急忙抬起头来向她爹呀呀叫着打手势,那声音很急,又仿佛带了哭韵。刘冠山一见女儿焦急的样子,只好点头说:"好吧,我给牛场讲讲,让他们卖给你们!可是如今牛贵得很,一头牛就得千把块钱,五头就是五千多,你们有那么多钱吗?""我只有两千。"照进说着从口袋里掏出一沓钱,扔到了岳父面前的茶桌上。我当时吃了一惊:两千?这么多!"两千怎能买五头牛?"刘冠山的眼略略有些瞪大。"我听说你上次从牛场买牛是六十块钱一头,我给四百块钱还不行吗?"照进的声音虽低,但我能听出里边带了一股压力。他刚说完这句,手就又在荞荞的腕上掐了一下。这一下大约掐得相当厉害,我看见荞荞的整个身子疼得一缩,仿佛有泪水已涌进眼窝,她急忙扭身,向她爹呀呀地打着哑语,我猜出那哑语的意思是:"爹,卖给我们吧,我求你了,求你了!"刘冠山沉默了半晌,而后点头微声说:"好吧。"一听到这两个字,照进立时起身:"那好,我们回了。"可荞荞还没站起,仍坐在原处,她仰脸望着丈夫,我看出那目光像是在恳求:"我再坐一会儿,好吗?"但照进却弯腰拉起她的胳膊,不容置辩地说:"我们走吧!"荞荞站起身,这当儿刘冠山走到女儿身旁,关切地嘱咐:"荞荞,你得注意身体,多吃点饭,怎么现在脸上没有多少血色?"荞荞头垂着点了点,便默默跟在照进身后向回走。

  我就是在那晚知道了:照进靠奶牛已赚了两千块钱!这个会算计的杂种!

  那晚过后不久的一个头晌,我果然就看见照进从村牛场一下子牵回了五头黄牛。村人见了,都吃惊照进竟有钱买这么多牛,只有我一人知道,这五头牛总共花了多少钱!那五头黄牛到家没有半个月,照进却又在一个早晨牵上它们离开了村子,有人说是去了县城,有人说是去了南阳,六七天之后,忽又见他手牵了五头半大的奶牛出现在了村边。当那群奶牛哞——哞——叫着走进村子的时候,全村的人都围上去看。他家那破败萧条的院门前,一下子拴了七头奶牛和两头黄牛,威风顿起,把他妈和挂拐杖的爹笑得眼眯成一条细缝。我站在远处望着那片牛影,不得不在心里惊叹:这东西真能倒腾!

那年冬天特别冷,我每天都盼着从他家传出死牛的消息,却到底没有如愿。照进那东西动员了全家,买草、买料、铡草、筛草、喂牛、垫圈,一家人轮流值班。几乎每天早晨,我都看见照进和荞荞各挑了一担桶去井台挑水。荞荞过去在家用的是压水井,从未干过这活,每把水担往肩上一放,就见她脖子和腰深深弯了下去,好一副可怜样子!有天早上,她去挑水时我也去挑水,我俩刚好在井台相遇,她刚把水桶从井中提出,突然哇的一声蹲下呕吐起来。从已婚女人嘴里听来的经验使我断定:她是怀上了照进的坏种!我厌恶地刚想走开,却见她吐着吐着扑腾歪倒在了井台上,我这才过去把她扶住,一扶她的身子我才知道:她在发烧!身子热得烫人。我慌慌地把她搀进她家院中,喊来她婆婆扶住她。在我转身出门时,我瞥见站在牛棚里的云黄,它正双眼定定地看着软软倚在婆婆身上的荞荞,口中长长地出了一口气。

奇顺爷说过,牛会叹息!每当它们长长出气时,就是在叹息!它们当初见人们种庄稼从犁地、耙地、播种、收割、晒打、磨面到吃到嘴里,那么费力,便感叹人们活着其实也不容易,于是就常为人们叹息!这云黄是不是也在叹息?它是在叹息什么?

到了第二年春末时,那五头半大的奶牛就全开始出奶了。大约是照进同柳镇奶品公司签订了什么合同,每天早晨,都有一辆摩托三轮突突地开到他家院前,把新出的几桶奶全部驮走。人们看见,几乎每天那来驮奶的人都把一沓新崭崭的票子递到照进手上。周照进发了!村里人都开始议论,我也不得不怀着恨意承认:他发财了!我估计他下一步就该盖房子和让荞荞生孩子了!每次见到荞荞,我都注意地看一下她的肚子,看是不是已经鼓起,但一直没有看出信息。

到仲秋时,有很长一段日子不见了照进,他家里的一应事情都由他爹妈、荞荞领着家人和一个帮工的亲戚干着。有人说他进南阳城买彩电和录音机了,有人说他进山买木头回来要盖房子打家具了。当他终于在一个下午出现在村边的时候,人们又是大吃一惊,因为在他的身后,跟着二十多头黄牛犊,一个个欢蹦乱跳,哞哞乱叫,两边各有两个雇来的赶牛人招呼。我当时正在自家田里摘绿豆,看到这阵势也真的有些震惊:买这么多牛?这杂种是真要大干了!我看见刘冠山也有些意外地迎上去叫:"嘀,买这么多?你是要开牛行了?"脸上却就溢了笑夸,"中!行!不错!"

第二日上午,村里的几家山墙上都贴出了一张白纸,人们一看才知,那竟是照进要招帮工的告示。我是被邻居姑娘小胖拖着去看那告示的,告示上说要招两名男工两名女工,任务是挤奶、铡草、喂牛、出圈、放牛等,要求年龄在十八至二十五岁之间,未婚,身体强壮,有初中文化;待遇是每个月发钱六十元,每日管三顿饭。"咱俩去吧!"小胖一本正经地同我商量。我鄙夷地摇头拒绝:"我去给他干活?美得他!"话虽这么说,但告示上写每个月发六十元这条确实令我心里一动,六十元对于我家可不是一个小数目!我娘这一年多不断有病卧床,抓一服中药两块多,加上原来尚未还清的买牛款,日子一直过得紧紧巴巴,一个月要是有六十元那是太好了!但去照进家给他干活,不!

小胖去干了一个月之后的那天晚上,攥一卷钱兴冲冲地来见我,说:"看看,这是照进发给我的工钱!"看见钱后我心中怦然一动,"嘴"不由己地说道:"嗯,不错!"小胖望我一笑说:"你也去吧,干活挣钱,有啥?"我当时未答,未料几日之后的一个黄昏,小胖会突然跑来告诉我:"照进又要招两个女工,村里七八个姑娘挤着报名。我已替你把名报上了,照进说他明儿上午决定要谁!"我生气地瞪她一眼:"多事!"她咯咯一笑说:"报上去凑个热闹有啥?"我一听,也是,照进不会叫我这个仇人去他手下干活的,报了就报了吧。第二天头晌我正在地里割谷,小胖忽然气喘吁吁奔到地里告诉我:"行了!照进同意让你干了!他刚让他妹子来给我说的。"我脑里顿时轰了一下:干不干?最初的那一瞬,"不干"两字差一点冲口而出,但六十元的诱惑力太强,我想到娘躺在床上为了省钱咬牙不吃药的模样,心一横,干!就去干!顺便也看一看这坏种还怎么发下去!再说,我也得挣一点嫁妆钱了,我不能总赖在家里,早晚要给一个男人当老婆,指望家里给我置办嫁妆已不可能,我得自己挣点钱了!

两天之后的那个头晌,我随小胖去了照进家。他家的屋后原是缓缓的山坡,这阵儿已用土坯、木头、高粱秆和麦秸搭了几十间牛棚,分成两排,像当初队里的牛屋那样,牛棚里摆一行牛槽,奶牛和黄牛站在牛槽后吃草。我们去的时候,照进正站在牛棚前同招来的几个帮工说话,见我们过去,他扭脸看了一眼。我原来已准备好,只要他在看我时脸上露一点得意之色,我转身就走。但是没有,他甚至都没迎我的目光,只是看看小胖平静地交代:"你们先去牛棚里歇歇,待一会儿我先教你们挤奶!"

我和小胖走进那宽敞的牛棚,坐在那新铡的草堆上等待,淡淡的草香和着牛粪味儿钻进鼻孔,使我仿佛又回到了久远的过去,那时,我和照进哥在生产队的牛屋里嬉戏……

我和小胖的任务是跟着荞荞一起,上午先挤奶。挤完奶后,往一口小型铡草机里续草,直铡到中午吃饭。吃完饭,三个人一起把那些黄牛赶到村西的河滩、河堤上放。牛们很喜欢去河滩上啃草,在那里自由自在,随便溜达着寻自己最爱吃的草蔓,比在牛棚里舒服惬意多了。每当我们赶牛去河滩时,那些在田里干活的其他人家的牛见了,总要停蹄仰头,羡慕地叫上几句,而这些不干活的牛也常要自豪地应上几声。

放牛这活比较轻松,只需把牛群赶到河滩里,我们便可以坐下闲聊或躺在青草上晒太阳。荞荞这人挺怪,每次放牛时,总还要挎一个筐、拿一把镰,我和小胖玩时,她就在一旁挥镰割草,小胖喊她歇歇时,她总是笑笑,照样干。她的脸早已没了做姑娘时的那股红润,泛黄,身子也消瘦许多。我注意到每当她把草筐挎回,只要照进说一声"好"时,她便欢喜得脸颊发红,她似乎在用割草向照进表明着什么。

荞荞对牛们特别好,尤其是云黄!她从不拿鞭打牛;她给牛筛草时特别仔细,一小块石头也要拣出;她常亲自给牛梳毛洗澡,她似乎在家的时间不多,经常在牛棚里忙;每天把牛从棚里赶出去河滩上放时,她总要站在门口,用手在每头牛的头上或身上摸一下,她心里的爱仿佛没处倾,全注在了牛身上。牛们也特别听她招呼。有两头牛特好抵架,有时竟抵得头破血流,我和小胖过去制止,它们从不听,用鞭打也打不开,但只要荞荞赶来呀地叫上一声,那抵架的牛便立时停止格斗,荞荞要是再对着它们比画一下手指,它们还会不甚情愿地凑在一起,互在对方身上舔一下表示和解。有时她在河滩上割草累得满头大汗,几头牛会突然跑过去,同时在她四周卧倒,使得她不能走动,不能挥镰,只好坐那里歇息。对她特别好的就是那头云黄。那云黄如今已长得又高又壮,剽悍威武,走起路来一副高傲轩昂派头,但在她面前一直俯首帖耳。一次,荞荞在河滩的草棵中走,突然发现前边几步远有一条蛇正昂头盯着她,她被吓呆了,这时只要她一动脚,那蛇就会扑过来。很巧,那云黄当时在附近吃草,一见荞荞那副样儿,就疾步飞奔过来,先是把蛇吓开,而后直追上去,用蹄生生把它踏死!

奇顺爷说,牛对人特讲感情,在有恩必报方面有时比狗还强!光绪年间,牛湾村有弟兄两个,养了一头牛,那当哥的懒,伺候牛的事全交给了弟弟。弟弟脾性好,对牛精心喂小心使,哥哥脾性坏,有气时常打弟弟。一日正午,他为弟弟晚动手为他做饭又动拳脚,正打时,那牛突然从牛棚蹿出,照那当哥的腿上就是一角、一蹄,生生把那当哥的腿骨弄碎,使他从此不得打人,常坐地上乞求弟弟给他端饭、端水。

记得有天午后,我和荞荞、小胖把牛赶到河滩,又一块儿蹲在河边洗手。当时天有些热,小胖恶作剧,突然撩起水向荞荞和我身上泼,一下子把我俩的衬衣都泼湿了。还好,河滩里没人,我一边骂小胖,一边脱下衬衣、背心去拧干。荞荞抿嘴笑笑,也学我的样子脱了上衣。一开始小胖被我吓得跑了好远,只在远处笑着拍手叫:"噢,洗澡了,洗澡了!"后见我未去追她,就又慢慢地踅过来在近处看热闹。我和荞荞没再理会她,只赶紧把衣服平摊在一片高茅草上,想早些晾干。那小胖这时又突然大惊小怪地叫:"荞荞姐,你的胸脯子咋还是这样?"荞荞闻声低头看了一眼自己赤裸的胸部,而后茫然地看定小胖,那眼神仿佛在问:"怎么了?""你已经结婚了,咋还和她的一样?"小胖脸色发红地指了一下我对荞荞说。荞荞听到这儿,身子发冷似的一下子用双臂抱紧胸脯遮住了那对和我几乎一样的奶子。我笑着对小胖骂:"死丫头!你懂什么?结了婚,只要不生孩子,胸脯就还是原样,懂吗?""那荞荞姐为啥还不生孩子?"小胖又笑问。荞荞听到这话身子一抖,面孔倏然转青,只见她慌慌拿起还湿着的背心衬衣套在身上,急急地提了草筐和镰刀向远处走。我望着她的背影,隐隐地在心里猜测,是不是他们两个中有一人有病?但愿她永远生不出孩子!让周照进绝种!

过了八九个月,周照进开始陆续卖那些已经长大的黄牛,有的当役牛卖,卖给鄂北、川东、陕南那边来买牛的农民;有的当肉牛卖,卖给附近的屠户和柳镇、县城的副食品公司;有的当药牛卖,卖前自己先将牛杀了,将牛胃里的牛黄取出卖给药材公司(牛黄是一味中药,挺贵,几头药牛平日单独由周照进喂,不知他给牛吃了一种什么东西,那些药牛都很瘦,但杀后取出的牛黄,卖价往往抵过卖两头牛);还有的母牛被专门留下来生犊,种公牛就是那头又高又壮的云黄。他在卖青壮年牛的同时,又不停地派人去附近的镇平、新野、唐河、邓县等处买牛犊。到了我去他家帮工的第二年年初,他已养有奶牛、役牛、肉牛、药牛、牛犊三百来头。我不得不在心里叹服他的会盘算!

随着牛的增多,他又增雇了几个帮工。这些新来的帮工中,有一个叫二行的小伙,家住村东头,爱说笑喜打闹,我对他这种性格说不上喜欢,倒也不厌烦,因为有时在挤奶、筛草的间隙听他说几句略嫌粗野的笑话,倒也是一种调剂。他这人有时同女工们笑闹时,喜欢动手,不过也只是稍占一点便宜就乐滋滋地自动止住,并不太过分。记得有一天,我和两个女工用铡草机铡草,他在出牛粪,中间歇息时,他挑了空粪担也来到我们身边坐在了草堆上。先是那两个女工同他说话,问他:"你力气有多大? 能不能伸胳膊托起一百斤东西?"他笑了叫:"小菜一碟! 不信可以当场试!"我当时顺口接问一句:"怎么试?"他就嘻嘻地望定我,说:"我把你托到我的手掌上,保准能托一袋烟时间!"我笑着扔他一句:"吹牛!"话音刚落,未料他竟真的嬉笑着猛伸手把我抱了起来,想托住我的腰。我慌忙从他手中挣出,挣跌到草堆上时,我感觉到他顺势在我腿上摸了一把,我脸一红,骂他一声:"该死!"他也就止住手,站在那里心满意足地笑。我当时瞥见,周照进就站在不远处往这边看,我没有在意,也没有把这事记在心里,接着就又干起活来。傍晚收工后,我向家里走了一截,忽又想起自己的两个发卡后晌干活时取下扔在牛棚的窗台上,便又转身去牛棚里拿。我从牛棚的西门进去,猛见周照进正站在东门后用冷厉、恼恨的声音训斥那个二行:"……以后再见你同西兰动手动脚,小心我开除你!"二行慌慌地辩解:"我……我那是跟她玩闹。""玩闹也不许!"他的声音冷极。二行又辩了一句:"我这人爱笑闹,你知道的。""跟别人笑闹去!"我看见周照进重重甩下一句,转身出了屋,二行随后也跟了出去。我站在原地,飞快地琢磨着他这个举动的动机:怕我们耽误干活?没有,那阵儿是在歇息!想从此制止工人们之间的笑闹?怕出问题?但他又允许他"跟别人笑闹去"!为什么单不允许二行同我"动手动脚"?想到这里,我的心猛一动:难道他这是一种忌妒?如果真是一种忌妒,那就是说,他内心里对我还有感情?!

一串我过去未留在心里的事情重又在脑中闪现:当初那么多姑娘报名来帮工,他为什么单单挑了我?每当我挽臂在奶牛身下挤奶时,他为什么总要远远站在一边望?那次我干活热了把裤子脱下扔在那里,待我回去拿时,瞥见他正站在那裤子前直盯着看,是在看什么?那天小胖在赶牛时开玩笑地对我说:"银升婶正在给你说婆家!"当时周照进正从旁边过,为什么他会猛地停了步?我要试验!我要来证实我的猜测和判断是不是真有道理,倘要是真的,那就等于老天爷赐我一件法宝!法宝!

大约是在那天之后的第三日,我们几个帮工在粉碎机前粉碎豆饼,准备用来做料喂牛。二行和另外一个男工负责从远处的库房向这里挑饼,我和小胖的任务是把饼往粉碎机里喂。四个人干得都很卖力,因为周照进刚给帮工们又加了工钱,人人都愿在这里长干下去。正干时,我瞥见周照进从他的账房那边转了过来,刚好那会儿二行挑饼走近身边,我忽然想起自己要做的试验,便捏住一小块豆饼猛朝二行嘴里塞去,边塞边笑叫:"来,二行,你先替牛尝尝这饼的味道!"喜欢笑闹的二行被我这一逗,闹性顿起,立时把我塞到他嘴中的豆饼又塞到了我的嘴里。我用双眼余光发现周照进已经走近,便索性一下子把二行紧抱在怀,又用手把那块豆饼塞到了他的嘴里,同时目光朝照进一飞,果然,他脸色通红且露着恼怒,并很快扭头向草场那边走。忌妒!我心中一下明白:我的猜测没错!那晚收工后,当我偷偷看到周照进在牛棚里猛朝二行脸上打一掌时,我最后在心中断定:他忌妒我同别的男人接触!

好啊!我记得我的心当时一阵颤动,这么说,周照进,从今以后我也可以给你痛苦了!你过去给了我那么多痛苦,你在我痛苦时享受了那么多的幸福!现在,我也有法子让你痛苦了!哈哈哈,老天爷,你的眼还没有全闭住!

那之后又发生了一件意外的事!是一个日头刚落的时辰,我们帮工正准备下班,忽然看见周照进接连从自家屋里抱几捆劈柴出来,在牛场上堆成一个柴架,接着就在柴架上泼了煤油。我们都觉诧异:眼下天又不冷,又无牛下犊需要烤火,他点火是要干什么?因为正是收工时间,男女帮工们见状都围了上来。这当儿就见他从衣袋中掏出火柴,擦燃,啪一下扔上了柴堆,火头便呼一下起来,火起之后,却又见他反身进了自家院子,径去堂屋门旁墙上取下了他们家那个木刻的牛神。众人看见他拎着牛神出来,都十分惊异,不知他这是要干什么。他爹娘也慌慌地追出院门外问:"你要干啥?"他不答,直走到火堆前,嗵一下把那牛神扔进了火堆中,众人惊叫一声。他爹娘一边大呼:"你疯了!"一边扑向火堆想去救那牛神,却又被周照进猛地推开,霎时间,那木刻牛神便燃烧了起来。众人都敛声屏息,带一丝惊诧和恐惧瞪眼看那牛神在火堆中挣扎。周照进他爹娘此时就软软地跪在那火堆前磕头,边磕边叫:"罪孽!罪孽!我们保证再给你塑身!塑身!"我注意到周照进冷眼站一旁抽烟,眸子里有火苗在蹿。

奇顺爷后来说:这叫罚神!过去牛湾曾有过一例。敬神不成就罚神,这样做有时也能让神一惊,使他晓得有人恨他,令他不得不做些关照。崇祯年间,牛湾有一家人,因太穷,三代买不上牛,犁、耙全靠人拉,那家人一气之下,就点火烧了牛神,谁知第二年那家竟真在路上拾了一头牛犊。当然这容易让牛神气恼在心,也会带来大祸!崇祯年间那家罚神的人听说后来就死于一场大火!

最好带来大祸!祸,你要有眼,就该快来!

我在寻找着让他痛苦的机会,巧,不久,就让我找到了一个!是个后响,我和小胖去种牛群喂护几头将生的大月孕牛。那阵子,周照进已把他的牛分为三群:一群奶牛,一群役牛和肉牛,一群种牛和牛犊。他大约是通过他岳父刘冠山,又在紧挨山坡的两块不宜种庄稼的地上搭了牛棚,这样,三群牛分圈在三个地方,彼此相隔不远,每天的清晨和晚上,三群牛叫声此呼彼应,真有气势。那天后晌我和小胖给几头孕牛喂草时,看见周照进和两个帮工一起,正在种牛棚前的空场上给两头母奶牛配种,那两个帮工中有一个就是二行。他们配种时用的公牛就是云黄。那云黄此时已长得越发威武英俊,论身高、身长、臀宽、腿粗在种公牛中都数第一,走路呼呼生风,叫声洪亮悠长。平日只要它在牛群中一叫,好多母牛都要扭脸看它一阵,有的还想方设法用舌尖舔一下它的身子。周照进已用它给许多母牛配过种,生下的犊儿都是又高又大。今天让它给奶牛配种,大约是想要一种杂交奶牛,据说杂交奶牛产的奶,味道醇美,养分更多。

我和小胖给几头孕牛喂完草、刷完毛、清了圈之后,便把它们牵到棚外溜达,边牵着牛走,边看周照进他们在不远处的操作。看到云黄那种迫不及待的模样,小胖羞得捂上了脸骂:"噢,鬼云黄!"我当时笑笑,只注意着二行和周照进的举动,寻找着恰当的说话机会。看见他们的事情将做完时,我用挺高的声音招呼二行:"嗳,听见吗?过来,待会儿我找你有事!""什么事?"二行走来边问边胆怯地瞥了一眼不远处的周照进,他知道主人不愿他和我接近。我故意压低声音,但那音量却足以让二行和周照进同时听到:"收工时在牛棚后等我一会儿,我有话给你说!"说罢我便转身走了。

我断定周照进在收工后会关注着我约二行的举动。果然,收工的哨子一响,周照进又拎个草筛钻进了牛棚,牛棚的后墙上开有几个窗口,我晓得他会从窗口那儿来窥视我。我在牛棚后站定,瞥见了周照进的身影在窗内一闪,我佯作不知,笑眯眯地同战战兢兢如约前来的二行低声打着招呼:"来,快来!"二行刚一在我面前站定,我便一下子把他抱在了怀里,急急地去亲他的脸,二行吃惊之余慌慌地挣扎着,我抱紧他不放,一边在嘴里说:"二行,我多么喜欢你!"一边在心里叫:周照进,你看见了吧?我在和另一个男人亲!你心里感觉如何?舒服吗?……我伸脚轻轻把二行的腿一绊,我俩便一下子仰倒在地,我继续假装同二行亲热。在倒地之初,那二行还在抵拒,但转眼之间他胆子变大了,竟不再挣动且来撕扯我的上衣。我厌恶地想把他踢开去,但我一瞥见周照进那铁青的脸出现在窗口,我又把对二行的厌恶压下去,只在心中冷笑:周照进,你心里感受如何?……

"咳!"周照进在窗口那儿大声地咳了一下,被我挑逗起来正想作恶的二行闻声呼地跳起。他只跑开两步,就被越窗而来的周照进迎面拦住,嘭的一声,他被周照进一拳打倒在地。

我这才慢腾腾地坐起,一边扣衣服一边冷冷问:"周照进,你凭什么打他?"

周照进呼哧着气转过身来,二行趁这当儿跑开了。

"你要自重一点!"我听见他咬着牙说。

"我自重不自重与你何干?"我厉声问,"你又不是我的男人,你有权管我的事?"

"我不愿你和二行这样的男人来往!"他的声音变低却抖得厉害。

"嗬!管这么宽?当初你和村长的闺女结婚,没有人去干涉你吧?如今我跟男人睡觉,你凭什么来管?凭什么?"我选择着那最能刺心的字眼。

"你?!"他向我逼近一步。

"干什么?!"我站起身,也向他逼了一步。

"你会明白的!"他忽然咬牙说了这么一句,扭身走开了。很浓的暮色中,我瞥见他的两脚一绊一绊,每走一步,都像是要向前跌去。哈哈,周照进,你心里也有不好受的时候? 我听见云黄又在牛棚里长叫一声,我感到脸上有什么东西在爬,伸手一摸:是水!

周照进家的楼房盖起来了,一层五间,三层。那房子盖得结实气派,刘冠山那二层小楼与这一比,竟显得十分土气。楼的一层安排的是买卖洽谈室、账房、兽医住室和药房,二层是他爹、娘、弟、妹们的住室,三层是周照进和荞荞的卧室和摆满各种表格、书报的书房。站在三楼走廊上,可以看见连接在一起的三个牛场。这楼房是牛湾最高的建筑,是村人们羡慕的对象,也是周照进一家觉得自豪的东西。我注意到周照进的爹、娘、弟、妹进出那楼房时,脸上都带着抑制不住的欢喜,独有荞荞,进出楼房时仍像以往那样默默无声,有时甚至还面带一丝怯意。她的脸照旧黄瘦下去,她白天依然和我们女工一样在牛场干活,要说她现在已是女主人,活完全可以少干,但她似乎不愿歇息。她仿佛有什么心事,常常凝神站那里不动。有天傍晚收工,我和小胖发现她在牛棚门口坐了许久没有回家,双手只是一个劲地抚摸着低头站在她面前的云黄的脖子,那云黄两眼默然望她,也一动不动。我和小胖走过她身边时小胖叫了一句:"荞荞姐,快到吃饭时辰了,还不回家?"荞荞闻声急忙抬手抹了一下脸,而后扭脸朝我们吃力一笑,在那一刻我注意到她的眼角有未抹净的泪,她在哭! 我一愣:你哭什么? 你的日子已经不错了!有丈夫,有楼房,有牛,有钱,你还要什么?后来她起身向那栋漂亮的楼房走去,她走得很慢,步子像是有些犹豫。当时我未想到别的,我那时还不可能去想别的。

周照进的牛还在不断增多,除了种牛群里不断有犊出生之外,他还不停派人出去买牛犊,整个牛湾此时变成了一个牛的世界,牛草一垛一垛,牛粪一堆一堆,牛棚一排一排,牛叫一阵一阵。由于要照管这么多牛,村里的青年男女差不多都被周照进招成了帮工,由于周照进给的工钱并不比种庄稼所得的少,所以人们也都乐意来干。村里人家早先种的坡地,如今都种上喂牛的苜蓿,周照进收购时按斤付款,村里只有那些平地仍种着庄稼。种庄稼的粪肥如今倒是充足,谁家种地,都可以去粪堆上拉粪,外村的人要想拉粪上地也可以,但是要拿薯秧、麦草来换。周家那时养的牛究竟有多少头,我倒无心去问,那些天,我主要操心的是:怎样利用二行来给周照进造点难受。你既然忌妒我接触二行,我就偏偏要接触他。有几次,都是看见周照进向我身边走来时,我故意同二行笑闹,或摸一下他的脸,或胳肢一下他的腰,或佯装往他怀里一倒。二行没占我多少便宜,却把周照进气得脖颈发红下巴抖动,每逢我发现这点效果后,心里就觉出一阵痛苦的高兴。

有天正午收工时,小胖跑来告诉我:周照进把二行辞退了。这消息倒在我的意料之中,我没替二行惋惜,只觉以后少了一个让周照进痛苦的武器。未料到的是,三天后的一个傍晚,二行竟托银升婶来家说媒,说既然我那么爱他,他就娶我。我听了五婶的转述差一点笑出声来:这个笨蛋,他倒信以为真了!不过随后一想,自己这个年纪也该嫁人了！二十五岁,一个女帮工,家里又这么穷,还盼什么？还能盼到什么？随便找个男人,生下两个孩子,把这辈子打发走算了！二行固然不是一个长相漂亮的有志有才的人,但也不是一个丑八怪和十足的笨货,给这样一个人做老婆,起码不会受他的拿捏！再说,我跟了二行,周照进大概也不会很快活,让他难受一点不是也很好？别再对婚姻奢望什么了！这样思来想去,我就轻松随便地对银升婶说:"行吧,让他择个日子订婚。"银升婶大约也没能料到这媒能如此顺利说成,听完我的话后竟有些发呆,直到我重复一遍之后,她才欢天喜地挪动着一双小脚向院门口扭。

就在我和二行的订婚日临近的一个后晌,我和十来个帮工被叫到周照进家的楼前去卸车。那是三辆装满了大小机器零件的卡车,大家都不知周照进买这些机器干啥,只照着他的指挥把东西一件一件卸下。活干完大家要散开时,周照进叫住我:"你来一下,我有事找你！"说罢,转身就向他的账房走。我有些意外:这是我来帮工后他第一次单独叫我。我随他进了他的账房,他那一向阴沉的脸上露出一丝笑意:"坐吧。"他指着一把椅子让道。我没有坐,只淡淡说:"有话就快讲！"他又吃力地笑一回,说:"你知道我买这些机器是要干啥？"我冷淡地摇了摇头:"不知道,我也不想知道！我现在只关心你这个主人每天派给我什么活,每个月给我多少工钱！"他的眉头提了一下,又慢慢放回原处,缓缓说:"我买这些机器是要办两个小厂。一个是牛肉罐头厂。你知道,我养的肉牛过去都卖给了别处,他们压价太厉害,我有了做罐头的机器,就可以把该赚的钱都赚回来,我可以自己杀牛,鲜肉能卖出的卖出,不能卖出的就做罐头,我不仅杀自己养的肉牛,还可以收购四乡里的肉牛来杀。再一个是做奶粉的厂。你晓得,我现在的奶牛数量增加,鲜奶多,镇上和县上的牛奶公司有时收不完,常压我的价,以后有了这做奶粉的机器,我就不怕卖不出鲜奶了!我还可以去收购四乡别的养奶牛户产的奶,奶粉的销路很……""你这些话好像不该跟我说,你应该跟你的爹娘说!跟你的夫人说!跟我说干什么?"我截断他的话,挖苦道。我注意到他的身子哆嗦了一下,声音转低:"西兰,这些话我只愿跟你说,真的!"与此同时,他缓缓起身,向我身边走,"西兰,你为什么就不能听听我说?"接着,竟伸手攥住了我的手腕。我被他那两声夹了颤音的"西兰"喊得心有点软,但这不过是一瞬间的事,我很快想起了当年他引着牛车娶荞荞的盛景,我的心警觉地一跳:他这是要干什么? 是不是想凭着他的钱财来玩弄老娘? 啪!我猛地打掉他紧攥我手腕的瑟瑟抖动的手,把他向后推了个趔趄,冷冷一笑,咬着牙低叫:"姓周的,你要想凭你的钱财来打老娘的主意,小心我把你的眼抠了!"

"你?!"他的眼睁得极大,下巴一搐一搐,许久之后才又微弱地开口,"好吧,我不说别的了,说了你也不信,我只求你一句,别同二行结婚!"

我当时鄙夷地瞪他一眼:"跟哪个男人结婚是我的事,用不着你来操心!"我狠狠地说罢,拉开门就走。回到牛场,见荞荞正牵了云黄饮水。那云黄饮一阵水后抬头,用舌尖轻舔着荞荞的手腕,我瞥见荞荞那手腕上不知怎的竟满是伤痕。那云黄舔着舔着,忽然抬头发出一句呜咽似的叫声,那叫声凄楚至极,像是受尽了什么委屈,那叫声如一只粗手攥住了我的心,我不由自主停下步子,慌慌去看那呆立着的云黄,它怎么会这样叫?

奇顺爷有次看了云黄,说:这牛是火牛。南阳黄牛分五类:金牛、木牛、水牛、火牛、土牛。火牛爱动情也爱发火,动情时极端驯顺听话懂理,发火时爱用暴力。和它打交道可要小心。

那之后不久的一天,我就听小胖她们几个女工说,昨夜半夜时分,听到从周照进家的楼上传出荞荞的哭声。我听后笑道:"你们八成听错了!荞荞能哭吗?笑恐怕都笑不及,有楼住,有钱使,有牛养,又有一个漂亮男人在身旁,她会哭?"这事当时说罢就算,我并未放到心上,更没想到这事会与我有什么关系。

我和二行的订婚礼如期举行。那天到来时我既无欢喜激动也无悲伤的凄怆,我只是漠然地迎来了那个天上有云块在撞的白天。亲戚们一个个脸上全带了喜色,二行更是笑得眼都没了,我只是像一个旁观者那样,冷静而平静地扮完我那天应扮的角色。当双方八字换完酒席吃罢五婶和众客人打着酒嗝走了之后,我长长地舒了一口气:总算又走完这辈子必须走的一步!婚期已定,我现在剩下的任务就是等待那个日子的来临。二行是最后一个走的,临走前他红着脸摸进我的睡屋,先是同我说他要做些什么家具,后看看屋里没了别人,就面带小心眼露恳求可怜兮兮地蹭到我的身边,伸手来抚弄我的头发。我没有拒绝,既然早晚是他的人了,拒绝他还有什么意思?我闭上眼,任他的双手在我身上疯了一阵。恍惚中,我又回到了许久之前生产队的牛棚里,我正偎在照进哥的怀里,听凭他那双手在我身上欢游。当二行那越来越粗的喘息把我从幻象中拉出来时,当年那个可亲可爱的照进哥又变成了今天这个衣饰讲究的富豪周照进了!我推开了二行,告诉他:"你该走了!"

那晚我睡得很晚,半夜时分猛听窗隙传进一声女人的哭,推开窗侧耳细听,那哭声来自周照进家楼上,是荞荞!我从只有哭音没有叫声的特征中辨清了。我蓦然想起了前些天小胖她们几个女伴说的话,荞荞是真在哭!她哭什么?

第二日早上我去牛场上班时,看见村长刘冠山迟迟疑疑地向周照进家门前走。如今刘冠山去女婿家再不似以往那样倒背双手,迈着方步,一副威武高傲模样,竟也显出些畏缩。周照进因为办起了"宛南牛资源综合开发总公司",家里拥有七百来头各种品种的牛,全村差不多有大半人当了他家的帮工,在方圆几十里成了首富,乡里、镇上、县里、专署里,不断有领导有记者来参观、来采访、来鼓励、来表扬,所以地位早在村长之上。连乡长来牛湾视察时,都是先到周照进这里坐坐再去村部,遇有什么有关牛湾的决策要做,据说乡长总要先征求一下周照进的看法。对周照进这种地位的提升,听说刘冠山一开始也挺高兴,到底是自己的女婿嘛,女婿受人敬重,岳父脸上也有光彩,但后来,心里似乎又有些发慌,据说他曾笑着向乡长提议,以后来牛湾,最好先去村部歇歇!

我看见刘冠山走到周照进家院门口时,停住步,咳了一声,挺直身子,反背双手,恢复了他平日在村中走路的姿势,而后高喊:"照进在家吗?"我在不远处停步,看周照进怎样接待他的岳父。院门开时,周照进出现在门口,只听见他冷淡地问:"怎么,你有事?"却并不向院中让。"哦,也不是什么大事。"刘冠山双脚动了一下,显然想进院门,但见女婿没有让进的意思,便停了脚,说,"昨儿半夜,荞荞她娘说她听见荞荞在哭,是不是你俩生气了?""荞荞夜里在哭?我怎么没听见?"周照进眼瞪了起来,而后朝院中凶声凶气地喊:"荞荞,你过来,你爹说你昨天半夜在哭,是真的吗?"荞荞低头走到门口,先看了一眼丈夫,而后朝爹很快地摇了摇头,就又转身进了院。"噢,没有生气就好,就好!"刘冠山急忙点头。"看来荞荞住我这儿你不放心是吧?"周照进语气刻薄地盯着刘冠山问,"你要是不放心的话,今天就可以把她领回家住!""哦,哦,你别多心,可能是荞荞她娘耳朵听错了,只要你俩好好过日子,我们就高兴。"刘冠山尴尬地转身走了。

那天上午,我和荞荞一块在种牛场堆牛草,在近处细瞧,她的眼泡不仅红着,而且左脸有些肿。她仍像往常那样默默地干活,堆完一垛后歇息时,她向云黄身边走去。云黄一看见荞荞走近,先低低叫了一声,随后就伸过头来,极亲热地在荞荞身上蹭,一霎,那云黄又抬起双眼,直直地盯着荞荞那张忧郁的脸,目光许久不动。

晚上回到家,爹在吃饭时说:"照进办的罐头厂后晌试产,一共生产了七十瓶牛肉罐头。乖乖,那压瓶盖的机器真他娘的绝,一压一个准,噗噗噗……"他已被招聘到罐头厂做工,他会杀牛、阉牛。如今我们家除了上学的一个妹妹外,剩下的全给照进招去做工了。娘在饲草收购站——七八百头牛的饲草供应光靠本村的地里长远远不行,要靠收购,她就管那个大磅秤。大妹在生牛购销处记账,如今四乡八县,要卖肉牛、牛犊和要役牛、奶牛,都来这里。"总共做几种罐头?"娘当时接了口问。"现在只做三种:牛肉、牛肝、牛鞭。听说牛鞭罐头是给南阳外贸上做的,人家要得很多,那东西外国人特喜欢,有钱的男人见了就……"娘用脚蹬了爹一下,爹立时噤口,而后不好意思地感叹,"真没想到,咱牛湾会因为牛红火起来了!"

奇顺爷说:伏牛山因牛红火是早该发生的事!好多好多年前,咱周族的一个先祖在山上砍柴,忽然间来了暴雨,他便钻到北山的一个山洞里避。他刚进去,一头奇大无比的牛突然堵在了洞口。他见状吓得发抖,倒退着想夺路逃走,可那牛却温和地开口:"别怕,我是牛王,今天特来找你们人商量,若你等人从今往后在伏牛山给我们留下一块生息之地,那地方有水有草有棚,我等牛祖牛孙必将用血用肉用奶相报,保你们有吃有穿、生活美满!"那先祖听罢,说:"我愿,只恐一人说了不算……"

几天之后的一个早上,周照进来家敲门,我开门一看是他,转身就走,边走边喊:"爹,有人找!"我知道他来家是找我爹去给他阉牛。每过一段日子,他总要来请爹一次,去帮他把那些将要长成的莠牛阉成犍牛。我爹是村里的阉牛能手,我没见过他怎样阉,只听说他阉的牛神不蔫,食不停,膘照样长。爹在里间听见我喊,应了一声:"就来!"这当儿周照进眼看着我双唇一动轻喊一声:"西兰!"我脸一扭,进了厨房,我不想同他啰唆。在这屋里同他说话会让我想起旧事!

当他和爹在外间说话的时候,我在心里琢磨,如今他办事一般不用亲自出面,像这叫爹去干活的事,他只需叫个工人来说一声就行,他坚持亲自登门,八成是想同我说点什么,滚吧!现在你不论说什么老娘也不再相信!

巧得很,那天上午派我和小胖去肉牛棚前粉碎豌豆做牛料,爹刚好在那里阉牛,我边干活边注意爹在那边空场上的动作,这是我第一次在近处看爹阉牛。只见他先把自己带去的那个木刻牛神在一张小方桌上一摆,而后双手托起一把牛刀在桌前一跪,额头触地,低低地说着什么,我只隐约听见几句:"……公牛多,母牛少,小民为主公道,惶惶动刀,乞求不要怪罪才好……"说毕,起身,在周照进和几个小伙的帮助下,把一头壮实的莠牛按倒在地,在木桩上绑缚了四蹄,接着提刀上前,只听噢的一声,莠牛大叫声中,已见爹手提两个带血的圆东西站起,放进摆在供桌上的一个大碗里。"那是睾丸!"我听见小胖嘟囔了一句,我的脸顿时一红。接下来爹开始缝那刀口,别看爹年纪大,纫针缝口手疾眼快,不一会儿便已缝好,抓一把锅底灰往那刀口上一抹,拍拍牛脖颈,说:"好嘞,从今往后你就只长肉吧!"跟着便解蹄松绑,拉那阉牛起来,缓缓地走。那阉牛低低哀叫一声,似在抗议。

看爹阉了两头牛后,我去豆料仓库用地排车拉豌豆,进屋提起一袋正要转身装车,背后忽伸出一双手帮我抬起豆袋,扭头一看,顿时一愣:竟是周照进!"听说你再有半个月就要结婚?"他望着我的脸沉声问。我没有理他,弯腰推车就要出门。

"等等!"他拉住车把,"告诉你,我可能会在你婚期来到之前,送你一件礼物!"

"不稀罕!"我冷冷瞪他一眼,又要推车出门。未料他猛抓住我的手,抬高了声音说:"慢慢你会明白!"

"我什么都不想明白!"我几乎是朝他吼了,我猛挣开他的手,把车推到了库房外。

当我重新来到粉碎机前时,我开始琢磨他刚才的那些话,礼物?什么礼物?老娘不稀罕!

"来,小根,拿去煮!"爹在那边喊,手中端着那盛了带血睾丸的大碗,"煮熟了你们一人一副,吃了之后敢做自己要做的事!"

奇顺爷说:阉牛的事《汉书》上有记载,但牛湾人懂阉牛比这还早,那功劳要归于一个树杈!有一次有头公牛在几棵断树桩子上跨着跳着玩,不小心叫一个树杈把蛋挂破,睾丸脱落。人们见状大惊,以为那牛准定要死了,未料它躺些日子后重又站起吃草,而且脾性一下子变得十分温驯,膘水也长得很快,比同年的公牛重出许多。从那以后人们才懂了阉牛!如今,阉过的牛长得快的每天都能增重一斤二两,宰杀时阉过的牛常比同龄公牛多杀出三百多斤肉!不过阉牛的事有违天理,阉牛的人一般都养不了儿子!

我想奇顺爷这话也许有些道理,起码说已有一个例证:我爹阉牛,于是我娘就生下我们四个女儿,没有一个男的。

那之后就发生了村长改选那桩大事!

村长两年一改选。说是改选,其实不过是个形式罢了,每次选村长时,都是来主持改选的乡干部问大家:"你们是喜欢投票还是举手?"村民们不愿麻烦,总要答:"举手!"于是乡干部便指着坐在身边的刘冠山问:"同意让刘冠山继续当村长的,请举手!"自然不会有谁当着刘冠山的面不把手举起,随后乡干部便宣布:"让我们鼓掌欢迎刘村长连任!"刘冠山多少年的村干部,就一直是这样当下来的。

这次改选定在一个晚上。在改选的前一天后晌,周照进突然意外地宣布:提前给帮工们发本月的工钱!而且发法也有改变,过去发工钱,都是周照进的妹妹提了钱袋,挨着到各个干活点发给大家,这次是周照进亲自发,且是坐在他的账房里,由帮工们一个一个单独进去领,一个出来,再进一个。不管怎么办,只要是提前发工钱,大伙就高兴。我注意到每个人进去领钱的时间都挺长,出来时又都笑模笑样。小胖在我前头进去,出来时眉开眼笑地朝我挤挤眼睛。我问她:"多给你了?"她只笑着摇头。轮到我进去的时候,却并没发现什么特殊的地方,周照进坐在账桌前,一五一十地给我数着钱票,而且一毛也不多,把钱交给我时,也一句话未说,只定定看我一眼。我没理会他那目光,匆匆走了出来,前后不过几分钟时间。

那晚上改选村长的会场就在周照进家种牛棚前的空场上,牛们进棚之后,这里就是全村最大的一个广场。两盏大灯泡从牛棚里扯出来,来主持选举的乡长和刘冠山坐在一张条桌前,其他的选民便三三两两散坐在空场上。我坐在场子一角的草堆上低头织毛衣,不用猜测,村长还是刘冠山的,不说过去的惯例,单有他女婿周照进的支持就可以。改选开始时和往年一样,先由乡长站那里说了一通选举的意义,而后问:"大家是愿投票还是愿举手?"人们又答:"举手!"于是乡长就站起指着刘冠山问:"同意刘冠山继续任村长的请举手!"刘冠山笑眯眯地抬眼环视着他的选民,一脸的胸有成竹,他相信同过去许多次一样,村民们会呼一下全把手举起。但灯光下可以看清,一丝惊慌慢慢爬上了他的眉心,因为当乡长说完那句话后,大部分人都继续低头抽烟说笑,举手的人寥寥无几。乡长显然也有些意外,又重复了一遍:"同意刘冠山连任的请举手!"可举手的仍是当初已经举起的那不多的几个人。刘冠山的双眼先是威严地扫视着全场,渐渐那目光里就露出恳求,有汗珠已从他额上沁出,电灯太亮,把那些汗珠照得一闪一闪、一晃一晃。我也有些吃惊,意外地望着这个场面。有几颗汗珠已从刘冠山的鼻尖上坠下,跌在条桌面上,摔得很碎。一股巨大的欢喜从我的心底涌出来了:哦!这个地头蛇!这个多少年不倒的官!到底到了开始晃动的时候了。这股欢喜过后,紧跟着的便是紧张,我担心人们顶不住他那目光的力量,会改变主意而重把手举起。我扫视着全场,在心里狂欢地叫道:哦,我的乡亲们,你们到底明白了!到底有胆量了!我手中的织针已经掉到了地上,但我没去管它,我只是双眼一眨不眨地注视着事态的发展。沉默在继续,大多数人头垂下不看刘冠山的目光,手依旧没有举起。乡长站起来了,有些不知所措地说:"既然大家不同意刘冠山连任,请你们酝酿一下提个名,看谁合适……"他的话还未说完,小胖忽然站起来叫:"我提西兰,同意的请举手!"我扭脸吃惊地望着站在不远处的小胖,没想到她敢在这样的场合胡闹,但紧跟着发生的事更令我震惊:会场上的大部分人竟都举起了手!我慌慌地望着这个场面,最初我心里全是对小胖胡闹的气恨,但我听见乡长说:"好,那就让西兰同志干吧!"一阵突来的激动攫住了我的全身,我的双腿开始哆嗦,我当上村长了?我就这样当上了村长?刘冠山竟这样被弄倒了?噢!我感觉出一股股欢喜从身子的四面八方向胸中涌聚,从今以后我可以按照我的意愿来改造牛湾了!再不必受刘冠山的欺负了!天啊,事情竟然这么容易!我没有听清乡长走近向我说些什么,我没有注意周围的人们是怎么散的,没有看见刘冠山是如何拂袖走的,我只是呆望着电灯照不到的远处的夜空,沉入一种恍惚之中,直到哞的一声牛叫从近处响起,才把我从恍惚中惊醒。我这才发现牛场上已撤走了电灯,夜暗早已回了原地,值夜班的帮工已在牛棚筛草。我刚要抬脚走,猛听到旁边响起一个声音:"等等。"我扭头一看,原来是周照进站在那儿,"我记得你很早以前就说过,你想当村长!"他的声音很低。

"是的!"我向黑暗中的他傲然瞥了一眼,"我的愿望实现了!怎么,你不高兴?"说罢,不等他回答,我就转身走了。周照进,从今以后,我就不是你的雇工了!哈哈,老天爷总算讲了回公平,让我西兰有了今天。

当我就要走出牛场时,从牛棚门里无意中瞥见,荞荞还站在牛槽前,正直直地看我,在她的身后,云黄正昂首而立。我取代了你的爹爹!荞荞你感觉如何?

小胖在牛场外的路口等我,我冲过去抱住了她,口中喃喃地说:"小胖,谢谢你,谢谢你的提名!"

"不要感谢我!"小胖只在我耳边说了一句,就扭身跑开了。

第二天午饭后,主持选举的乡长派人来到我家,告诉我后晌去村部和刘冠山办理交接。我去到村部时乡长和刘冠山已经坐在那里。屋里寂静无声,刘冠山闷头抽烟,听见我的脚步时头抬了一下,接着又垂下去,他那颗谢顶的头很清楚地摆在我的眼下,我第一次发现他的大部分头发都已经变灰。"交吧!"乡长低声说了一句。刘冠山慢腾腾地抬起脸,不过一夜之间,他脸上的皱纹就添了很多,双颊也有些下塌。他不过是一个老头,过去使他威风的原来只是权力!他哆哆嗦嗦地从衣袋里摸出一串钥匙,啪地扔到桌上。"门上的、柜上的、抽屉上的全在上边!"他嘎哑地说罢,转身就向门口走。"老刘,把眼下要做的工作交代一下!"乡长喊他。"让会计给她说,我身子有病!"他没有停脚。"站住!"我追出门去,他恨恨地盯住我:"怎么?""当初村牛场里的那些牛你都卖给了谁?你要给我说清!"我站在他面前,与他的目光对视,我瞥见一缕意外和惊慌从他的眼瞳中掠过。"会计那里有账。"他的声音有些犹豫。"我不仅仅要看账,我还要调查,我只要发现有一头牛去向不明,我就要报告你贪污!"他的肩头一斜,身子轻微一晃,我知道我这番话已起了作用,应该给他一个下马威!"我今日身子确实有病,我明日来给你交代工作。"他的声音软了许多。"明儿前晌九点!"我的话俨如命令。他点头,蹒跚着向院门走。

我成为一村之长。那日我正坐在村部苦想,忽听门外响起一句问话:"村长在吗?"我有些惊奇,这么多年了,他的声音还能使我身子一动?"在,进来!"我亮声让,仍坐在办公桌前没动,我得让他看看我在什么样的位置上坐着。

他走进来,我指一下墙边的一把椅子让他坐下。"有件事要和村长商量!"他直直望我,我没碰他的目光,我怕一碰又碰出我心中的恨来。"说吧。"我点一下头。"我想办一个皮革皮鞋厂,请为我在村边拨块闲着的空场盖厂房。场地要钱也行,不要钱算作村里的投资也可,那厂子就算我们合资办的!我想你知道,咱南阳的黄牛皮,素有'南皮'之称,皮质细密柔软,每张皮多达十三平方米,是制革的优质原料。我的罐头厂每天都杀牛,过去牛皮都卖给别的皮革厂,太亏,我要自己干!这个厂只要建起,咱村里凡未在我那里干活的人,强壮的可以去制革,妇女老人可去做皮鞋,每月人均收入可有百十块钱,同时也能为村上搞点积累,你说行吗?"听他说完的最初一刹那,我在心里冷笑:你以为这里坐着的还是你岳父?想干啥就干啥?滚吧!但转念一想:他这个主意倒确实不错!反正村上的耕地不多,加上坡地又都种了饲草,不需照应,平地里的那点庄稼活人们在空闲时都可以做好,若同周照进合办一个皮革皮鞋厂,给全村剩下的劳力找一个挣钱的地方,大伙岂不高兴?好!他既然有钱有办法,何不利用他?"基本可以吧,明天最后答复你!"我慢吞吞地说,尽量不让声音里显出欢喜。他闻言站起身,却没向门口走,而是望了一下墙上挂的日历,突然莫名其妙地说了一句:"快了吧?"我被这没来由的三个字弄得一愣,张口问:"什么快了?""你的婚礼。"他的声音愈低。我觉出我的脸蓦然红了,我这才记起,那个预定的日子快到了,我几乎已把它忘记。"这个不用你操心!"我听出我声音里溅出了恨意。他没有再说什么,只是低了头向门口走,在门口,他的脚在门槛上绊了一下,几乎跌倒。当他的身影在门外消失之后,我又开始去想那个即将要建的皮革皮鞋厂,这是我上任后办的第一件事,我一定要办好!牛皮!看来我还要与牛打交道!

我记起奇顺爷说过:牛当初长皮就是要给人用的!起初,牛身上的皮并不像现在这样又厚又韧。一日,玉帝召见牛,要它下凡间撒点草籽,玉帝的旨意:走三步,撒一把,剩下的埋在岩石下。未料牛下界撒时摔了一跤,把旨意记成了:走一步,撒三把,剩下的埋在土坎下。结果,造成凡间野草丛生。玉帝听说,大怒,叫来牛,喝道:"你犯下如此大错,先罚你终生给农人做苦力,再罚你长一张厚皮,死时好让人们取下做鞋、做箱、做衣!"

我漠然地看着那个日子走近。当该要进行的仪式全都举行过之后,月亮已经吊在了当空,我看见二行双颊血红两眼燃火地来撕扯我的衣服,我打起精神来应付。我不知他对女人知道多少,可我知道我必须把他逗得近乎疯狂,要不然他可能会发现他得到的不是一个黄花闺女。我佯装羞怯抗拒着他,使他的急迫趋近极限。我最后到底如了愿,他在颤疯和迷乱中根本没注意去发现什么,他只是在那里狂。我没有任何快感,只是感到疲劳,在彻底的疲劳中我沉入一种似睡非睡的恍惚状态,恍惚中我忽然想起了很久之前周照进家的那个牛棚,想起了那头被我砍了一刀的云黄,我记起了云黄被砍后在原地的那一下吃惊的跳动,我看见血又顺着云黄光亮的臀部向下涌流——我没有料到瘦削的二行精力那么旺盛,他几乎把我折腾了一夜,鸡叫头遍时我才算入睡。我太累了,我睡得很死,我没听见最后一遍鸡叫,没听见婆婆做饭拉风箱的声音,没听见公公开外间门的响声,直到那一声瘆人的号叫传到耳中。

我沉入梦中太深,以至于那声音传进梦中时我的神经只是受了些微的一震,这时候又响起了一声,这一声才把我完全从梦中惊醒。我清醒后的最初一瞬并没有弄清那声音的性质,这时候又响了一声,这下子听明白了:牛叫!但不是一般的牛叫,是嘶喊,是悔噢,是咆哮,是怒吼,是懊恼,各种成分都有,声大得使窗纸乱抖。我从未听过这种牛叫,它那么瘆人、惊人、震人、吓人、骇人!我被那声音弄得汗毛一竖、头皮一紧,打了一个冷战。"快,出什么事了?快去看看!"我听到院中响起老公公那慌张的声音和他们奔出院门的脚步,与此同时我听到屋后有人们凌乱的奔跑声和远处隐隐约约的人的喊叫声。出什么事了?!你是村长!我飞快地跃起穿衣,太慌张了,竟把二行的衬衣穿到了身上,跑到外屋门口才发现又慌慌地返回换下。睡眼惺忪的二行挺起赤裸的身子问:"干什么?"我没理他,飞脚奔出院子。这时我又听见了一声那种牛叫,来自周照进的牛场!我看见村人们都正向那边跑去。我没有耽搁,以最快的速度气喘吁吁跑到种牛场时惊得又后退了几步,我看到的那幅情景是那样离奇而可怕:浑身是血的荞荞仰躺在牛场一角,肚子上有一个很大的伤口正向上冒着血沫;在她的身子一边,倒着那头高大的剽悍的云黄,云黄的半个脑袋没了,白色的脑浆洒得满地都是;云黄的头前,是平日拴牛的一棵小桶粗的枣树,此刻那枣树躯干被从半腰里弄断,雪白的树桩子上满是鲜红的血珠,血珠一晃一晃且冒着热气;在断树桩的一旁,脸色煞白无半点血色的周照进傻了似的站在那里,双腿在瑟瑟地打战。跑近了的人们都被惊定在那儿,整个牛场上无半点声息。最先打破这静寂的是银升婶,银升婶扭动着两只小脚向倒地的荞荞跑去,随后才有几个人犹犹豫豫地跟在银升婶身后。牛场上弥漫着一股微腥的血味,我被那血味噎得喘不上来气。我也想向前移步,但两腿软得厉害。"怎么回事?"我听到自己问了一句,声音在抖。"村长,小四一直在场!"身边有个声音说,随即一个面孔煞白的小伙被人推到我的面前:"是……是……这样……昨晚……我睡牛棚值班……照进经理也来了牛棚……在棚里来回走……一直没回家……我让他在床上睡……他不……他老在云黄的槽前走……天亮之后,荞荞拎一个饭篓找来……给他送的饭,荞荞把饭盛好,递到他面前他没看,也没接。后来荞荞把饭碗在他面前的窗台上放好,过来帮我向外牵牛。荞荞走到云黄槽前时,不小心撞倒了一个盛牛草的竹筛,筛里的草撒到了地上。这本来是桩小事,再把草捡起来就是了,可我没料到周经理会突然发那么大的火,只见他先是骂了一句:'憨货!'跟着奔过来就朝荞荞的脸上打,荞荞也没躲,只是任他打,啪啪啪。我跑过去拉,被他一下子揉了个仰八叉。后来我看见荞荞的鼻子、嘴都被打流血了,我听见荞荞哭了,可周经理还不住手,我拉他又拉不住,我想跑到门外喊人。就在那当儿,我听见牛槽忽然响了一声,我看见云黄在挣拽在槽上的缰绳,两只眼变得血红,我一开始没有在意,我以为它是受了惊。我刚在门口喊了一句:'来人哪!'忽听嘣的一声,扭头就见云黄已挣断了拴它的缰绳,缰绳挣断的同时,它叫了一声,那叫声太不同往常,咆哮一样。我刚一惊,就看见它扬起前蹄飞跨过了牛槽,直朝正打着荞荞的周经理奔来。我看着它那副低头竖耳伸角的样子。才知道不好!它要抵人!我喊了一声:'周经理,看牛!'那牛就朝周经理扑了过去,还好,周经理眼疾手快,早松了荞荞跳到门口。云黄这时又怪叫一声,从荞荞身前跃过,直朝周经理追来,周经理看出了云黄的劲头,就向门外跑,那云黄就又冲向了门外。它从我身边过时,我拦了一下没拦住。接下来云黄就在门外的牛场上疯一样地边吼边追起周经理来。我从没见过云黄那个吓人的样子,两眼滴血一样,浑身的毛全直立了起来,两条后腿上的肉憋成了疙瘩,一直紧追在周经理身后,我被吓呆了。这当儿荞荞带着一脸的血痕奔出牛屋,边呀呀叫喊边向云黄跟前跑,她想拦住它,但云黄根本不听。荞荞跑近云黄时,云黄正把周经理追逼到了牛场的那个角,你们看见了的,那是土坯垒的院墙,他跑不开了,他靠在墙上,转身害怕至极地盯着云黄。云黄那当儿猛吼一声,低头就用角朝周照进的胸口扎去。我以为完了,周经理必死无疑!谁料就在那当儿荞荞猛扑上去把周经理推开了。就在她推开周经理的同时,云黄连头带角抵了过去,只听见荞荞惨叫了一声,那云黄听见荞荞的叫声一惊,向后一退,角上带着血从荞荞的肚里拔了出来,荞荞就倒了下去。这时云黄低头用舌头舔了两下荞荞,就又大叫了两声,我想它是完全疯了,它在原地踏着蹄转了两圈才找到周经理。周经理那当儿就吓愣在几步之外,我喊了一声:'快躲开!'他才又想起躲,还算来得及,他跑到了几步外那棵平日拴牛的枣树后,云黄就绕着枣树追了他三圈。不知是云黄转晕了还是追得不耐烦了,只见它突然停蹄,怒吼一声,看定挡着周经理身子的树干,用头和角猛地撞去,咔嚓一声,那树干就断了,云黄的头也同时撞碎了,还好,倒下去的枣树冠没有压住周经理……"

底下的话我没再听下去,我直直盯着那倒地的云黄,现在我相信了奇顺爷的判断:它是火牛,火牛!

"……这桩事太怪!起因只是那翻掉的一筛牛草,太小的一件事,不知周经理为什么要发那么大的火,要那么狠心地打荞荞……"那小四还在絮絮地说着。是的,没有人懂,只有我懂!如果他不是在今天早上打荞荞,我也不懂!但是现在我懂了,懂了!

我听见了哭声,好像是荞荞她娘和她爹刘冠山的,我得过去!荞荞!我迈着软极了的双腿,向围在荞荞身边的那圈人墙走去……

按规矩,荞荞被安放在照进家一楼正对院门的房间里,身下是一张临时搭起的门板,头顶门,脚朝里,静静躺在那儿。荞荞这是凶死,村里凶死的人一般都要由银升婶来洗沐,洗沐之后要查伤口,每查一处伤口,银升婶都要微闭了双目,在嘴里低低咕哝一阵什么,大概一半是诅咒一半是祷告,以防这伤再落到死者的其他家人身上。洗沐、查伤、祷告、穿衣,该由银升婶做的事儿她已全做完了。穿上了新衣的荞荞猛看上去就像睡了一样,只是脸白得很,她的血差不多已经流光,胸前刚穿上的衣服又已被血水浸透。我进去的时候,照进正垂首坐在荞荞身边,一只手紧紧攥住荞荞的手,两眼直盯着荞荞的脸孔,眼珠一动不动,似乎在等着荞荞醒过来后要同她说几句什么。隔壁传来刘冠山断断续续的呜咽。我张了张嘴,想对照进劝慰几句,声音却一直不从喉咙里出来。最后是银升婶慢慢站起身走过来说:"照进,天热,该埋了!"照进仿佛没听见那话,身子直愣着没动。我终于能开口说一句:"我去安排人做棺材。""还有,"银升婶又看着照进开口,"荞荞不能埋进周家祖坟!"

这一句照进听清了,他猛抬起头,直瞪着银升婶,半晌之后他嘶哑着声音说:"她是替我死的!又是我的妻子!为什么不能埋进祖坟?""她是凶死!凶死的人进祖坟会给后人招祸……""我不管!她是我的妻子!"照进双眼瞪得有些吓人。"妻子?"银升婶嘴角露出了一个怪异的纹路,"我刚才给荞荞洗沐查伤时已经看见了,她那层膜儿没破,你没有挨过她!她还是黄花闺女身!"什么?!我的身子倏然一震,一股冰冷的东西霎时从胸部坠到脚跟,这么说,这些年他们——"不能埋进祖坟!"银升婶再一次强调。照进的双眼没敢再朝银升婶看,他的头一点一点低下去,最后,他猛扑到荞荞身上,发出一声撕心裂肺的呜咽。我哆嗦着走上前,抓起了荞荞的另一只手,我发现她的手也在抖。在那一刹那,我想起了许久前的那个午后,在河滩里,小胖把荞荞的衣服弄湿,她脱了上衣露出那对小小的奶子时我在心里所做的那些诅咒,哦,我的荞妹……

荞荞的墓地最后选定在种牛场前,正对着当初云黄所在的那排牛棚的正门,位置是照进自己定的,他说,这里离他近。离荞荞的墓地十几步,是云黄的墓,照进让做了一口巨大的棺材把云黄装了进去。他说,云黄是荞荞的朋友,让她们还在一起!

下葬是在第二天前晌。抬棺、埋土、吹奏。哭丧的人们相继散走后,照进仍跪在墓前没动,刘冠山依旧抱头蹲在坟边,我默立在不远处,呆望着荞荞坟头那不停摇动的纸幡,四周寂然无声。日头缓缓向天顶爬动,渐渐把墓前不远处周照进原先竖立在那里的"宛南牛资源综合开发总公司"的巨大广告牌照得闪光耀眼,广告牌上的几行大字在日光下变得血一样红:南阳牛,体质结实,身高臀宽,皮韧毛细,肌肉发达,为我国五大优良品种牛之一。本公司向您提供优良役牛、肉牛、奶牛,向您提供优质牛肉、牛肉罐头、新鲜牛奶、特级奶粉,向您提供优质牛皮、牛黄、牛骨……

吱嘎！吱嘎！种牛棚和邻近的肉牛棚、役牛棚的栅栏门相继打开,到了放牛的时间了,一群群的牛向河滩里向坡上的草场走去,嗒嗒的牛蹄声把大地敲得乱颤,把正午时分牛湾村和伏牛山的静寂打碎,也压下了周照进和刘冠山的低微啜泣。奇怪的是,所有的牛都没有像往常那样发出叫声,只是默然沉缓地迈动四蹄。

我擦一把蒙上眼的泪,我记起奇顺爷说过:牛懂人！牛对人间的什么事情都能看懂……

山凹凹里的一种乔木

广 告

南都"山茱萸药食店"的全体同人在恭询诸位朋友：

你想长寿吗？

你想做一个颊红肤嫩让男人喜欢的女人吗？

你想身强阳壮使妻子更爱你吗？

如果想，那么请进本店进补！

山茱萸药食补品种类单价

山茱萸粥（祖传秘方熬制），每碗2元。

山茱萸糕（祖传秘方蒸制），每块1.5元。

山茱萸酒（祖传秘方酿制），每杯2元。

山茱萸茶（祖传秘方炮制），每盅1元。

山茱萸药食进补方法

每人可根据自己平日的饮食爱好，任选一种食品，每日早晚各来进食一次。选粥者，每次同时进食馒头半个（一两）；选糕者，每次同时进食面汤一小碗；选酒者，每次同时进食素油炒青菜一碟；选茶者，每次同时进食点心三块（由本店供应）。

二十天为一补程。

一般人进食两到三个补程后效力自会显现。

我是在一个雨细如丝的秋天的傍晚注意到上述广告并走进南都"山茱萸药食店"的。我当时的目的,是想把整日缠在两个小腿肚上的酸软之感消去,因为已有医生告诫我,腿肚上的这种酸软之感,常常是要患癌症的先兆。我那阵儿并没有料到,我此举不仅会唤回腿肚上的力气,还会有另外一个收获——把一个粉红色的故事揣进了衣袋。

1

二北对姑姑的害怕开始于三岁。

二北怕姑姑还不是因为姑姑那双眼白很多转动迟缓的眼睛,而是因为姑姑只要一发现他独自一人,就要死命地把他搂在怀里让他吃奶。

可姑姑的两个奶子里都没有一点奶水,而且姑姑的胸脯上有一股难闻的气味,再加上姑姑搂抱他的方法不对,每次都把他紧抱到喘不过来气。

所以他平日一见姑姑笑着向他走过来,总要哇哇哭叫着转身跑开,跑得稍慢一点,便会被姑姑抓住,便只得去噙那无水而难闻的奶头,直到爹娘或爷奶看见。倘是娘先看见,她会飞跑过来,一边哀求着:"他姑,你甭吓了孩子!"一边把她拉开。若是让爹看见,爹会噔噔地走过来,啪地朝姑姑脸上打一掌,然后把二北扯走。要是让爷爷看见,爷爷会叹口气,摇摇头,走过来拨开她搂二北的手。倘是奶奶看见,奶奶会先抹一下自己的眼角,颤颤地走过来拍一下姑姑的肩膀,示意她放开二北。

二北心里不明白,姑姑为什么总要让他吃奶,不明白姑姑眼珠为啥转得那样缓慢,不明白姑姑的胸脯上为啥不像娘那样充满又香又甜的味儿。

二北明白了缘由是在五岁那年。那是山茱萸花盛开时节的一个和暖的中午,二北正在屋后山坡上的山茱萸林间摘着花儿玩,不知什么时候,姑姑蹑手蹑脚地来到了他的身后,一把搂住他而且迅速地把奶头塞到了他的嘴里。五岁的他立刻使出全身的力气向外挣脱。姑姑为了防止他逃走而死劲地搂紧他,他嘴里噙着奶头鼻子被压在姑姑的胸上,一点气也喘不过来。幸亏有一只名叫欢子的狗,是欢子的叫声引来了爹爹。爹爹把二北从姑姑手里夺过来时,二北的脸已憋得乌青,跟在爹身后赶来的娘立时哭了起来。爹那一刻气极地上前连打了姑姑几个耳光,耳光声惊来了奶奶,奶奶一见女儿的嘴角被二北他爹打出血丝来,顿时就哭骂开了:"好你个狗东西,你就这样打你妹妹哟!你不知道她是个傻子吗?你这样欺负她你心上就下得去呀?……"二北记得爹当时硬硬地回了一句:"打死她也好!谁让她傻成这样?"奶奶于是就跌坐在地上捶着土坷垃哭喊道:"老天爷,你们听听哟,当哥哥的能这样说吗?我当初真是瞎了眼,把你这个狠心的东西养大成了人!你妹妹傻怨得到她吗?还不是你们逯家坟上风脉不好,祖上积德不够哇!……"爷爷在这场吵闹中自始至终没吭一声,他只是双手抱头蹲在远处一动不动。

二北就是由此明白了:姑姑是个傻子。

此后,他再见到姑姑时,除了害怕之外,心里还多了一丝惊奇和疑惑:姑姑为啥会是一个傻子?

2

六岁的二北已经能看明白,傻子姑姑唯一害怕的是爹,爹只要一看见姑姑,就朝她厌恶地瞪眼挥手。爹和奶奶常为了家务事争吵,尤其是当奶奶埋怨爹没本领多挣钱养家时,爹最后总要恶狠狠地回一句:我没本领,可我的孩子一个不傻!这一句话就会把奶奶顶得张口结舌,使奶奶在争吵时已得到的胜利顷刻化为乌有,奶奶只有放声大哭。

但没有多久,二北发现爹爹对姑姑主要是对奶奶的态度变了,爹爹再不敢同奶奶争吵,爹爹见了奶奶总要低下头,爹爹似乎在奶奶面前失去了什么仗恃。

二北慢慢从大人们的谈话中尤其是从娘的叹息中明白,爹爹对奶奶态度发生变化,是因为爹的大儿子,就是二北七岁的哥哥也已显出了傻相。

二北有些吃惊,他开始仔细地观察哥哥,他发现哥笑起来果然和姑姑有些一样:不用眼睛笑,只把笑纹僵僵地停在颊上,而且只要笑起来就很难收回去,常常还要发出嘿嘿的声音。

二北还发现,哥哥不知何物干净何物肮脏,哥哥常常去玩牛粪,把稀脏的牛粪往衣袋里装,逢到二北去制止时,哥哥便嘿嘿地笑。哥哥不知避羞,二北已经晓得大小便避人去到茅厕里,可哥哥依旧是随地就尿就拉。哥哥也不知饥饱,给他东西就吃,不给他东西就不吃;端给他水就喝,不端给他也不知要水喝。

二北听见爹和娘夜里在床上叹气,听见娘带了哭音问爹:"老大傻成这样,可咋着办?"爹的话音里早没了先前的厉害,只低了声讷讷地说:"看来咱逯家每一代人都要出个傻子了……"

奶奶见哥哥显出傻相也流了泪,不过她没有娘流的泪多,娘常常望着哥哥抹泪,眼睛都抹得又红又肿。奶奶不得不过来劝娘:"甭哭了,孩子是傻是聪明,全由天定,老天爷要我们一代出一个傻子,你能拗得过?再说,这伏牛深山里,你去哪个庄子走走,都会碰上几个傻子,没听那些货郎唱:'伏牛山里敲声锣,引来傻瓜十几个。'可见有傻孩子的人家不止咱姓逯的,哭啥哩?咱认了……"

哥哥的傻,使二北失去了一个重要的玩伴。逯家凹就住逯家一家人。白天,爹上山巡护林子——伏牛林场让逯家巡护附近的山林,防止山火,每月给点钱——爷爷和娘到凹里的几亩地上干活或捡山菜,家里就剩下了二北、姑姑、哥哥和妹妹。妹妹还小,不会玩,整日被奶奶抱在怀里。可以和二北玩的,只有哥哥。可惜哥哥什么也不会玩,不会捉鸟,不会跳绳,不会坐秋千,不会吹口哨,只会站那儿嘿嘿傻笑,这真使二北觉得乏味。

二北虽然机灵且已到了上学的年龄,却没有上学的机会。逯家凹位于伏牛山的最深处,这里没有学校,去山外最近的学校也要走几天山路。早先上边也有人动议在逯家凹办一所小学,让邻近的齐家坳的齐家和洪家峪的洪家的孩子到这里读书,可一来三家人到学龄的儿童太少,二来没有识字人愿到这深山里教书,这动议就被搁置了。所以如今二北除了从爹爹那儿学到"男、女、天、地、上、下、大、小、山、谷、河、水"等十几个汉字外——这些字是二北爹当初从林场扫盲班弄来的全部宝贝——主要任务便是玩了,可玩又没个玩伴,二北只好孤独地满凹转悠。

　　日子在二北的溜达转悠中飞快地流走,又一个秋天妖妖娆娆地扭来了。秋天是逯家凹最好最美的季节。逯家凹的秋色美不是因为满山的枫叶、栎叶红了,不是因为天空澄碧,不是因为柿子熟了,这些景致在别处的山里都可以见到。逯家凹秋色美在一个独特的景观:四周山坡上密密麻麻长着的山茱萸树全落了叶,原先被树叶遮着的山茱萸果全露了出来,一串一串,晶莹红亮。这时站在逯家门前向四面山坡上一望,只见红光耀眼,真像天宫的仙女把她们玛瑙库里的红玛瑙全撒出来了一样。每到这时,二北的娘总要上山采摘一些山茱萸,回家去了核晒干,而后用它泡酒、熬茶、蒸糕、煮稀饭。奶奶说,吃山茱萸是老辈人传下来的习惯,这东西女的吃了可以月经正常脸颊白嫩,男的吃了可以使那个东西精精神神,常吃可以活出大岁数。二北听不懂别的,只听懂了能活大岁数,奶奶已经九十多了还能抱上妹妹满山坳走,肯定是因为她常吃这山茱萸。这天,娘提了篮上山摘山茱萸,二北便也跟了去。母子俩往南山坡走时都没注意到,大北也慢慢腾腾迟迟疑疑地跟在了他们身后。

　　娘在一株山茱萸树上摘果时,二北转悠到了另一个小坡上,他无意中发现这面坡顶上有一株山茱萸的果实特大特红,于是来了兴致,想伸手去摘。可他个儿小,手够不到,急切中的他两个眼珠一骨碌,想了一个主意:爬上旁边的一棵小栎树再探过身去。他脱下小褂,扎住两个袖头就上了树,一边摘一边往袖筒里放。他一心想着让娘看看他摘的山茱萸果实有多好,根本没发现哥哥这时也尾随着来到了他所攀爬的小栎树下。那大北先是静静站在树下,瞪着两个白多黑少的眼珠看了二北一阵,似乎不明白弟弟何以会站在树枝上。随后他伸出手,抱住那小栎树的树干摇了一下,大约是想告诉二北他来了。正站在树枝上摘山茱萸的二北哪料到这脚下的一摇,身子立时失了平衡,他只来得及惊叫一声,便重重地向地上摔去。当娘听到那声惊叫跑过来时,二北已经满脸是血地躺在了树下,而大北则望着娘嘿嘿笑。娘惊恐无比地扑到二北身前哭喊起来:"我的儿呀……"

所幸的是,那棵小栎树不高,树下的山茅草和龙须草又深又密,二北并没被摔断骨头,只是擦破了皮肉。当二北在娘的连续哭喊中缓过气来睁开眼睛看到哥哥时,他打了个寒噤,他这时才真正意识到,人傻了是多么可怕。

二北的出事迫使家庭成员的分工作了调整,奶奶此后只管看护小妹,姑姑和哥哥则由爷爷专职看管。爷爷不再干活,种地的事儿由娘一人去办,爷爷每天跟在姑姑和哥哥身后,防止他们再去做有害他们自己和家庭的事。

二北注意到,原本就说话不多的爷爷,这时说话更少了,额上的皱纹像每天划上一道似的日见增多,而且过去挺直的脊背,也有些见驼了。常常在姑姑、哥哥傻站在一处什么地方时,爷爷会定定地站在他们身后,抬了脸凝望着远处的山,仿佛要在那白云飘绕的山头上找出什么东西来……

3

二北从十一岁起开始跟娘一块儿干活。活倒也不重,就是每年夏种一季小麦,秋种一季苞谷和几畦萝卜。地在门前的山脚下,很壮,不用施什么肥料庄稼和菜就能长得很旺。此外,便是娘儿俩一块儿上山采山菜,比如蘑菇、地耳、木耳、拳菜等等。

二北就在这样的劳动中逐渐长成了一个壮实小伙。

十四岁那年,二北和爹一起出了一趟山。逯家每隔一个月,总要有人去山外一趟,用林场发下来的一点钱,去山外的镇子上买点油盐酱醋和其他日用品。过去是爷爷去,后来是爹去,这次爹让二北跟上,是为了让他熟悉路径,以便日后接替自己。

出一趟山果然不易,三天的山路走下来,把二北累得腿仿佛要断。但山外镇上的热闹景致真好,那么多的人,那么长的街,那么多花花绿绿的物品,很快让二北忘了疲累,以致回逯家凹几天了,那街景还总在他的脑子里转悠。

十六岁上,家里开始张罗给二北找对象。选择对象的事儿在这里其实很简单,因为可做逯家婚姻对象的人家只有两家:附近的齐家和洪家。远处的姑娘谁也不愿嫁到这深山里来,你只有在齐家和洪家长大了的姑娘里挑一个。而这两家又都是亲戚,一个是二北的外婆家,一个是二北的老外婆家,一挑上哪个姑娘,女方家就没有不同意的道理。何况三家人祖辈上都有约定:为了保证三家的男丁不打光棍,三家的女儿一律不准远嫁他乡。

二北奶奶给二北选中的姑娘是齐家的天兰,十五岁,属羊。奶奶说:"男马女羊,福寿绵长,子孙漂亮,就定了她吧!"

那天二北去外婆家时见过兰姑娘,模样挺耐看:眼大大的,眼珠乌亮乌亮,双眼皮,睫毛特长,眼眶里总汪着笑意;身个不低,两腿细长,头发厚实,一条独辫子看上去有几斤重。二北挺满意,奶奶问二北愿不愿娶天兰,二北羞笑着点头说:"中嘛!"二北还听见奶奶对娘说:"身个细长的女人,生出来的儿女个子会高。"二北当时听见,稀里糊涂地一笑。

二北结婚是在十八岁的秋天,山茱萸熟了的时候。婚礼前半个月,奶奶在早饭、晚饭时都让用山茱萸和着苞谷粉给二北熬粥喝。这种粥平日全家人隔三岔五地喝一次,为的是养身延寿,可若连着喝,就让人有些倒胃口,因为山茱萸酸,熬出的粥也有些酸。二北接连喝了七八天后,开始向奶奶提出抗议:"为啥总让我一个喝这种酸粥?凭啥这样坑我?"奶奶当时瞪他一眼骂道:"你懂个屁!叫你喝你就喝,不会害你!这是为了让你结婚时有劲,让天兰高兴,让她早生儿女,懂吗?"

有劲?二北当时听得莫名其妙,我原本就有劲。

不过,半个月的山茱萸苞谷粥连着喝下来,二北有一个明显的感觉,就是体内有一股热热的东西在涌动,样子就像一群被关着的兔子在猛烈地向栅栏冲撞,对天兰的思念变得分外强烈。

婚礼就在这个时候举行。

这深山里的婚礼一向简单,不过是用两根竹竿绑一个圈椅,让天兰坐上,由二北和一位亲戚抬来就成。

二北把天兰接进家的当天傍晚,奶奶让爷爷在院门前燃起一堆大火,又让二北和天兰各手抱一个呆笨难看象征傻子的木刻人儿走到火堆前,把它们扔进了火里。奶奶手持一把桃木刀站在火堆旁,直到大火把那两个木刻人烧成灰烬后,奶奶方对二北和天兰说:"进洞房去吧,如今已把傻鬼烧死了,他们再不敢附你们的身子,逯家能不能有一房聪明后代把香火传下去,就看你俩的本领了!"

二北被奶奶低沉的话语和这种肃穆的气氛弄得头皮一紧,当他和天兰向新房走时,他觉得两肩被压上了很重很重的东西……

4

天兰是当月就怀上了孕的。

不过天兰和二北都不懂得,直到有一天天兰哇一声呕吐到了被子上,二北才吃了一惊,才模糊意识到可能是事情有了眉目。

消息传到奶奶耳里,奶奶过来一捏一摸天兰的手、脚、肚子和胸脯,然后转对二北笑笑:成了!

接下来就是等。

二北很有些自豪:我只用了这么短的时间!

自此后,二北注意到爷爷、奶奶和爹、娘的目光时时落在天兰的肚子上,那目光里都是欢喜。

天兰的肚子凸起来了,而且高度一天一天地增长。生性腼腆柔顺的天兰对自己模样的改变很有些害羞,吃饭时都不好意思去饭桌前坐。奶奶就嗔怪道:羞啥子? 你是逯家的功臣,没有你这模样,逯家的香火咋传?

天兰怀到六个月时,二北常在夜间抚着天兰的肚子问她:"你说,是男的还是女的?"有一晚,二北又这样笑问时,天兰顺口答道:"男的女的说不准,反正不会是个傻的!"

这一个"傻"字触到了二北最忌讳的地方,让他忽然恐慌地想道:万一这孩子是个像姑姑、哥哥一样的傻子可怎么办? 不,不会的! 天兰和我都聪明健康,怎么可能会生出一个傻子呢? 二北在心里宽慰自己,然而一丝疑虑却从此挥赶不去,使他后来再看天兰那高隆起的肚子时,目光里总有一丝不安。

我没有做过一点对不起天地神灵的事,送子娘娘不会给我送一个傻孩子的。

孩子临盆的日子终于在二北那夹杂了不安的企盼中来了。是奶奶接的生,娘给奶奶打下手。

是个八斤七两重的儿子,第一声哭叫透过窗框惊飞了屋檐下栖息着的一对麻雀。全家人都快活地舒了一口气。奶奶高兴地说:"瞧他这落地的动静,日后准是个机灵壮实的好汉!"

奶奶给孩子起名为小灵。

但二北不敢太欢喜,他那丝疑虑依旧没去,一个人傻不傻不是看他的哭声和体重。

他焦急地盼望小灵灵往大处长,他要看最终的证明。

日子像院中那棵老栎树上的叶子一样,一片一片飘走了,小灵灵长到了该说话的时候。然而他却迟迟没有说话,他只会简单地呀、啊、呵。二北的恐惧增加了,全家人的笑容开始见少,爷爷的眉头最先皱了起来。

"有的孩子天生说话就晚。"奶奶这样宽慰二北和天兰。但她自己再看小灵灵时,目光中也开始露出疑虑和慌乱。

小灵灵长到了两岁,会走会跑,可就是不会说话,总是呵呵地叫,而且开始无缘无故地笑。二北感觉出自己的心在向深渊里沉。爷爷、奶奶和爹、娘脸上的笑纹都已隐走。但二北还不相信这就是最后的判决,他强制自己再安下心来等小灵灵长到三岁。

二北永远不会忘记那个早晨——小灵灵长到两岁零十个月时的一个早晨。那天早晨二北是被天兰的一声惊叫吓得睁开眼的,他的眼睛睁开时,发现小灵灵正赤身蹲在床上向被褥上拉屎,而且边拉还边嘿嘿地仰脸不知望着什么地方笑着,笑时的神态和二北的哥哥、姑姑一模一样:双眸缓转、脸颊发僵、声音滞涩。

证实了,最后证实了,又是一个傻子!

再不用去寻找任何别的证据。

那一刻,二北的双手狠狠抓住了床帮,指甲深陷进了木头里,几缕暗红色的血从他的指甲缝里爬出,像蚯蚓一样匍匐在那杉木床帮上。随后,他颓然仰躺在床上,拉过被子蒙上了脸,他不愿再看儿子,不愿再看这个家庭。

天兰那时也哀哀地哭开了,边哭边用拳头捶着自己的肚子叫:"怨我,怨我呀!怨我的肚子不争气,生出傻子来,你们打死我吧,杀了我吧!……"

爷爷、奶奶和爹、娘闻声都跑进了二北和天兰的睡屋,不用询问,他们一看就明白了是怎么回事。爷爷默然无声地把小灵灵抱走,娘把天兰搀到了她的屋里。

奶奶和爹在二北的床头站了许久,最后又都无言地退走了,二北知道他们无论说什么话都安慰不了自己。

那是一个二北今生今世都会记住的日子,全家人都无声无息,只有傻姑姑和傻大北间或在院中发一声嘿嘿的笑声,谁也没提出应该做饭吃饭,爹也没有再出去巡山护林。

逯家从这种寂然状态中重新活过来已是傍晚,一直坐那里不停地吧嗒旱烟的爷爷最先起身去灶屋做饭,风箱的呼嗒声把二北的娘唤进了灶屋,她帮助二北的爷爷把晚饭做好,而后一碗一碗地端给家人。给二北端饭的是爷爷,爷爷亲自把饭碗端到二北的床头,爷爷的声音嘎哑低沉,爷爷说:"吃饭吧,二北,都是命呀……"

两家亲戚——齐家和洪家听说后都来了人,两家人都劝二北:"想开些,天下有傻子的人家可不是就你们一家,俺们两家不是也有?人该有啥样的子女都是送子娘娘定的……"

5

日子又流走了许多之后,二北才算把那苦痛慢慢推开,他一能够正常想事情,就开始琢磨:我逯家为啥总出傻子?

他不再相信奶奶对这事的解释。奶奶把傻小灵的到来依旧解释为送子娘娘对逯家的惩罚。不太可能!我和天兰长这样大没有做过半点对不起神灵的事,我不懒不贪不杀不抢。天兰每天和娘去地里忙活,又勤快又贤惠又孝顺,送子娘娘凭啥来惩罚我们?假若是为了先辈的罪孽来惩罚,那也不能一辈一辈又一辈,一定是有别的缘由!

二北首先怀疑的是全家人的食物。会不会是我们吃的东西中有啥子可以致人以傻的成分?当他把这个怀疑讲给爷爷、奶奶听时,奶奶把眼一瞪,奶奶说:"放屁!咱们家祖祖辈辈吃的都是这些东西,苞谷、蘑菇、山茱萸、金针菜、木耳,这些东西哪样会让人变傻?再说,你爷爷这辈人中就没有过一个傻瓜。你爷爷他们兄妹三个,一个个精精明明,你大姑奶嫁去齐家,你二姑奶嫁到洪家,都是当家理财的好手,他们吃的不也是这些东西?!"

接下来二北开始怀疑住的地方不好。莫不是我们住的这个山坳古怪因而可以致人以傻?他围着家的四周围着山坳仔细寻找,但最后也没找到什么古怪的东西。山、水、草、石、树、花、鸟、兽、虫、鱼,这个山坳除了偏僻,除了没有外界人来之外,并没有什么不寻常的地方。再说,爷爷那一辈不也就住在这里?他那辈人中怎么没有傻子?

二北后来开始怀疑常用的物品。这些用品中有没有可以致人以傻的东西?他把挖地的铁镢、割草的镰刀、做饭的铁锅、盛饭的瓦盆一一拿来审视检查,但最终也没查出个所以然来。

他最后开始怀疑到病。会不会因为我们逯家的人身上有了啥子病,这种病我们自己平时感觉不出,但却可以导致生出傻孩子?

该到山外的医院里去检查检查,弄个水落石出!

二北的决心已定,待下次出山去为全家人买油、称盐、扯布料时——如今出山去农场场部领工钱,去山外镇上买用品的任务,爹已经移交给他了——他到秋馆镇医院检查了一次身体。检查前,医生问二北查什么,二北说查查身上有病没有。医生查完后告诉二北:"你的身子很健康,没有什么毛病。"

二北听后一怔,怔后开始琢磨:既然我没病,那有病的就是天兰了?

得让她也来查查!

二北隔一个月总要出山买一回日用品。下一次出山时,他说明理由,要天兰随他走一趟。全家人包括天兰一开始闻言都吃了一惊。逯家和附近的齐家、洪家的女人,还从没有出过山的,这一来是因为到山外路远难走,来回一趟得几天时间,中途还要睡山洞,女人们的身体很难受得了;二来是这三家的祖辈人很早就商定,不准女人出山,据说立这规矩的缘由是:山外的女人没有愿嫁进这深山的,山里的女人若在出山过程中碰上土匪被抢走,或是女人看见山外的世景好不愿回山里,这山中的男子汉们便要打光棍了。

在二北的执意坚持下,加上如今世道太平,又是丈夫领着老婆出去,爷爷和奶奶最后让了步。二北知道,他们能够点头应允还有一个重要原因,就是他们内心里也想弄清,这个家究竟为什么总出傻子。

柔弱胆小的天兰对出山有些害怕,但既是二北决定的事,她只有服从。加上她内心里也想弄明白生傻小灵灵的原因,就咬牙上了路。好在她自小在山里干活,走山路不怯,她跟在二北身后,顺利走完了那条她从未走过的如蛇一样盘在山岭沟谷间的出山小路。

山外的景致抓住了她的眼睛,哦,老天,山外原来是这个样子!她满目新奇地走进了秋馆镇医院,检查一上来挺顺利,化验抽血时尽管把她脸都吓得煞白,可她还是咬牙挺住了。出事出在进行妇科检查时,她进妇科诊室不久,突然发一声尖叫掩着衣服跑出门来,一下子扑到了二北怀里,惹得走廊上的候诊病人和医护人员都扭脸看他们二人。"咋回事?"二北低声惊问。"他们——"天兰满面通红受了惊吓地颤声说道,"他们让我脱了裤子叉开两腿,要看那个地方……"

"哦?"二北眉头一紧,不过旋即又叹了口气,"就让他们看吧,咱来是为了查病的,要吃亏就吃点亏吧。"

天兰见二北这样说,只好红着脸硬着头皮又走进了妇科,战战兢兢地躺在了那张床上。

料不到的是,医生检查完之后也对天兰说:"你的身体很健康,没有什么病。"

这就怪了!二北和天兰疑惑相望,久久站在医生的诊桌前没动。既是两人都没病,何以会生出傻子来?那位医生大约是惊奇于二北和天兰的神情,笑道:"你俩经检查身子没病,应该高兴才是,怎么反倒不安了?"二北唉了一声,不再顾及脸面,就把两人生了傻孩子的事说了出来。那医生一听说是查这个,便详细问起两人的家庭和远亲近戚的情况。两人一一作答后那医生笑道:"这就明白了,你们所以会生出傻孩子,在于你俩是近亲结婚,近血缘婚配,使遗传因子逐步趋向纯合化,父母身上病态的基因,会传给下一代。你们要想生出聪明孩子,就得离婚,各自再在山外找一个对象,否则,下一个孩子仍有可能是傻瓜!……"

二北和天兰如梦方醒,惶恐不安地回到了山里。老人们围上来问检查结果,二北说出医生的话后,全家人许久都没出声。爷爷后来叹口气说:"大夫说得有点道理,咱们逯家、齐家和洪家自从老辈子避难来到这深山里,一直是三家的女儿彼此相嫁,总是嫁去娶来,八成这血就用旧了,啥东西都有个用旧的时候。"奶奶后来用拐杖指了指二北说:"大夫让你和天兰离婚这话可是屁话,真要离了婚,让天兰在山外找个男人,兴许还行,可让你去山外找个女人,能成?谁家的女儿愿跟你?……"

6

二北没有被奶奶的话吓住。

我既是知道了不生傻子的法子,我就要照这个法子去办,逯家需要聪明的后代,我不能让逯家变成绝户!

二北决定先给天兰在山外找个婆家。天兰也应该有自己聪明的儿女,他觉得他有责任先把天兰安顿好。一天晚上,他把自己的打算给天兰说了,天兰抱紧他哭成了一个泪人,哭得他的眼中也汪满了泪水。他何尝想让天兰嫁给别人?但他没有让自己的决心软下来。天亮时他仍旧在天兰的耳边说:"我过几天就出山给你找,我会给你找一个好人家！"

可二北的这个决定遭到了爷爷、奶奶和爹、娘的一致反对。奶奶骂道："日你个先人，你办事顾前不顾后，要是天兰找个婆家走了而又没女人跟你咋办？你打光棍？你打光棍倒也罢了，只是日后谁来照顾俺们几个老东西和这三个傻瓜？……"

面对老人们的坚决反对，二北只好又改了决定：自己先在山外找个对象，而后再给天兰说婆家。老人们最后默允了这个意见，他们实在也为逯家的将来忧心。二北问天兰这样办行吗，天兰哭着说："你看咋着办好就咋着办吧，反正只要你们逯家不再出傻子就行，俺听你的……"

这之后不久，二北就出山到秋馆镇找了方四伯。方四伯是秋馆镇上的一个孤身老头，老人心肠很好，平日逯家男人出山买日用东西时，都是在他这里落脚歇息的。二北这次给老人带了些晒干的山茱萸和山蘑菇，托他给自己说媳妇。老人只听了几句就急忙摇头说："娃子，不是我不愿帮忙，实在是这个忙很难帮上。你尽管长得有模有样，可是平地女子哪能看上你一个山里穷娃子？你还是趁早死了这个心，在山里找个女子成了家算了。"二北闻言就再三恳求，他不敢说出自己家里的真实情况，只把逯家凹如何不缺吃的、如何山清水秀、人如何长寿等好处说了一遍。方四伯被二北那副哀哀相求的样子弄得实在不好再回绝，就答应说试试，让他隔上一个月之后再来。

二北这时已接替爹担负了护林的事儿，可他如今哪有护林的心思？每日背上信号枪出去巡查时，脑子里想的都是方四伯那里的进展,眼睛都懒得往四下里看。好在这里山深人少,没有山火也没有人盗伐树木让他操心。

一个月之后,二北迫不及待地出山去找了方四伯。方四伯说,经他这些天东奔西跑,总算有三家的女子愿意同二北见面。二北听了心就噗地一跳,高兴得忙把从山里背来的一袋核桃放到了四伯桌子上。喝了几口茶水,四伯就领二北去相亲。二北这次下山前,天兰因为知道他的心思,含着眼泪给他做了一身新衣裤。二北这会儿穿得光光鲜鲜地跟着方四伯向第一个女子家走,心里欢喜紧张得如同当初同天兰见面。

到女方家一看,二北的心里立时凉了,原来那女子的左眼瞳上长了一朵棠梨状的翳,等于只有一只眼。我可不能找个独眼老婆!二北心里正暗暗抱怨方四伯,那独眼女子的娘已经追问起二北家的详细情况了,而且公开对二北家住深山、对逯家四个老人都活着表示不满,大声小气地叹道:"我的闺女跟你过日子可是太亏了!"方四伯见二北面色难看,急忙同那母女告别。二北刚出那家的院门,那位当娘的就哐一声关了大门,一声满是不屑的"哼"从门缝冲出直扑进二北的耳朵。

二北的心被刺得倏然一缩。

方四伯抱歉地朝二北笑笑,又领他去看第二家。这家女子二北又是只看一眼,就无了兴致。原来这女子的身子小得可怜,而且两只手上都长了六个手指,和天兰的相貌一比,简直是天上地下。这位六指姑娘看来对二北还挺满意,很热情地给他让座端茶。二北心里正想着若把这姑娘娶回去,附近的齐家人和洪家人将会如何取笑自己,那女子却已大方地向二北提出了条件:"俺可以不向你要彩礼,但成了家后,你要搬出山住在俺家做倒插门女婿,你要改姓俺家的'姜'!"二北闻言惊吓得慌忙站起了身,用目光示意方四伯快走。方四伯见状,只好尴尬地把手中的茶碗放下。

有了前两位的经验,二北对第三家女子的相貌不敢再抱奢望,不想一见之下,这位女子还真是长得不错,和天兰的模样不相上下。二北心里一阵高兴,就很仔细地向她和她的妈妈讲了逯家凹的种种好处。这母女俩听了,也很爽快地表示:只要人好,家在山里没有关系。二北听了心花怒放,看来这桩婚事能成。但最后那姑娘的妈妈所作的一番交代又让二北来了个透心凉,原来那姑娘患有狂躁性精神病,隔个十天半月就要发作一次,发作起来会砸摔家具用物,那位妈妈还算讲良心,预先来了番交代。二北听后骇得连退了两步。我原本就是为了不再添傻子才走这一步的,我怎能再娶一个半傻的女人?

在离开这家人返回方四伯住处的路上,二北忍不住心上的失望,对方四伯抱怨道:"你咋能净给我介绍这样的女人?是不是把我也当成傻子了?"四伯对自己的一番辛劳没有结果已有些不快,听了这话更有些生气,就硬硬地回道:"你娃也不要心气太高想得太好!你一个山里穷娃子,指望啥让平地里的漂亮姑娘跟你过日子?你要有个两三千元,再漂亮的姑娘我也敢叫你去相!你不是没有钱嘛!"

二北被噎呛得半晌说不出话来。在那一刻,"钱"这个字便深深烙到了二北的心上。

看来,要想在山外找个媳妇,要想让逯家留下聪明后代,我首先得弄到一大笔钱!

可去哪里弄钱?

指望护林的那点工钱,啥时候才能攒到几千元?

二北蔫蔫地又返回到逯家凹家中。天兰见他那副神情,也没敢多问,只更加细心地照料他的吃喝。这个结局似乎在爷爷、奶奶和爹、娘的预料之中,他们也没有再来询问。

可二北没有死心,他一边在山里护林、干活,一边琢磨着弄钱的法子,他发誓要弄到一笔款子。

他首先想到的是捡山上的蘑菇、木耳等山菜卖。这些山菜也不好捡,二北辛苦了好多天,总算捡到了一麻袋,可待他出力流汗吭吭哧哧地背到山下镇上时才晓得,这些东西不准买卖,不仅不准买卖,还差点被没收了去。可怜二北当时蹲在那袋山货前,真想哭出声来。

二北后来又想到了打猎,卖兽皮倒也是个弄钱的法子。可是到哪里去卖兽皮呢?山外的镇上蘑菇、木耳都不准卖,会准卖兽皮?

偷卖木头是二北也曾想到的法子,先不说偷卖木头在护林人是不允许的,就是允许,谁愿来买呢?出山的路线扯在峰谷之间,任何车辆都不能通,出一趟山得几天,有哪个人会来买一根木头扛出去?

二北终于还是绝望了。

看来,和天兰分别再成家的愿望是不能想了。

看来,我的命里是只有一个傻儿子了。

逯家绝户的日子已能够看得见了。

那些天,二北早上再也不早起,护林和种地的事再不去操心,早饭也不吃,常常睡到日近当午,而后胡乱地穿上衣服,在山坡上闲荡。

爷爷、奶奶、爹、娘和天兰对二北前一段日子的奔忙和这段时间的绝望看得清清楚楚明明白白,可他们知道无法去劝慰二北,他们也只有把眉头越皱越紧悄声叹息。

家人中照常生活的只有三个傻子:二北的姑姑、大北和小灵,三个人的饭量照样不减。每当爷爷喂罢他们饭后,他们仍如往常那样睁着眼白很多的眼,迟缓而狐疑地看着院子,看着家人,看着天空,偶尔地,还会有一个突然发出嘿嘿的莫名其妙的笑声。那些滞涩的不带感情的笑声让人听了心惊。

"笑什么?"二北的爹常常得去恶声喝止。

奶奶干枯的眉心终于有一天变得有些平展,她捏紧竖在胸前的拐杖自言自语着:"没有法子咱就还生,兴许还能再生出一个聪明的来……"

生!奶奶最后把拐杖在墙上一碰……

7

奶奶是在晚饭时边嚼着苞谷面饼边说出这个决定的。奶奶的牙口很好,奶奶九十多了照样能把苞谷面饼嚼得咔嘁咔嘁响。奶奶一边咔嚓咔嚓地嚼着一边喊道:"二北、天兰,我看咱们还是再生吧!"

正在散漫地喝着稀粥的二北闻言双眸一定:"再生?"

"对,再生!"奶奶狠咬了一口苞谷面饼,"当初你爹和你娘生下你傻哥之后,不是又生了一个聪明的你嘛!你和天兰再生下去,保不准也能碰上一个聪明的。生,再生!"

"要是再生一个傻的咋办?"二北把粥碗往桌上一摊,放下了筷子。

"是傻子了就再生!"奶奶咽下一口嚼碎的饼,话音变得更清,"直到生出一个聪明的来!"

"已经有三个傻子了,再添一个日后……"

"那你说咋办?"奶奶打断二北的话,将浑黄的双眼瞪了起来,"咱逯家就在这儿等着绝户?"

二北没再说话,只用双手把头抱住。

"天兰,你听见了没?"奶奶将威严的目光转向了天兰。

满脸红透的天兰这时急忙低了头,蚊子叫似的回道:"俺听见了。"

爷爷和爹这时似乎知道下边的话不能再听,就相继端碗走了出去。

"听见了你们今夜里就办,甭再往后拖!"奶奶断然地说道,"听说你们俩早就分开睡了,今黑里合成一铺,早办早有果,我要看看这一回的果!"奶奶说罢,又朝口里填一块饼,咔嚓咔嚓地嚼了起来。

晚饭后歇息的时候,天兰看一眼闷坐在那儿的二北,拿起自己的枕头,轻步走到二北的床头,挨着二北的那个枕头放下了。从小灵显出傻相那天开始,二北一直是和天兰分床睡的,他一次没再动天兰,他害怕让天兰再怀孕生出傻子来。

天兰出去端了一瓦盆水进屋,闩上门开始脱衣擦身。油灯光很弱,天兰那白色的身子在灯下一晃一晃,好像把灯光比得都弱了下去。二北不由得抬眼望去,天兰那浑圆柔韧的身子他很熟悉,但毕竟是多天没动了,他感觉出有一股欲念从腹部生出。

天兰擦洗完身子,怯怯地看了一眼二北,轻步走到二北的床头,掀开被子钻了进去。

二北又坐了一会儿,叹口气,起身吹熄了灯,向床走去。他慢吞吞地脱衣,慢吞吞地把身子缩进被里。

难道真的还生?二北在心里问自己。他感觉出天兰那温暖滑溜的身子在向自己偎来,但他控制住自己没动。难道真的还生?

"奶奶说,让早点……"天兰的耳语像细风一样飘来。

天兰的手臂已经搭上了自己的身子,二北终于没能忍住,他猛地伸手把天兰搂了过来。他没想到自己很激动,动作竟有些慌乱。但当他的手触到她那柔软的肚子时,他的耳边忽然响起了医院里那位医生的警告:"你们要想生出聪明孩子,就得离婚,各自再在山外找一个对象,否则,下一个孩子可能还是傻瓜!……"

他打了个寒噤。

他霍地撩开被子去看天兰的肚子,他分明地看见,那肚子里有一个和小灵长得一模一样的孩子,那孩子正瞪着一双和小灵一模一样眼白很多的眼睛,嘿嘿地朝他笑着。

他像看见蛇一样地惊叫一声,翻身下床,鞋也没穿就跑向了另一张床,跑向了天兰原来睡觉的那张床。

天兰嘤嘤地哭了起来。

但二北躺在这张床上一直没有再动,他大睁着双眼望着屋梁,直到天兰的啜泣弱了下去。

天快亮的时候,他方合眼睡了一阵,但就在那阵短暂的睡眠里,他又做了一个梦。他梦见有一群和小灵一样的孩子,嘿嘿笑着向他围来,每人都朝他伸出一只手,将他端着的一个饭碗撕成了一块块碎片,那些白色的碎片雨点一样在空中飞舞,而后聚成一股向他狠狠砸来……

他惊起身时天已发白。

8

奶奶在观察天兰的肚子,两只老眼里满是期待。二北发现了奶奶的目光,他慌慌把眼睛移开。

天兰自然感受到了奶奶那目光的探查,她只好装作未发现。她平日不敢在奶奶面前多停留,她害怕奶奶询问。

四个月之后的一个晌午,全家人吃完午饭时,奶奶喊住了正在收拾碗筷的天兰。

"咋样? 弄上了吧?"

"没。"天兰轻轻摇头。

"咋着回事？四个月了！"奶奶话音里有了怒气。

天兰垂首无语，她能说什么？

"说呀！究竟是啥子缘由，四个月了还没弄上？有多少四个月可让你们耽误？"奶奶厉声追问。

天兰把头更深地垂下，双手机械地在腿上揉搓。

"你莫不是那种生完一胎就关了门的女人？"

"不，不。"天兰委屈得急忙摇头，声调里杂了哭音。

"那你说是咋着回事嘛！四个月的日子，再笨的女人也该怀上了！"

"他就不进俺的被窝，俺咋怀？"天兰话一出口，眼泪就掉下了。

"哦？"奶奶吃了一惊。

这个杂种！奶奶骂道。这句针对二北的骂声刚落，奶奶又转向了天兰恶狠狠地说道："哭！你就会哭！你是个女人，还是个木头？他说不睡就不睡了？你不会硬往他的怀里钻？你不会用手去摸他那个东西？你不会引他惹他上你的身子？真是个笨东西！"

"哇——"天兰放声哭了。

"哭吧，哭吧！"奶奶那干瘪的嘴角撇得很长很长，"哭哭就把咱逯家的聪明后代哭出来了！我真不明白，一个好好的女人，就不能把男人引到自己身上，还哭、哭！有脸哭？！"

天兰的哭声更高了，那发颤的声音里含着无尽的委屈和伤心。

"奶奶，你甭怨天兰！"一直在隔壁屋里听着这场对话的二北这时走过来，"是我不愿天兰再生，我实在是怕再生出傻子！"

"怕，怕！"奶奶瞪着二北，"你只有不怕生傻子你才能得到聪明后代,我就不信,我们再生个三胎四胎五胎,就不能碰到一个聪明的娃子!"

"奶奶,不说生三胎四胎,就说再生一个傻子,这日子就更难过了!再过些年,我爹、娘就也干不动活了,到那时你们四个老人加上四个傻子,我和天兰咋能养活得了哇?!"

"那你说咋办?那我们就坐在这里等着绝户?"奶奶的脸颊抽搐起来。

二北无言,身子缩了下去。

天兰的哭声转成了抽泣,那抽泣声在午后的院子里旋了一下,消失在清新的山间空气里。

"逯老大!"奶奶发狠地喊着爷爷的名字。待爷爷小心翼翼地走进屋里之后,奶奶又厉声喊道:"二北他爹——"

二北的爹冷着脸也来到了屋里。

"既是二北不愿再生,那你们逯家的三个男人就赶快想别的不绝户的法子!这个家,老子是不管了,我九十多的人了,姓洪又不姓逯,何必再操这些闲心?!"

奶奶拄着拐杖,噔噔地走出了门去……

9

绝望笼罩着逯家,日子过得沉闷而无生气,家人之间彼此很少说话,每天各人干什么全凭过去的习惯性分工。

二北常自己对自己摇头,有什么法子?能有什么法子?

冬天的一个晚上,二北缩在奶奶的火盆旁烤火,目光正凝在烧红了的木头上时,爷爷咳嗽一声也坐在了火盆前,奶奶看了爷爷一眼,又把散淡的目光移开。屋外在刮风,风在山坳里打着旋,发出的声音类似一群女人的哭喊。

"我想起了一个法子。"爷爷突然打破了屋里的寂静,声音像受惊的兔子一样胆怯。

二北和奶奶都有些意外地看了一眼爷爷,他们一时没有弄懂爷爷这句话说的什么,两人都没有应声。

"不是害怕生傻子吗?我想起了一个法子。"爷爷这一次把事情说明白了。

二北注意到奶奶那发白的眉毛跳了一下。

"有一个法子。"爷爷小心地看着奶奶的脸色,又一次重复。

"有屁就放!"奶奶突然恨恨地开口。

"是这样,只是……可我……"爷爷慌乱起来,开始语无伦次。

二北被爷爷逗得真想笑起来,可惜上一次笑与今天隔得太久,他一时忘记怎样笑了,一个似笑似哭的神色爬上了二北的脸。他忽然无端地忆起,奶奶大爷爷七岁。

"你倒是说你的法子呀!"奶奶的脸上泅出了急躁。

"是……这样,不是说二北和天兰……我们……能不能找一个山外的……男人……让他……来和天兰……只是……"

"哦?"奶奶的眼睛突然间无限地瞪大,像从来没有看见过爷爷似的看定爷爷。

二北也霍地立起,无限惊恐地看定爷爷,有一刹那,他以为爷爷一定是也变傻了。

原本就畏畏缩缩坐在那里的爷爷,没能经得起二北和奶奶的盯视,他被这目光砸得突然间捂脸呜呜哭了。

二北这是第一次听见爷爷的哭声,老人的哭声如此嘶哑又充满颤音,且不时被哽噎住,那长长的换气使二北几次以为爷爷已被哭声憋死。那哭声有一种撕心扯肺的效力,片刻间便把二北的心扯得疼痛无比,使得他又软下身子蹲了下去。

奶奶的眼睛在那哭声里慢慢闭拢起来。

爷爷老了,连哭也不能持续很久了,爷爷的哭声渐渐低了下去,寂静慢慢又回到了屋里。二北茫然地瞪眼望着奶奶。

不知过了多久,奶奶的眼睛又缓缓睁开,她谁也没看,目光停在窗户上,黑夜就在窗框外贴着。"这倒是一个法子。"奶奶沉沉地开腔,"但找的这个男人要在黑夜里领他进咱逯家凹,不让他知道我们是谁,不让他记住进凹的路,领他来时最好不走我们出山的路,从荒坡上走。完事之后仍在夜里送他走。除了他,不能让一个外人知道。孩子是我们的,姓逯,这也行,是一个法子。二北,你说呢?"

二北的身子悸了一下,他没去碰奶奶的目光;他的嘴唇一动,有一团话就憋在喉咙里,可总是出不来;他的脸变成猪肝色,他知道自己的头很热,那上边仿佛有火星在跳;他的眼珠子上开始有了水汽,火盆里的火开始变得朦胧,火苗像什么精灵一样在跳动。

"你去叫二北爹来。"奶奶这时已转向了爷爷说话。爷爷甩了一把鼻涕,颤颤地站起来,蹒跚着向门口走。二北注意到爷爷的脚在门槛上绊了一下,踉跄了几步,很像要扑倒的样子,但他最后又恢复了身子的平衡。

"你回屋睡吧!"二北知道奶奶这是对自己说话,他依旧没看奶奶,只是极慢极慢地站起身,挪着步向自己和天兰的睡屋走。天兰还没睡,正在灯下缝补着一件衣服,二北模糊地辨认出,那是小灵的一个褂子。小灵!他猛地向床上去摔自己的身子,他感受到了天兰那惊怯的目光在自己身上一晃。他闭上眼睛,期望着赶快入睡。可就在这时,奶奶的房间霍地传来砰的一响。

是那个盛晒干了的山茱萸的瓦盆!二北在心里做着判断。那个瓦盆很重,稳稳地放在条几上,怎么会掉下来?一定是摔的!可要摔碎那瓦盆,需要很大的力气,奶奶没有,爷爷不行,那么只有爹,是爹摔的,是的,是爹……

二北感觉到有些水珠在脸颊上滚动,他胡乱地抹了一下,可是不久,它们又像蛇一样地爬了出来……

10

半个月后的一个小半夜时分,爷爷和爹从山外领来一个男人。那阵子二北和天兰都已经睡下,二北最初听到一个陌生的男子声音在院中抱怨:"天,你们这是啥子地方?我东南西北都辨不出了!"二北还吃了一惊,但一刹那之后他就明白了。他猛地把被角塞到嘴里,狠狠地咬去,他觉出自己的牙齿已经刺穿被角上的布和棉花。

灶屋里响起了风箱的呼嗒声,二北估计那是娘起了身在给那个男人烧茶。奶奶便是这个时候过来敲门的。天兰闻声披一件上衣趿了鞋去开门,门开后又跑回到她的床上钻进了被窝,只抬起头来问:"奶奶,谁来了?"

"一个男客。"奶奶只回答了一句就转向了二北说,"你去柴屋里睡,被子我已经让你娘给你铺好了。"

二北吐出口中咬着的被角,一句话没说坐起身开始穿衣服。

"怎么,奶奶,让客人住俺们这屋吗?好好,我这就穿了起来。"天兰一直被蒙在鼓里,这时也赶忙坐起身去穿衣裳,雪白的胸脯在灯光下一晃一晃。

"你不用动了。"奶奶的眼望着墙角。

"咋着了?我不动?只是让客人用小灵他爹的被褥吗?"天兰停了穿衣,满目惊奇地看定奶奶。

二北逃也似的向门口走去,他害怕听奶奶对天兰的那番解释,他害怕。但他腿上的力气只够他走到门外,他软在了那里。

"天兰,你想不想为逯家生个聪明机灵的娃子?"二北听见了奶奶的开场白。

"想呀,天天都在想。"这是天兰那真诚而单纯的回答,声音里也含有惊疑,她一定是惊疑奶奶何以在这时问这个。

"既是这样,待一会儿有个男人进来,你要顺着他,明白?!"

一定是天兰没听明白,因为屋里出现了寂静,二北能够想象到,这一刻天兰一定是瞪大了眼睛茫然地望着奶奶。

"奶奶,你在说什么?你糊涂了吧?"天兰像是明白了,声音里全是恐慌。

"听话,天兰!"

"不、不、不!"天兰哭了,她似乎在摇着奶奶的手。

"为了逯家的香火,你就……"

二北没有勇气再听下去,他喝醉了似的摇摇晃晃向柴屋里走。从灶屋门口过时,他看见爷爷干瘦的身子怕冷似的蜷缩在灶屋门口,满脸阴沉的爹正蹲在那里大口吸着旱烟。

进柴屋前他忍不住向堂屋里看了一眼,离得太远,灯光太暗,他看不清那男人的脸,他只看见男人正捧着一个碗大口地吸溜着。二北估计那是娘为那人做的卧有荷包蛋的山茱萸茶,男人做那种事前喝这种茶最好。他觉出一种剧痛由胸口那儿生起,很快地向全身漫去,他踉跄着进了柴屋,扑倒在了床上。

他虽然脸压在被子上,双眼埋入一片黑暗中,但两只耳朵却在机灵地张着,并且在敏锐地捕捉着院中的任何一点动静。

拖拉、拖拉、拖拉。这是爷爷在向他的睡屋里走。

哐当。这是娘在关灶屋的门。

噔、噔、噔。咚、咚、咚。这是爹、娘在向他们的住屋去。

呸。这是那个男人在吐痰。

嗯——这是跟爷爷睡在一起的大北在发呓语。

汪——这是黑狗欢子在院门外循例地叫。

院里院外开始静下来了。

"跟我来吧。"这是奶奶的声音。二北觉出一股血猛地冲上了头顶。

笃、笃、笃。这是奶奶的拐杖捣地声,在这笃笃的声音之后,是那个男人的脚步声:噗、噗、噗。

吱呀。"进去吧。"奶奶的声音,很低很微。

吱呀。门又被关上了。是自己和天兰睡屋的门被推开。

二北霍地翻身坐起,最初的一刹那他什么也没看见,他的眼前只有一片金星在闪,但随后他隔窗看见了奶奶的背影在向她的睡屋里移。

院子里再一次恢复了静寂,伴随静寂到来的还有黑暗,各个屋子里的灯都熄了,只有天兰和自己睡屋的窗口,还有一缕灯光漏出来,亮得很细很细。

几乎是不由自主地,他起身下了床,连鞋子也没穿,就开始向院里走。他的牙在打战,腿在哆嗦。他心里明白自己不能向那个门口走,但他控制不了自己,他没有感觉到冰凉的夜风的劝阻,他像梦游病患者一样飘到了睡屋门口。

他的眼在寻找着门缝,他听见他的理智在向他叫:不能看,回你的柴屋去,回去!但他的双眼仍然固执地对准了门缝。

屋里的一切顿时收入了他的眼中。

天兰盖着被仰躺在床上,脸上蒙了一件衣裳。

那个男人正在脱衣服,一边脱一边呸呸地吐痰,一身精壮的黑肉露出来了。他弯腰猛地掀开了天兰身上的被子,天兰那雪白的身体霎时呈现在那男人的眼前。

二北觉出自己的咬肌抖了几抖。

"嗬嗬,不孬嘛!白,挺白,比我老婆那身子好看多了!瞧这肚子,行,是个生孩子的料儿。这两个奶子多饱实,能奶双胞胎孩子!"那男人边说边拨拉一下天兰的奶子。

又一股血猛地由心脏里冲出,直向二北头顶涌来,二北觉得那股血一定也涌到了眼里,他感受到眼睛发热。

"我真不明白你们家的男人是咋着回事,这么好的东西让别人来吃。"男人嘟嘟囔囔地坐到了床上,坐到了天兰身边。

"蒙脸干啥子?让俺看看嘛!啥子脸蛋啥子眉毛总得让俺心里有个数吧?俺总不能出了一番力气给你地里撒了种却不知晓你是谁嘛!拿开,拿开,我看看长得是不是那回事儿!"那男人边说边伸手扯过天兰蒙在脸上的衣裳,但天兰很快又蒙上了。在衣裳扯开的那一瞬间,二北看见天兰脸上有泪。

二北的心猛跳了几下,其中有一下撞疼了肋骨,二北的牙咬起来了,且发出了轻微的咯咯声。

"拿开衣裳,让我看看脸嘛!我给你说,我让你生了孩子,这孩子虽说不姓我的姓,但他实际上是我的孩子,我总得知道孩子他妈长得啥子样儿,我说不定哪年还会找了来,会……"

哐的一声,二北撞开了门,二北自己也不知道是用肩还是头把门撞开的,反正他的额头上有血。

那男人吃了一惊,呆呆地看着二北。

"滚!快滚!"二北的声音里充满了杀气,他的身子像风中的树叶一样在狂乱地抖动。

"咋着回事?是你们家的人叫我来的!"那男人跳下地,用衣裳盖着自己的身子,傲慢地叫。

"滚！滚——"二北猛地扯过门后的一把镢头,扬起来就向床前的一个条凳砸去。条凳啪地折断,有一条凳腿飞到了窗户上,发出了哐的一响。

"呜呜——"天兰在被子里发出抑低了的哭声。

"好,好,我走。"那男人被二北的气势吓住,慌慌地穿着裤子。二北没让他穿完,就把他的褂子和鞋扔到了屋子外边。

"我日他个姐哟,我算是碰上了骗子,害得我跑了几天,来到了这个鬼地方。"那男人一边在门外摸着自己的褂子和鞋一边骂道。看见二北的爷爷端着油灯过来,他忽然又来了精神,跑过去扯住老人的胳膊叫:"你说,你说,你为啥子骗我？你这么一把年纪骗我。"

"滚,快滚！"二北这时已从屋里奔了出来,他的手上已经换了一把上山砍柴的大砍刀,砍刀的刀锋在油灯的映照下射出几道寒光,"再啰唆,小心我劈了你！"

"好了,喊叫啥子?！"奶奶这时拄着拐杖出来了,奶奶的脸阴得很重。奶奶走到那男子身前,低了声说:"把鞋穿好吧。"说罢,奶奶用拐杖把男子的一只鞋拨拉到他脚前。那男人弯腰去穿,奶奶这时转脸对已走到院里的二北爹说:"你这会儿就送客人走。"

"走吧！"爹沉着脸推了一下那男人。那男人气哼哼地刚走了两步,奶奶又叫道:"等等！"

奶奶转身去了堂屋。一会儿,奶奶提着一个袋子走出来说:"把这袋核桃带上。"

"我不要！"那男人梗着脖子。

"拿住！"爹冷着脸硬把那袋核桃塞到了那人手上。

那男人抱住了那袋核桃,抹了一下眼睛……

11

奶奶的火气是第二天早上发的。

那阵子二北还没有起床,其实他根本就没有睡着,他早知道天已经大亮,他不过是不想起来面对又一个白天罢了,他把被子蒙在脸上。

奶奶径直走到了他的床前。奶奶用拐杖猛一下挑开了他脸上的被子,而后用冰凉的拐杖头戳了一下他的肩膀说:"你醒醒!"

二北睁开了眼睛。

"你说你二北想怎么着吧,让你再生你不愿,找个人来你不愿,你究竟是干什么?是想生生把这个家弄绝了不成?"奶奶的声音被怒气裹得坚硬无比。

"我想死!"二北看定了奶奶的眼睛,说得一字一顿。

"你甭拿这个吓唬我!"奶奶蹾了一下拐杖,"要想死你就早点死!快点死!甭不死不活地在这里耽误事情!我逮家还要活哩,还要过哩!"

"奶奶。"眼睛哭得红肿的天兰这时想来劝止奶奶,被奶奶用眼睛逼了出去。

"都是你娘把你惯的!成什么样了?"

奶奶边说边走了出去。

二北的眼皮又慢慢合上。

奶奶,你放心,我会快点死的。我早就觉得活在这个世上没有什么盼头没有什么意思了。

逯家托付给你们了,我为这个家族的延续已经出不上力了。

不过,我死时还可以为你们再帮一点忙,我把小灵、哥哥和姑姑一块儿带走,他们三个傻子活着只会让你们揪心,我把他们带走也是为了让我们逯家从此不再有傻子。我死了以后,你们可以再按昨夜的法子,让天兰生一个聪明孩子,那时我就不会再阻拦了,我就不会觉着苦了……

早饭后二北起了床,而且一反平日无精打采的模样,先去灶屋里拿出两个苞谷面饼吃了,而后开始向预备种苞谷的地里挑粪,一直挑到正午。午饭后,他又开始到院子后头劈柴。一大堆木柴劈完后,他又去泉里挑水,把锅里、盆里都倒满了水。娘心疼地劝他:"歇歇嘛,活能一天干完?"

二北当时笑笑,笑完用目光瞥了一下后山,后山上有一处悬崖,他已经在心里定下了死的方法:从那儿跳下去。

将近黄昏的时候,他认为他把该做的事都做了,这时候他向西山脚走去,爷爷那阵正带着姑姑、哥哥和小灵灵在那儿玩。

爷爷看见二北,干枯的脸上浮了一丝尴尬,爷爷似乎还记着昨夜的事情。姑姑、哥哥和小灵灵看见二北,则一律嘿嘿地傻笑。

"爷爷,奶奶说让你回去有事,我来照看他们,我带他们到山坡上转转玩玩。"

"好吧。"爷爷点点头,把手上拉着的小灵灵推到二北面前。

奇怪的是,姑姑和哥哥却不愿跟二北走。他们两个像平日一样瞪着眼白很多的眼狐疑地看着二北,就是不肯挪步,好像是预感到了什么。

"走吧!"二北猛力推着他俩,显得暴躁而焦急。他的举动一点也不像要带他们去山坡上玩的样子。

二北一只手抱着小灵灵,一只手推着姑姑和哥哥向山坡上走。四个人一点一点地向二北选定的那个悬崖接近。

当他们终于到达后山上的那个陡峭壁立的悬崖前时,日头已被狰狞的西山咬出了血,一大片血红的光溅到了崖沿上。二北看见那崖沿鲜血淋漓的样子,不由得打了个寒噤。

二北把怀里的小灵灵放下,四个人在悬崖顶上站定。二北抬手抹了一把额头上的汗,抹完之后他又有些后悔:抹它干吗?待一会儿跳下去你还在乎身上有汗没有?正在这时,姑姑笑了一声,依旧是那种无端的干涩的笑,那一声笑令二北毛发直竖;哥哥则照样狐疑地看着二北,看得他心里直发虚;只有小灵灵一动不动地站在他的身边,眼神茫然,不过随后小灵灵也嘿嘿地突然一笑,笑得二北的身子打了个激灵。

二北害怕自己的决心变软,他想立刻动手。在动手前他犹豫了一下:是先把姑姑和哥哥推下去还是先把小灵灵扔下去?他最后选定:先扔小灵灵,再抓住姑姑和哥哥的胳膊一块儿跳下去。我们四个一块儿走吧,我们走了之后逯家就不会再有傻子了,天兰就可以用那种法子再生一个后代,我们走吧!

二北抱着小灵灵向悬崖边走去,崖底的一股凉气已经扑面而来,在离崖边还有两步的时候,他的腿突然软了,软得他一下子蹲了下去。这一扔就是把小灵灵扔进了另一个世界,尽管他傻,可他来人间才几年啊!让他多活几年有啥不可?也罢,傻傻呆呆地活在人世也等于没活,我们父子俩一块儿走吧,到了阴间我还照料你!正当他的心重又变硬预备起身时,背后响起爷爷的一声喝叫:"把他们领到这儿是要干啥?"原来爷爷一直悄步跟在他们的背后,他的反常举动引起了爷爷的怀疑。爷爷的这声喝叫把二北重新鼓起的决心一下子砸飞,他彻底瘫在了那里。

爷爷猜住他的心,爷爷先把他扯离悬崖而后骂开了:"你个东西,你就忍心对他们下手?他们再憨再傻也是个人,你凭啥……"爷爷最后也流了泪,带了哭腔说,"你只想带了这几个傻子走,可你想过没有,你是咱逯家唯一的根,你走了俺们这些老东西还有啥活头啥盼头?这不是催俺们也来跳崖死吗!……"

天黑回到家后,二北估计奶奶知道这事一定会大骂他一顿,然而没有。奶奶走过来先是直直看了他一眼,随后伸出手,二北以为奶奶是要打他耳光,可奶奶却一下把他揽在了怀里,奶奶拍着他的后背哽咽着说:"奶奶也变傻了,奶奶早上不该对你说那些话,奶奶该挨嘴巴。奶奶也是急傻了,奶奶急着想要一个聪明后代,奶奶该挨嘴巴。奶奶再不逼你了,咱们听天由命吧,老天爷会看见的……"

那晚上二北睡得很死,也许是过度的精神紧张把他弄得太累了。他半夜醒来时,忽然看见奶奶拄着拐杖坐在自己的床边,一怔,问:"奶奶你咋没睡?"奶奶又哽咽起来了,奶奶哽咽着说:"奶奶害怕你还想不开,奶奶不敢再想望曾孙子了,奶奶有你就行了。什么事都有个气数,咱逯家的气数怕是已经尽了……"

12

转眼间又是几年过去。

这年的秋天,山茱萸要熟的时候,逯家凹忽然来了两个外地人。两个外地人在逯家凹四周山坡上的山茱萸树间钻出钻进,指指点点。二北和全家人都看到了,却都没心思去理会,山茱萸有啥子看头? 野果子。

几天后又一个秋阳晃眼的头晌,逯家凹再一次来了七八个外地人,这群人又是在四周山坡上的山茱萸树间走进走出,而且手拿着机器按来按去。坐在门前懒散地和老狗欢子逗着玩儿的二北,自然发现了他们,却照旧没去理会,只是在心上猜测:这群人真怪,野果子有啥看头? 莫不是也想摘几斤回去熬粥喝? 要在早先,他早跑过去看热闹了,如今他已经对什么都不感兴趣了。

不久,那群人就下了山坡,径向逯家门前走来。为首的一个胖子先用生硬的话同二北招呼:"先生,你好!"

二北停止和狗的逗耍,疑疑惑惑地站起身来。

"老乡,跟你说话的这位是新加坡天然保健公司的余先生,他非常喜欢你们这儿的山茱萸!"一个年轻人上前对二北说明。

二北茫然地眯起眼睛。

"我早就从史书上知道,贵国的伏牛山里出产山茱萸,而且质量很好,可惜过去没有机会来。这次来一看,果然果大,肉厚,色泽特红润,味为极酸型,含营养成分最丰富,尤其你们这个山坳里的山茱萸,是世界上最奇特最上等的山茱萸,我非常高兴,我要全部买下!"

"买山茱萸?"二北觉到了惊奇。

"是的,是的。你大约不知道山茱萸在当今世人尤其是我们东南亚国家和日本人眼中的价值。山茱萸是一种滋补药,女性食用它会滋阴强体,男性食用它会回阳救急,没有副作用,定期定量地食用会使人容光焕发,延年益寿。我们做过对比观察试验,同样年岁的人,常食用它和不食用它在寿命上可相差八年左右。它是一种宝贝,而你们这家人就生活在宝贝的身边。我希望你和你的家人以及这附近的山民能尽快把这些成熟的山茱萸摘下晒干,我会全部收下,付给你们最好的价钱!"

"钱?"二北的右眸一跳。

"是的,付现钱!按国际上目前的价格,每斤干果肉付你们十七元。为了表示我们的诚心,我们先留下一万元的定金。旭君,请立刻准备一份合同,并拿出一万元交给这位先生。这里就他一家,我们就和他签合同。顺便请问先生姓名……逯二北? 好,二北先生,这里是贵国货币一万元,其余的以后我们再付,一切按合同来!"

钱交到了二北手里,那么厚厚的一摞。余先生和他的同伴正忙碌着在纸上写着合同书,没有人去注意观察二北的神色变化。二北看那钱,脸上由最初的意外变成了震惊,由震惊而变成了狂喜,由狂喜忽又迅疾地变成了怨恨。尤其是当天兰这时抱着一个两岁多的女孩由院里出来,二北的目光一触到那女孩呆滞漠然的眼睛时,他脸上的气恼就倏然转成了狂怒。只见他呼地扔下钱,猛向那个胖胖的新加坡的余先生冲过去,一把抓住他的肩膀边摇边嘶喊:"狗日的,你说,你为啥不早来?为啥不早——来?!"

"怎么了,先生?怎么了?"余先生惊慌而惶然地挣扎着。

众人都被惊住……

附录

南都"山茱萸药食店"经理逯二北和夫人答《宛南时报》记者问:

……

记者:逯先生,贵店自开业至今,来进食的一共有多少人?

逯二北:五千一百多人,我们有登记表,不怕你查!

记者:进食者自称强体有效的多少人?

逯二北:你翻登记表吧,我记得是四千八百多。

记者:比例多大?

逯二北:不知道,我不会算比例,它太难学。你可以问我妻子肖琳,她是财会学校毕业的,啥都懂。

记者:肖女士,你能谈谈吗?

肖琳:有效率在百分之九十五左右,我们正在考虑进行更加科学的统计。

记者:肖女士,你平日在店内主要做什么工作?

肖琳:什么都干,不过眼下我在休产假,我们的儿子刚刚满月。

记者:祝贺你们喜得贵子!逯先生,请你详细介绍一下山茱萸好吗?

逯二北:山茱萸,又叫山萸肉,百姓们也叫它枣皮。据我奶奶说,多少辈子以前的人都吃它;新加坡的余先生说,它喜欢长在凉爽湿润的深山里;书上说,它是名贵药用植物,多年生木本,落叶乔木……

向上的台阶

一

1

廖老七从儿子怀宝三岁起,就开始教他识字。这是廖家的规矩,孩子从三岁始就要"学写",这倒不是因为廖家是书香门第有这种家教传统,实在是因为这是谋生的需要。廖家的祖产除去三间草房和几床破被,就是一方砚台和几管毛笔,此外再无别的。廖家几辈子都是靠在街上代人写点柬帖状纸为生,作为廖家的长子,不识字怎么能行?

这小怀宝倒也聪明,四岁时就能把"上下左右天地大小金木水火"等字,用他爹那杆狼毫毛笔在老刀牌香烟纸上写了,而且写得很有几分样子。七岁时,便已能用小楷抄完《论语》。九岁时,小怀宝已把常用的柬帖格式全都学会。这时,廖老七出摊时,便把儿子带上。老七在前边一肩挂着那个装有笔墨纸砚的小木箱,一肩扛着那个窄窄的条桌走。小怀宝则抱着一条歪七扭八的长条凳在后边紧跟。父子俩到了小镇邮局门口,先将桌凳摆好,后把笔墨纸砚放开,再把托放在邮局门后那个写有"代写柬帖对联一应文书廖"的布幌在桌后的墙缝里插好,父子俩便在桌后坐了。小怀宝就开始研墨,用长条的墨块在大石砚上一圈圈旋转,不一会儿就有乌亮沁香的墨汁在砚里沤出来。这时老七就叫一声:"宝,行了。"小怀宝也就住手,坐一边聚精会神地看爹写,同时用手指在自己的腿上跟着照样描画,偶尔也帮爹挪挪纸。若是信封需要封上的,怀宝便伸出细细的手指,从一个瓶里抹些娘用高粱面打成的糨糊,小心翼翼地按爹交代的方法把信封粘好。遇到一些简单的请帖,如"请过重阳节"和"订婚请媒人"一类的帖子,廖老七便放下笔,手捋着下巴上的短须说:"宝儿,你来!"父子俩就互换位置。小怀宝拈笔蘸墨,先问一声来人姓甚名谁所请何人,而后小嘴巴一鼓,低首便在信封和信纸上写:

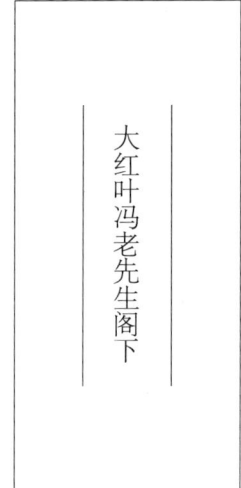

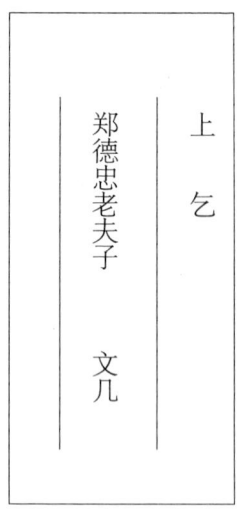

小怀宝每次写完,桌旁站的人看了,都要说声:"好!"怀宝这时脸就羞得通红。遇到来求写帖写联的人,不是立等就要的,廖老七就一边忙一边嘱怀宝:"宝儿,把这位大叔要写的东西记下来!"怀宝就摸出一个用旧纸装订的本子,把来人要写的内容和写讫的日期一一记下,而后收下润笔费。

润笔费不高。有时父子俩一天不停地写下来,所得的钱扣去纸墨费用,只够买二升苞谷,够全家人吃两天。当然也有好的时候,逢到急等寄信的人或慷慨而稍有钱的顾客,父子俩的中午饭就常由人家买来,或是几个烧饼或是两碗面条,这就省下一小笔饭钱。还有更好的时候,那就是大户们的"请写",也就是富户们家里有事时把廖老七和儿子请到家里写字。每逢这时,所得润笔费就比平日多出许多,而且父子俩可以饱饱地吃几顿。但是,这样的好机会不多。怀宝记得最清的,是他十一岁那年到镇南头有两顷地的富户裴仲公的家里写字,整整写了三天,三天里顿顿可以吃到白馍、豆芽和猪肉,而且写完后整整得到了三斗苞谷,全家人吃了许多日子,更重要的是,他就在那次认识了裴仲公的小女儿姁姁。

那是怀宝第一次走进富人家里,真是开了眼界,第一次知道人竟可以住这么宽敞的屋子。裴家有三进院子,前院住的都是长工用人,中院住的裴仲公和夫人,后院住的是裴家老人和孩子,光是两个女佣住的那间屋子,就比他全家住的房子宽出一倍。写字桌就摆在两个女佣的房里。那次是裴仲公为大女儿举办婚礼请客,裴家的亲戚朋友真多,不说对联,光各式请帖就有几百封。怀宝那时已可正式执笔,父子俩一人一桌一砚,不停地写,不停地封。当然,中间,廖老七也暗示怀宝放慢点速度,以免少吃几顿饱饭。怀宝记得,在他们到裴家写字的第二天后晌,他正按爹给他的"婚娶喜联选"往红纸上写着"鸳妆并倚人如玉,燕婉同歌韵似琴""缘种百年双璧白,姻牵千里寸丝红",忽听一阵轻轻的脚步声响进屋来。怀宝停笔抬头,只见一个穿粉红绣花衣裳的俊俏小姑娘正站在桌前,歪了头看他写好晾放在地上的喜联,边看边小声念着,念毕,抬头瞪了漆亮的眸子问:"你们这是为我姐姐出嫁写的吗?"廖老七这时认出这小姑娘是裴仲公的掌上明珠——小闺女姁姁,忙起身答:"是的,小姐!"那姁姁这时就又说:"给我也写一副好吗?""你呀?"廖老七笑了,"还早哪。""我是女的,也是要出嫁的呀,为什么不给我写?"姁姁依旧坚持。"好,好,给你也写一副。怀宝,你给姁姁也写一副!"廖老七呵呵地笑了。怀宝就按爹的话,看一眼那"婚娶喜联选",为姁姁写了一副:"双飞不羡关雎鸟,并蒂还生连理枝。"姁妁嫌一副太少,怀宝就又照着那喜联选上的顺序写了:"且看淑女成人妇,从此奇男已丈夫。"怀宝刚写完,那妁妁就高兴地提着两副喜联跑出了门。

这是怀宝第一次见到妁妁。妁妁在他的小脑袋里留下了一个聪明漂亮的印象。不过,仅仅是一个很淡的印象,没过几天,他就把她和那两副喜联忘了。他根本不曾料到,妁妁今后还会介入他的生活。多年后,当他回忆旧事重想起那两副喜联时,他才意识到,那第二副喜联选得不当。

怀宝十二岁那年冬天,一直卧病在床的廖老七的爹也就是怀宝的爷爷去世。这个为人写了一辈子字的老人是在傍黑掌灯时分咽气的。像所有知道自己要远走西天的老人一样,枯瘦如柴的怀宝爷爷在咽气之前,也要把自己在人世上弄明白的最重要的事理留给后代。他那刻望着儿子、孙子断断续续地叮嘱:"……不能总写字……要想法子做官!……人世上做啥都不如做官……人只要做了官……世上的福就都能享了……就会有……名誉……房子……女人……钱财……官人都识字,识字该做官,咱写字与做官只差一步……要想法子做官……官……"

廖老七和怀宝那阵子都含泪连连点头。

仿佛要证明老人的遗嘱正确,第二年廖家就被一场官司推入灾难之中。官司的起因很简单,镇公所所长新娶一妾,让廖老七给写喜联,廖老七写的是"好鸟双栖嘉鱼比目,仙葩并蒂瑞木交枝"。廖老七写罢喜联,又紧忙为另一丧家写挽联,喜联和挽联放在一处。也是不巧,镇公所所长派人来取喜联时,廖老七和怀宝都不在家,派来的人不愿久等,就问怀宝娘哪一副是给所长家写的。怀宝娘不识字,就顺手指了摊放在那儿的对联说:"你自己拿吧。"不想那人也不识字,而且多少还有些呆,胡乱动手挑了一副八个字的对联就走,回去就贴,岂知那是一副挽联,上边写的是"绣阁花残悲随鹤泪,妆台月冷梦觉鹃啼"。所长一看就叫了起来,说这是故意毁人名声和家庭,当即告到了县法院。廖老七再三出庭辩解,法院仍判廖家赔款三十块大洋。可怜廖老七四处喊冤,终因原告是镇公所长而未得改判。廖家只好卖了两间房子把款赔上。廖老七因此气病在床,整整躺了一年。廖老七病好起床时含泪对儿子怀宝叹道:"还是你爷爷说得对,只要有一点门路就去当官,这世道只有当了官才能不受欺负……"

怀宝当时听了也不过是苦苦一笑,心想谁会让咱去当官?他那时根本没有料到,一个巨大的变动正在中国的土地上发生,一个重要的机会正向他快步走来!

2

他们知道那个变化的发生是在怀宝十七岁那年的一个午后。当时,怀宝和他爹仍在镇街的邮局门口摆摊写字,怀宝那会儿正为一个哭哭啼啼的妇女写一状文,状告东唐村的村长。怀宝刚写一句"尊敬的橙州国民法院院长阁下",忽听镇北响起一阵枪声,枪声中伴着汽车引擎响。眨眼之间,一长溜汽车便驶到了镇街北口,车上满是穿黄衣的国军士兵。父子俩见状慌忙搬桌拿凳躲进了邮局。两人隔窗看到,汽车队过去之后是马队;马队过去之后是步兵;步兵过去之后是伤兵担架队,队伍松松垮垮吵吵嚷嚷却又走得十分急迫。人车马整整过了一天,他们父子躲在邮局一天没敢出门回家吃饭。直到第二天早晨他们才知道,国民党第五绥靖区中将司令王凌云放弃了南阳城防率兵逃往襄阳,这整个豫西南已成了共产党的天下。第三天,他们看到一队穿便衣的挎枪的人来到街上贴一张毛笔写的公告,公告上写着"自即日起柳镇回归人民手中,镇上店铺商号尽可以放心开张营业"等等,末尾署名是柳镇工作队长戴化章。十七岁的怀宝胆胆怯怯趋前看了那张公告后回家只给爹说了一句:"那毛笔字写得太赖!"

镇上店铺开始营业,怀宝家的摊子也照样摆了出去。摆出去的那个上午,他们在写字桌前刚坐下不久,就看见三个挎枪的共产党人向他们走来,为首的一个膀宽腰粗二十六七岁,斜挂着的匣枪在屁股上一晃一动极是威风。父子俩第一次见共产党不免有些慌张,离老远就站起来点头哈腰打着招呼:"老总好!""不要叫老总,要叫同志!"为首的那个走上前来朗声笑道,与此同时伸手摸了摸怀宝的头说,"小伙子,你的毛笔字写得挺好嘛!"边说边拈起一张怀宝正写的帖子放眼前看着。这时候怀宝闻见了从三个人身上飘过来的汗酸味和刚吃了蒸红薯的那股甜味儿。这熟悉的味儿让他对这些人的胆怯消去了许多,于是就开口说了一句:"你们要是有什么写活叫我干我可以帮忙!""是吗?"那为首的习惯地摸了一下屁股后的匣枪,饶有兴趣地看着怀宝,同时把手中捏着的帖子递给同来的那两个人说,"你们看看这字!"那两个人看了一阵之后差不多同时点头说:"队长,是不孬!"怀宝这时才明白眼前站着的是共产党工作队的队长戴化章。"你们家有几间房子、几亩土地?"戴化章忽然转向廖老七问。"回老总,地没一分,只有一间草房。"廖老七毕恭毕敬地答。"噢,这么说是属于城镇贫民。"戴队长转向他的两个队员点头,然后就拍了拍怀宝的肩头说:"小伙子,我们是一个阶级,愿不愿出来跟我们一起干?"怀宝被"阶级"两字弄得有些茫然,问:"干啥子?""就是来镇政府干呀!我们正在筹建柳镇人民政府,正缺人才,你来当个文书,如何?"戴队长又摸了摸怀宝的光头,动作中带着亲密和信任。"不、不能呀,老总",廖老七慌了,"全家人还指望他挣钱糊口哩!"戴化章哈哈笑道:"你以为当文书就不能挣钱糊口了?共产党能叫人饿死?你知道镇政府的文书是什么?用一句旧话,就是官!懂吗大伯?官!"

这最后一句话起了决定性的作用,中国所有的老百姓都知道这个字的含义。廖老七和怀宝自然更懂,听懂了之后他们又有些吃惊:共产党的官就这样好当?

"愿不愿干,小伙子?"那戴队长又拍了拍怀宝的肩膀,有一种即刻要走的意思。

"愿!"怀宝尽管心中还有疑虑,但答得十分干脆,一种要改变自己穷困生活的潜在愿望使他本能地觉得,不应该丢掉这个机会。

"那好,明儿上午你去镇公所找我!"戴化章摸了摸匣枪就转身走了。

"答得对!"廖老七对儿子的表现很是满意,"只要是官我们都当!"

怀宝那刻扯了扯自己的耳朵,他对自己这选择是吉是凶是福是祸还心中无底。许多年后当他回望这一天时,他才明白这其实是他命运的转机,他能抓住这个机会并不是凭他的智慧、知识和对局势的分析,他凭的是本能!

有时对本能做出的选择也不能看轻!

3

新政府正急需用人,廖怀宝不仅识字而且字写得漂亮,就被看成了宝贝,他去见戴化章的当天,就被任命成柳镇人民政府的文书。

文书这个官当起来并不是太难,怀宝很快就胜任有余,无非是抄抄报表,发发通知,写写布告,一点也觉不出吃力。戴化章这时已是柳镇的镇长,他很满意怀宝的工作,见了面常拍拍他的头说:"小伙子,干得不错!"

怀宝现在常住在镇政府院里值班,那架手摇的直通县上的电话就由他守着,铃声一响,他便恭敬、肃然地拿起听筒,把县上的通知、通报什么的用毛笔在本子上工工整整记下,而后呈送镇长。逢到有人来找镇长办事而镇长不在,他便抻抻衣襟很庄重很严肃地出面接待,而且开口说话前必学戴镇长的样子,先咳嗽两声,然后再开腔。

街上的人都已知道怀宝在政府里做事,平日见他时,眼里就多了不少恭敬和畏怯。怀宝发现后心里就很舒服,对戴化章就生出更多的感激,就在心里暗暗发誓:一定要干得让镇长满意!

廖老七见儿子果真当上了镇政府的官,心里的那份高兴更不用提。他一家人平日都穿土布,那次他上街到布店一下子扯了一丈四尺蓝士林布。布拿到家怀宝娘吃了一惊,问:"你是不打算过日子了吧,一次扯这么多洋布,这要花多少钱?"廖老七把手摆摆说:"少啰唆,快动手剪,给咱怀宝做身官服!他如今是官场上的人,不能再穿咱百姓的衣裳,干啥啥装扮,不的话会遭人笑,他也难有个官气魄!"怀宝娘一听这话,也不再争执,只问:"剪啥样子的?"廖老七沉吟了一下说:"要依我自个的眼光,大清朝的官服最威风,可一个是咱没那布料,做不起;二个是戴镇长都没穿那样的,只咱怀宝穿,也太惹眼。我看你就照早年同咱打官司的镇公所所长的那身官服剪,那样式穿着也行!"

怀宝娘于是拿起剪子,边想边剪,接下来就是缝。几天后,一身崭新的介乎马褂和中山服之间的衣服就做了出来。

怀宝脱下原先打补丁的那身旧裤褂,穿上这身新衣服,果然就长了不少精神。因为衣服板正,他走起路来胸也挺得更直。廖老七看见就说:"行,有点像个官人的样子了。"

长期为人代写柬帖状纸,使得怀宝懂得看人眼神面色行事,变得十分乖巧。如今对戴镇长,怀宝也极会察言观色揣摩他的心态,把事情做得让对方满意。戴镇长喜欢发表演讲,怀宝就暗示镇上的中学校长多请戴镇长去给学生们讲话;戴镇长喜欢读史书,怀宝就去镇上早先的几个富户家搜罗古书;戴镇长喜欢让自己的讲话家喻户晓,怀宝就常用粉笔把自己记录下的镇长讲话抄在镇政府门前的黑板上。在生活上,怀宝对镇长也照顾得颇周到。早上起来,他总要把洗脸水给戴镇长打好;晚上睡前,又总是把戴镇长的被子抻开;逢了开会,戴镇长刚在座位上坐下,怀宝便把他的茶杯泡了茶放到了他的面前;过节时怀宝家包了饺子,他也总要给戴镇长端来一碗。一来二去,戴镇长就越发喜欢怀宝。有天晚上,戴镇长拍拍怀宝的肩膀说:"好好干,将来会有更重要的担子交给你。我们正在建立一个崭新的政权,这个政权需要许多新干部。知道什么叫干部吗?干部就是'官',但我们的官将会不同于中国历史上任何一个朝代和世界上其他国家的官,这些官一个个清正、廉洁、有才,全心全意为平民百姓做事、谋利益。我们中国吃昏官、贪官、赃官的亏太多了,我们要有一大批全新的官……"

怀宝对戴镇长大部分话听不太懂,但有一点他听懂了:中国需要许多官,自己有可能当再大一点的官。

那天晚上他回家把自己听懂的意思给爹讲了,廖老七听后两眼放光,抓住儿子的手说:"好呀,你娃子遇上好年代了!听你老爷讲,咱们廖家祖上只有一位爷在明朝时当过一任乡官,其余的都是布衣百姓,如今该你为咱廖家光宗耀祖了!好好干,千万不能大意!……"

二

1

新政权对富户们资产的清抄工作正在进行。那日镇上清抄大地主裴仲公的家时,戴镇长让怀宝去负责登记。这是他又一次走进裴家大院,这次和过去不同的是,他再无那种缩头缩脑唯恐惹了主人不高兴的胆怯心理。他昂首走进中院,看见抄出来的各种物品山一样堆放在那里,也看见了裴家一家人战战兢兢立在院子一角的情景,更看见了裴仲公那颗掌上明珠姁姁。姁姁已长成了一个身个苗条的漂亮姑娘,正用胆怯而惊慌的目光望着他。这景况让他确实感受到了一种翻身的自豪,他想起了他过去来裴家代写帖子时的那份恭敬和惊恐,以及看一眼姁姁都怕对方着恼的那种心情,更觉得解放军把权力夺过来交到像他这样的穷人手里实在重要。

他煞有介事十分威严地坐在一张桌前,在另外几个农民的帮助下清点登记各种物资。登记好的东西,便送进没收来做镇政府仓库的裴家厢房。干了一阵,当几个农民去前院喝水时,怀宝忽然听到身后响起一个胆怯而柔细的声音:"廖文书,能不能把那一小包衣服还给我?那是我的内衣,拿走了我连换洗的衣服也没了。"怀宝闻声扭头,看见姁姁正站在自己身后,白嫩光洁的脸上满是胆怯和恳求。怀宝被姁姁那神情弄得慌慌起身,他几乎没想到拒绝,便顺她手指的方向去物品堆上把那卷红红绿绿的衣服拿来递到了姁姁手上。在递过去的瞬间他闻到了从那卷衣服中散发出的一种好闻的香味,同时瞥见了放在最上边的是一件粉红的裤头,他心里陡起一阵莫名的激动,同时感觉到自己的脸已经红透。姁姁把衣服接到手后鞠了一躬,感激地说了一声:"谢谢!"这一切是在几分钟内发生的。到了当晚怀宝躺在床上重忆这件事时,心里满是一种甜丝丝的感觉。姁姁那光洁的脸、红润的唇、白嫩的颈、幽幽的眼，总在他眼前晃，那卷红红绿绿的内衣散发出的香味仿佛还留在鼻腔，使得他在床上翻了无数个身才算勉强睡着。

　　自这天以后，不由自主地，只要一有了空闲，怀宝就往裴家大院跑。好在他往那里跑还有借口，那时候裴家已被指定在前院的东厢房里住，剩下的房子或是做了镇政府的粮食、物资仓库，或是做了农会、民兵们的办公处，他要么借口去仓库里有事，要么借口送什么通知。每次跑去的真正目的，则是想看一眼姁姁。姁姁的父亲这时已潜逃在外，哥哥去了嫂嫂家居住，姐姐也回了婆家，家里只剩了她和有病的母亲以及一个五十来岁的女佣。怀宝去时，开头几次见到姁姁，也只是红着脸点点头，不好意思说话。后来去的次数多了，加上那次看见姁姁挑水时把水桶掉进井里，他急忙跑过去相帮着捞，两人边捞边说些话，把原先存在二人心中的那份拘谨就消了。以后再见面时，姁姁也不再胆怯地喊他"廖文书"，而是喊他"怀宝哥"。他也敢直呼她的名：姁姁。只是每次都叫得很轻很轻。

　　姁姁家的生活此时已是一落千丈，吃的和用的都见紧张。姁姁的母亲有时看病开了药单，姁姁却又无钱去抓药，就急得捧了药单哭，怀宝知道后，总是把自己身上的钱朝姁姁手里塞几张。姁姁对这接济很感动，每次接了钱都是双眼含泪。姁姁家这时在镇上的地位更是低了，姁姁有时上街，常会遭到一些泼皮酒鬼的纠缠。那日她去杂货铺里称盐，遇上一无赖店员，趁往她篮里倒盐的机会捏住她的手腕嬉笑，姁姁羞得连叫："放开！放开！"那店员竟仍捏住不丢,嘻嘻笑着说:"嗨,看看你长得白不白。怎么,你这地主的千金小姐,我们就看不得了?"恰好这时怀宝由街上经过,见此情景,上前朝那店员叫道:"住手!你还要脸不?!"那店员一见怀宝,知他是镇政府当官的,不敢回嘴,赶忙讪笑着进了里间。如此一来二去地接触,姁姁渐渐也就离不开怀宝了,偶有一天见不到他,就有些神不守舍,再见了面必问:"昨日咋没见你?"那日,怀宝在裴家大院仓库里收拾东西,出汗时就脱光了上衣。这情景让姁姁看见,第二天两人再见面时,姁姁就朝怀宝手里塞了一团东西,怀宝展开一看,是一件手做的白布汗褡,胸口那里还用红线绣了一对蝴蝶。看了那对头相接翅相连的蝴蝶,怀宝美得嘴里直咽唾沫。那晚他回家穿上汗褡,高兴得在屋里转了几圈。

此后,两人见面愈加频繁,姁姁甚至把自己住的那间厢房上的钥匙悄悄给了怀宝一把。一日正午歇晌时间,天热,院里无人,怀宝过去开了姁姁的门,原想进去说说话的,进门后才发现姁姁穿着短裤背心仰躺在床上熟睡。怀宝惊得本想回身就走,但姁姁那雪白的半裸的身子却又吸得他挪不动步子,他脸虽扭向门口,双脚却像被人绑了绳子一样一步一步向床边拉近。这是他第一次观察姑娘的睡态,原来睡着了的姑娘竟是如此美妙,那白嫩浑圆的大腿,那微凸起伏的小腹,那饱满如梨的双乳,那被背心压扁了的状如樱桃似的两个奶头,那白玉一样的臂膀,那轻微闭合红红润润的双唇。他的目光像舌头一样把姁姁的身子舔了一遍,他感觉到自己的呼吸开始变急变粗,一阵哆嗦从双脚升起并停在了两条小腿上。他咽了一口唾沫,双手不自觉地慢慢抬起,像捉一个即将惊飞的小鸟一样向那其中的一个乳头伸去。他只轻轻地触了一下，一阵快感就像虫一样地沿着胳膊爬向了他的心里。他刚要再去触第二下，姁姁醒了。她的眼睛在睁开的那一瞬间，满是惊恐，及至看清是怀宝，又放心地笑了。她这个安恬的笑，一下子消除了怀宝的胆怯，给了他极大的鼓励，只见他像久饿的饥汉见了馒头一样，猛地伸手朝那两个乳峰攥去。姁姁没有半点挣拒，姁姁说："你别慌，干脆让我把衣服撩起来。"他没理会，他只是把那两团东西抓得很紧，以至于疼得姁姁的眉心一耸，随后就见他三下五去二撕开了那件背心，把嘴伏了上去。他吸得很响，像那些饿极了的孩子一样。姁姁红透了脸呻吟似的说道："轻点，别让俺娘听见。"怀宝哪管这个，吸溜声更响更大，像吃西瓜，姁姁只好不再管他，只把眼睛闭了。当怀宝的双手去撕姁姁的紫红短裤时，姁姁有些惊慌地睁开眼来，两只手急急地去护，口中喃喃地求道："怀宝哥，不行，晚点了再，行吗？行吗？"但怀宝那刻哪能听见这话，只一个劲地忙着。姁姁的恳求最后被那声撕疼的哎哟弄断，此后，她便又合了眼，任怀宝去忙了。

当怀宝终于做完，喘息着坐在床上看着赤条条柔顺地躺在身边的姁姁时，心中生出一股从来没有过的满足和自豪：我的天啊，要在过去，一个有两顷土地的富翁的女儿，怎么可能归我呢？老天爷，我廖怀宝知足了！

那天临走前，他一边给姁姁穿着衣服一边附在她耳边说："我要娶你做老婆！……"

2

如今,廖家的境况已与往日大大不同。有了房——分得了一家董姓地主的三间堂屋;有了地——分到了三亩休耕田。重要的是,因为怀宝在镇政府做官,廖家在镇上的声望地位高起来了,廖家人外出走在镇街上,满街的人争着打招呼。

廖老七如今是再不低三下四去街上代人书写柬帖状文了,除了在地里忙活之外,就是拉了小女儿在街上悠闲地溜达,再不就是在院子里哼几句戏文。他还特意让木匠做了一把黑漆太师椅,他认为这椅子气派,作为一个官人的父亲,坐这种椅子才合身份。每到傍晚,他便把太师椅搬到院里,沏一杯茶,仰靠在太师椅上给小女儿讲古时皇亲国戚们的各样故事。

日子开始变得有滋有味起来。

一天晚上,廖老七正坐在太师椅上品茶,忽见东街的刘顺慌慌提一个竹篮进院来,到他面前扑通一声就跪了下去,带了哭音说:"廖老哥救我,他们要把我定为中农,我家的境况你该知道,下中农都够不上啊!这定了中农,以后就和你们不是一个阶级了,求你让怀宝侄替我说句话吧……"廖老七在最初一刹那有些愣怔:他活这么大岁数,还从来没有人朝他跪下过求情哩!过去,都是他朝别人下跪,当年为那场笔墨官司,他曾跪求过多少人呀。在这刹那愣怔过去之后,他心里感受到了一阵从未有过的满足:我廖家到底也可以让人求了!他缓缓起身,弯腰扶起了刘顺说:"都是兄弟,快起来,有话好说。"

那晚刘顺临走时,把竹篮里装的礼物掏了出来:三斤白糖,一斤洋碱,一丈五尺花洋布,一小坛黄酒,一包信阳毛尖茶,五盒大舞台香烟。廖老七看着那些礼物,嘴上说着何必破费,心里却着实又惊又喜:送这么多东西啊!——这是他第一次接受亲友之外的人送的礼物。

第二天头晌怀宝由镇政府回来时,廖老七把那些礼物指给了儿子看:"这些东西,要在过去,我们得为人写多少对联书信才能挣来啊!今儿,咱们不费半点力气就得了来,是因为啥?是因为你是个政府里的官,你手上有权,你能为人说话办事。所以你要记住,今后啥东西都可以丢,唯有这官不能丢!懂吗?丢了别的,只要你是个官,还都会再弄来……"

怀宝那天无心去听爹的训教,他心里有事——他回来是要同爹商量娶妁妁的大事。待爹的话告一段落之后,他才找到了开口的机会,说:"爹,我该找个人了。"

"找人,找啥人?"廖老七一时还没从自己思考的事情中拔出身来。

"老婆,如今叫妻。"

"哦,"廖老七略略有些意外地看了儿子一眼,不过随后就笑了,"可不是嘛,该找了,前几天我和你娘还在说这事哩。你有没有相中了谁?"

"妁妁。"

"妁妁?"

"就是裴仲公的小女儿。"

"噢,我想起了。嗯,那姑娘的相貌是不孬,日后生的孩子也会仪表堂堂,行,你还有点眼光。这裴家的千金,在过去,你要没有一顷两顷田地,是甭想娶她的。如今她家虽说败了,但虎死威不倒。我们娶了她,别人也会说:看,裴家的漂亮小姐跟了廖家儿子。这也是一份荣耀。中,这门亲事中!再说如今她虎落平阳,要的嫁妆也不会多,到咱家也会听招呼,只是,她会不会不愿?"

"她愿。"

"托人问过她了?"

"问了。"

"好,这就好,我和你娘这就为你们着手准备,咱先行个订婚式,再择喜日子,反正你的年岁也到了,早成婚早得子早得济……"

怀宝没有再去听爹的话,他只是在心里快活地叫:姁姁,爹同意了,同意了,咱们就要名正言顺地做夫妻了!……

3

夜色把裴家大院捂得严严实实。怀宝轻轻拉开姁姁的门往外走时,屋里的黑暗和院中的夜色很快融在了一起。怀宝放心地舒了一口气,放轻脚步向大门走去。直到这时,他才感觉到腰部那儿微微有些发酸,两条腿在迈动时略略嫌沉,他估摸这是因为刚才和姁姁连续三次做成那事时间太长的缘故。他今晚原准备来同姁姁说完订婚酒席安置的事就走的,可一见姁姁在灯下那副娇柔美艳的样子,他就忍不住了,就不由分说地动起手来。好在妁妁在经过那个正午的第一次之后,对他已经完全顺从,他要做什么她都羞笑着依了,要她怎么躺她就怎么躺,还时不时地帮帮他,使得他越发激动。本来做完第二次他已经准备要走,已经穿好了衣服,可一看裸身猫一样躺在那儿微微笑着的妁妁,他又舍不得走了,就又宽衣解带起来。只是在这时,也只是在这时,妁妁才柔柔地说了一句:"好像俺明儿就不是你的了,你不怕累?"他说了一声"我不累",就又扑了过去……

街道有些高低不平,他走得有点跌跌撞撞。他觉出有一股睡意想缠住他的头,在把他的上下眼皮往一起挤。他在蒙蒙眬眬中忽然记起,很久之前他曾在这街上听到过两个光棍汉的对话,一个说:"我要是娶了老婆,一夜非干十回不可。"另一个说:"我要是有了老婆,保准会超过你五回!"他当时听不明白他们说的几回几回是什么意思。如今明白了。他满是倦色的两颊在黑暗里浮上了一个笑意。

女人真是宝物!他含混地嘟囔了一句。他的眼前再一次浮出了妁妁那雪白柔软的胸脯,她竟可以把你带到那样一个快乐的境地。妁妁,我发誓,我要跟你永远在一起!

戴镇长还没睡,仍在灯下读书。怀宝进屋时他扭头招呼了一句:"回家了?"怀宝应了一声,急忙抖擞起精神,上前给镇长的茶杯里续了点开水。他和镇长住里外间,镇长住里间,他住外间,他往外间走时,忽然想起,摆订婚酒席时,该把镇长请去。凭自己和他的感情,他兴许会答应参加的,他一到席,也给自家添了荣耀,于是就开口说:"镇长,过几天,我想请你到我家喝酒。"

"喝酒?你应该请我抽烟。我对酒一向缘分不深。"戴镇长笑道。

"可这杯酒你该喝。这是我的订婚酒。"

"订婚?啊,你找到对象了?是哪家的姑娘?"

怀宝于是就说了姁姁的名字,说了和她相识的过程,说了她的家庭,当然,两人亲热的事是要隐了。先上来,他注意到戴镇长满面笑容地听着,但渐渐地,他发现对方脸上的笑容在减少,到末后,竟全是一副肃穆之色了。

怀宝的心一紧,本能地感到这事情哪点有了毛病,他有些慌慌地看着镇长。

"怀宝,这件事你应该早告诉我。"镇长的声音很沉,"你如今是政府里的一个干部,像这样的婚姻大事应该先报告领导知道。姁姁那个姑娘我有一点印象,看上去是个不错的姑娘,但她的家庭属于我们的敌对营垒,同我们不是一个阶级,在政治上她不适宜同你结婚!我还要特别告诉你,我们已经准备提升你为副镇长,名单已经报到县里,估计不久就要批下来,这种职务对你配偶的家庭出身要求得更为严格。这倒不是说姁姁就会搞什么破坏,而是担心她以妻子的身份来软化你的立场。当然,你的生活道路归根结底要由你自己来选择,你还不是共产党员,我们不会用纪律来要求你,只是你如果选择姁姁做妻子,你就不能再在这镇政府当干部了!"

怀宝愕然地望着镇长,他根本没想到一个人娶谁做老婆也要由领导决定,没想到娶姁姁和当官只能二者取一。他嗫嚅着说道:

"让我想想……"

那天晚上他基本上没有睡着,娶妈妈和当副镇长,两样东西都是他渴求的,如今生生要他丢掉一样,丢哪样他都不舍得。不娶妈妈?不!一想到妈妈那柔嫩丰腴的身子不再属于自己,他就心如箭穿,他不能想象别的男人去触摸妈妈的身体,那种想象会使他的双腿打起哆嗦。那么不当副镇长?不!廖家世代都当百姓受人欺负,可有了一个做官的机会再白白放弃?放着人人尊敬的官不做,难道再去低三下四地为人代写柬帖状文不成?两条路由他的脚下向远方伸展,他真想两只脚各踏上一条路同时往前走。天亮的时候他合了一会儿眼,几乎刚一合眼就沉入了一个梦里:一叠巨大的台阶竖在眼前,台阶顶端隐约可见放有一把椅子,椅子闪着耀眼的金光,椅子上放着一身缀满饰物的衣服,一个空洞而巨大的声音正对站在台阶底部的他叫:"孩子,上吧……"

4

廖老七吧嗒着烟锅望定双手抱头蹲在那儿的怀宝,脸上的皱纹在不停地聚拢波动,不过随后又慢慢舒展,终于完全静止不动。刚才,儿子刚说完戴镇长谈的那番话之后,他也有些吃惊:一个人娶谁做老婆竟也需要他的上级同意?不过他很快就在娶妈妈做儿媳和让儿子当副镇长这两桩事上做了权衡,并决定了取啥舍啥。他慢腾腾地开口说:"宝儿,既是戴镇长说了这两桩好事你只能选一件,那你就狠狠心选吧,爹相信你会选对的。爹只想给你提一个醒,就是有些东西丢了后会永不可再得,有些东西今儿丢了明儿还会再有。"

怀宝娘那当儿就急忙插嘴说:"当然是要娶姁姁,丢了这姑娘不娶,人家要是找了婆家,你上哪儿再去找个姁姁?"

"放屁!"廖老七狠狠瞪了老伴一眼,"没有裴姁姁,不会再娶个刘姁姁张姁姁?"

"那可不一样,那不是一个人!"怀宝娘大着胆子顶了丈夫一句。

"不都是一个女人?"廖老七的脸气白了,"脱了裤子不都是一样?"

"说这话你不嫌脸红!"怀宝娘的脸先红到了耳根。

"好了,好了!"怀宝这当儿赌气地打断二老的争执,站起身钻进了自己原来的睡屋里。

怀宝在睡屋里整整蒙头躺了一天,傍晚时才走出门来。一直不安地守在外边的廖老七那当儿小心地说:"让你娘给你做点吃的吧?! 晌午那阵喊你你不应,饿了一天。"

"爹,你去说吧!"怀宝没理会爹的话,而是眼望着屋角,突然开口这样说。

廖老七先是一怔,不过转瞬间就明白了,于是问:"是找姁姁?"

"话要说得不伤她的心。"

"这我懂! 只是我去时心里要有个底,你给我说句实话,你和她有没有做了那种……"

怀宝红了脸咳一声算作回答,而后就急忙出门去了镇政府。

那天天黑之后，廖老七提了一篮鸡蛋，鸡蛋上盖了两块花布，向裴家大院走去。

姁姁一见廖老七进屋，慌得急忙让座端茶，她内心里已早把这老人当作了自己的公公，她估摸老人来是同自己的妈妈商量订婚酒席的事，于是就红了脸说："俺妈身子不好，已先睡下了，我去叫她……"

不用，不用。"廖老七急忙摆手，""我是来给你说桩事的。这两天我原本正忙着为你和怀宝置办订婚酒席，今儿后晌才得到消息，政府里不让咱两家结亲，说要是结了亲，怀宝就错了立场，就不能再在镇政府干了！要挨处分！怀宝的心意，当然是宁可不做那个官，也要和你过一家人，他说不行就和你一起去逃荒要饭。他让我来问问你是咋想这事的。我倒赞成他那想法，反正咱祖辈子没当过官也活过来了，不当官有啥不得了的？人有了好前程怎么着？到头来还不是个死？我如今是担心你和怀宝真要出去逃荒要饭，我和宝他娘就说凑合着活几天作罢，可你妈她一个人咋过日子？你心里咋安排这事？"

见了公公满心欢喜的姁姁，被这番话说愣吓呆在那里，她根本没想到未来的公爹带来的竟是这样的消息。长长的一阵呆愣之后，她才能让自己说出话来，她的声音虽然抖颤，却也清晰："大伯，怀宝和你的心意我记下，可我不能毁了怀宝的前程。一个男人有个好前程不易，要是因为我怀宝把前程毁了，我会一辈子活不安生。告诉他，让他把我忘了……"

一缕满意和欢喜闪过廖老七的嘴角，不过只是一闪而已，随后他就又愁着脸痛着心说了许多安慰的话。当他终于走出妁妁的房门时,他听见妁妁压在喉咙里的哭声到底放了出来,不过很低,他估摸她是扑在被子上哭的。他停了一下脚,摇摇头,仰脸向了天喃喃道:"这也是没有法子的事,俺们廖家几辈才有这一个做官的机会,俺们不能丢哇!……"

5

怀宝任副镇长的决定是在一个日头将息的后晌宣布的。镇民们噼啪的掌声和同龄年轻人惊羡的目光令怀宝感到了一种由衷的自豪。不过一团不安总塞在他的胸口,弄得他有些难受。他知道这是因为对妁妁的背弃,他从内心里感到对不起她。但我没有办法,妁妁,水往低处流,人往高处走,我们廖家在官场里占个位子可不是常有的事!任命宣布的当天晚上,他把镇政府的通信员双耿叫到屋里——双耿小怀宝两岁,是一个穷庄稼人的孩子,为人很实诚。小时候怀宝就常和他在一起玩,解放时两人又先后进到镇政府做事,彼此很知心。怀宝对双耿说:"我过去和爹卖字时认识了裴家母女,如今她们日子过得很难,她们虽和咱不是一个阶级,终也让人可怜,你日后要悄悄给她们点照顾,经常观察着她们的生活情况,这事你知我知就行了。"双耿当时就点点头应道:"中,这事你放心就是。"

这样一个安排使怀宝心里的那团不安慢慢变小,他开始把心思全转到工作上。他因为识字和聪明,加上肯学习,很快把一个副镇长要懂的东西全都弄懂了：如何下去检查工作，怎样向上级汇报；如何开会传达上级文件，怎样组织人们讨论；如何接待上级领导，怎样写总结报告；等等。一个基层政权的领导干部应懂的那一套，他没用多久便已掌握。

爹说得没错，有了官果然就有了一切。如今，他们家的许多事情几乎不用操什么心，就能很容易地办妥。镇上新成立的粮管所的所长跑到家里，请廖老七去当了会计；供销社的经理让怀宝妈去当了仓库保管员；识字不多的妹妹，也被请到镇办小学教书。更使怀宝意外的是，副镇长这个职务给他自身带来的东西是如此之多，先不说镇上人对他的那份敬畏，不说大姑娘小媳妇们对他的那份献媚，单说生活上的那份舒适吧，早上起来，镇政府食堂的厨子已把饭菜送到了他的床前；上午开会，椅子、茶水也早有人摆好；后晌要是去稍远一点的地方检查工作，镇政府的那辆马车就会立刻套好在门口等着。这些对于从小受人白眼遭人欺负饥一顿饱一顿的怀宝来说，真等于上了天堂。人的生活还能怎么样？每当他想到这些，他就觉着当初自己在要妁妁还是要副镇长这个职务时选择后者是对的。当然，对于妁妁，他也不是一点不想，每到夜深人静他躺到床上时，妁妁的身影就会站在床前，而且总是裸着身子，把双乳挺得好高好高，似乎要特意引他回忆他们过去在一起时的那些美好时光。那些令人心荡身颤的一个个细节的回忆，总要把他弄得燥热激动而又痛苦不堪。有些夜里，他受不了那份可怕的欲望折磨，真想起身就去找妁妁，但至多是走到镇政府门口，凛冽的夜风就会使他冷静下来，使他强抑下那股冲动而返回副镇长的宿舍。

　　他只能从双耿那里了解一点姁姁的近况,自从爹和姁姁谈了之后他就再没有见过姁姁,所有可能与姁姁见面的机会他都没有利用。他自觉心虚,他害怕面对姁姁的眼睛,他担心在姁姁面前他很难掩饰住他那个宁可抛弃一切也要在镇政府干的决心。双耿对姁姁情况的汇报倒也及时。开始那一段,双耿总是说,她常常在哭。她总是呆坐在那儿。她扑在她妈妈怀里抹眼泪。她老在镇边的河堤上转悠。她不大讲话……怀宝听了这些心里也暗暗难受,他知道这都是因为什么。又过了段日子,双耿汇报时话音轻松了许多:她开始到留给她和她娘种的那块地里干活。她愿意和邻居的姑娘们来往了。她开始进街上的店里买东西。她和她娘说话时带了笑意……

　　到这时,怀宝心里也才慢慢轻松起来。她到底也能承受了这场变故。姁姁,原谅我,生活中的好东西很多,我们每次能拿到手的看来也就一件,总要有所舍弃,这没有办法……

三

1

　　秋天的一个潮湿的上午,县上突然来了一个电话,让戴化章即刻赶到县城,说有领导召见。第二天戴化章从县上回来,见到怀宝的第一句话是:"我要走了。""去哪里?"怀宝有些意外。"上级调我去任县委书记兼县长。"戴化章的声音里浸着肃穆。

怀宝一怔:"那这儿谁来接替你?"

"我已经提议,我离开柳镇以后,由你接替我的职务,我相信你会不负柳镇人,让这儿的百姓们生活幸福。我们的人民需要大批好官、清官,我自信我的眼睛看人准确,你会成为一个柳镇人喜欢的官!"

怀宝吃惊地嗫嚅道:"我咋能行?"欢喜和恐慌同时涌进怀宝心里。当镇长,主宰这镇上的一切,这个欲望早就在怀宝心里悄悄滋生了,只是这欲望还很小很模糊,如今却突然就要变成现实,他能不欢喜?但恐慌却也是真实的,他过去都是在戴化章的指点下去干什么,怎么干,预先有人交代,今后全靠自己来,能行?

"怎么不行?你现在不是已经学会当副镇长了吗?不管什么样的事,只要认真学,都可以学会!"戴化章望着这个自己一手培养起来的干部含笑鼓励,"当官无非是三条:第一,有一颗为百姓谋利益的心;第二,有点子,知道自己该先干啥后干啥;第三,会用人,知道一件事派谁去干合适!"

怀宝急忙点头说对。

此后几天,便是怀宝陪着戴化章到镇上各个部门告别,同时,两人也一同办着交接手续。所有这一切都办完的那天晚上,两人在办公室坐下喝茶,双耿进来给他们续水时,脸红红地吞吞吐吐说:"两位领导都在,我有一桩事想求你们同意——我要结婚!"

"结婚?好呀,新娘子是谁?"戴化章笑问。

"是妠妠,裴妠妠!"双耿低了头扭捏着答。

"哦?"怀宝惊得差点跳起来,身上的血一下子冲到脑门上,幸好他坐在灯影里,双耿没看出他的失态。

"你如今是镇政府的干部,和地主家庭出身的姑娘结婚,恐怕于你不好!"戴化章这当儿开口,同时看了怀宝一眼,那意思仿佛是说:看,又出了这种事。

"我反正是喜欢上妁妁了,领导要是觉着我和她结婚后不适合再在镇政府做事,那我就还回家种地,我们家老辈子都种地。"双耿的语气里透着坚决。

"走啥子路由你自己选择,你要是一定要娶她,我和怀宝也没办法。"戴化章遗憾地摊了摊手。

怀宝那刻虽然望着双耿,目光却早已像沙一样地四散开了,他直在心里后悔:当初不该安排双耿去照应妁妁的,那样,他也就无从去接近妁妁并生了娶她的心!一想到妁妁有可能躺到双耿的怀里,他心里就别扭得难受。你既然已经决定不要她了,为什么还不愿人家嫁人?他心里的那股难受最后被自己的这句责问硬压了下去。

他勉强用一个微笑送双耿出了门。

戴化章是第二天去县上赴任的。送走戴化章的当天傍晚,怀宝慢腾腾地在街上踱步。整个柳镇从今往后就完全归我管了!那些商店、饭馆、旅栈,自己有权指点他们怎么经营;这些男人、女人、孩子,自己都可以有权支派。一丝莫名的快意又一次涌上心头。就在这时,他忽然发现在街道的另一头,双耿和妁妁相傍着从一家杂货铺出来。他们显然没看见他,两个人脚步轻快地折向另一条街。一股冷风呼地钻进怀宝心里,把刚才萦绕在他心头的那股快意一下子刮走了。天啊,为什么有得就有失?姁姁,你知道我失去你心里是多么苦吗?当然,总有一天,我也要找个女人,而且一定要是一个比你还漂亮的女人!……

2

怀宝接任柳镇镇长日子不长,聪明的他便摸准了政界里的一条规律:你要想在工作上受到表扬,你就必须尽早摸准上级的意图,摸准后你就回来赶紧把它变为现实,不管下边有多少怨言,你都要尽快办,办到其他村镇的前头,这样领导才能注意到你,你才能当上先进受到赏识。为了及时摸准上级的意图,他除了常到县上去见见戴化章之外,还和县委办公室和县政府办公室的两个主任交上了朋友。每次去县上开会,他都要带点芝麻、香油一类柳镇的土特产品去他们家里看看,这样他们就常常把刚刚听到的动态性消息及时告诉他。办农业大社和公社的事就是县委办公室主任刚听到省委书记有这个意思,就通知了他。他知道后虽然心里也有些不解——让农民把土地、耕牛都交到社里,大家一块儿种一块儿收再平均分着吃,劳动和实际得益相分离,会不会使他们种庄稼时不再像过去那样卖力?——但他还是立刻雷厉风行地干了。农民们想不通,就逼!他成立了一支由年轻人组成的入社帮教队,哪一家不同意入社,这支帮教队就开进那家,又讲又批又吓唬,而且吃住在那家里,直到这家人同意。在这种措施下,各家的土地很快交出,连成了一大片,各户的农具很快集中堆在了一个院子里,各人的耕牛开始拉在一处喂。

一天晚上,怀宝正脸含笑意地坐在办公室看建社进度表,双耿跑了进来。——双耿和妁妁结婚后,怀宝倒没有让双耿离开镇政府。这开始是因为怀宝和双耿毕竟是很好的朋友,他想庇护一下双耿。后来则是因为双耿弄清了妁妁的妈妈原来是裴仲公家的一个丫鬟,也是穷人家的女儿,是被裴仲公强行纳为小妾的,这样,妁妁的成分可以随她娘,定为贫农。——双耿喘着气说出的第一句话是:"镇长,你这样办不行!"

"什么不行?"怀宝一时没明白他所指是啥。

"你把土地、农具、耕牛变成公家的。你想,地里的粮食不再属于农民自己,谁还会去精心种地?农具变成了大家的,谁还会去仔细爱护?耕牛成了集体的,谁还会去小心喂养?这样干下去的结果,恐怕是亩产降低,农具毁损,耕牛瘦弱……"双耿说得很激动,他当时只是根据自己农民之子的直觉这样猜测判断,他还不知道他其实已经触到了一个深奥的道理,他更不知道几十年后,有一个历经坎坷的老人会依照他的心意又把这政策做了修改。

"别瞎说,这是上级让干的!"怀宝的神色很严肃。

"上级让干也有个对不对……"

"双耿!"怀宝站起来打断了双耿的话,"你这样说是要犯错误的!我们如今是干部,上级指到哪儿,我们就要干到哪儿!我告诉你,我办的这一切,上级最终会肯定和表扬,不信你等着瞧!"

怀宝的话果然没错,没有多久,一个全国范围的公社化高潮到来,柳镇办大社的经验立刻得到了肯定和推广,怀宝不仅受到了县里和专区里的表扬,事迹还上了省里的报纸,廖怀宝的名字在全县传开了。

"怎么样双耿,我们谁对?"有天晚饭后怀宝在镇政府院里碰见双耿,开玩笑地问。

双耿摇了摇头,叹口气:"我真担心今后庄稼人的日子……"

"好了,别小脚女人似的担心这担心那,告诉你,我准备提你当副镇长!"

双耿一惊:"我?——"

怀宝点了点头。怀宝最近读了点历史书,都是关于官场生活的,这些书有些是廖老七特意为他借的,有的是他自己去镇上学校图书馆里寻到的。他从那些书上明白,在政界里做官,要紧的是挑选好身边的人,尤其是副手,弄不好就会毁到副手身上。古今中外,很多官最后都是被自己的副手搞下去的。副镇长这个位置他一直让它空缺着,就是为了慎重选择。他最近经过反复考虑,决定让双耿来干。双耿这个人除了和妁妁结婚这点让他觉着别扭外,其他的地方都让他放心:没有当官尤其是当大官的野心;不会玩心计耍弄手腕;不爱出风头争成绩夺荣誉;干事认真不怕吃苦;懂种庄稼。

"我干不了!"双耿像推开什么重物一样地急忙抬手去推。

"我说你能干你就能干,就这样定了!"怀宝果断地挥了一下手。

"我……我……起码得和妁妁商量商量。"

又是妗妗!怀宝的眉头痛楚地一耸。一个男人干什么都要征求女人的意见,你这个男人还能干成什么大事?当然,也就是你这种干不成什么大事的样子,让我相中了你……

四

1

一九五八年是中国现代史上一个值得记住的年份,中国人就在这一年开始跑步进入共产主义。也就在这一年的年初,怀宝从县政府办公室主任嘴里得到一条动态性消息:省里准备提倡收小锅办大食堂,以显示共产主义的优越性。他听后如获至宝,决定立刻动手建大食堂,走在周围村镇的前面,像上次办大社一样,再次让上级领导刮目相看。

改变柳镇人在几千年间形成的以家为伙食单位的习惯,不是一件容易事,人们采用各种手段抵制吃食堂。但有了上次强行办社的经验,怀宝不怕这种抵制。他先指挥人买大锅、砌大灶,把七个千人食堂建好,而后组建一支拿枪的民兵队伍,开始挨家挨户收小锅、收粮食。凡藏锅、藏粮不交的,便抓起来集中"教育"。人们家里没了锅,没了粮,自然得拿了碗到食堂吃饭,于是七个千人食堂便热热闹闹地开张了。

柳镇办食堂的消息很快在周围村镇传开。这种迎合上级领导心意的事当然让领导高兴,专区和县立刻在柳镇召开了吃食堂现场会,省报头版刊登了柳镇办食堂的消息和经验,省长专门在推广柳镇经验的一份简报上画出廖怀宝的名字,并在这名字下批示:此人可用!

此时已升任专区副专员的戴化章,也专门来了柳镇一趟。在一个千人食堂门前,他看到社员们十人一桌地围坐一起,大盆吃菜、大口嚼馍、大块吃肉、大碗喝汤,高兴得眼睛里都漫上了水雾。他喃喃地对怀宝说:"我们当初起来拎着头干革命,就是为了让人们吃饱吃好过上舒心日子。"

戴化章临走时拍着怀宝的肩膀说:"干得不错,不要骄傲,县上已决定调你去当主抓农业的副县长,近日可能就要任命,你可不要辜负人民的期望!"怀宝听了这话,脸上虽是一副惶恐神色,心却因为高兴差点冲到胸外。副县长?这可是他一直在心里暗暗向往的位子。难道就真的归我了?这可就等于过去的知县啊!怀宝读过书、看过戏,知道一个知县坐轿的威风和权力!一个县几十万人,难道几十万人的耕种吃喝,今后就全归我管了?……

当晚怀宝回家给爹娘说了这个消息后,娘担心地连声说:"你能行?不行趁早给人家辞了,免得将来出祸!"爹却一声不吭地在屋里踱步,半晌之后才猛地抬头朝怀宝娘叫:"真是头发长见识短,七品,懂吗?县官是七品,你儿子要当七品官了!而你却在这里胡唠叨,还不快去拿酒?!"

晚饭后,怀宝心情畅快地出门向双耿家走去,双耿既是自己的朋友又是副镇长,这消息应该让他知道。再说,怀宝还有一个隐秘的打算想同双耿商量,一旦他到县上当了主管农业的副县长之后,他想把双耿调去当农业局长,这样干起工作来就比较放心。他从这些年的实践中已经明白,当一个领导干部,手下必须有一帮完全听你话的人,不然你的意志就很难贯彻。双耿这人平时虽常向自己提些不同意见,但一旦怀宝决定下来说必须办,双耿就不再言语,认真协助办起来。这种不玩花招让你知道他的真正心思的人,才真正可靠!

双耿在家,在看一张报纸,旁边坐着正奶孩子的妁妁,见到他来,都起身让座。自从双耿和妁妁结婚后,怀宝就没再来双耿家,怕的是见了妁妁想起旧事尴尬。他早听说妁妁已生了孩子,他原以为生了孩子的妁妁会像镇上大多数奶孩子女人一样,变得头发蓬乱面色苍白衣履不整,没想到一见之下竟是一怔:妁妁竟还是那样水灵可人,凡是呈现在怀宝眼里的部位,都显得丰盈光洁。而且服饰素净雅致,透出一股让人舒心的妩媚。

妁妁起身去里间床上放孩子,怀宝扫了一眼她的背影,那饱满的臀部让他陡然想起当初手抚在那弧形的柔软臀尖上的美妙感觉来。这一刹,一股对双耿的嫉妒又爬上了心头,这么美妙的一个女人,竟完全归他所有了。

妁妁给他端来一盅茶。在接茶盅的当儿,他瞥了一眼妁妁的脸,想发现她看他的目光中有些什么内容,但妁妁的目光早已晃开,根本没有看他。

最初的几句寒暄过后,怀宝就用自豪的语气,把要调县上工作同时希望双耿也去的事讲了出来。双耿听罢还没表态,妁妁在一旁已冷冷开口了:"双耿不去!"

"为啥?"怀宝有些意外,他原以为妈妈会因为进城高兴。

"官当到何时是头?俺们不想离开柳镇!"妈妈眼斜向屋角,声音很硬。当初她含了苦痛狠心对怀宝爹说了不同怀宝结婚的话以后,她估计怀宝肯定会再来找她解释恳求的,没想到他就势作罢再不见自己一面,他的心好狠哪!

"这倒也是,我不是当官的料,一个副镇长就够我干的了。"双耿也轻声附和。

怀宝略略有些着急,倘若双耿真的不去,一时很难找到像他这样可以不用提防的助手。看来,这家里现在说话算数的是妈妈,得先把她说通。他于是改用恳切温和的腔调:"叫双耿和我一块儿去倒不是图做什么官,主要是我俩熟,到一个生地方好互相帮忙。我想妈妈总不愿看我一个人在县上作难受罪,我真要是有个病病灾灾,双耿也好给我点照应,妈妈你说是吧?妈妈!"

怀宝这几句满含感情的"妈妈"一喊,把原本压在妈妈心底的对怀宝的那种依恋又喊了出来,她呼吸变得不匀且颊上开始嫣红。她经受不住他这种带了恳求的声音。她因为气恼而变硬的心在这种恳求声中霎时变得柔软无力。

"我不管,只要双耿愿去。"她飞快地瞟了怀宝一眼。

"你呢,双耿?妈妈可是已经允许!"

"那就去吧。"双耿望着自己心爱的女人笑了。在这一刻,怀宝忽然判断:妈妈一定没把自己当初和她的那些事说给双耿!倘若说了,双耿绝不会笑得这样满足……

2

县政府礼堂里座无虚席。全县所有的生产队长和各公社主抓农业的领导和县农机、农科站的干部全都坐在这里,准备聆听新任副县长廖怀宝关于农业生产"大跃进"的报告。

九时整,怀宝手拎一个皮包准时出现在主席台上,怀宝在掌声中向人们点头微笑。他今天的打扮十分讲究,他已按县城干部中流行的发式,把原来的平头留成了后拢头,黑亮的头发讲究地向后梳去,这使他身上平添了一种稳重和成熟。他按县城一些男青年的做法,把白衬衣塞进腰带扎起来,衬衣最上边的那个扣子不扣,两袖稍稍挽起。他的身材原本就很挺拔,这样装束便显出几分潇洒。他专门买了一块雪白的手绢,把它叠好塞进裤子口袋,在讲台上就座之后先把手绢掏出,仿佛十分随意地按了按鼻子,这才开始说出第一句话,一种文雅的风度便显了出来。今天他是第一次同下属们见面,他要给他们留下一个很好的印象。给下属的第一印象很重要,他要觉出你窝窝囊囊不可敬不可怕了,你休想让他今后顺顺当当落实你的话!

他没有去看讲稿,而是双眼直盯着他的听众讲话。他已把讲稿熟记在了心里,为了准备这个讲话他用去了三个白天三个夜晚。一定要征服听众!他从县政府办公室主任那里借来的那本《领导人必读》告诉他,讲演能力对于一个领导者十分重要,它可以增加你的魅力和威信,很多国家的元首和领袖都很注意锻炼自己演讲的本领。为了把今天的报告做好,他曾面对墙壁把讲稿背了两遍,而后把农业局长双耿找来,让他做一个听众又听了两遍,并要他把听出的毛病全向自己指出来。

讲得很成功!

这从听众的眼睛中可以看出,每一双眼睛中都有一点新奇和意外。农业工作的报告往常都比较枯燥,但今天的不同,怀宝知道,这一点要感谢爹爹从小逼他读的那些诗词、散文和史书。他在讲深翻土地、选种密植、田间管理时,不断地加上一点有趣的东西。他最后是用一首自编的诗歌结束报告的:

> 人间跃进一句话,
> 土地老爷都害怕;
> 我说亩产一千斤,
> 他说你还可再加!
> 种的高粱高又大,
> 戳进天宫一丈八;
> 织女开窗来相望,
> 碰了一头高粱花。
> ……

掌声雷动。在人们徐徐散去的时候,几个女青年手拿日记本向他跑来,为首的一个娇笑着喊:"廖副县长,请把你刚才念的诗给俺们写在本子上做个纪念!"怀宝高兴地接过她们递来的笔和本,流利地写着。写字是他的拿手好戏,姑娘们接过本子一看他那近似钢笔书法字帖似的行书字迹,又相继啧啧地称赞:"哟,廖副县长的字写得这么漂亮!"在姑娘们欢笑着离开他时,其中一个鸭蛋形脸蛋的漂亮姑娘以极快的动作把一个纸条塞进了他的手里。他懂,但没有立刻去看,只是淡淡一笑。自从他来县城上任之后,不算机关里那些愿当月老的介绍的姑娘,单用这种办法大胆追求他的漂亮姑娘,今日这位已是第五个了。他慢腾腾地将纸条撕碎。他忽然记起很久之前爹阻止他和姁姁结婚时说过的那句话:天下漂亮姑娘多的是!

是啊,多的是……

3

听到那种敲敲停停停停敲敲的顽皮敲门声,怀宝就知道是县豫剧团的晋莓来了。他笑了笑,推开面前的报纸,叫道:"还不快进来?!"

晋莓便笑着推门跳进了门槛,把手上捧着的一张绿豆面煎饼送到怀宝嘴边叫:"快,快吃,还热着哩!"

怀宝于是伸嘴咬了一口,同时也把晋莓身上的香味吸了一股到肚里,边嚼边美美地舒了口气。

晋莓是怀宝在县城里众多的求爱姑娘中最后选定的对象。他所以选定这个豫剧团的红演员,除了她长相漂亮之外,还因为这姑娘在身个和脸型上略略有些像姁姁。当然,因为晋莓年轻而且受过表演训练,她和妗妗又有许多不同。她的那双眼睛不像妗妗的那样文静沉郁,而是充满顽皮,双眸灵动飞腾,不时把千种风情万种娇媚向四下里抛掷。她走起路来也不像妗妗那样轻手轻脚如风吹弱柳,而是胸凸臀摆袅娜娉婷,十分招眼。

"香吗?"晋莓又倒了一杯水递到怀宝手里。

"香!"怀宝笑望着晋莓,在心里再一次把她和妗妗做了番比较。她一点也不比妗妗差,上天并没有亏待我!

"哟,天都县玉米亩产都六千斤了?!"晋莓这时瞥了一眼报纸惊叹道。

"是呀,如今是'大跃进'的年代,什么样的奇迹都会出现,我们都要跑步迈进共产主义的门槛!"怀宝边说边走到晋莓身边,用手拍了一下晋莓的肩膀,意味深长地笑笑说,"好了,我们不说那些大事,我还想喝点更香的东西!"

"啥?"晋莓一时没有听懂。

怀宝抬手摸了一下晋莓的嘴唇:"装糊涂?"

晋莓明白了,脸倏然间涨红,忙垂了头说:"那你把灯拉灭。"

灯灭了,但窗外的月光却一下子溜进屋里,悄然而惊奇地瞧着怀宝把晋莓抱放到腿上,把水杯朝晋莓嘴边递去,晋莓喝了一口,却不下咽,只待怀宝的嘴接近自己的唇,两个人的嘴相挨时,只听怀宝嗞嗞嗞又香又甜地从晋莓的口中吸那些水。三口水吸罢,怀宝扔开了杯,一下噙紧了晋莓的舌尖尖。

一阵长得没有尽头的吻。

他开始去解她的衣服,这还是第一次。他估计她会委婉地反对,但她没有,她只是轻轻地哆嗦了一下身子。

当他把她脱得通身银白时,他把脸朝她柔软的腹部埋去,那一刻,他再一次体验到了一种快乐的自豪:我想要什么,便都可以得到。爹,你说得对,一个人只要有了官位,就会拥有一切……

4

双耿又一次抓了抓自己的头发,把目光投到那张《中原日报》上,用眼睛把头版头条消息再次逐字过了一遍:农业"跃进"捷报频传——天都县今年玉米产量大"放卫星",平均亩产六千斤——省委省政府领导接见天都县县长进行嘉勉。

四五根寸来长的黑发被他从头上抓掉,飘落到了那条消息里。这是第三遍!短短的一条消息,他已经读了三遍。可能吗?双耿家住柳镇边上,家有三亩祖传旱田,世代都靠这三亩地生活,双耿的父亲是一个种田好手。双耿自小在田里干活,知道父亲那双手是如何精心侍弄那三亩地的。但就是这三亩地,在最好的年景里,亩产玉米也不过一千多斤。不知天都县的玉米是如何种的,竟然能亩产六千斤!

这张报纸是怀宝刚才亲自拿来让他看的。双耿刚刚从乡下检查秋收回来。他本来还为今年的玉米产量高兴,他今年抓田间管理抓得很紧,他也很想做出成绩,让怀宝高兴,也让人们看到,他这个农业局长不是白吃饭的。他在几个生产队里估了一下产量,亩产不会低于六百斤。他刚进屋时还为这个数字高兴,现在一看报纸,方知应该脸红,两下相差太远了!

他默默地回想着怀宝刚才说的话:"……双耿,今天郑书记和钱县长把我找去,专问今年的粮食产量,说别处都在'放卫星',唯我们默默无闻不声不响,可不能不敢想不敢做,在思想上右倾啊!……双耿,我们刚来县里工作,头三脚踢不开,这位子可不好坐呀……"

他又揪了一把自己的头发,怎么办?得去取取经验,看看天都人究竟是怎么种的,或许真有什么秘方!但六千斤玉米粒需要长在多少株玉米上?一亩地能种那么多株玉米?心里晃着的那团怀疑使他的眉头紧蹙,他那张年轻光洁的额上一时出现了几道横纹。

"双耿!"姁姁挎着菜篮忽然由门外慌慌地进来,声音紧张地喊了一句。"咋了!"双耿起身,从姁姁手中接过菜篮,诧异地问。双耿来县里当了农业局长后,把家也搬了来,姁姁如今在书店卖书。

"知道吧,县里的工业局长刚才让关起来反省了,上级让他年底以前炼出两千吨钢,他说他没办法炼,人家说他右倾!"

哦?双耿打了个轻微的寒战。右倾?!谁发明的这个罪名?仅仅因为工作无法达到上级希望的目标,就要给戴上这个帽子?如果以后我在粮食产量上达不到上级希望的数字,也会得到这个罪名吗?他的心不由得一紧。

"他爹,我有些怕。"姁姁这当儿在双耿身边坐下,"如今人们干什么事都说大话,俺们书店卖的那些书中,净是些'喝令三山五岳开道'之类的句子,而你,又不是个会说大话的人。"

"唉。"双耿叹了口气。他再一次想起了天都县的玉米亩产,六千斤,能吗？会吗？但愿这不是大话。

看见丈夫心情也不好,姁姁又紧忙劝慰:"你也不要太担心,大不了咱们还回柳镇。"

"这倒也是,"双耿轻轻抬手去抚妻子的头发,"我家世代没当过官,我也从没想到来当官,不行了咱就还回去种田。我这辈子有了你和咱们的儿子,我就挺知足……"

5

"看嘛！我这条裤子行吗?"晋莓将刚换上的那条卡其新裤往上提了提,在怀宝面前转了一圈,好让丈夫欣赏。两个人是七天前举行的婚礼。

"嗯,嗯。"怀宝眼望着妻子,目光却缩在眶里,含混地应了两句。

"怎么了,你?"晋莓对丈夫的冷淡有些生气,声音提高了,同时三下五除二地褪下了那条新裤,上床钻进被窝里。

"噢。"怀宝被妻子的高声惊得一震,忙扭过身去轻抚了一下晋莓的额头,软声说,"你先睡吧,我因为工作上的事心里有些乱。"

他心里是真乱,是吃惊、意外、不解和茫然掺在一起的那种乱。——双耿下午由天都县参观回来,刚才来向他汇报,说天都县的玉米高产其实是假的。他已经看破了他们玩的把戏:先说假话,虚夸产量,然后在仓库里做名堂,在粮囤下半部填上麦秸草,麦秸草上铺一层席,席上才盛玉米粒,给人一种囤囤米满、仓仓粮丰的感觉……

假的?！怎么可以如此造假？为什么呢？

是农民自愿要造假的吗？是他们想证明自己种粮的技术高吗？不,不可能！他们知道产量高交的公粮也要随之增多,他们不会去办这种傻事！

这样造假虚夸对谁好呢？对农民无半点好处！对县里干部呢？好处已经可以看见,他们上了报,出了名,今后可能会更快地晋升。对省里干部呢？也可以证明他们的领导正确,组织"跃进"得力,将来可以受到中央的表扬。

这就是说,这样造假,至多是引起农民不高兴,其他引来的后果都是高兴,专区的干部高兴,省里的干部高兴,农民不高兴有什么不得了的？他们至多不过是三几人凑在一起嘀咕嘀咕罢了,他们不敢对造假的干部怎么着的。干部是上级任命的,只要上级高兴就成！农民们嘀咕得多了,可以吓唬!

一般的农民都经不了吓唬,用"右派""反革命""反三面红旗"这样的帽子稍稍一吓,他们就会闭嘴,就会老老实实,甚至还会替你掩护！胆小怕事是农民的本性,很少有人敢出头公开指出当官的不对。

这就是天都县领导敢于造假的原因吧？

本县怎么办？天都县可以造假你就不会？当然,也不能乱造,只说某一社的产量放了"卫星",这样可以让一般人摸不着头脑。放卫星的产量也不能太高,太高了容易让人不信,比天都县略低一点就行。这样差不多就可以上报纸了,各级领导的面子上也可以过去了。

怀宝抽出钢笔,把手中的那张表格在桌子上铺好,仔细地看了一眼表格,而后把柳镇人民公社玉米平均亩产五百七十斤的数字,改成了五千七百斤。

他长舒了一口气,开始脱衣上床歇息。被子掀开时,已经酣睡的晋莓翻了一个身,把雪白柔软的臀部呈在了他的眼里,他心中顿时起了一个冲动,急急地伸过了手去……

6

双耿默默地看着崔庄几个生产队干部向粮仓的一个个圆形粮囤里填麦草。崔庄是柳镇公社靠公路边的十几个生产队之一,他奉怀宝的指示,亲自来监督指导他们把粮仓弄好,弄成一幅粮丰仓满的情景。怀宝估计,一旦柳镇公社玉米产量大"放卫星"的消息见了报纸,上级和兄弟单位说不定会派人来参观,这十几个靠公路边的生产队将可能是参观的重点,粮仓里必须是一幅特大丰收的景象。

每看见他们向粮囤里填一捆麦草,双耿的眉梢都要火烧似的抖一下。他看出敢怒不敢言的神色就隐在那些队干部的眼角里,但我有什么办法?有什么办法?几天前怀宝把他叫去进行那番交代时,他曾再三地表示了他的意见:决不虚夸!但他那颗善良诚挚的心经不住怀宝的反复劝说:"大家都在虚夸,你一人不虚夸能有什么意义?上级喜欢这样做的干部,你不干就会失去领导的信任!

我现在是抓农业的副县长,你即使不想干也要看在我的面上去办。再说,出了事也有我顶着,你只当是去执行我的命令就行……"

还能有什么说的?作为怀宝的下级和朋友,双耿不能不默默点头。办吧,就这样办吧,但愿神灵能够宽恕。

"这样行了吧,局长?"一个队干部站在囤边问。双耿走过去看到麦草已快垫到囤顶,就把头点点。那几个人随后开始在麦草上铺一层苇席,接着,便往席上倒玉米粒,玉米倒得与囤顶相齐,站在囤旁一看,满囤都是玉米,全公社所有生产队的粮囤,都是这样满起来的。

丁零零,随着一阵自行车铃声,怀宝带着两个县政府机关干部到了仓库门前。"咋样?都弄好了?"怀宝笑问,同时从衣袋里抽出一张报纸朝双耿递来,"看看,咱们柳镇'放卫星'的事已经上了省报,旁边还加了照片!"双耿的手像被针扎似的向后一缩,但为了不露出什么,又伸手把报纸接过。

报上的消息是头版头条,旁边附了一张怀宝和双耿在一个大粮囤前会见记者时的照片。照片上的怀宝风度潇洒脸含自豪,双耿却有些忐忑不安缩头缩脑。他一看见这张照片,一股巨大的歉疚感就又把他的心揪住,他觉到了一种彻身的疼痛。

"再看看,各县都开始'放卫星'了!"怀宝用手指了一下报纸的二版。双耿把目光移去,是的,都开始放了,双耿稍稍放了心,大伙都在这样办,老天爷要惩罚也不会就我一个……

"双耿,昨天接专区通知,专区后天要组织十三个县管农业的副县长来咱柳镇参观,我们要抓紧准备!"怀宝掏出折叠好的手绢,极高雅地擦了擦脸上的汗,言语中露出一股抑制不住的兴奋。

"是吗?"双耿一惊,双颊慢慢开始发白,心中不安地祷告道:神灵保佑,但愿别露馅……

7

副专员戴化章是在苑城专区医院的病床上,读到那张刊有柳镇公社玉米丰产消息的报纸的。他的目光一触到"柳镇"那两个字,因为低烧而发软无力的身体就陡然来了精神,一口气把那篇消息读完。柳镇的一切,他不能不关心,那里是他转入政界的起点。就是在柳镇,他脱下军装走上政坛,开始执掌权力;也是在柳镇,他发现培养了这个极有才干的干部廖怀宝,这是他在内心一直引为骄傲的事情。

他仔细地审视着报纸上附在"消息"旁边的那张照片,照片上的怀宝比过去越加显得有风度了。戴化章眼中显出了笑意,他个人倒不讲究什么衣着风度,但他却希望怀宝有点风度。怀宝能写会说,处事灵活,有办法有魄力,会是一个很好的接班人,能担负更高的职务,他应该有点风度!培养一个接班人不容易,他应该在各方面都令人满意。有人说干部不能靠一个人去发现,接班人不是培养起来的,这是胡扯,一个人再有才,没有另一个人去发现他,他的直接上级不委任他职务,他怎能成功?

看一阵报纸上的照片,他又把目光停在了柳镇公社玉米平均亩产五千七百斤这个数字上,这是使他唯一有点不安的东西,这么大的数字！产量会有这么高吗？戴化章自小跟父亲在铁匠炉上学打铁，对种田的事一窍不通。他当初在柳镇工作时，把主要精力放在"镇反"和"肃反"等政治问题上，对生产尤其是对农业生产很少过问。

　　他的心微微打了一个颤，他想起了最近在各项工作中兴起的浮夸风，专区不论统计什么数字，其中都带了不少的水分，甚至统计各县右派的数字时，有的县为了争第一，也虚报了不少。华县本来有右派四百多人，上次统计时为了争全区第二名，竟多报了一百二十多个。后来专区派人逐个复查时他们慌了，便急急忙忙地把一百二十多个名额分派到各单位，让加班把人打成右派！他上次知道这件事后专门把华县县长叫来，在办公室整整骂了他两个小时。妈的，这些东西！但愿，柳镇这丰产数字没有虚夸的水分。

　　可吃午饭时他还是让这件事搅得心神不定。他让护士找来一个家在农村的医生，问他家乡在丰收年景玉米一般亩产多少，那医生说最高时达到七百斤。这个数字又让他心里犯了嘀咕：柳镇亩产五千七百斤可能吗？应该问问，问问怀宝，究竟这数字里有无水分！

　　他起身想去院长办公室给怀宝挂个长途电话，不料刚站起迈了一步，一阵带着金星的眩晕就猛扑过来，一下子把他按倒在了地上……

五

1

廖老七手捏香烟仰坐在当院那株榆树下的躺椅上,隔着枝叶的缝隙仰望着银河岸上疏淡的星星。远处的什么地方,有人哼着杨继业兵困幽州时有些悲凉的唱词,喜欢豫剧的他轻声随着那声音哼了几句,但终觉那调门不合自己的心境而很快止住。

廖老七现在的心境可以用"惬意"两字概括,如今,唯一让他操心的就是如何保护好自己的身体,好好享受享受一个县长的父亲应享受的东西。前天,柳镇公社的社长专门跑来屋里告诉他:廖副县长已经被任命为正县长了!正县,正七品!有这样一个儿子,谁都会去想到"长寿""享福"这些词儿。

廖老七如今走到街上,问好递烟的人接连不断;逢年过节,镇上一些平日并无多少深交的人都要送点烟酒来;平时,公社的干部不断地来问有没有什么困难;公社卫生院的医生,隔一段时间也总要背个药箱来,非要热情地给他量量血压不可。这种尊重和待遇,老七何时受过?他现在越来越明白父亲临死时说的那些话是多么正确。看来,做官并不在官位本身的俸禄,而在受到的这份恭敬和额外收入。老七读过不少古书,知道自古以来,中国的官俸就不优厚。宋朝以前大体上还可以养家而仍有余裕。元朝以后官俸减得厉害。清朝时,官分九品十八级,一品官的俸银每年一百八十两,每个月只合到十几两银子,一个六品县官,每个年俸银仅四十五两,每个月只有几两银子。依靠这样微薄的官俸,岂不要喝西北风了!重要的不在官俸,而在官俸之外的这份收入……

为了养好身体,老七现在基本上不再拿笔写字,每日晨起,拄一根竹杖,去镇边的寨河旁散步;上午,泡一杯毛尖绿茶,和邻居一个老友下几盘象棋;午后小睡,然后去街上溜达,乏了,回来躺在躺椅上看书。老七专门去镇上中学的图书馆里借来一些诸如《资治通鉴》一类的古书,回来看看想想,以史为镜方可久长。他要给儿子怀宝当个参谋,老七知道当官虽好,但也有险恶,必须多加小心,要时时用历史上的事给儿子一个提醒!

老七这两天就有些轻微的不安,主要是因为粮食征购得太多,公社里的人们有了怨声。老七知道原因是今年的产量说得高了,产量一报高,公粮自然要多交,公粮交得多了,人们吃啥?没吃的自然会有怨声,这怨声眼下还不太高,倘是高到载道的程度,恐怕就要麻烦,就要出乱子。乱子一出,当县长的就可能失了上边的喜欢,这一点得给儿子说说明白,他毕竟年轻,古书读得又少!刚好,儿子领着媳妇晋莓后晌回来看望全家,这正是一个说话的机会。老七原来想在晚饭时就给怀宝说的,不料公社的几个干部听说怀宝夫妇回来,来家硬把两个人拉去接风了,到这阵还没回家。

老七又换了一根烟,慢慢地品着,银河岸里的星星又多了不少,地上一个丁,天上一颗星,不知地上的人是不是真和天上的星星一般多,倘是一般多,哪一颗星星是怀宝的呢?但愿那颗星星会越来越亮,越来越大。

外边响起脚步声和儿媳晋莓的笑声,他们回来了。老七坐起身,咳了一声。"爹还没睡?"怀宝拉着晋莓的手走过来问。

"没哪。"老七应道,"莓儿忙了一天,该去睡了。宝儿,爹有几句话给你说说。"老七看着儿媳走进屋去,凑着屋里的灯光,他发现晋莓走路的姿势与往日有点异样,莫不是怀了孙儿?

"爹,有事?"怀宝在爹旁边的一把木椅上坐了。一股酒气飘来,钻进了老七的鼻孔。老七抽了下鼻子,缓缓地开口:"你如今喝酒的机会多了,记住,此物不可多!它有时会使人脑子不清醒,看不到危险,把正事误了!""放心,我喝不多,不过是应酬。"怀宝答。"那么,你看没看出眼前的危险?"老七的眼睛在黑暗中一闪。"危险?"怀宝的声音里透着茫然。"对。你们把产量报得太高,征购公余粮的任务自然派得重,已经有怨声了。知道吧,唐永徽三年,青州有县令叫玉彤的,征赋太重,引起民怨沸腾,高宗知悉后,即将县令斩首以平民愤……"

"爹,天不早了,你去睡吧。"怀宝平静地说道,而身子却不由自主地打了个寒噤……

2

当闷热漫长的秋季终于把太阳的热量耗尽,冷风开始漫天掠着的时候,饥饿怪兽的狰狞獠牙已渐渐露出来了。起初只是柳镇公社的几个大队报告,公共大食堂的存粮已经不多,希望上级给予解决。这时,怀宝心里虽然有些发慌——他知道这是虚夸之后高征购的恶果开始暴露——但还不是很着急,毕竟面积不大、人数不多,他下令从其他公社给那几个大队调去三万余斤小麦、苞谷。但当第一场大雪埋地不久,局面严重了,整个柳镇公社所有的食堂都已无了存粮,告急电话一个接一个。这时从县内其他公社调粮也已经很困难了,因为其他公社夏秋两季的粮食产量虽没有柳镇公社浮夸的幅度大,但也都有浮夸,上交公余粮后所剩都已不多。怎么办?向上级伸手要粮?如何开得了口?大丰产之年竟无粮吃,如何自圆其说?打开国库赈济?谁有这个胆量?

身为一县之长的怀宝,此时是真正地慌了!他一面强令其他尚有不多存粮的公社匀粮救急,一面用电话通知下边,想尽一切办法寻找可吃的东西。榆树皮碾碎可以做糊汤喝;麦糠磨碎可以做窝头吃;牛皮、猪皮去毛经开水暴煮可以充饥……所有能想到的办法都用电话通知到了下边。

当太阳经过一冬的歇息,慢慢缓过气来开始发热,地上错错杂杂地出现青草时,饥饿怪兽露出了它整个吓人的身形,遍及全县的粮荒开始了。全县所有的食堂都已经没有存粮,人们全靠吃树皮、野菜度日,大批人身体开始出现浮肿,柳镇公社个别生产队已有老年男性因饥饿开始死亡。

怀宝此时方知县长这副担子的沉重,怎么办?他开始睡不着觉、吃不下饭,感到一种手足无措的恐慌。只有向上级真实反映情况了,再隐瞒下去,后果更不堪设想。他找到县委书记,两人边叹息边商量,最后决定向专区汇报饥馑情况,请求上级调拨救济粮。但当通往专区行署的电话挂通后,怀宝揉了揉发烫的脸刚准备说话时,未料接电话的行署秘书长先开了口:"廖县长,我正要找你哩,全地区已有七个县发生了粮荒,我们准备从你们县调出十万斤粮食来救济他们……""天啊……"怀宝没听完对方的话就呻吟似的叫了一声。他不敢再犹豫,一口气把本县的情况说了出来,说完之后,电话那头出现了一阵长长的沉默。许久许久,对方才说:"好吧,我马上向领导汇报,不过我先告诉你,你们不要对由外地调粮抱太大的希望,这次粮荒是全国性的……"

全国性的?怎么会是全国性的?他昏昏沉沉地回到家,看见妻子晋莓正在由笼屉里向竹筛中拣刚蒸好的雪白的馒头。还好,家里倒不缺吃的,这要感谢县政府的办公室主任,他在刚入冬不久的一天,让人送来了十袋面粉,当时怀宝还嫌保存这么多面粉麻烦,未料这倒是一种先见之明。"来,尝尝!"晋莓腆着怀孕几个月的肚子把满满一筛雪白的东西朝他递来。他惊慌地向门外看了一眼,而后接过筛子快步向里间走去,进了里屋后扭身对晋莓交代:"今后吃饭一律在卧室,不要端到外间,明白?"晋莓先是一愣,随即把头点点……

当天半夜,专区来电话通知:"无力调拨大批救济粮,你们可先从本县的国库粮中调出二十万斤解急。"同时告诫,"加强对国家粮库的保卫,严防抢粮事件发生!"

二十万斤粮食对于一个有五十五万人口的县来说,杯水车薪,能解什么急?不过七天之后,各公社就相继来电话报告:已经开始死人,死者多为壮年男性。半个月之后的一个头晌,柳镇公社社长把电话打到了他的办公室里,他一拿起话筒,那惊慌的声音就掉到了桌上:"廖县长,今天早晨,仅柳镇四条街上,就发现饿死的男尸十一具,女尸五具,如此死法,怎么办? 你快给想个办法呀!……"

怀宝长久地捏着话筒,直到对方没有了声音仍在捏着。他的目光穿过对面的墙壁,分明地看见了柳镇,看见了他熟悉的柳镇街道,看见了一个个横躺着的尸体,大片的水雾漫上他的眼睛,那些水雾很快凝成了水珠……

3

当六部大卡车的引擎在十字街口骤停,戴化章走下驾驶室时,第一眼看到的是两具卧在街边的男尸,一具男尸的手中还攥着一把棉衣上的套子放在嘴边;第二眼看到的是一个浑身肿得又黄又亮的青年妇女,拎一个小竹筐,筐里搁一把镰刀,正从一个门槛里趔趄着迈出来,显然是要去剜什么野菜;第三眼看到的是一个浮肿的男孩,正在街边大便,他显然是吃了糠和树皮一类的东西,大便干结得厉害,怎么也拉不下来,他哭着喊了一声妈妈,一个中年妇女出来,手中拿一根一头削尖了的筷子,伸进孩子的肛门里慢慢地拨着。剩下的就是寂静,一种彻底的寂静,不仅没有人的歌声笑声骂声话声,连鸡叫鸭鸣狗吠猪哼都没有,镇子完全如死了一般。

戴化章呆呆地站在那里,前天他听说柳镇公社发生了严重的饿死人事件之后,慌忙带病从医院出来回到机关,先是要求办公室迅速给柳镇拨去救济粮,但办公室主任拿出那张表格让他看了以后他才知道,专区掌握的救济粮已经全部分到了各县,中央调拨的大批救济粮还未到达，到处都需要粮食。没法，他又急忙给在省粮食厅当厅长的一个战友挂了长途电话，恳求他想法拨点粮食。到底是在战场上共过安危的战友，听说柳镇死人死得厉害，当即设法给粮食厅设在苑城附近的一个专供部队的粮库打了电话，拨了五万斤小麦。戴化章随即在地区运输公司要了六辆四吨装的卡车，连夜向柳镇赶来。在路上他还想着，车到镇上人们会欢呼着迎上来，现在方知道，人们已经饿得连迎上来说话的力气也没有了。

"去，叫各大队的干部都来！"他阴着脸对站在一旁的怀宝和其他公社干部说。戴化章从专区动身走时给怀宝拨了电话，让他也到柳镇。戴化章想弄清柳镇这次的饥荒为什么这样严重，怀宝是县长，他应该参加。

没有多久，各大队干部相继来了。戴化章站在他们面前，挨个地盯了一阵他们的脸，而后冷冷地开口："我看你们中没有一个人浮肿，这证明你们这些人还能吃到粮食，但我告诉你们，如果有谁胆敢把这些救济粮贪污一粒，我戴化章绝不饶他！你们应该晓得，我姓戴的说话算数！现在，你们上车，去挨队分粮，粮分完后你们仍来这里！还有，请顺便转告乡亲们，中央调拨的大批救济粮就要到了，让大家不要绝望，想办法坚持下去！"

六辆卡车分头向几个大队驶去。戴化章眼望着汽车走远之后，无言地走进近处一家院子，怀宝默默地跟在身后。一个十来岁的女孩，正手拿一个早抠去了玉米粒的玉米棒芯啃咬着咀嚼，嚼满一口吞咽时，粗糙的玉米棒芯憋得她流出了几滴眼泪。戴化章无言地站在那里看着，眼泪慢慢地漫出眼眶，顺颊而下……

当六辆汽车陆续返回十字街口把那些大队干部又带来时，戴化章缓步走到大家面前声音嘶哑地问："你们这里为什么会出现这样的情况？你们去年秋季玉米不是获了特大丰收了吗？究竟是什么原因？"

人群一片寂然。

"你说！"戴化章指了一下公社书记。

"我们工作没做好。"公社书记嗫嚅着。

"放屁！"戴化章暴怒地跺了一下脚，"你的工作当然没做好，我现在不是问你这个，我问具体原因！你说！"他又指了一下站在近处的一个大队干部。

"我们那里去年的秋粮……亩产……不高……是说得……高了。"那大队干部话语吞吐。

"怎么叫说得高了？"戴化章瞪大了眼睛。

"就是虚报了亩产……我们那儿玉米亩产只有几百斤，但说成了五千七……"

"哦？"戴化章惊得退了两步，"你们呢？你们也是这样？"戴化章那越来越冷的目光在另外的大队干部们脸上一一扫过。

大队干部们都或先或后地把头点了。

"是你们公社干部叫干的？"戴化章猛地扭身抓住了公社书记的衣领。

"不……不是，我们是按县上廖县长的指示——"

戴化章的手一哆嗦，松开了，而后极缓地转过身，望定了怀宝，冰冷的目光中掺了一点困惑：你？！

哗。怀宝分明感到自己的心脏被辘轳那样的东西一下子吊上去。从戴化章最初从汽车上下来那一刻,从一看到他脸上那副暴怒而痛心的神色起,怀宝就担心他要查问造成饥饿的原因,终于,担心的事来了。

"你还有什么要说的?"戴化章的声音变得狰厉无比。

"我——"怀宝一时竟忘了辩护的话该怎么说。

"给我绑了!"戴化章突然朝身后随来的两个干部吼。那两个干部始而一愣,继而上前,用汽车上绑麻袋的一截绳子,将怀宝的双手反绑上了。

怀宝被眼前的这一幕骇呆,这是他第一次看到戴化章性格中的这一面。受批评、挨骂、降职,这些后果他刚才都想到了,却独独没想到竟会把他绑了。他被戴化章这种冷酷的处置完全震住,竟一句辩解没说就被拉上了车。

"上车,去县城!"戴化章猛挥一下手……

4

空气沉闷得令人窒息。

怀宝面向窗口,张大嘴巴呼吸,他知道这种窒息感不是因为空气污浊,而是因为内心的压力。

他刚刚做出了一个重要决定并把它付诸了行动!

从他被绑回县城到关到公安局这间拘留室内,中间不过几个小时,他却觉得仿佛是过了几个世纪。在最初被关进这间屋中时,攫住他全身的只是震惊:戴化章,我毕竟跟你干了一段时间,你竟如此不讲情面?一个县长转眼间就变成一个囚犯,仕途竟这样凶险?接下来,那震惊就被恐惧所代替:戴化章最后会把我怎么样?判刑?一旦真的把我判了,就要临产的晋莓怎么办?倘若把我判得时间很长,晋莓带着孩子怎么生活?会不会杀头?想到这里他打了个冷战,柳镇公社饿死了那么多人,这些人的死与自己都有直接关系,法律规定杀人偿命,这么多人饿死会不会要自己去偿命?可能,完全可能!他感觉到有冷汗从脊背上悄悄爬下。巨大的恐惧本能地使他开始思索摆脱这种可怕境地的主意:逃跑?不行!门外就有两个看守!再说,你往哪里跑?检讨?行吗?说的是坦白从宽,可只要你真的检讨出来,很可能就把那些作为定你罪的证据!推卸?对!不管浮夸的恶果和应负的责任多大,只要推到别人身上,就好办了!往谁身上推?县委书记?不,他并不具体抓政府的工作,很难成立,而且是同级,一旦你往他身上推,他可以向上级表白说明真相,这不会成功的!上级?说是受了省里的影响,说是受了上级要求"大跃进""放卫星"的压力?不,不能,那样领导会更加生气,会对你处理得更重,也许真的会因此而枪毙你!只有推往下级,下级负有向领导反映真实情况的责任,如果他们反映的是假情况,你因此做了什么决定,那责任就应该由反映假情况的下级来负!对!寻找哪个下级?双耿?

他的双腿一个哆嗦,一股冰冷的东西由脚脖那儿升起,蛇一样地往上爬。

双耿是你的朋友!是你最忠诚的下属!你不能!但他是农业

局长,正管这一方面的工作,是他外出参观向你报告了外县浮夸的办法,是他具体去落实的假仓库,只有往他身上推,别人才能相信。也只有往他身上推,你才能推干净!当然,这样做不仗义,不够朋友,别人知道了会说你坏良心,可你又有什么办法?难道人可以眼睁睁看着自己沉进水里而不设法去抓住一个东西?再说这是政界,你是在搞政治,办公室侯主任那次送你看的那本书上是怎么说的?政界里只有下属、伙伴和上级,没有永久的朋友和友谊。所有保卫自己政治地位的努力只有成功不成功之分,没有合理不合理之论!还有,双耿只是个农业局长,职务低,把责任推到他身上,说不定上级会说他水平差而加以原谅!就这样办吧!

决定一经做出,他即刻向看守要求:"我要见戴副专员!"就在半小时前,戴化章阴沉着脸来到屋里,听他说完了柳镇公社乃至全县的浮夸风是怎样在农业局长双耿的操纵下刮起来的:双耿怎么去外县参观,怎么向他建议,怎么亲自去下边布置假粮囤;他怎么受蒙蔽不知下情……戴化章刚一听完,就疾步走了出去。

他们会怎么对待双耿?

怀宝缓缓伸手捂住胸口,再一次觉得这屋中的空气令人窒息……

5

双耿把最后一嘴嚼碎的玉米面饼子塞进二儿子陌儿口中之后,便把眼睛急忙从儿子脸上挪开。他知道,孩子咽完这口之后,还会把一双乌嘟嘟的大眼望定他,盼望再来一口。陌儿没有吃饱!他不敢看儿子的那双眼睛,那晃动的两颗瞳仁分明在说:爸爸,我还想吃,你为什么不喂?但确实不能再喂了,剩下的那半个玉米面饼子是儿子明天早晨的干粮,一顿吃完不行。陌儿,就这,你已经比多少农村孩子的处境好了!他站起身,抱着儿子在外间轻轻踱步。陌儿扬起小手,不停地抓他的下巴,他知道那是什么用意,却心酸地不再拿眼去看。唉,竟到了这种地步,眼睁睁看着儿子饿肚。作孽呀!作孽呀!在这一刻,他又想起了去年秋收过后领人去乡下指导农民建假粮囤以应付上级参观的事,他觉出心脏又刀剜似的一疼,急忙用一只手去按胸口。自打那次从乡下回来后,只要一想到这件事心口就疼。当全县范围的饥荒出现,饿死人现象不断发生之后,双耿越加被这负疚之心折磨得厉害。你身为农业局长,非但没有想方设法去指导农民们正确发展生产,反而要求他们去作假造假糊弄国家,弄得他们屋里没粮锅里没米,使得那些种粮的人竟死于饥饿,这难道不是罪过?还有什么样的罪比这罪大?你得为那些饿死的人负责!负责!……

他有些踉跄地抱着陌儿向里间走,想把孩子放到妸妸身边,然后去看看怀宝。自从听说怀宝被抓起来后,他心里的自责变得越加厉害。不,不能把所有这些责任都算到怀宝身上,做具体工作的是我,是我这个农业局长。如果我当时坚决不搞浮夸这一套,或者把真实情况向县报、向《人民日报》、向中央领导报告,也许这个县的粮荒就不会像今天这么严重,或者根本就不会出现这种情况,我应该负责!再说,怀宝当初把你调来县里,就是为了让你帮他做好工作,如今他被关起来,而你这个得力的帮手却在外边过自由生活,这算帮的什么? 应该让他解脱,把所有的责任全揽过来,不要因为这件事把他毁了,不能毁了他……

妁妁还在昏睡,几天前她试着把从树上扯来的一些柳叶掺在玉米糁里蒸饼,为的是延长那少得可怜的一点口粮的吃用时间,蒸了后她先吃,不知是洗法不对还是怎么的,吃完她就拉肚,直拉得浑身酥软没一点点劲,这两天一直躺在床上昏睡。陌儿刚睡到妈妈身边,便习惯而熟练地翻身用手把妈妈的衣襟撩开,哼哼着把嘴凑上了妈妈的奶头。"陌儿,让妈歇歇。"双耿从儿子嘴里把奶头拔下,看着妁妁那黄瘦的面孔和稀软耷拉的奶子,他心疼得实在不想让儿子再去吮吸她。"让他吃吧。"儿子的抚弄和丈夫的声音,使妁妁从昏睡中醒了过来,她又把奶头塞到了儿子嘴里。

院子里忽然响起几个人急促杂沓的脚步声,正默望着妻儿的双耿扭身向外一看,见是戴副专员和几个不相识的人进了院子。他急忙出门招呼:"是老领导来了,快请进屋。"戴化章脚没动,只冷厉地问:"晚饭吃过了?""吃了。"双耿感觉到气氛不对,有些诧异。"吃的啥?"声音冷得可怕。双耿原想说吃的是煮红薯叶,后想想自己还有脸向领导哭穷? 就答:"玉米面粥。""你知道老百姓吃的什么吗?"戴化章的眼中露了狰狞,"狗日的,去年秋收之后,是你去柳镇公社指挥人们设假粮囤的吗?"双耿此时方明白了戴副专员的来意,低了头答:"是的。"

"你那样干是要干啥? 是想叫那儿的人都饿死?"

一股巨大的委屈涌上双耿的心,使他也有些生气:"戴副专员,你不能这样说!"

"咋着,嫌老子的话不好听了?"戴化章咬牙向双耿逼了一步,"你知道老子们当初革命是为了啥吗?是为了让百姓们过上好日子!可你竟让这么多人饿死了,老子现在就是枪毙你也应该!"

"毙吧!我也不想活了!"双耿心中积聚着的那股内疚、委屈和烦躁使他张口叫出了这一句。

这句话把原本就气恼的戴化章彻底激怒了:"狗日的,你以为老子不敢毙你吗?我今天就豁上这个副专员不当,也要把你这个说假话祸害百姓的东西毙了!"边说边猛地伸手去随行的警卫员腰中拔手枪。那警卫员见状死死按住枪套不给,同时对其他随行人叫:"快把双耿带走!……"

6

怀宝走进办公室重新在自己的办公桌前坐下时,心中竟有一种隔世之感,撤职、判刑、杀头,他原以为这三种下场恐怕自己难逃其中一种,未想到事情发展竟这样顺利!今天早晨戴化章到公安局关押他的那间房里声音温和地说:"我错怪你了,双耿已经完全承认所有造假浮夸的行为全是他干的,我已向地委请示了,决定恢复你的工作。当然,你也有责任,你也要从这件事上接受教训,要注意了解下情,不要被那些别有用心的下属蒙住眼睛……"怀宝把心中的狂喜强抑下去,面色沉重地向戴化章表示:"副专员,您放心,我一定把这个教训永记在心!"戴化章缓缓拍了拍他的肩说:

"记着,不要背思想包袱。我从一开始就不大相信这些事会是你干的,我的眼还没有瞎,我自己发现的人我心中有数……"

过去了,这场灾难总算过去了! 这是怀宝在仕途上遭的第一次挫折,他这时才有些明白,原来搞政治,阶下囚和座上客只差一步,一步! 乖乖,倘若没有双耿承担责任,现在遭逮捕进监狱的就是自己,想到这里,他的两排牙齿不由得一个磕碰。

"当然,危机现在还不能说已经完全过去,死了那么多人,你又是县长,人们议论起来少不了要说到你的责任,这会使你逐渐丧失威信,失去人们的尊敬。要想法改变这种局面! 要想获得威信和尊敬,目前情况下只有两条路子:一个是迅速让老百姓吃饱,让人们觉出你确实有本领! 另一个是和人们共苦,让人们觉得你和他们确实贴心! 第一条路现在行不通,要想让百姓们吃饱得有大批粮食,得拖到夏季。只有走第二条了:共苦! 要让全县人觉得你在和他们一样受苦!"

当晚回家,他交代晋莓用榆树叶、灰灰菜和红薯面和在一起做一点窝头。第二天半上午时,他往县报社打电话约一个相熟的平日很会抓稿子的记者到办公室谈话,谈的是如何禁止浮夸,坚持实事求是,抓好救灾,让农民休养生息一类的话题。谈到下班时还未谈完,怀宝就热情邀那记者:"走,咱们到我家边吃午饭边谈,也好节约时间!"那记者见县长一副盛情便没再推辞。到了怀宝家后,腆着肚子的晋莓就按丈夫前一晚上的吩咐,往饭桌上摆了那种用野菜、树叶、红薯面做的窝头,另加一小碟捣碎的辣椒,再就是两碗开水。怀宝指着饭桌歉意地开口:"很对不起,没有好东西招待你,想你不会见怪,待今后丰收了我一定再请你来家做客。"说毕,先抓一个窝头大口吃起来。那记者看见饭桌上摆的东西一阵感动,尤其是见怀了孕的晋莓也在吃这种东西,差不多就想掉泪了。第二天的县报上,果然就出现了那位记者写的一篇通讯,标题是:县长家也吃菜窝头。报纸刊登的当晚,县广播站又把它向全县广播了一遍。这篇通讯的影响和怀宝预料中的一样,不久,就从各乡干部的民情动态汇报上知道,群众晓得县长家也吃树叶野菜窝头,感动地说:"有这样的县长,俺们放心了,将来会过上好日子的!"

这件事后来县政府办公室主任在向专区写的"救灾简报"上也做了反映,戴化章大概是看到了那份简报,有天突然打电话给怀宝:"……好样的!群众就需要你这样的干部……"

过去了,总算过去了,这第一场灾难!今后再不翻这样的跟头了……

7

落雪了。

纷纷扬扬的雪花嬉闹着向地上拥去,眨眼间,院子里就如铺了一层白布。坐在室内的双耿便拿了扫帚出门去扫。在他停手跺脚哈气暖手的当儿,他恍然记起,这是第六个落雪的春节了。六年!多快,他已经被撤职贬回到柳镇六年了!他扭头望一眼那个砖砌的八平方米的传达室,心里竟生了一点惊奇:自己转眼间就在这个小屋里生活了六年?

"爸爸!"陌儿的声音在大门外响起,双耿抬头,看见小儿子披一件蓑衣提一把伞站在大门外,"妈让俺来接你。"

"待你郑伯来了就走,快去屋里暖……"

"快回家吧,我来了。"随了这声音,一个五十来岁的汉子跺着脚上的雪到了大门前。

双耿接过陌儿手中的伞刚要回家,镇政府会议室门口突然传来一个威武嘶哑的声音:"双耿,明儿会议室里有会,你要提前把茶瓶里灌上水,不能误事,误了事我可要拿你是问!"双耿应了一声又挪步,但心情却被这番交代一下子弄坏,原先由这新雪飘扬所引起的那点快乐,转眼间消失得无影无踪。刚才那个嗓音嘶哑的家伙,在双耿当初在职时,每次见面都要哈腰点头问候,自打双耿被贬,他便常用这种教训命令的口气说话,使得双耿感到一种被侮辱了的愤怒,同时,又勾起了他压在心底的那股委屈。

父子俩一路无话地走到位于镇街西头的家。妁妁来接丈夫手中的伞时,注意到他那不快的面色,知道他是遇上了不高兴的事,吃饭时便有意说些有趣的话题。但双耿一直闷头喝酒,一言不发。妁妁知道郁闷伤身,过去每当双耿苦闷时,就想些法子将他逗笑,不料今晚那些法子用尽,双耿还是两眉紧锁。夜色因为纷飞的雪花来得迟了,妁妁将两个儿子安顿睡下之后,屋内还有微弱的白光。妁妁没有点灯,轻步来到丈夫身边坐下,含了笑说:"他爸,我问你一桩事,不知你能不能答出来。""啥?"双耿吐了口烟。"你说,你们男人,一生在家中要扮多少角儿?"双耿边想边答:"一开始是孙子、儿子,后来是弟弟、哥哥,接下来是丈夫、爸爸,再后来是爷爷、祖爷爷。"

"不全!"妁妁在笑。

"不全?哦,对了,还有公公,陌儿和他哥哥要是娶了媳妇,我就是公爹了。"双耿的眉心慢慢舒开。

"还不全!"妁妁莹白的牙齿在渐浓的夜色里雪花似的一闪。

"还有啥?"双耿停了吸烟。

"再想想!"妁妁笑着。

"噢,还有岳父和外公!假若我有个女儿,我以后还会当岳父和外公。"

"你如今已经扮了几个角儿?"

"五个:孙子、儿子、哥哥、丈夫、爸爸。"双耿忘了吸烟。

"你日后还能扮啥角儿?"

"公公、爷爷、祖爷爷吧。"

"你还有啥角儿不能扮?"

"还有——岳父和外公。"

"你不觉遗憾?"妁妁柔细的声音变得意味深长。

"那又有啥法子?我没有女儿呀!"双耿笑着摊了下手。

"真的没有法子?"妁妁的质问很低且充满了蜜意。

"噢,你!"一阵冲动被这话倏然撩起,双耿伸手把妁妁揽在怀里,猛地抱起她向床走去。

当双耿激动的身体在温暖的被窝里渐渐平静,头安恬地枕在妁妁的臂弯里时,妁妁用很轻很轻的声音在他耳畔说:"你已经有这么多角儿要扮,还不满足?那么稀罕一个'农业局长'?……"

"不提那些,我该高兴!"双耿满足地轻抚着妻子的腹部……

8

吉普车在橙州县城通往柳镇的沙土公路上不快不慢地跑着,车轮在落了一层雪的路面上碾过时几近无声,引擎的轻响大部分被风裹走,车似在白色的湖中移动。这是今年的第一场雪,怀宝望着窗外纷扬的雪花,心中无声地祷告:下吧,下吧,今年倘再来一场丰收,我这个县长的日子就更好过了!

"爸爸,老家快到了吧?"五岁的女儿晴儿摇着怀宝的胳膊问。

"快了,快到了。"怀宝伸手把晴儿搂进怀里,在她红扑扑的脸蛋上亲了一口。晴儿把晋莓和自己身上的所有优点全部继承了下来,长得又甜又俏,让他非常喜爱。女儿长这么大,今天是第一次领她回柳镇老家过春节,以往晋莓总是以孩子小路上容易受凉得病为借口,迫使他也在县城过节。他知道晋莓这是因为当演员喜欢热闹,不愿把年假放在小镇上过。今年,是经他再三坚持晋莓才让了步的。今年自己坚持回来的原因,是想借过春节这个机会去看看双耿和姁姁。几年了,他一直没有也没敢去看他们,一种深深的歉疚搅得他心日夜不宁。

待一会儿车到柳镇,和家人们寒暄几句,就拉上晴儿去见双耿和姁姁,他们的小儿子好像是叫陌儿,陌儿比晴儿大……七岁了吧?……

未料到的是,车刚一进柳镇街口,街边突然闪出了柳镇公社的社长等一群干部,人们鼓掌向车前迎来,有人还点响了一挂鞭炮。怀宝皱了皱眉下车说:"我今日是回家过年,又不是什么公事,你们怎么还来欢迎?"

"大伙也是自愿,听说你回来,都等在这儿想给你拜个早年!走吧,先到会议室里坐一坐,同大伙见见面,而后再回家,我已经给廖伯伯交代过了!"社长笑指着公社的大门。

看见这么多人冒雪来迎,看到街两边闻声围来的人们眼中的敬畏神情,看见晋莓因这欢迎而在脸上露出的激动,怀宝虽然眉在皱着,心中却也高兴!娇美的妻子,俊俏的女儿,崭新的吉普车,欢迎的人群,这一切不能不使人高兴。一刹那,怀宝的脑海里晃过了"衣锦荣归"四个字。

走进摆了糖果点心的公社会议室,怀宝和晋莓立刻就被热烈的问候所包围。怀宝正含笑应酬时,门外忽然传来晴儿的哭声,怀宝和晋莓听了这哭声一齐扭眼去看,只见晴儿正在院中的吉普车旁抹着眼泪,她的身边站着一个虎头虎脑的男孩。"怎么了,晴儿?"晋莓朝女儿走去。"他不听话,非要摸我们的车不可!"晴儿指着那个男孩哭诉。这当儿从传达室里奔出了手拿一双筷子口中还在咀嚼的双耿,双耿身后跟着手端半碗饺子的妁妁。

怀宝身子一个哆嗦:是他们?!

"陌儿,怎么欺负人家女孩?"双耿厉声训着儿子。"我没有欺负,我只是摸了摸汽车……"陌儿带着哭音辩解。妁妁这时走上前,弯腰将儿子拉开。只是在这时,晋莓才认出了眼前的女人是谁,叫了一声:"妁妁!"

妗妗和双耿朝晋莓和怀宝这边望了一眼,双耿说了句:"廖县长,你们忙吧!"就和妻儿又进了传达室里。

怀宝呆立在那儿,他曾设想了无数个看望双耿和妗妗的方式,却没有一个方式与这相同。他提了提脚想向传达室那边走,却最终没把双脚提动,他没有面对他们的勇气……

9

除夕夜吃罢饺子,怀宝正同妈、妹妹和妻子说着家常,整个晚上一直沉默寡言的廖老七突然咳了一声,说:"宝儿,你跟我出去一下,办点小事。""啥事?"怀宝有些诧异。但老七不再说话,放下棉帽上的护耳,径直走出去。怀宝疑疑惑惑地跟着走到院里,又问:"爹爹啥事?"廖老七慢腾腾地答:"去看一个人。""谁?"怀宝再问,但老人已出了院子。

大片的雪花还在飘洒,人们白日在雪地上踩出的痕迹,正渐渐被新雪掩埋。街上空寂冷清,间或有几声啪啪的鞭炮响声。怀宝跟在爹的身后,不知所以地走着,他知道爹的脾气,他不想给你说你问一百遍也白搭。廖老七在前边吃力地踏雪走着,有几次脚下一滑,差点倒下去,亏得怀宝手快,急忙上前扶住。走到街北口时,廖老七才站了说:"我领你去见的这个人是个右派!"

右派?怀宝一惊,想起自己是县长身份,我去见一个右派干啥?

"他是一个有大学问的人,过去在北京大学教书,被打成了右派才回到这小地方来。"廖老七捋了一下自己的胡子,"早几天他同我闲聊时说过一番话,是关乎国家大局的事,我想让你听听!"

"让我去听一个右派讲什么大局?"怀宝有些生气。

"咋着了?"雪光中可见廖老七的双眼一瞪,"你当一个县长就一懂百懂了?历史上有些宰相还微服私访民间的一些能人,听他们对国事的议论,兼听则明!你一个当官的,连这都不懂?"

"好,好,去见,他叫啥?"怀宝不想在这雪地里再同爹争论。

"沈鉴。四十多岁了,你不认识。"廖老七又开始移步,边走边嘱咐,"这人有怪脾气,女人也已离婚,见面时你要放下架子,顺着他!"

怀宝不再言语,很不高兴地跟了爹向远离镇街的两间独立草屋走去。门敲开后,出现在面前的是一个面孔清瘦衣服破旧却干净的近五十岁的男子。"沈先生,这个是我儿子怀宝,来向你求教的。"廖老七哈了腰说。沈鉴身上的那副儒雅气质和眼镜后边的那双深邃眼瞳,使怀宝把县长的架子不由自主地放了不少。他客气地点了点头,注意到这草屋内没有别人,只有锅碗和一张单人木床等极简单的用品,再就是堆在纸烟箱子上的一摞摞书报,床头小木桌上摊的是两本外文厚书。"求教不敢当,不过县长能来我这草庐一坐,我倒很觉荣幸,请坐。"那沈鉴不卑不亢地让道。

"沈先生,我觉得你前天同我说的那番话很有道理,很想让我儿子听听,可我又学说不来,烦你再讲一遍,好吗?"廖老七很谦恭地请求。

"我俩那日不过是闲聊,哪谈得上什么道理?廖老伯太认真了。"沈鉴摇着头。

廖老七向儿子使了个眼色,怀宝就说:"我今天是专门来请教的,请沈先生不要客气。"

沈鉴看了怀宝一眼,怀宝立刻感觉到了那目光的尖锐和厉害,仿佛那目光已穿透了自己的身体。"我是一个右派,你一个县长来向我请教,让你的上级知道了,不怕摘走你的乌纱帽?"

怀宝身子一搐,这句话按住了他的疼处。但他此时已感觉到姓沈的不同常人处,或许他真能讲出很有见地的东西,听听也好。于是他急忙将自己的不安掩饰过去,含了笑说:"今晚咱俩都暂时把自己的身份抛开,我不是县长,你不是右派,咱们只作为两个街邻闲谈!"

"街邻闲谈,好,好!既是这样,咱就算闲谈瞎说。不过,廖老伯,你还是请回吧。虽是闲谈,我也不愿我的话同时被两个人听到,一人揭发不怕,我怕两人证实,日后你们父子两个证明我大放厥词可就麻烦了!请老伯勿怪。"说罢沈鉴哈哈大笑。

"沈先生开玩笑了!"廖老七也笑着说,但还是拉开门走了出去。

"怀宝,你在政界做官,对政界的气候最近有些什么感觉?"沈鉴扶了扶眼镜。

感觉?怀宝一时说不出,除了感觉到"忙",他确实没想更多的。

"有没有要出点什么事儿的感觉?"沈鉴的眼眯了起来。

怀宝摇了摇头,他没有装假,他的确没有这种感觉。

"那就罢了,既是如此,我们就不从这里谈起,我们从毛泽东谈起,好吗?"待注意到怀宝神色一变,沈鉴笑了,"不要紧,没人会证明我们曾经谈起过他!"

怀宝既未点头也未开口,只摆出一副听的姿势。

"别看他把我打成了右派,我照样认为,他是一个非凡的人。他通晓中国的历史文化,深谙这个社会的内部结构和运行规则;他具备出众的组织才能和驾驭手腕,善于处理、调动权力系统内部复杂的矛盾关系;他具有一般党内实干家所不具备的理想主义精神,他尽管出生于韶山冲这一偏僻的山村,但那块土地上却有着楚汉浪漫主义的悠久文化传统。他天生的诗人气质与后天得来的广博知识相结合,形成了他独特的、充满个性的理想。近代中国就需要这样一个人!触目惊心的国耻大辱,愈演愈烈的社会动乱,民族文化的深刻危机,社会道德的沦丧败坏……当袁世凯、张勋等各种权威人物被证明并不能拯救这一切时,他理所当然地从社会底层走上来了!

"他掌握了这个巨大的中国之后,便满怀信心地要把他的社会理想付诸实践。这同时,他也像中外历史上其他所有获得统治国家权力的人一样,时刻存在着三种担心:第一是担心被他领人打倒的旧统治势力的伺机反抗和破坏;第二是担心知识分子对他的社会理想付诸实践说三道四,他知道知识分子总要有一些不同政见,总要对这有看法对那有意见,他们的这种特点在夺取政权时可以利用,在巩固政权时就要警惕它涣散人心的作用;第三是担心自己的战友、同伴、部属中出现不满不理解甚至反对自己治国行为以致想要篡权的人……"

怀宝有些茫然地听着,他不知道沈鉴的这番谈话最后将要到达一个什么地方。

"为了解除第一种担心,他组织进行了'镇反''肃反',使这方面的问题基本得到解决;为了消除第二种担心,他组织进行了知识分子改造运动和'反右'斗争,从而使大多数知识分子学会缄口;对于第三种担心,因当时除了高岗、饶漱石事件之外,还没有发现更多的根据,所以暂时没采取更具体的措施。在这同时,他的改造社会的理想开始付诸实践,他主要办了两件大事:一件是生产资料所有制的社会主义改造;一件是总路线、'大跃进'、人民公社的推行。后一件完全失败了。这两件事你都是参加者,不用我说你也知道。"

怀宝用一个一闪而过的微笑做了回答,既未点头也未开口。

"他在经济工作中的分量开始减轻,他带着深深的不安退居二线,让刘少奇主持国家的日常工作。这时知识界出现了怨声,他的战友和同伴中也有人开始抱怨。此时,他掌权之初那三种担心中的后两种担心开始变重,他谙熟中国政治理论及中国历程,对大权旁落的政治威胁特别敏感,他有了危机感。赫鲁晓夫否定斯大林的报告和做法使他的这种危机感加重了。

"他的危机感加重是有表现的,不知你注意到没有,他开始把意识形态领域和知识分子中的问题看得十分严重。他在一九六三年十二月和一九六四年六月两次做了关于文艺的批示,认为文艺界许多部门至今还是'死人'统治着,已经跌到了修正主义的边缘……这方面的讲话和文件愈来愈多,他估计中央已经出了修正主义;一九六二年,他在八届十中全会上讲了党内'反修'问题;前年六月,他在一次会议上又说:传下去,传到县,如果出了赫鲁晓夫怎么办?中国出了修正主义中央怎么办?这个话估计你已知道,我还是听我的一个朋友来信说的。

"他的这些话绝不会是仅仅说说就放那里了,不会的,他一定会采取行动。这个行动的样式和规模我不知道,也不好预测,但有一条我可以告诉你,就是这个行动的规模不会小了!这就是我刚才为什么问你有没有要出事的感觉的缘由。"

怀宝震惊地看着对方,他被对方的这个预言惊住了。

"这就是我今晚愿意同你说的!但同时我也告诉你,我今晚什么也没说,明白吗?"沈鉴狡黠地望着他……

10

回县里后整整一个星期,怀宝都没睡好觉,他一直在想着沈鉴的那些话。他这时才知道自己对政界大局所知很少,对政治这东西所懂不多,自己以往只能算是有点政治意识。沈鉴说的那些话究竟有无道理他做不出判断。他有时想沈鉴是一个右派,对现实不满,那八成是他所做的一种蛊惑宣传,不必相信。有时又觉得他的预言有些道理,自己应该早做准备,他甚至仔细地回忆了自一九六一年以来自己所做的主要工作,看看有无把柄落在外边:贯彻"调整、巩固、充实、提高"的经济工作方针,这是按中央指示办的;

组织向雷锋同志学习,这是响应毛泽东的号召;开展农村社会主义教育运动,这是中央布置的……每一项工作自己都没乱搞,别人抓不到什么,即使真出了什么事,也没有什么了不得的!

春节后各项工作如常,日子像以往那样过去,不但没有什么大事情发生,相反从专署还传来一条消息,说很可能调他去地委办公室当秘书长。秘书长就是副专级干部,这传闻虽未得到证实,但怀宝也很高兴,这起码证明上级对自己的看法不错。

此后他工作更加认真,争取真的能调到地委去。他这时做工作都已是轻车熟路,在一件一件的工作中,沈鉴的那个预言在他脑子中的位置越来越靠角落。正因为如此,他忽略了好多先兆,对许多现象未加分析,直到那个上午来临。

那是一个天空多云的星期一上午,早晨他起来得很晚,前几天他去一个偏远的山区公社检查工作,星期日晚上才赶回家。和晋莓几日不见,晚上上床时事情做得太久,加上几天的劳累,一觉醒来竟快十点。他匆匆洗漱吃了两口饭,就提了皮包去机关,进了机关院远远看见办公楼前有不少人在围着看什么东西,走近方见是沿墙贴了几十张大字报。他当时还未在意,这段日子县里几所中学开始"四大"(大鸣、大放、大字报、大辩论),贴了不少学校领导的大字报,这事他知道。他估计八成是学生把那些大字报贴到这儿了,并未就这事产生更多的联想,学生们写点大字报还能算什么大事?直到他从那些大字报中看到一行大字标题:廖怀宝,你这个走资本主义道路的当权派往哪里躲?他才蓦然把眼睛睁大,才觉得心脏似骤然停跳!这时,他才突然想起,就在他这次去山区公社检查工作前的那个早上,办公室秘书给他送来一个传阅文件夹,上边有一份中央文件,好像是一个通知,说的是进行"文化大革命"的事。他当时因为急着动身,只翻了翻,没有细读,以为"文化大革命"是思想文化界的事,便没在意。莫非这就是那个通知的结果?

他的眼睛在大字报上又看到了县委书记、副书记的名字,看来并不是针对自己一个,而是整个党委和政府,这是要干什么?这不是一桩小事,一般人不敢这么干,他一下子想起了沈鉴的那个预言。

他倒吸了口冷气……

11

晋莓被突发的一连串事件击蒙了:住所的院里院外贴满了大字标语和大字报;三间住屋被翻抄了一个遍;怀宝被剃了光头拉到体育场批斗;剧团里成立的所有战斗队都不让她参加;走到街上随时可以听到人们骂她当权派的"黑老婆"……

过去所有让她引为自豪的东西顷刻间全部消失,她和她的一家一下子坠入了社会的谷底。

最初的惊恐过后,她感到的是愤懑。她骂,骂一切翻脸不认她的人。每当她开口骂的时候,怀宝总是害怕地制止她,她于是转而把怒气对准了怀宝:"你这个胆小鬼!"经过批斗游街的怀宝,脸上是一副疲惫萎靡颓唐之气。晋莓骂罢,又心疼地上前抱紧了他。

过去不曾想到的压力,在继续向她这个三口之家涌来。这压力中最大的一股来自晋莓自己的家庭。晋莓的父母过去在县城开一间杂货铺,如今是县商业局的干部。两人当初对长女同怀宝这个县长结婚,都是十二分地赞成,而且把女婿作为炫耀的资本。晋莓的妈对女婿和外孙女喜欢关心得更是出奇,三天差不多要向女儿家跑去两次。但这都是过去的事了,如今,这对做岳父岳母的却为有这样一个女婿后悔不迭:先是晋莓弟弟的对象因怕有这个走资派姐夫退了婚,继是晋莓的两个妹妹在学校当不了红卫兵被列入了"黑七类",再是晋莓的爸妈被本单位里的人称作了"铁杆保皇派"。于是一大团怒气就郁积在了做爸做妈的心里。那天晋莓领着晴儿提个瓶子来家想舀点甜酱——甜酱是怀宝平日爱吃的东西,妈每年都做不少放那里,过去,隔段日子妈总要送去一瓶,这段时间不见妈去,晋莓就自己来拿——未料刚进屋,妈一看见她手中的瓶子,竟发了脾气:"怎么,又是要甜酱?我这甜酱就是给你们做的?吃完了就来,还有完没完?"晋莓先是一愣,见端坐一旁的爸爸也冷着脸,随即就也把眼睛瞪圆怒道:"你不给就算,好稀罕!过去不是你说甜酱吃完就讲一声吗?"做过杂货铺老板的晋莓妈嘴头子厉害:"我说过一句话还能管一辈子吗?你们是什么大人物,非要我们伺候不可?"一句话噎得晋莓脸红脖子粗,半天喘不上气。等终于缓上气后,晋莓哇的一声哭了,晴儿也随即哭了。做妈的见女儿哭得那样伤心,心也一软,就上前抱了女儿诉说:"我也不是嫌你们来舀点甜酱,实在是为怀宝的事心里憋闷,眼睁睁一个家让他给全毁了,咋办呢?你弟弟妹妹们有他这个社会关系,日后的前途咋整?他已经成了走资派,出头的日子没了,眼见你年轻轻地拉一个孩子要跟他受一辈子苦,我这心里好受?……"娘儿俩说着说着就哭成了一团。

12

怀宝胸前挂着纸牌向那辆拉他们这些走资派去各社巡回批斗的卡车走时,腿软得已几乎迈不开,这一方面是因为连续几天巡回批斗太累,更重要的是因为今天要去柳镇。柳镇,是他的家人所在地,是他走进政界的起点,是他熟人最多的地方,那里还有让他见一眼心里就发虚的妁妁和双耿,他不愿去,实在是不愿这样回到柳镇,哪怕去另外的地方再加斗两场也行。

但卡车还是开动了。

车到柳镇时径直开进批斗会场,会场就在公社门前的广场上。迎上来押他们往台上走的人他大部分都认识,多是公社里的一般干部,春节他回来时也是这些人冒雪在街上迎候,那时候他们一个个笑得亲切真诚好看,如今却一律地满脸冰霜竖眉瞪眼。在这一刹那他又一次想到了"权"这个东西实在太神奇。有它和没它会使一个人在世上的地位截然相反。杂种!只要老子还有将来,决不会让"权"从手边溜走,我早晚还要把它抓住!

他被押到台上时听到下边起了一阵骚动,抑得很低的声音不断地撞进耳中:"……那就是廖怀宝!……天呀,过去多威风,如今……这县长也是不好当的……他家祖坟上的风脉也许破了……人哪……"

他向台下看的第一眼就碰上了沈鉴的目光。沈鉴抱了个扫帚站在台子一侧,似乎是刚刚扫完了什么地方来的,沈鉴的目光中带了一点笑意。一触到他的目光怀宝又想起了他那个预言,这个人确有眼力!自己将来若有机会,一定要跟他学点东西。

台下响起了口号,批判会已经宣布开始,口号中有"打倒廖怀宝"什么的,接下来有人在念批判稿,他没有认真去听,他对这些已经习惯,但他担心这些会给他的父母家人带来巨大的压力。他不时借整理胸前的纸牌侧一侧身,用余光去搜索家人,家人没看到,却看到了怀抱孩子的妞妞。他只看了妞妞一眼,就急忙把目光闪开。他原以为妞妞的眼睛里肯定是一副幸灾乐祸的神情,却未料到在那双他熟悉的美目里,只是一种茫然和淡漠,他的心一缩。

因他不断地想用目光寻找家人,原本低下的头不觉间抬了起来,两个看押的红卫兵见状,猛朝他的头和颈上搥了几拳,猝不及防的他只觉两眼一黑,便向地上扑去。在这同时他听到了台下响起一声惊呼:"我的宝儿——"是娘的声音!娘!她倒在了地上……

六

1

廖老七面色阴郁地走进公社大院,两只老眼机警地在院内一转。院子里空旷无人。正是吃饭时分,公社干部在食堂陪押解走资派来的县上人吃喝；公社的会议室里，几个与怀宝同时来挨斗的走资派在那里闷头喝着稀面条；会议室旁边那间空房里的一张乒乓球桌上，躺着昏昏沉沉的怀宝。没有人注意到这个伛腰缩背的老人的到来。门开着，他闪身进去，把门掩上。儿子就躺在面前，双眼紧闭，面色蜡黄，头发蓬乱，他简直不敢相信这就是他那个一呼百应令他骄傲的儿子！世道变得这样快？难道我廖家的气数真的尽了？不！我不信！他昨天专门去廖家祖坟上看了看，一切如常，坟地中央大楸树上落喜鹊的"凤巢"和树根部那个钻蛇的"龙窟"都如原样，没有跑脉的迹象！

他阴鸷的目光向室外扫了一下，赶忙走近乒乓球台，抓住儿子的胳膊使劲晃了晃，昏沉中的怀宝慢慢睁开眼来。

"怀宝，看见我了吗？"廖老七压低了声音问。

"爹。"怀宝微弱地叫了一句。

"听着！"廖老七眼直盯着儿子说，"待一会儿你要忍住疼，来，把衣角咬在嘴里！"说罢，撩起儿子身上的衬衣衣角朝他嘴里塞去，接着把别在裤带上的一块钉有一排铁钉的木板取下拿在手中，先看了一眼儿子，而后咬起牙猛朝怀宝屁股打去。怀宝痛楚地低叫了一声："呀！"廖老七不管不顾，又猛从怀宝的屁股上把有钉子的木板拔下，鲜红的血通过那些钉眼迅速涌了出来。廖老七这时把木板掖进自己裤腰里，开始把怀宝屁股上流出的血用两手一抹，在怀宝的白衬衣上和脸上、胳膊腿上抹开了。接着，又飞快地把儿子抱放到乒乓球台下，又把墙角的几块碎玻璃和半截砖扔到儿子的身边，再把手上的血朝地上甩了几下，这才嘱咐怀宝几句后，匆匆离去。

廖老七刚走到公社大门口,就听见院中有人喊:"快呀,快呀,老廖出事了!"

不一会儿,躲在公社卫生院附近的廖老七,看见几个人七手八脚地抬着怀宝向卫生院跑来。急诊室里的一名医生让把怀宝放在诊台上,而后把抬送的人以防止把细菌带进室内为名赶到室外。半小时后,那医生满头大汗地出门摘下口罩声调沉重地宣布:"你们送来的人脊椎骨骨折内脏出血,需立即住院手术,否则有生命危险!"那负责押解的人中有一个就急忙跑回公社大院向县里打电话请示,一刻后又跑来向医生交代:"上边同意让他就地手术治疗,你给我们写个诊断证明就行。他什么时候可以走路了你要报告我们!"那医生就急忙点头写证明。

2

娘的棺材由堂屋中向外抬时,怀宝只敢站在厢房门后隔着门缝向外看。娘是那天在批斗他的会场上晕倒得了脑溢血,于几天后去世的,是为心疼自己而死的!

没有响器班子,没有鞭炮,没有火纸,更没有花圈。爹和妹夫以及两个邻居抬着那口薄薄的棺材,缓缓向院外走,棺后只跟着低声抽泣的妹妹。

他多想冲出去,扶棺哭一顿,可是不行,他现在必须装成一个脊椎骨骨折卧床不起的病人。倘若他出门让人发现,爹使的这个苦肉计就完了,他就要重新回到批斗台上去。

他一直默站在门后,望着空旷的小院,直到爹和妹夫、妹妹从墓地回来。妹夫和妹妹因怕受他这个走资派哥哥的连累,进院放下抬棺材的家什,便出门回他们的家了。怀宝看见爹一个人在院里枯坐抽着旱烟,一袋连一袋,直到暮色压进院来。

就在暮色渐浓的当儿,一阵踢踏的脚步声响到院里,怀宝辨出,那个模糊的身影是右派沈鉴。"廖大伯,想开点。"他听到沈鉴在对爹说。

"没啥,我能想开。"怀宝看见爹缓缓起身,用烟锅指了一下怀宝住的屋子,"他住那屋,你,劝劝他。"

怀宝坐在床边,静听着沈鉴和爹的脚步声移近了。门推开后,屋里屋外的黑暗融为一体,怀宝看不清沈鉴脸上的神色。谁也没去点灯,三个人都在黑暗中坐着。片刻之后,怀宝先开口:"沈先生,你的预言挺准!"

沈鉴的声音仿佛带了笑意:"人们既然心甘情愿地把一个人抬向神坛,就应该接受他从坛上撒下的东西。"他依旧说得不紧不慢,平静异常。

唉!怀宝明白他所指是谁,叹一口气。

"不过你别害怕,一个民族躲不开的灾难,一个人倒不是就也躲不开。"沈鉴仿佛是在笑着。

是吗?怀宝觉得心神一振,沈鉴上次谈话的应验,使他对沈鉴的话不敢看轻,何况,他现在也迫切想知道自己避开灾难的办法。

"毛泽东发动这场运动的目的,并不在于和你这个县级干部过不去,你只是一个陪者。你现在所做的只是让人们忘却你就行,人们忘却你越彻底,加诸你的危险就越小!眼下这个办法就好,要让人们相信你已经骨折且有瘫痪的可能,懂吗?"

怀宝急忙点头。

"沈先生,这次怀宝要是躲过大灾,我廖家会记你一辈子恩德!"廖老七喑哑地开口,然后转向怀宝,"宝儿,让你摔伤就是沈先生教我的主意。"

"谢谢沈……"

街上蓦然传来几声狗吠。

怀宝戛然噤口。

屋中又只剩下了寂静……

3

晋莓走出剧团大门的时候,天差不多黑了,街上的路灯已挤出了几缕昏黄的光。心中所受的刺激和下午打扫剧场的疲劳,使她连步子也不想迈。出剧场沿街走几百米,是一座石桥,走到桥边时,她无力地在桥头坐下了。

晋莓望着桥下那近乎凝固的河水,心中又想起了下午的那一幕:下午,她和本团另外几个黑帮一块儿打扫剧场。舞台上,本团造反派新成立的毛泽东思想宣传队正在排演节目,看着舞台上那些蹦蹦跳跳的演员,再望望自己手上的抹布和笤帚,她的心中憋闷得厉害。

想当初进剧团时,因为她的嗓子和身段相貌都很漂亮,她很快就成了台柱子。每次演戏,只要她一出场,准会有掌声响起。在和怀宝结婚前的那段日子,她几乎每天都要收到男人们的求爱信,其中有些信让她读后真是心花怒放。促使她最后选定怀宝做丈夫,除了对他的爱慕之外,也是因为县长夫人的生活最引人注目,她愿意自己此生的生活能永远吸引人们的目光。没想到生活会突然来了个颠倒,唉……怀宝……

"啊,这不是晋莓吗?"一个骑自行车的男子忽然停在了晋莓身边。晋莓抬头一看,认出是县红卫兵造反总司令部的副司令蒙辛,此人早先是县文化局的一个股长,当年也曾是自己的一个狂热追求者。她知道如今不能怠慢这人,忙站起身应了一句。

"是要回家吧? 来,我顺路送送你!"那蒙辛边问边不由分说地拉过晋莓,就要她坐在车后座。晋莓见状不好再推,只得坐上。没走多远,车至一暗影处,蒙辛的车把一歪,蒙辛和晋莓同时倒地。吃了一惊的晋莓刚要从地上站起,不想蒙辛这时已麻利地爬到了她的身上,口中还喃喃说着:"可该我来尝尝味了吧?"晋莓被这突然而至的侮辱气蒙了,她用尽全身力气一把将蒙辛推了个狗趴,同时迅疾地从地上摸了一块砖头跳起来叫:"姓蒙的,小心我砸死你!"

蒙辛悻悻地爬起来,讪讪地笑道:"你别凶,如今不是过去,我只要看中了你,你就是我的! 我是真心喜欢你,我想你想了多少年了! 再说,廖怀宝有什么好? 如今不过是一个我随时可以摆弄的东西——"

晋莓没有再听,只是捏紧手中的砖头,转身就走,走出几十步后,才抬手去抹屈辱的泪水……

4

一个飘着细雨的傍晚,廖老七正在做饭,忽见晋莓拉着晴儿进了院子。老七脸上笑着,把母女俩让进堂屋后说:"你们先坐,我去看怀宝醒了没有。"其实怀宝那阵早听见了妻子、女儿的说话声,正急着披衣起身要过来相见。老七推门进了厢房看见儿子的激动样子,忙压低了声音说:"你慌啥子?先躺下!我们还不知道晋莓来是要干啥,女人的心像小孩的脸,容易变,这年月不能不防!你要告诉她你是脊椎受伤,不能动!"

怀宝对爹这话有些反感,不过听出有些道理,就只好又躺到床上。老七这才过去喊儿媳、孙女过来,说怀宝已经醒了。那母女俩进了厢房看见怀宝躺在那里浑身缠着绷带,都扑到他身上哭了。怀宝那刻被妻子、女儿哭得心里发酸,也流了眼泪。

在回答了晋莓的一番询问后,怀宝就开始问到晋莓她们母女的生活情况。晋莓哽咽着说:"生活上难点没啥,就是文化局那个叫蒙辛的老去纠缠我。他如今是县造反总司令部的副司令,咱不敢不让他登门,可让他登门我又害怕,他总劝着要我跟你离婚,跟他过日子,我听着恶心透了。他说他不达目的决不罢休,我实在是怕出事,便领着晴儿回来,咱们一家人住一起,我也好照应你……"

怀宝听得又气又喜,气的是蒙辛那个杂种,敢欺负我的妻子,狗东西;喜的是晋莓对自己的忠贞。一直站在一旁的廖老七,这会儿脸上的阴云却越来越多,他看见儿子冲动得想要从床上一骨碌坐起,急忙重重地咳了一声。

怀宝听见了那声咳,抬头一看爹的脸色,一怔,将那股冲动压下了。

晚饭是晋莓坐在床头喂怀宝吃的。饭后,晋莓去灶屋洗刷锅碗时,廖老七走到儿子床头,压低声音说:"晋莓不仅不能在咱家久住,而且你还要和她离婚!"

"为啥?爹,你疯了?!"怀宝被这话惊得一下子坐起,眼极度地瞪大。

"你想,她是被县城里的造反司令纠缠上的,那司令要是发现晋莓不在县城而是住到了柳镇咱家里,他势必会想法找来的。他要看晋莓还铁着心要做你的妻子,他就不可能不想法来找你的事!如今,一个造反司令,用批斗的方法弄死你一个两个廖怀宝可是如同踩个蚂蚁!要是弄残疾,那就更容易!"

啊?怀宝被爹的这番分析骇愣在那儿,双唇张开,久久没有合上。

"你仔细想想,是要一个女人还是要自己的性命,要将来的前途!他们只要把你弄残疾,你这辈子就算完了,日后就是有再大的官给你当,你也当不成了!而我看这世道是早晚要变的,有乱就有不乱,一旦不乱时,说不定会再让你当县长!我还是要给你重复那句话:这世上的漂亮女人多的是!……"

"爹,别说了,你让我想想,求求你,别说了!"怀宝朝爹挥着手。

廖老七朝门口走了一步,又回了头微声交代:"既是已经给晋莓说了你是脊椎受伤,躺那里不能动,那你今晚和她睡一起时,可不能做那事,以免让她看出破绽……"

"爹!"怀宝脸红得如流血了一样制止父亲说下去。他感觉到心里起了一股对父亲的恨。

爹终于走了,怀宝重又躺在床上,呆着眼去想爹的那些话,尽管有那股对爹的恨在干扰他的思考,他还是想通了爹说的那番道理。蒙辛既是看中了晋莓,不到手他是不会轻易罢手的,有没有别的办法?思来想去也没有。嗨,女人哪,你他妈的为啥要长得引人注目?

晋莓在灶屋洗刷完锅碗安顿好晴儿睡下之后,来到怀宝身边准备歇息。她在丈夫的身边另抻了一床被子,麻利地脱着自己的衣服。怀宝毕竟很长时间没见妻子了,一看见晋莓那雪白丰盈的裸体,就激动得手打哆嗦。以他心中的那股欲望,他是真想翻过身去压到晋莓身上好好揉她一番,但他一想到自己刚下的那番决心,便猛地咬一下舌尖,在尖锐的疼痛中把一口带血的唾沫咽进了肚里……

5

第二天上午,廖老七把晋莓叫到堂屋,话音沉重地说:"孩子,有件事我不能不给你说明白,怀宝被他们打伤了脊椎,医生说他后半辈子要瘫到床上。他不想再连累你,他已经下了决心同你离婚……"晋莓被惊呆在那儿,好久之后才能开口说:"爹,他瘫了我养活他,我决不能在这个时候离开他。"老七又急忙摇头:"你的这份情意我和怀宝俺们父子都会记在心里,只是你带一个孩子再伺候一个瘫子过日月可是太难。再说他还是啥子走资派,这帽子压到你和晴儿头上可是不轻,就是为了晴儿你也该离开他……"

晋莓哭得捂住了脸。这当儿廖老七进屋收拾好晋莓和晴儿母女的东西,拿出来递到晋莓手上说:"走吧,权当是为了晴儿!唉……"

晋莓哇一声冲进厢房扑到怀宝身上,怀宝那刻闭上眼睛啥也不敢说,他担心话语里会露出什么。晋莓眼见公公和丈夫都没有安慰自己软下心的样子,再想想自己的艰难,想想自己母亲说的那些挖苦话,心真如刀割。但她仍坚持在廖家住着,不过住了三天,廖老七吃饭时就黑丧着脸,一副要赶人出门的样儿。有天早饭时,晴儿嫌红薯面稀粥不好喝,廖老七就话中有话地斥道:"嫌这儿的饭不好就滚回你们县城去!"晴儿被吓哭了,晋莓那刻一怒之下扔下手中的碗,转身拉了晴儿就走。

怀宝在厢房听见妻子、女儿哭着出门的脚步声,忍不住跳起身扑到窗前张嘴要喊,口刚张开又被爹紧忙捂住了。

晋莓和晴儿走的当天,廖老七就以自己的名义,给县造反总司令部的副司令蒙辛写了一封信,说明自己的瘫痪儿子廖怀宝决定和晋莓离婚,对她今后的生活不再负任何责任……

那天晚上,怀宝僵了似的仰靠床头,不吃不喝双眼紧闭。哈哈!没了,啥都没了,官职、名誉、家庭、妻子、女儿,什么都没了!

奋斗了这么多年,原来如此!当初兴冲冲走进县城,如今孤零零躺到柳镇,而且让娘为你担忧而死!这一切全因为当官!当官!你为什么要去当官?……

"乾隆二十八年……"不知什么时候进了屋的廖老七这时突然低沉地开口,声音惊得怀宝身子一颤,睁开了眼。

"韩州知府赵崇光,因同僚谗害他治河不力,皇上发怒,立刻传旨把他削职为民,并遣往西北不毛之地——

"途中,妻、女、儿相继病死,可怜赵崇光咽苦入胸,忍辱活下去。四年后,谗言破。皇上想起赵崇光,又即封他为河务大臣,总理黄河河务,官职比原来还高出一品。不过半年时光,赵崇光又娶妻纳妾,仆从如云……"

"说这些干啥?"怀宝直直地盯着爹爹……

6

一个无月的晚上,双耿带着妁妁来看怀宝。怀宝那刻正在让爹给自己身上的伤口换药,见二人进屋,有些尴尬,一时不知说什么好。倒是双耿先开口:"怀宝哥,伤怎么样?想开点。"边说边蹲下身帮着廖老七换药。怀宝想起自己当初对双耿所做的那些事,想来点解释,刚说了一句"双耿,你撤职时……",话就被双耿拦住:"还说那些旧事做啥?如今看来,那对我倒是一件幸事,若我还在职,这场运动中我不死也要脱层皮了。"廖老七怕两人在这个话题上扯久了对怀宝不利,急忙岔开问:"双耿,听人说你在试种新小麦,可是当真?"双耿就答:"是的,老伯,我培育了几个高产品种。我是种庄稼的出身,不摸弄庄稼急得慌,刚好如今也有空闲,读了点农学书,就在公社院内的空地上做了点试验。只是眼下乱成这样,好品种也无法推广……"

妁妁自始至终没有言语,只是默默坐在一张椅上,偶尔把目光朝怀宝一扫,又迅疾离开,临走时也只是朝廖老七点了点头。怀宝估计,妁妁是为当年双耿被撤的事生自己的气,唉,宽恕我吧。

怀宝这段日子过得倒是安稳,只是从县城传来的有关晋莓的消息令他心碎。最初的消息是晋莓成了造反副司令蒙辛的姘头,后来传说她当上了县毛泽东思想宣传队的队长,再后来又传说她同蒙辛结了婚。这每一个消息都如砍在他心上的刀,要他咬几天牙才能撑过去。

这段日子也恰恰是县城造反派组织对走资派批斗最积极最频繁最严厉的阶段,县委齐书记就是在这个阶段被批斗死的。消息传到怀宝耳中时,怀宝浑身陡起一层鸡皮疙瘩,一种由心底生出的后怕使他几夜没有睡熟。

这之后局面开始演变,造反派们开始内讧,并渐渐发展成了武斗,人们都在关心本组织能否在武斗中胜利,走资派慢慢被人们忘记。

一天夜里,沈鉴来看怀宝,见他正百无聊赖地翻看那些红卫兵小报,便说:"你何不利用这个机会读书?以后万一有复出机会自会有用!"怀宝觉着这话有理,反正闲也是闲着,何不找点书来读读?也许以后真有用处!在他的内心里,恢复职务重新掌权的愿望一直没丢。

怀宝自此开始读书,他读的书主要是两类:一类是历史上关于政治权力斗争方面的书,这是他从爹爹那些藏在夹壁墙里的旧书中找到的;一类是国内外研究政权更替规律执掌方法方面的书,这是他从沈鉴那里悄悄借来的。读第一类书,使他看到了历朝历代人为维护权力或夺取权力费尽了多少心机使用了多少计谋付出了多少血泪。读第二类书,让他明白了政权形式如何随着人类生产方式的发展而不断变化,懂得了权力执政者应具备的诸样条件。像这样比较系统仔细地读书在他还是第一次,他觉得自己对"政治"这个东西更有数了,对如何掌权更有底了,他渴望尽早返回政界一试。

7

怀宝的隐居生活一直持续到县革命委员会成立。革命委员会成立后不久开始解放一批干部,怀宝也在其中。又过了些日子,县革委派人送来了一份通知,说已任命廖怀宝为新建的双河五七干校的副校长,如果身体康复就上任,未康复仍可在家休养。

怀宝读罢通知后心中热凉参半:热的是从今以后,自己也算革命干部而不属走资派,压在头上的那顶沉重帽子总算摘了;凉的是党只让当了个干校的副校长。双河原是柳镇公社辖区里的一个村庄,从一九五八年起专区在那里办了一个农场,现在兴办五七干校,这里又成了专区的五七干校,去这样一个地方有什么干头?

廖老七从怀宝手中接信看过之后,不声不响请来沈鉴。沈鉴一进屋就双拳抱起说道:"恭喜恭喜!"怀宝苦笑着摇头:"有什么喜可恭?不过是去农场当个领工!"

"错,错,错!"沈鉴急忙摆手,清瘦的脸上浮出肃穆之色,"这个副校长的位置要用你们官场的术语来评价,叫看似'苦差'实是'肥缺'!"

"肥缺?"怀宝一愣,他对沈鉴的判断越来越信服,所以心情一振。

"是的!据我所知,在双河五七干校里的人,全是原苑阳专区苑阳地委的干部,这是一批重要的资源,你去那里工作,若能保护好他们,于国于己,都极有利!"

"哦?"怀宝的眸子一旋,"说下去。"

"你现在在社会上有没有体察到一种情绪?"

"啥?"

"不满!一种不满情绪正像瘟疫一样蔓延。这种不满存在于像你这样被打倒的干部和家庭成员身上;也存在于像我这样在政治运动中受到打击的人及其家庭成员身上;还存在于相当一部分学生出身的红卫兵身上,他们有一种被利用被愚弄的感觉;更存在于大部分的工人、农民身上,他们处于生活资料和生产资料的生产的第一线,知道生产已经萎缩到了什么程度,对穷困生活的体验也最真切,因此,他们当然也要生出不满;再就是知识分子,这批人一直处在不被信任的位置上,差不多每次运动,都是先拿他们开刀,因此不满在他们身上由来已久;还有,在党内高层领导中,由于林彪的背叛,一些干部对他用人政策的不满开始表现出来。所有这些不满,正在悄无声息地汇合扭集,变成一种躁动的社会情绪,这股躁动情绪是要在政界寻找允许其喷发的代表人物的,这些代表人物将选择合适的机会打开泄阀引导这股情绪喷发出来,从而来创造另一种局面……"

怀宝浑身骤然一冷。

"怕吗?"沈鉴的眼机警地一瞪。

怀宝急忙摇头。

"那一天一旦来临,那股不满情绪在政界的代表人物是要有所动作的!现在还很难预测那动作的具体内容,但有一点可以肯定:现存的局面必须根本改变!"

怀宝的眼瞪得溜圆。

"而要根本改变眼下的局面,首先需要有干部。现在台上的干部大部分不能完成这个任务,那就需要另一批干部,这另一批干部就是过去被打倒的那一批,就是现在在双河五七干校劳动的那一批,包括你自己!你想想,假若你当副校长保护了这批干部……"

怀宝没有再听下去,他的目光已透过墙壁,飘向十二里之外的双河。但愿沈鉴的这次判断仍然正确,命运,你已经折磨了我几年,你应该给我一个重要机会……

8

戴化章挂着铁锄喘一阵气,待喘息变匀,才去裤腰上摸出那个装了凉井水的玻璃酒瓶,拔了塞子,往口里倒了一阵凉水。心里觉得好受些了,他这才抬头去看太阳。太阳就要当顶了,可分给他锄的这亩玉米才锄了一半,他不敢再歇,完不成任务怕回头又要挨批斗,忙弯了腰挥起铁锄。太阳的温度是越发高了,仅仅几分钟之后,大串的汗珠便又从他消瘦多皱的脸上涌出。他没有停,也不敢再停。

戴化章做梦也没想到,身为副专员的他,有朝一日会被拉到柳镇双河干校锄地。锄地他倒不怕,自幼就干惯了活,尽管因为这些年有病身子虚弱干一会儿就喘得接不上气,但干活他能忍受。他就是觉得委屈。我戴化章自参军到现在出生入死任劳任怨对共产党从无二心,为什么要对我这样?毛主席呀,你老人家究竟是怎么回事?

太阳的温度在继续升高,他再一次觉到了头有些晕,便停了锄,又去摸裤带上拴的那个玻璃瓶。他刚刚喝了一口凉水,背后突然传来一声冰冷的低喝:"戴化章,你又在偷懒!"

"没、没。"戴化章慌忙扭过头来,一看见是他们这个学员队的副队长,心立时一沉。

"没?"那副队长讪笑着走近前来,"没有你怎么才锄到这里?嗬,你干活时还敢喝酒?!"他边说边猛从戴化章的手中把那个玻璃瓶夺过,啪的一声摔碎到田埂上。"不是,那不是酒!"戴化章急忙辩解。"你这个死不改悔的东西还敢犟嘴!"他啪地打了戴化章一个耳光。脾气暴躁的戴化章双眼一下瞪大,将目光中的愤怒向对方砸去。"你瞪什么眼?"他扬手啪地又打一个耳光,戴化章被打得身子一晃倒在了地上。此时,几十米之外的田埂上,默默站着新任副校长廖怀宝,今天是他到任后的第一次田间巡查。他已经看出了那挨打者是谁,但并没有立刻赶过去劝止。他先是感到惊异,在他的印象中,戴化章一直是个威风凛凛的领导,可现在一个普通管理干部竟然可以随意打他的耳光。唉! 我们每个人都有命定的劫数,戴化章,为了你曾经羞辱捆绑过别人,你也尝尝这耳光吧!

就在怀宝要抬脚向前走时,忽见戴化章摇摇晃晃地又从地上站起来,瞪了眼嘶声问:"你为什么打人?""我打你了,怎么着?"那副队长双手叉腰站那里嘲弄地反问。但他的话音未落,只见戴化章忽地抡起手中的铁锄,径向那副队长的腰部砸去。怀宝只听噗的一声闷响,那副队长便重重倒地滚了起来。怀宝被惊呆在原地,一刹那他又想起了戴化章当年挎枪出现在柳镇街上的威武形象。这当儿,跟随那副队长一块儿来的一直站在一旁看热闹的另外两个工作人员,已冲上去扭住了戴化章,边叫骂边在他身上乱擂。

怀宝快步上前高声喝问:"怎么回事?"那俩人闻声凶凶地扭过头来,待看清是新任的副校长,才大声解释:"这家伙竟敢行凶打我们副队长! 看我们揍死他。"说着就又动起手来。这时围观的学员们只默默站一边看。戴化章早已被打得满嘴是血遍身是伤,但他执拗地站在那里并不求饶。怀宝冷冷地对那两个管理人员叫道:"算了,现在打死他算是轻饶了他。把他带回校部,看我们怎么惩治他!"那两人闻言住了手,悻悻地弯腰抬起仍在地上滚动呻吟的副队长,走了。

9

夜色将双河干校完全罩起的时候,怀宝手捏一个纸片,匆匆向临时关押戴化章的那间平房走去。门口负责看管的一个青年为他开了门。他刚迈过门槛,墙角就响起一个喑哑愤怒的声音:"要杀要剐快动手,老子活够了!"

"不杀也不剐,但要关你六个月禁闭!"怀宝说着扬了扬手中的纸片,"这是校领导的决定!"

"廖怀宝,看在我们曾经在一起工作过的面上,给我找点老鼠药来,我实在不想活了!"戴化章的声音带了哀求。

"想死?"怀宝缓缓走到戴化章身边,猛将一个荷叶包放到了他的手上,"好吧,给你!"戴化章有些意外地打开那包,里边露出的是两个温热的馒头和切成片的酱牛肉。"你?"戴化章的嘴唇开始哆嗦。

"吃吧,吃完了再说。"怀宝在他面前慢慢蹲下身子,压低了声音责怪道,"为什么只想到死?你要死了,那在苑城的嫂子和孩子们咋办?你怎么不替他们想想?"

两滴浑黄的泪水,开始在戴化章的眼眶里晃动。

"告诉你,关你禁闭的决定是我分别说服几个校干部做出的。"怀宝的声音压得更低,"你的身体不是有病吗?我要你用这段时间把身子彻底养好!外边的这个看守是我特意挑的在咱柳镇长大的小伙,心眼儿不错,他从明天起会给你送吃的喝的,你每天吃饱喝足之后,就是休息。有外人来时,你要装出读语录反省写检查的样子,后边的小院里可以散步、晒太阳,还可以听听广播节目什么的。"怀宝说着,又从口袋中摸出一个袖珍收音机放到戴化章的手里。

"怀宝——"戴化章的声音里带了哽咽。

"老领导,"怀宝轻轻拍着他的肩膀,"我是你带出来参加工作的,没有你,就没有我今天的一切,就让我用这个法子来对你做点报答吧!"

几滴泪水从戴化章颊上滚下。

"这苦日子也许不会很久,国家这么乱下去不行,早晚需要你们这些老干部……"怀宝低低的劝慰渐渐变成了自语,他又想起了沈鉴的那些话,但愿他的那些话能够再应验,但愿起用老干部的那一天能够到来,但愿我的心机不是白费!

10

太阳正在缓缓西沉,风从远处正掰穗子的玉米地里刮来,带有一股微微的新粮的香味,几只鸟儿在暮空中上下翻飞嬉戏。

戴化章被关禁闭不过两个多月,原本虚弱的身子已完全恢复正常,脸上已很有些红润,双腿走路再也不发软再也不觉无力。两个多月来,他得到了最好的照顾,中间虽开过几次批斗会,但廖怀宝每次都借口说他头晕怕出危险,使得批斗的时间很短。他吃的除了供应的那份之外,还有怀宝让人偷偷送来的各样东西。这一切都应该感激怀宝!没有他说不定自己早被批斗死。感激老天爷让我在柳镇发现这个小伙!今天是我四十八岁生日,倘若此生还能重新工作,头一个任务就是要向上级推荐这个小伙……

"咳!"看守在门外发出了信号:有人来。他急忙走进室内,坐下摊开了那本《毛选》。门开了,从熟悉的脚步声中他辨出来者是怀宝,忙欢喜地站起。"老领导,我记得今天是你的生日,对吧?"怀宝笑微微地说。"哦?你还记得这个?"戴化章心里一阵感动。他哪里晓得,怀宝是从看守嘴里听说的,而那年轻看守又是从他的自语中知道的。"你在这干校里还有哪些朋友?"怀宝问得一本正经。"朋友嘛,"戴化章不知他问这何意,略一沉吟,说,"老黄,就是地委的黄书记;老霍,就是地委的霍副书记;老艾,就是过去的专员……平日要好的就这么几个人!""好,你稍等!"怀宝听罢走出门去,径去校部见了校长,说他琢磨了一个斗臭戴化章的好法子,叫"禁闭室小型对揭会",主要让他当初在台上的老搭档来当面揭批。校长点点头说好,怀宝便去给各大队打电话,通知当年的黄书记、霍副书记、艾专员、盖副专员和古部长速到戴化章的禁闭室去。不一会儿,五个干校学员便老老实实战战兢兢地来到了禁闭室门口。怀宝严肃地领他们走进屋去,屋内一灯如豆,五个人看见戴化章坐那里却都不敢随便开口招呼。戴化章乍看见几个老朋友一齐进屋也有些惊异,屋里出现了短暂静寂,怀宝就在这时低低地开了腔:"今天是戴副专员的四十八岁生日,他很想邀你们这几个老朋友来喝一杯!我便用这个法子把你们请了来。来,拿住杯!"怀宝从口袋中掏出几个小酒杯给每人手中递了一个,而后又从门外的暗处摸出一瓶葡萄酒给每人的杯中斟满。戴化章已从惊愕中醒了过来,此时低声呵呵一笑,说:"感谢怀宝一番好意!"含泪把怀宝如何设计救他让他在此处疗养的事情说了一遍。众老友看看戴化章脸上的健康肤色,才知其中无诈,释了怀疑,才激动地相互碰杯喝酒。三杯酒喝罢斟第四杯时,怀宝说:"刚才那三杯是你们为祝贺戴副专员生日喝的。这第四杯,是我这个下级敬你们这些老领导的!你们过去是我的上级,现在还是我的领导,从今往后,只要我廖怀宝在干校干一天,我就要想法让你们少受一天折磨。你们如果生活中有了什么困难,只需巧妙地告诉我一声就行,我会尽力办!同时请你们放心,即使一旦出了什么差错,我廖怀宝一人承担,决不会让你们受什么连累!来,喝!请接受一个下级和部属的一点敬意!"这些长期遭受呵斥、批斗、打骂、侮辱的当年的领导者,都被这番饱含感情充满敬意和热爱的话语搅得心里发酸,一时间每人眼中都有泪光在闪,几只酒杯当啷一碰,酒液便和着感激和激动咽下肚去……

11

气候转变的征兆到底来了。一个阳光灿烂的上午,艾专员接到了省革委命令,要他立即赶到苑城任生产指挥部的副指挥长。几个朋友在戴化章那里为老艾送行,大伙希望怀宝也去参加。怀宝心里生出了兴奋,老艾的复职是不是一种信息?一种要起用老干部的标志?不管怎么着,老艾复职了,这是自己投资的第一笔收获！几年来,怀宝不仅保护了戴化章,还以照顾病人为由把地委黄书记的爱人从另一个农场调到了这里,让他们夫妻得以团聚;他把霍副书记的两个孩子安排在柳镇的工厂里当了工人;用巧妙的办法推荐艾专员的女儿上了大学……

他把这一切都视为投资！自然,政治投资和商业投资一样,也要冒风险,也正由于此,他获得的感激也就越大。艾专员当了副指挥长,这是一个好兆头！

"快来,喝三杯!"戴化章、艾专员几个人亲热地围上来,把酒杯捧到了怀宝面前。艾专员激动地握住他一只手,声音颤颤地叫:"怀宝,没有你的照顾,我这把骨头许已埋到这双河干校了。从今往后我们就是最亲密的朋友,我回苑城后,你若在生活上需要什么,尽管开口！……"

怀宝轻轻地摇着头,微笑着说:"我什么都不需要,只希望你保重身体!"而他心里却在叫:我别的回报都不要,我只要一个满意的职务,我是在仕途上跌倒的,我还要在那里爬起来！……

12

哀乐是清晨开始在柳镇街上的大喇叭里响起来的。廖老七一开始并没辨出那音乐的性质,走到门外时他听出了这音乐的异样,如咽似泣,他有些惊异:出了什么事？随即,他从喇叭里听到了那个消息,他那浑黄而机警的眼珠一个惊跳:他死了？

那个曾经给他这个贫苦之家带来过幸福的人死了？他缓缓地

走回到住屋,朝着墙上那个庄严的画像,扑通跪下了双膝,呜咽着叫了一句:"你老人家不该现在就走,我儿子还在干校里,正等你——"

他蓦地记起了沈鉴的那些话,心中打了个寒噤:莫非这同时也是一个机会?会发生什么事吗?会再出现那么一个人,再给我廖家带来福气?他慌忙又向那画像作了一个揖,口中喃喃道:"求你老人家原谅我的不恭之想,我实在是替我的儿子着急……"

廖老七的祈祷有了回音。调怀宝去地区报到的电话很快来了。

自从那显赫的四个人被批之后,怀宝心里就断定,自己的生活就要有一个变化了!两个月前,戴化章随最后一批老干部返城工作之后,他心中对这一天的到来更有把握!

干校的校长似乎也从这则通知中感受到了什么,今天早晨执意要给他派一辆吉普车送行。会是一个什么消息在等着我?恢复原职?外调别县任职?上调专署、地委当局长、部长?……

车在他的七思八想中驰进苑城。他有些不安地走进地委办公室,那值班员听完他的自我介绍后便很客气地告诉他:"黄书记和戴专员正在等你,请跟我来!"怀宝尽量放轻脚步跟在那人的后边,他忽然莫名其妙地想起曾经在一本书上看到的一句话:有时一个人的命运在几分钟内就可以决定,历史在决定人的命运时通常很吝惜时间!

一间办公室的门开了,黄书记和戴化章几乎同时看见他又同时起身含笑向他走来。"怀宝,你知道,'文革'结束了,积重难返,百废待兴,我们的民族已到了危亡的边缘,人民迫切希望我们党扭转局面,党需要经过考验的干部……"黄书记一字一顿地庄严说道。怀宝眼一眨不眨地盯住他的双唇,恨不得钻进他的嘴里把他后面要说的结果看个明白。

"……考虑到你在'文革'中的表现和你的工作能力及水平,地委决定调你来地区任常务副专员……"

怀宝的心脏先是骤然一停,随即又猛地加速跳动。他用了全身的力量才算把心底涌出来的那股狂喜压下去,平静地表示了态度:"我很感谢组织上和老领导们对我的信任,只是我担心自己水平太差,难以胜任!"

"我们相信你会干好的!好了,先不说这些,走,去老戴家,今天中午他请客,我们边吃边聊。"

"这……"

"走吧!"一直微笑着坐在一边的戴化章用拳头捶了一下他的肩膀,"你在干校照顾了我们几年,今天中午,该我们照顾一下你了!今日你不喝醉就休想离开!"

走出办公楼时怀宝才第一次注意到,今日的天蓝得纯净彻底,连楼前的几棵榆树看上去也分外美丽……

13

在橙州县委招待所吃罢晚饭,怀宝说他想去看个亲戚,避开了随行的几个干部,径向县政府家属区那个熟悉的小院走去。他这次带着地委工作组到橙州,任务是了解"揭批查"情况和领导班子建设状况,下午一进城,生出的第一个愿望就是去看看晋莓和女儿,十年没见了,现在的晴儿该已经长成一个很高的姑娘了吧?

县城比以往干净多了,但街两边的房屋墙上,偶尔还可以看到漆写的标语:"橙州县委要向无产阶级革命派交出权力!"……怀宝无声地笑笑,权力真是一个极好的东西,人创造出它实在是一桩很大的功绩,它转瞬间可以使人步入天堂,也可以转瞬间使人沉入渊底! 怀宝边走边漫无边际断断续续地遐想着。他戴着一副墨镜,不想在这种非正式的场合让人认出。明天,县里要召开干部大会,他要在会上讲话,那时,人们会向他鼓掌欢呼的。

他心情轻松地敲了敲门,晋莓把门打开时问了一句:"你找谁?"他笑了笑,没应声,直盯了她的脸看。她那张早先漂亮的面孔已经有了衰老的痕迹,眼中也少了神采。晋莓这时才认出了来人是谁,惊得哦了一声。

一个面色颓唐的男人正仰在沙发上吸烟,怀宝估计这就是那个蒙辛。杂种,爷们儿来看你的下场了! 他冷冷地盯了对方一眼。那蒙辛一怔,接着呼地一下跳起来叫:"是老县长,哦不,是廖副专员来了,快坐!"

怀宝稳稳地在沙发上坐了,微笑着环视这房间里的东西,他看见了那张宽大的床,一股尖锐的疼痛立时从心区那儿传出来——他仿佛已经看见赤身的蒙辛和晋莓在那床上滚动……

"晴儿在家吗?"为了抑制心中的疼痛,他转身问晋莓。

"她已经上了中学,住在学校里。"晋莓的话音很冷漠。

"廖副专员,我想知道组织上对我如何处理。"蒙辛这当儿一边恭敬地给怀宝递烟一边问。

"这个嘛——"怀宝故意拉长了声调,他注意到蒙辛的脸上现出了紧张,"关起来是一种,回原单位劳动改造是一种,开除公职后遣去山区也是一种,就看问题的性质和你的态度!"

"我在运动中是真心想做一个无产阶级革命战士的,我希望能够……"蒙辛的话里带了哭音。

"要相信组织!"怀宝打了一句官腔便站起了身,现在应该走了,去学校看看晴儿,这个屋子已经没有什么看头和想头了。

晋莓和蒙辛送他到了院门外,蒙辛停步的时候晋莓还跟在他身边走。怀宝听着晋莓的脚步声,心中暗暗揣测:她要说点什么?要求复婚?关于晴儿的抚养费?为蒙辛求情?……终于,她停了脚步,声音平静地问:"廖怀宝,你的脊椎不是断了吗?"

"噢,是……当然……后来治好了。"他没料到她会忽然问起这个问题。

"呵呵呵……"晋莓笑了,笑声出奇地冷,"我在想,你什么时候才能对人说句真话呢?"

"你这话什么意思?"

"你的脊椎从来就没受伤!"晋莓的眼一下子瞪了起来,脸上现出了仇恨。

"谁……谁说的?"怀宝有些慌。

"一个女人!"

"女人?哪个女人?"

"一个很了解你的女人,我的姁姁姐姐!怎么样,吃惊了?"晋莓把嘴角高高斜起,"过去,我很少听说过一个男人会把自己的妻子朝别的男人怀里推;后来,我总算见识了!"晋莓咬着牙说。

"你别误会……"

"我误会什么?我只想告诉你一句:你干的这个行当有点像我们演戏,有上台也有下台!"晋莓说罢,猛然转身走了。

怀宝被惊呆在那里……

七

1

怀宝在常务副专员的位置上很快就熟练地干了起来。上级来了文件,自己加几句"此件很重要现转发你们"等,马上转发下去;上级来了电话指示,立刻再用电话通知到各县市;去上边开了会,回来再照样开个会贯彻下去,并不要费多少脑筋。此外,怀宝还注意抓住两条:一是吃透戴专员的心思。他已经越来越意识到戴专员对自己的重要,自己的每一次提升,都是因为他的提议。自己工作的好坏,应该以戴专员是否满意高兴为标准,他不满意高兴,你做得再多也是白搭。二是抓好宣传。怀宝和省各新闻单位驻地区的记者们以及地区的报纸、电台、电视台的记者们关系都处得很好,这样就保证了自己做出的任何一点成绩甚至一个举措,都能随时宣传出去。你的工作成绩再大,不宣传出去不让上级领导知道不也是白干?

怀宝如今的生活条件也变得越来越好。他一人住一套三室两厅的单元房,煤气、暖气、电话、太阳能热水器样样都有,白天出门有车,晚上娱乐有电影、豫剧。吃饭更不成问题,上边省里来人指导工作,周围地、市来人办事,办公室要招待,他是单身,刚好作陪。每当他在宾馆里那漂亮的旋转餐桌前坐定,看着满桌的山珍海味,接过女服务员递来的喷香的热毛巾去擦脸时,他差不多都要想起过去和爹爹一起,在柳镇邮局门口摆一个破旧的条桌代人写信的情景。他十分喜欢追忆往事,为的是好跟眼下的安逸加以对比,这样越比就越觉舒心幸福。

一年多以后,他把父亲用丰田轿车接来同住。他原也打算把晴儿接来的,但晴儿执意不来。接父亲那天,父亲感叹地说:"过去的知府大人,至多是坐八个人抬的轿……"

日子多好啊!

当然,有时候,他也感到了孤寂,那是他在忙完一天工作回到家舍的时候,那时他会不由自主地想到女人,一种隐秘的对女性的渴望会从心中生出。工作中他接触到的女人很多,他知道如今找个女人成家很容易,但他也认识到这可能是自己的最后一次婚姻,在处理时必须凭理智而不能凭感情,这次婚姻必须有利于自己在政界的发展而不是相反。

机关里不断地有人来给他介绍对象,其中只有两个引起了他的重视:一个是宣传部新闻科一个搞新闻的姑娘,工农兵大学生,人长得和晋莓当年一样漂亮,而且文章写得好,名字不时在报上出现,这样的姑娘结婚后会是工作上的一个好帮手;另外一个是计划生育办公室的科长,是个没有孩子的年轻寡妇,也才二十八岁,相貌比新闻科的那位姑娘要略逊一筹,但她有一个哥哥在给省里一位书记当秘书,这一点让怀宝不能不重视。怀宝知道在今天的政治生活中秘书是无冕之王,领导人的决策很多都要依赖秘书,秘书对一个人有了恶感,这个人的提升命令就很难在领导人那里通过;秘书对一个人有了好感,那个人提升时就比较容易。戴化章年纪已大,离退休已经不远,自己应该预先再找一个靠山。省委书记的秘书不能小看。

　　对于这两个女人,怀宝在感情上更愿要第一个,又漂亮又是黄花姑娘,总比一个寡妇有味,但在理智上他又倾向于第二个,毕竟前途重要。如果靠她哥哥的帮助能在政界再有一番发展,再登几个台阶,那咱这一生也算辉煌了。其实人生就是一个登台阶的过程。一个人不论他从事什么职业,都有一长溜台阶等着他去登。你做工,就要顺着一级工、二级工、三级工这些台阶登;你教学,就要顺着助教、讲师、副教授、教授这些台阶登……没有人不需要登台阶,你就是什么也不干,仅仅做女人,你也要顺着女儿、妈妈、奶奶、祖奶奶这些台阶登。既然登台阶对人不可避免,而且谁登得高谁就受尊敬,那就不能责怪人们为寻找登台阶的工具所做的努力。我此生从了政,政界的台阶又特别难登,我为此去寻找一根助登的拐杖不能说是不光明!……

　　怀宝思虑来思虑去,最后还是理智占了上风,决定要第二个,也就是那个寡妇!

因为是再婚,怀宝不想把结婚仪式弄得很张扬,况且他知道这种事太张扬了容易引起人们反感,会损害自己的威信。喜酒只办了一桌,除了媒人和岳父岳母之外,他只请了戴化章夫妇两个。

新娘的名字很好听,叫夏小雨,不过办起事来可不像下小雨那样悠悠缓缓,而是风风火火泼泼辣辣。新婚之夜,小雨乒乒乓乓打开她带来的两口皮箱,把三种规格的男用避孕套和两种型号的女用避孕膜以及说明书都啪啪扔到怀宝的面前说:"你愿用哪一种你自己挑,你不想避了让我避也行,反正咱不能一上来就要孩子,我还想过几天快活日子!"这种非常坦率的举动和话语令怀宝一惊,不过他也只能笑笑说:"我来用吧。"

新婚之夜过得倒是很尽兴,小雨不愧是在计划生育办公室工作,对做这种事懂得很多,一切都是她来引导。怀宝失去了当初同姁姁、晋莓做这事时的那种主动权,快活倒是快活,他总感到少了一种味道……

2

婚后不久,怀宝便催妻子小雨领他去省里拜见她那位秘书哥哥,小雨也想把自己的新丈夫领去让哥哥看看,两个人便很快动身了。

小雨的那位秘书哥哥显然很高兴妹妹又成了家,很满意妹夫的长相、谈吐和身份,对怀宝很亲热。怀宝和这位秘书虽然年龄不相上下,但他每逢开口必先叫哥,叫得那位秘书很舒服,两人谈得很投机。当怀宝把话题扯到政界扯到下边的人才上边很难发现时,秘书哥哥笑笑说:"不要操那些心,你先在下边好好干,以后自会有人发现你。"这句允诺让怀宝心里很熨帖很快活,以致当晚睡觉时又搂住小雨亲热了好久,心上觉得要了小雨这个小寡妇还真是值当。

怀宝和小雨临离开省城和秘书哥哥告别时,秘书哥哥又透露了两条消息:一是今后用干部,要看他能不能坚持改革开放并在改革开放中做出实绩;二是苑城地区要撤区改市,苑城变为省辖市后,戴化章可能要来省里工作。

怀宝和秘书哥哥握别后上了火车,在车轮的铿锵声中,他一直在思索着这两条消息。看来,自己也必须赶快行动起来,尽速在改革中亮出几手。自己前一段时间一直担心改革开放的政策会变,犹犹豫豫不动手,甚至跟着别人喊了几句发展市场经济是搞资本主义,如今看这是失策!既然改革的风刮大了,你就不能不动,否则风头就会让别人出了,好处就会让别人占去。可是怎么改革?改革什么?作为副专员,改革哪一点才能迅速引起众人注目引起舆论关注引起领导重视?精简行署的机构?这是个敏感问题,倒是容易引起上边注意,但这里边会有风险,不,不能改这个。那么就先抓引进人才?这桩事倒可以办,用优厚的条件引进外地的人才!凡来苑城工作的各类科技人员,除安排住房安置子女入学就业外,外加五万元安家费。这是一件保险的事,被引进的人才都会感激自己,而且五万元这个数字也会使新闻界感兴趣,这件事自己一抓就会上报纸……

苑城改成省辖市后戴专员上调,这对自己又是一个机会,自己是常务副专员,如果在引进人才这项改革中有了成绩和声誉,加上戴专员的举荐,再有姻兄在上边的活动,未来的苑城市长应该是自己的!……

火车正把两边的田野快速地向后扯去,怀宝望着车前方一块迅速移近的开满金黄色花朵的油菜田,强抑住心中的快活想:在前方等待我的,一定也是这金黄色的东西。倘使这一个目标实现,爹定会更高兴,便会说省辖市的市长相当于过去的巡抚或道台。道台大人!他倏然间想起豫剧舞台上的这个称呼,哈哈哈……

怀宝无声地笑了。

一直坐在旁边望着窗外景色的小雨,看见丈夫笑得开心,以为是车窗外的美景感染了他,便也欢喜地说:"这景色多美啊!"

"多美啊!"怀宝顺口接了一句,但他很快又沉浸在自己的思索里……

火车正飞也似的向前奔去……

新 市 民

上

沫沫从小就梦想着当一个城里人。沫沫在仔细地回忆和掐算之后,断定这个梦想产生于六岁时。她六岁那年的秋天,村里在外当军官的一个小伙领着他的城里媳妇回到了栗子坳,那真是村里的一个轰动事件,全村人都出来欢迎和观看。新媳妇那漂亮的衣着和新奇的打扮一下子刻到了沫沫的心里,村里人啧啧的惊叹和夸赞长久地响在沫沫的耳畔。就是从那天起,将来要当一个城里人的愿望,像豆芽一样在沫沫的心里一点一点拱出来了。

可这桐柏山是太大了,栗子坳离山外城市的路也太远了,一个山里农民的女儿,怎有可能成为遥远的城市的居民?她原先还盼着通过考试这个途径进城,但家里的穷困让她没有了读完初中的机会。在一年一年的失望之后,她只得把那个心愿掐断,安心地在家里帮助父母干活。接下来到了十九岁,便在父母的安排和自己还算满意的情况下,嫁给了同村一个姓邹名叫坂子的小伙。

她已经做好了像妈妈那样生活一辈子的打算,可没有想到,一个走进城市的机会忽然之间竟又踩着圆滚滚的栗子向她跑来了。

栗子是沫沫从小就吃就玩就熟悉的东西,她怎么也没有料到,最后竟会是它领她进了城市的大门。直到她栽下了第一棵栗子树,她都没有意识到栗子对她生活的意义。

沫沫是在确知自己怀孕的当天种下第一棵栗子树的。她那天拿着乡医院的诊断结果高兴地走进院门,还没有来得及回答丈夫坂子的询问,奶奶就撇着没牙的嘴拉长了声音说:"拿把锹去种棵栗子树吧!"沫沫当时一愣,瞪大了眼睛问:"种啥栗子树?"奶奶一笑,亮出光光的牙床说:"一看你笑的那个样儿我就知道是怀上了。照咱们栗子坳的规矩,女人怀了娃娃头一桩要做的事就是种一棵栗子树。""为啥?"沫沫的一双杏眼里满是惊奇。"这还不懂?怀上娃的女人种的栗子树结的果果多呗。"奶奶说罢,指了指院里粗细不等的几棵栗子树,"那棵是你老奶种的,这棵是我种的,那棵细的是你婆婆种的。"沫沫听罢笑了,说:"行,我种!"

沫沫没有把这棵树种在院里,沫沫说:"院里的树已经很密了,我把这棵树种到咱家的责任山上吧。"奶奶说:"也行。"于是沫沫在坂子的帮助下上山去种树。树坑是坂子挖的,坂子担心沫沫肚里的孩子,不让她动手,可沫沫说:"我不动手这树咋能算是我种的?"她坚持着给树苗培土浇水。当那棵纤细的栗子树苗迎着晚霞在山风里摇晃着身躯时,笑纹在沫沫的脸上一圈一圈荡漾开来。

栗子坳所在的桐柏山是出栗子的地方。栗子树这种落叶乔木栽在这儿的山上不仅容易活,而且挂果早结果多。沫沫种的这棵栗子树第二年就有了果实。收栗子的时候,沫沫抱着白胖的儿子上了山,把树上结的六颗栗子高高兴兴摘下来。六六大顺!沫沫数完收获后,在儿子脸上响亮地亲了一口,而后兴高采烈地向山下走。

栗子坳的每家每户都能在秋天收下一堆栗子。这种包在多刺的壳斗内的坚果,早年是作为口粮的补充用来耐饥的。这两年年景好了,才有人想到了卖,以便换点油盐钱。就在沫沫收下六颗栗子的这年初冬,从山外来了两个拉地板车收栗子的人。各家都拿出了屋里存的栗子卖给他们。沫沫和坂子也把自家的栗子卖了,得了四十多元钱。沫沫当时捏着那沓钱说:"既然栗子可以卖钱,咱为啥不能在山上多种一点栗子树?反正山分给咱了,不种山也在那儿闲着。"坂子当时搔搔脖子说:"那倒也是,咱就种吧。"沫沫做事向来是说干就干,来年春天,便拉上丈夫坂子上山种起栗子树来,直把分给自家的那架责任山全种满了。

到他们的儿子四岁那年,他们家责任山上的栗子树已是葱绿一片,俨然一座栗子林了。秋天收栗子的时候,一下子收了上千斤。卖给山外来买栗子的人,沫沫手里一下子就攥了几百块钱。这件事轰动了栗子坳,村里人都开始学他们的样,上山种起了栗子树。

手上有了钱,沫沫和坂子商量能不能进县城看看。坂子一听,当然高兴,说:"我就想让咱们的儿子开开眼哩。"第二天两口子和奶奶一说,便抱上儿子去公路上搭车进城。

那天一家三口人在县城玩得十分痛快。逛了县城最大的百货大楼,看了一场杂技,喝了杂烩汤,吃了锅盔馍,给儿子买了一只能跳的青蛙,给奶奶买了一顶缀有两个绒疙瘩的暖帽。沫沫还给自己扯了一身花布衣料,给坂子买了两盒带过滤嘴的桐柏牌香烟。一家人高高兴兴地经过农贸市场准备往回返时,沫沫突然发现,当初拉上地板车到栗子坳收栗子的那两个小伙,正在卖炒熟的栗子,摊子前围了一群人。好奇的沫沫上前一问价钱,嚆,比卖生栗子贵了两倍还多!老天,这个赚头可是不小,栗子是从咱那里买的,咱为啥不去赚这笔大钱?沫沫当时瞪大了眼站在那儿,许久没有挪动脚步。

从县城回来的当晚,坂子替沫沫脱光了衣服,刚把她拉到怀里要做那事时,沫沫忽然说:"咱去卖栗子吧。"这没头没脑的一句话令身子兴奋的坂子倏然间愣住:"卖啥栗子?"沫沫用指头在坂子的脑门上点了三下:"你都不会用脑子想想?!"坂子想了好长一阵,才算想明白,才一边点头说行一边进入了沫沫的身子。

沫沫和坂子是半个月之后在县城农贸市场摆出自家的栗子摊的。摊位是租的;栗子是从村子里各家各户便宜买来的;炒栗子的大锅是自家带来的;炒栗子的技术更不用学,沫沫和坂子从小就会。生意开张得很顺利,头一天下来,刨去各项开支,就净赚了二十三块钱。沫沫很高兴,沫沫捏住那沓钱在坂子面前晃晃说:"这比咱们在山里干活强多了!"

一个来月之后,沫沫得到消息,说府城那边卖栗子更能赚钱,那边平日买熟栗子吃的人更多。沫沫想想也对,离山越远的城市,对山里出产的东西就越觉稀奇,于是就生了去府城卖栗子的心。坂子经不住沫沫的缠磨,最后也同意了沫沫的主张。

两口子把熟栗子摊在府城的市场街摆出来正值一个庙会开

始,摊子前的游人川流不息,买栗子的人络绎不绝。那真是一个赚钱的好时机,不过半个多月时间,一千块钱就攥到了沫沫的手里。也就是在县城和府城赚的这一千多块钱,让原先冬眠在沫沫心里的那个当城市人的愿望,又悠悠然醒了过来:啥时候这城市户口要也能用钱买到多好!

未料到世事的发展还真如沫沫期盼的那样,一些日子之后,府城因为一下子升格到地级城市,市区的户口竟公开标价卖了:八千元一个户口。沫沫一听这消息别提有多高兴了,她这时已经积存了些钱,没有犹豫便立马从银行里取出全部存款,又急忙找人借钱,凑够了两万四千元,慌慌跑到卖户口的地方,一下子买了三个户口,在新领到的户口簿上分别写下了丈夫邹坂子、儿子邹小桐和自己的名字窦沫沫。呵呵,那个梦终于实现了,俺们到底也变成城市人了!当晚,一向俭省的沫沫破天荒地拉着儿子和丈夫进了街上的一家小饭店,要了两碗黄酒,点了两个凉菜,和丈夫碰起了杯,直喝得两颊绯红双腿打晃。从今往后,咱们就是这府城的市民了!你们邹家和俺们窦家,两家人哪一辈子能想到这个?!咯咯咯……

沫沫的笑声先是在小饭店的屋檐下扑棱棱打着转,而后如麻雀一样向夜空里飞。就在这些笑声飞离屋脊的时候,沫沫失手打碎了一个酒碗,白瓷酒碗落地的清脆响声引来了店主。店主黑着脸说:"你们得赔!"沫沫心里咯噔一下,不过她一边点头一边在心里叫道:这不是晦气,这是预示着俺们一家三口会岁岁平安哩!

中

买户口的前两天,沫沫先思谋起住的事了。早先,他们一家三口是住在农贸市场的——在自家租用的摊位后边,用雨布随便地围成一个小棚子。如今这地方显然不能再住了,堂堂的府城市民,再住这样的地方,万一老家有人来看,那可太丢脸了。再说买户口也得有个地址才行。眼下还没有力量买房子,那就只有租了。沫沫白天照样炒栗子卖栗子,晚饭后就拉了坂子一起去四处看那些贴在街边的租房告示。最后总算在文津街找到了一大一小两间房子,租金二百八十块。这份租金不是个小数,但沫沫最后咬咬牙说:"住!"

拿到户口的第一件事就是搬家。搬家之前,沫沫特意到新邻居家里看了看,看城里老住户们是怎么摆置东西的。搬进去之后,她学着人家的样子,也把被子叠得整整齐齐,把原先的尿盆换成了痰盂,把大便之后擦屁股的烂纸换成了粉红的卫生纸,也在墙上挂了一本挂历。

崭新的市民生活开始了。

一家人都立刻感受到了市民生活的方便和美好。儿子小桐凭户口本在附近的小学里入了学,从学校到家门口只有三百来步,走一趟用坂子的话说:也就是撒泡尿的工夫。这处方便要在桐柏山里,去哪里找?由他们的村子栗子坳去最近的学校,也要走八里山路。"你算掉到福窝子里了!"沫沫用手指头点着儿子的脑门说,

"我当初上小学时,一天要走四个八里!"这里除了上学方便之外,学校的教学质量也远比山里的小学高。沫沫记得她当初上小学时,是一个高小毕业的民办老师教他们算术,在课堂上举例讲 $4÷4=0$,老师手上拿了四个栗子,让四个学生上讲台来分,每人分一个,四个学生下了讲台之后,老师扬扬手说:"看明白了吧,我手上现在一个栗子也没有了,所以 $4÷4$ 应该等于0。"这个错误是一个月之后方被另外的老师纠正的。小桐今天上的学校,教师都是从正规的师范学校毕业的,这样的错误再也不会发生。眼见得小桐肚里装的知识一天比一天多,沫沫别提有多高兴了。

坂子觉得最大的方便是看戏和剃头。坂子爱看豫剧,在山里时,有时听说几十里外的镇上来了豫剧团演出,坂子就捏上几个凉馍,一边啃着一边走,硬是跑上几十里去看场戏。如今方便了,附近的一个小公园里有个露天剧场,隔三岔五总有些外地的小剧团来演出,门票很便宜,有时不买票也能蹭进去。常常一到晚饭后没了事,坂子就钻到那个剧场里看个痛快。再就是剃头方便,房子旁边就有个小理发店,啥时候进去坐下就理,而且能理各种花样。要在山里住,那就麻烦了,剃头匠不仅只会剃光头和理寸头,而且二十天来一回,碰到他生病或是有事,一个月不来,你的头发、胡子就一个月不能剃不能刮。头发一个月不剃不要紧,坂子的胡子要一个月不刮,夜里沫沫就不让他亲,说是胡子扎人。有时候他求得沫沫心软了,也至多让他亲亲她的嘴,但决不让他亲她的胸口,说扎痒得难受。如今这些烦恼是一点儿也没有了。

沫沫觉得当了市民最大的好处是买各样过日子的用物方便。

从针头线脑、油盐酱醋到衣帽鞋袜,啥时候需要,到几步外的商店里都能买到。有一天她炒菜时发现没了盐,菜在锅里煮着她出去买盐,几分钟后就回来了,一点儿也没误全家吃饭。这要在栗子坳能行?去镇里称盐,来回得走几十里地。还有天晚上,坂子把她拉到怀里想做那事时,发现套没有了。坂子心急,就说不戴套算了,可沫沫担心怀孕流产,不敢大意,起了身说:"我去买。"也就两袋烟工夫吧,沫沫就从一家夜间开门的商店里买来了一盒套。她回来时,坂子的兴奋劲儿还在呢!沫沫那晚对着努力起伏着的坂子的耳朵感叹:"还是当个市民生活在城市里方便呀……"

全家还有一个共同的感觉是:看病不麻烦。三口人不论谁有了头疼脑热,几十步外就是一个诊所,立马可以打针吃药。诊所看不了的病,坐公共汽车走三站就到了市立医院。要在栗子坳得个病,就得兴师动众,要把病人放到一个小竹床上,叫来四个小伙子往几十里外的乡医院抬。抬的人满头大汗,病人也被颠得痛苦不堪。

当然,在城市里过市民日子,一家人也有觉着不适应的时候。头一条是夜里睡觉后马路上的响动太烦人,刚睡着,汽车轰隆隆一过,又弄醒了。不像在栗子坳,夜里除了听见一点山风的响动之外,啥也没有,一觉可以睡到大天亮。第二条是邻居们聚一起闲聊的机会太少,各家一下班都砰的一下关上了屋门,不像在栗子坳,吃饭时大家还端着碗聚在一起闲扯,三村五庄国外国内的消息都能知道。在这里要想知道个啥消息,就得看电视看报纸,太费劲。还有一条就是行动不自由。刚搬进所租房屋的第二天早上,坂子因为要炒栗子起床早些,那阵子天还不太亮,坂子憋了一泡尿,可又嫌去公共厕所太远,就照平日在山里养成的习惯,掏出家伙在房屋山墙旁哗哗地尿开了。恰好邻居有个老干部也起床了,循响声过来一看,像见鬼一样大惊失色,口中竟讷讷连叫:"你怎能这样?怎能这样?"似乎坂子做了什么吓人的事情。弄得坂子当时大感不解:在山墙头撒泡尿还不是常事?更没料到的是,下午就有一个居委会的老太太来当面警告他:以后不准随地便溺!这件事弄得坂子很不痛快,加上沫沫坚持要他每天刷牙,不随地吐痰,而且还特别给他规定,夜里在她身上做那事时,不准弄出太大的响声,以防从窗外过的邻居听见,这都让坂子觉得受了束缚。有天坂子说:"总起来看,住城里不如住山里舒坦。"沫沫听了这话就瞪起眼说:"你住到山里能看见这满城的好景致?你们家那么多辈子住到山里还没有住够?咱既是城里的市民,就得像个市民的模样,免得人家小看了咱们!"坂子见沫沫发了火,便只好笑着点头说:"好,好,俺就照你说的去做。"

其实沫沫自己有时也有一种受限制的感觉。刚搬来那阵,每逢她做好了晚饭,坂子和小桐不在家时,她就照山里主妇们的规矩站在门前手叉了腰敞开嗓门高喊:"他爹——小桐——回来吃饭了——"没想到她一喊,邻近的人家里大人小孩都惊讶地跑出来看,几次下来,弄得沫沫很不好意思。她后来才知道,城里人说话一般不高腔大嗓,家人没回来也不兴大呼高叫,只坐在屋里等就行。这让沫沫觉得很别扭。让沫沫感到更别扭的一条是:城里人用水得交钱。收水费的老汉头一次上门查水表要钱时,沫沫很吃了一惊:嗬,用点水还要交钱?俺山里到处是溪水是泉水,人咋样用都行,啥时候也没人来收过钱。也是从此以后,沫沫不敢放手用水了。

由于买户口和租房子,沫沫不仅花完了原来赚的钱,还借了债。为了扭转这个局面,沫沫想了两个法子:一个是把卖栗子的生意做大,除了普通的炒栗子之外,再加卖一种糖炒栗子仁;另一个是俭省,紧缩家庭开支,全家人尽量少吃肉,多吃馒头和稀饭。沫沫的俭省主要在吃上,在穿上仍坚持向城里人学习,她给坂子买了一套八十块钱的西服,给儿子小桐买了一套小牛仔服,给自己买了一件花衬衣和一条蓝筒裤。坂子对这种节省法很是不满,说:"宁可穿不好也要吃好。"沫沫立刻反驳:"吃好在自己肚里,谁看得见?你只有穿好,别人才看得起你。"

栗子坳的乡亲们听说沫沫和坂子一家成了府城的正式市民,吃惊之后便是羡慕。坂子有时回村里运栗子,就有年轻人死乞白赖要无偿帮他,顺便到城里看看,坂子推辞不掉,只好应允。那些人进了沫沫和坂子的住屋,一看见屋里收拾得干干净净的样子,看见他们用的粉红卫生纸和痰盂,再瞧瞧他们的漂亮穿着,就忍不住叫道:"老天爷,你们过的这可是上等日子!"沫沫每每听到这夸赞,就高兴得满脸放光,就急忙炒一盘西红柿鸡蛋来招待他们。

"俺们还只是初来,再过段时间,俺们的日子会过得更好!待俺们买了自己的房子,置全了家具和全套电器,你们再来看看!"

沫沫对未来充满了信心。

沫沫和坂子白天忙着炒栗子、卖栗子,到了晚上就没事了。没事的时候,两口子就拉上儿子小桐,学着城里人的模样,到街边去散步。有天晚上,一家三口散步来到街心花园,见好多男女在露天舞场里跳舞,便新奇地停下来看。旁边有个男人这时走过来朝沫沫伸出手说:"请你跳一曲。"沫沫吓得跑出去十几步远。坂子也很恼火,大声地对那男人说:"她是我的老婆!"那男人被弄得莫名其妙。当晚回家睡觉的时候,坂子的火气还没有退,一边往被窝里钻一边骂道:"娘的,城里这些狗男人可真胆大,当着男人面敢向人家的女人伸手,要在栗子坳,看我不一脚把他的蛋子儿踢飞!"沫沫当时红着脸安慰坂子:"他伸也是白伸,他伸我就能去他的怀里了?!"

随着在城里生活时间的延长,沫沫渐渐感觉出在城里当市民的最大好处是信息灵、机会多、赚钱的门路宽。有天她看见一张报纸上说,把栗子仁研成粉加红枣做粥,食后可降血压、血脂,对体弱者能起一种很好的滋补作用,便灵机一动,对坂子说:"咱在卖熟栗子的同时,也可卖栗子粥呀!把栗子仁研成粉还不容易?"坂子想想也是,就又买了一个专熬栗子粥的锅和一些小碗、汤匙,在摊子前摆了张桌子和几个凳子,把熟栗子去壳研碎,在卖炒栗子的同时卖起了栗子粥。未料这粥还挺受老年人的欢迎,他们的摊位前一下子热闹起来,每天的利润翻了一倍还多。伴着每天收入的增多,沫沫给家里添置的东西也越来越多:一台十八英寸的彩电、一对沙发、一个茶几、一张折叠式饭桌。也就是一年多过去,沫沫不仅还清了欠债,置买了些家具,还在银行里有了存款。

口袋里有了钱,沫沫和坂子的心情自然更加轻松。有天晚上,附近有家录像厅开业,沫沫就说:"走,咱们一家也开开眼界去看场录像!"一家人饭后高高兴兴地买了票进厅坐下,不想录像片放映不久,屏幕上就出现了一些男女在床上的镜头。沫沫脸红耳热地一手去捂儿子的眼睛,一手拉了拉坂子的胳膊说:"咱走。"坂子却舍不得走,小了声说:"我再少看一会儿。"沫沫没法,只得拉了小桐先走。

坂子那天看到很晚才回来,回来时两眼闪闪发光,神情异常激动,一边脱衣服上床一边连声对沫沫说:"他娘的,住城里真是太好了,可以看这种录像,要在咱那山窝里,去哪里看?!"沫沫当时已经睡得迷迷糊糊,只含混地说了句:"快睡吧,你。"

自此后,只要晚上一有空闲,坂子就要去看录像。沫沫为此曾劝过坂子,说:"我看他们放的那些东西不太正经,你还是少看为好。"坂子听了撇撇嘴说:"啥正经不正经的?这是城市,别用咱乡下的眼光来衡量人家,看这也是开眼界。"沫沫知道坂子白天炒栗子、熬粥挺累,想他去看场录像歇歇也不为过,就也没有坚决反对。

有一天晚上,坂子回来格外兴奋,站在床头问已经躺下的沫沫:"你晓得我今晚上去了啥地方?"沫沫见他那样高兴,就反问:"啥地方?""卡拉OK!"坂子双手比画着回答,"好大好大的一间房子,里边有电视机,有不停转着的灯,有把声音放大的家伙,有……""多少钱一个票?"沫沫截断他的话问。"是在录像厅认识的一个朋友拉我去的,票是他买的,我没花一分钱。开眼了,真是太开眼了!一个人拿着声音放大器唱,电视里就出现些只穿小裤衩和兜奶子布的女人,而且旁边还有些男女在那里跳舞,像在街边公园里那种跳法,一男一女成一对儿。我今儿个才算明白,原来舞场上跳舞是男人先请女人,随便请谁都行,你看着哪个长得入眼,就可以先动手。""啥叫先动手?"沫沫脸上有了点不高兴。"噢,不是动手干啥坏事,而是弯下腰把手一伸,那女人就跟你去跳了……"

从这晚上开始,坂子出去得越发勤了。沫沫想,全家刚进城当市民,是得让坂子结交一些朋友、熟人,要不日后办啥事都会困难,所以也就没有拦他。

几乎每隔几个晚上,坂子都要向沫沫说说他这几天见识过啥子场面,认识过什么人物,懂得了哪些东西。有天夜里,他回来时带着一股酒气,进屋就问沫沫:"你猜我今晚和谁在一桌喝酒?"沫沫闻见酒气不太高兴,也就没理会他。坂子憋不住心里的兴奋,又开口道:"今晚上一伙玩股票的人在一起喝酒,那位朋友把我也拉去了,嗬,原来工商局的局长也在座。局长是多大的官呀,和咱们桐柏山的县长一般大,是县太爷哩。我没想到咱还有这个福气和县太爷坐一桌喝酒!那局长的西服可真是板正,身上肯定还用了啥香东西,味道挺好闻。人家喝酒、吃菜、擦嘴都有派头,喝酒讲究一种喝法,叫'潜水艇',日他个先人,那才叫痛快……"

又过了些日子,沫沫就觉出坂子身上起了些变化。最显著的变化是讲究穿了。过去,都是沫沫买啥他穿啥。如今,他不是嫌这件衣裳式样太旧,就是嫌那件衣裳料子不好,再不就是说上身、下身衣服的颜色不相配,有时候干脆自己去商场里买衣裳穿。其次,是很注意修饰自己。一天对着兜里的小圆镜梳几次头,而且在头发上抹了油,弄得乌光油亮的,连炒栗子时都怕把头发弄乱了;专门买了个电动刮胡刀刮胡子,一天能刮两次,下巴刮得乌青乌青;而且还总朝自己身上洒那种香喷喷的花露水。再就是和沫沫在夜里做那事时,玩的花样多了,这姿势那名堂的,有时弄得沫沫厌烦而又惊奇:"你从哪里学来的这些东西?"

有天晚上,沫沫去小桐的学校里开家长会,回来从一家小酒馆门前过时,猛地看见坂子在里边和一个男人喝酒,两人一副割头换颈的样子,谈得十分投机。沫沫记不起她曾见过这个人,坂子喝罢回来时她就问他:"那个人是干啥的?"坂子说:"他就是我在录像厅认识的朋友,人家喊他大东。他也是买户口进来当市民的,不过人家肚里有学问,如今在炒股票,赚大钱。我今晚请他喝酒的目的,就是向他求教炒股票的诀窍。""炒股票?啥叫股票?"沫沫一脸茫然地问。坂子就眉飞色舞地解释:"股票是公家发行的一种东西,人们靠买它卖它赚钱,不用费啥力气,有时弄好了,一天就能赚几万,不像咱们卖熟栗子和栗子粥,要受烟熏火燎,要出力流汗。""天下还有这样的好事?"沫沫有些不相信。"这就是住在城市当市民的好处了,城市要不是个好赚钱的地方,人们为啥争着想进来?"坂子边说边俯身亲了一下沫沫的脸蛋。沫沫把他推了一把:"去!"

这之后不久,坂子就向沫沫要家里的存钱,说要去炒股票。沫沫很犹豫,总担心这事把握不大,不牢靠,反复问坂子:"这事会不会出岔子?万一赔了咋办?"坂子拍着胸脯叫:"赔不了,我已经从大东身上把炒股票的本领学来了!你知道大东是咋告诉我的?他说,这府城历史上曾有过三次居民扩充,头一回是东汉时代,二一回是明代洪武年间,三一回是大清朝的嘉庆年里。他说他查了史书,这三次市民扩充时,都是后来的人比原来就住在城里的人富得快,缘由就是后来的人敢干,敢想法子挣钱。"沫沫经不住坂子的反复撺掇,最后也动了心,把家里的存折交给了坂子。

坂子于是走进了股市,剩下沫沫一人在市场街继续卖栗子和栗子粥。

依沫沫原来的估计,坂子即使赚钱,起码也得半年一年的时间,没想到仅仅一个月后,坂子就一下子净赚一万多元。这让沫沫十分意外和惊喜:老天,干这个行当赚钱这样容易?坂子把所赚的钱拿回来的那晚,沫沫对坂子真有些刮目相看了。坂子自己也满脸得意,不可一世地指了指四周住户那亮着灯的窗户说:"别看老子是新市民,爷们照样能活得比你们滋润!老子要是像你们这样一直在城里住着,早就成富翁了!老市民他妈的也没有啥了不起,也不见得就比老子有本领!"说完又转脸对沫沫道,"你晓得大东咋给我讲的?他说,眼下府城的人口是大唐盛世以来最多的时候,其中买户口进来的市民已占了两成,这两成新市民大都比老市民富,原因就是老市民保守……"

沫沫那晚给坂子做了一桌子菜犒劳他,饭后上了床,又百依百顺地让坂子高兴了一回。沫沫在全身酥软的那一刻又一次在心里感叹道:当市民住在城里可是真好啊!

坂子有了钱,把自己的服装又彻底换了一遍,早先沫沫用八十块钱给他买的那身西装换成了七百多块钱一套的;新买了一双皮鞋;头发也到美发店里做了一回;腰里挂了个 BP 机,看上去显出了几分英俊之气,整个人变了样子。原先身上的那股土气,不注意看几乎都看不出来。沫沫看见坂子这样,心里也十分欢喜。哪个女人不喜欢自己的男人变得有模有样?!

这之后,坂子告诉沫沫,他又赚了一回,但因为要继续做下去,钱不能拿回来。沫沫说:"对,没有本钱哪行?先不用拿回来。"

日子就这样过下去。沫沫此时在内心里又更改了对未来的设计:既是坂子能挣大钱,日后最好能买两间当街的房子,在房子里摆上正规的柜台和桌椅,我站在柜台后卖熟栗子和栗子粥,店门口挂上红漆的招牌,招牌上写着:"桐柏栗子店"。门口过往的人们看见招牌,都会进来叫一声:"老板娘,你好!"到那时,我可要尝一尝当真正的老板娘的滋味。最好再买一辆邻居家有的那种三轮摩托车,回桐柏山栗子坳拉栗子时,再不用雇人拉,就自己骑上那种摩托车,嘀嘀嘀地直往村里开。倘使有一天我真骑了辆摩托车回到栗子坳,肯定会在全村造成轰动,人们保准都会说:"看看人家沫沫多有本领,能把一辆摩托车开回来!"奶奶一定会笑得合不拢嘴,连光光的牙床都会露出来,说不定她会摸着摩托车问:"沫沫,这东西一天要喂几回草?"

沫沫常常会被自己的想象逗得发笑。

一个又一个白天就在沫沫对未来的憧憬中消失了。渐渐地,沫沫注意到坂子回家的时间少了,一开始是不回来吃午饭、晚饭,再后来是整夜不在家住。问起来,坂子总说是因为股票上的事太忙,要掌握各种信息,要和朋友们在一起分析行情,要进行必要的交际。沫沫想想也是,就没有在意。

有一天晚上,坂子回家换衣服,换完就又急忙出去和几个炒股的朋友吃饭,匆忙中把BP机忘到了家里。坂子走后不久,那BP机响了起来。沫沫这时已经在坂子的指导下懂得了BP机的操作,她拿到手里一看,传呼方要求立刻回话,便慌忙向门口不远处的一个公用电话亭走去,她担心是股票买卖的事,怕耽误了生意。她照BP机上对方留下的电话号码拨通了电话,她还没有开口,听筒里就传来一个女人生气的声音:"你怎么到现在还不来?知不知道我在想你?!"沫沫心中立时一沉,她啥话也没说就放下了话筒。

  沫沫那晚躺在床上一夜没睡。知不知道我在想你?这个女人一定和坂子有了那种关系,要不然她不会对坂子说这样的话,也不会用那种口气对坂子说话。她感到心在一阵阵揪疼,但她没有声张,更没有在当晚对回家的坂子进行追问。她决定先弄清情况再说。

  她一连几天都在中午收了卖栗子和栗子粥的摊,下午开始对丈夫进行跟踪。终于在第四天傍晚,跟踪到了那两间平房里。

  真相大白。那是一个比沫沫年轻不少的姑娘,坂子一进去她就扑到了坂子怀里,接下来两人都忙着去为对方解开衣服。隔着门缝看着这一切的沫沫浑身冰凉,四肢发抖,上下牙齿磕碰得咯咯直响。好一个邹坂子,你这个狗东西!你这个丧天良的!你这个杂种!你这个挨刀的!你竟敢做出这事!沫沫这几天虽然一直在怀疑在跟踪,但她内心里总还存着一丝侥幸:不可能吧?兴许是自己多疑了,坂子不可能做出这事,他会忘了我们夫妻间的恩情?现在事实一下子摆在了她的面前,她被惊怔得半晌不能动。直到屋里传出了床的有力响动,她方从呆怔中清醒过来,才怒火满腔地用肩膀去撞门。沫沫从小干体力活,身上的力气原本就大,加上怒气的帮助,三两下子就把那扇木门撞开了。伴随着木门的轰然倒地,沫沫尖厉地叫了一声:"邹坂子,你个该杀的东西!"她原本是想上前抓一个拖把去打那个女人的,不想当她弯腰的时候,两眼一黑向地上倒去……

沫沫醒来时发现自己躺在自家屋里,坂子默默地坐在床头。

"你——"沫沫刚一欠身,坂子便紧紧抓住了她的双手。

"你不要激动!"坂子慢腾腾地开口,"事情既然已经这样了,你就听我说说来龙去脉。"

"滚你娘的脉!"

"咱现在既然已经是市民了,有些事就要用市民的眼光去看待。这个女人叫景玫,是康安商场的工作人员,她懂不少股票的名堂,是我一个很好的帮手。我和她只是情人关系,一点也不妨碍咱俩的婚姻,我只是隔几天才在她那里住一次。如今,这种事在城市里可是很多,不少女人对丈夫找情人都是睁只眼闭只眼,我希望你也有这个度量!"

"放你娘的狗屁!"沫沫还想欠身起来,无奈双手被坂子狠劲攥住。

"当然,你要闹也可以,我也不怕,反正最后丢人的是你自己。现在在城市里,男人有情人也不是啥不得了的事,让外人知道了,他还会得到别人的高看。我的意思是,你最好心平气和一些,咱既是做了城市人,就要接受新东西,咱不能当了市民还用山里人的脑子看事情。不知你还记不记得,咱们刚买了户口那阵,有天晚上在露天舞场,一个男人邀你跳舞时把你吓得跑出去十几步远,那举动今天看起来多可笑!咱如今就是要把那些山里人才有的东西丢掉……"

"呸!"沫沫一口唾沫吐到了坂子的脸上,"你给我滚!我不想看见你!"

坂子怔了一怔,松开了手:"那你就再想想吧!"说完转身就走。沫沫只来得及抓了一个白瓷茶壶砸到他的脊梁上,那茶壶从坂子的脊梁上滚下去,砰的一声碎成了片。

沫沫哭了一夜,哭时怕影响儿子睡觉,把被子角塞到嘴里,发出的声音又低又闷。

第二天是个星期日,早晨起床后,她怒气未消地对儿子说:"咱们回老家!"小桐有些意外,问:"我不上学了?""不上了!"沫沫气冲冲地截断了儿子的问询。邹坂子,你狗东西一个人在这城里快活吧!俺们娘儿俩不陪了!她想用这个办法对坂子表示自己的愤怒和抗议。娘儿俩吃了几口早饭匆匆去赶汽车,于天黑之前回到了栗子坳。

到村边时,她怕自己红肿的双眼让乡亲们看出什么,就让小桐先进村,自己迈步向那片长着栗子林的责任山走去。在栗子林里,她扶住那些已经不细的树干,又尽情哭了一顿。也许,当初不该种这些栗子树,不种这些栗子树全家人就不会去卖栗子走进府城,不进府城就不会出后来这些事!情人?什么狗情人?!在栗子坳你邹坂子敢去找情人?我当初不该一心要种这些栗子树,我不该鬼迷心窍啊!她气恨恨地扯断了几根栗子树枝,又用脚去踹了几下栗子树干。

　　沫沫到家时天已黑透,奶奶已做好了饭等她。奶奶问:"坂子咋不回来?"沫沫把涌到喉咙口的呜咽吞下去,只说:"他忙。"奶奶老眼昏花看不清沫沫的神色,说道:"他小子再忙也该回来看看我!"接下来三口人坐下吃饭,沫沫努力做出一切正常的样子,她不想现在就让奶奶知道坂子另找女人的事,她想待坂子随后回来再说。她是这样计划的:一旦坂子随后回到家,她就开始向奶奶哭诉,她坚信奶奶会站在她一边,会一边骂坂子一边去找邹姓的族长青荆爷。青荆爷在村里辈分最高年龄最大也最见不得这类男女胡来的事。沫沫曾亲眼看见他下令把一个招惹别人媳妇的已婚男人绑在树上打。她相信青荆爷听了这事会发怒,说不定也会叫人把坂子绑在树上。沫沫仿佛已经看见青荆爷一手捋着花白的胡子一手指着坂子叫:"把这狗小子给我绑起来!"随之就有几个汉子朝坂子冲过去,把他五花大绑在村子当中的那棵古槐上,跟着就有人抡起鞋底朝坂子的脊梁上、屁股上、肩膀上、胳膊上打起来,啪啪啪啪,直打他个皮开肉绽。青荆爷就在这啪啪声中威严地开口问:"还贱不贱了?""不贱了。"坂子保准会有气无力地答。"还敢不敢了?""不敢了。""想改不想改?""想改。"自己这个时候怎么办?要不要冲上去趁机打他几个耳光?要!冲上去打他几个巴掌,也该把心里的这口气出出!……沫沫对自己的计划和想象感到几分满意。

　　可惜这计划因为一个环节出了事而没能实现——坂子根本就没回来。

沫沫在家住了七天。七天间她不论干啥,两眼都留意着村头的路口,以她的估计,只要她带着小桐一回栗子坳,坂子准定会发慌,会随后也回来,到那时再按计划办事。没想到一天一天过去,始终不见坂子的身影。她这才又有些后悔,才意识到自己用这个法子来表示抗议,正好成全了他和那个女人。他们得了这机会,来往不就更密切了?不行,不能总住在这里死等,他要一直不回来咋办?再说,小桐还要上学,总住在这儿也耽误孩子的学业。促使她下决心动身返城的另一条原因,是她觉得自己已有点不太适应这山村老家的生活了,这几年在城里过的是那种讲究卫生讲究体面的生活,现在乍一到家来,看见鸡屎满院,老鼠在屋里乱跑,床上有跳蚤,烧柴草的厨房里灰烬乱飞,她已很难习惯这些了。她在内心里不得不再次承认,住在城市里当市民比住在这山村好。

沫沫拉着小桐回到府城家里,推开门又大吃一惊:坂子把属于他的东西都已拿走了。连存折都拿走了两张。另在床上留下一个条子,上边写着:"桐他妈,我先搬出去住,你要想通了,就给我打传呼,我仍回来住,咱们还照老样子过日子;你要想不通,咱们就先分居着。"沫沫读完条子胸中的气愤更增了十倍,脸都变青了。你个狼心狗肺的东西!沫沫拿着条子立马去了居委会,她想,干脆把这事公开来,让公家来管管他。不想居委会主任听了她的诉说后,只缓了声说:"我们很同情你的遭遇,但我们至多是劝劝他,他要是不听劝阻我们也没办法,因为他找情人还不算违法,司法机关没法管。他又没有工作单位,又不是党员不是干部,也无从处分他。"沫沫听罢愣了一阵,心想这居委会主任还不如栗子坳的老族长,要是栗子坳的老族长听了我这诉说,保险不会说至多是劝劝他。唉,也罢,这件事就让我自己来办吧。

沫沫决定闹他个天翻地覆,自己给自己出口气。

那些天沫沫不再出摊,每日待儿子去上学之后,她便去寻找坂子的踪迹。一旦发现他和那叫景玫的女人在一起,便骂便闹。有次就在一家商场门口,沫沫当着众人朝那女人和坂子脸上各吐一口唾沫。坂子当时说:"沫沫,你可是一个市民,别把乡下泼妇的那一套搬到城里来!"沫沫听了高叫:"老娘就是要当一个乡下泼妇,你能怎么办?我恶心你这个市民,恶心!"

坂子和那个女人租住的地方又换过几次,但隔不了几天就又让沫沫找着了,于是频繁的吵闹重新继续。这种吵闹并没有什么结果,不仅没有使坂子回心转意回到家里,也没有消去沫沫心中的气恨。随着时日的延长,沫沫自己也感到累了。终于有一天,她在一场吵闹之后恨极地对坂子说:"离婚!有种的你就跟我去离婚!"

"这话可是你说的!"坂子听了十分平静,脸上没有半点的吃惊和意外,"我一直想让你适应城市的生活,按市民的生活方式过日子,使咱们的婚姻维持下去,可你……"

"滚你娘的维持,离婚!立马离婚!"沫沫声嘶力竭地吼。坂子的这种平静让她的心碎成了八瓣,她原以为他听了离婚的话会着急的,没想到他是这副神态。噢,邹坂子,当年你是咋说的?我俩订婚的那一天你是咋对我说的?——沫沫,你能看得起我,不嫌俺家穷,不嫌我只有一个不能干活的奶奶,答应做我的老婆,这份情意我会记一辈子,我就是当牛做马也要报答你!……在入洞房的那天夜里,你把我弄得两腿是血,疼得我直吸冷气,你那会儿是咋说的?——沫沫,我的心尖尖,从今往后你就是我的宝贝疙瘩,我这辈子只要还有一点力气,就不会让你去吃苦受累流眼泪……在我生下小桐的那天,你看见我把嘴唇都咬破了,头发全被汗水浸透,下身出的血把两条床单都染红了,你当时是咋说的?——沫沫,你立了大功了,你为俺邹家生下了传香火的苗苗,俺邹家会记住你这份功劳,会记住你吃的这份苦。今后我要想尽办法让你享福,我要是不真心真意地让你享福,就天打五雷轰!……好坂子,邹坂子,这些话你都忘到九霄云外去了吧?你个丧天良的,我当初是多么相信你这些话呀,原来这都是迷魂汤,是你在高兴快活时随手给我灌下的迷魂汤……

离婚手续的办理是在一个阳光耀眼的上午,两个人走出那间办理离婚手续的房门时都眯上了眼睛。沫沫没有再看坂子一眼,目不斜视地走回了家里。

到家之后才扑到床上,把全部的伤心都变成了眼泪。沫沫,这就是你来城里当市民的结果,你当初为啥一定要来城里?为啥呀?!……沫沫一遍一遍地捶着枕头。

坂子把全部家具和一半的存款包括儿子小桐留给了沫沫,沫沫知道坂子把后来他炒股票赚的钱都另外存了,但她懒得说破。以她当时心里的那份绝望和苦痛,她是真想死了作罢,只是因为牵挂小桐,她才没走这条绝路。

沫沫在床上躺了四天,四天间她对今后日子的过法想了又想。她曾想过带上小桐还回到栗子坳去,省得在这城里再看见邹坂子和那女人会生气,但一想到回去的场面她又没了勇气。只要我和小桐背着行李一在村口出现,村里人肯定都会围上来,肯定要问你们当了市民又为啥要回村,要问坂子为啥不回来,要问你们为啥要离婚。他们在得知了真相之后肯定要议论:当市民原来还有这样一个好结果,可以把男人丢了!……不,不能回去,决不回去!我还要和小桐在这府城里住。没有了邹坂子我就不能活了?我偏要活出个样儿让别人看看,也让邹坂子看看。邹坂子,老娘离了你完全可以把日子过得很好!

第五天早上,沫沫早早起了床,做饭,吃饭,儿子上学走了之后,自己又推出了当初卖栗子和栗子粥的三轮车,擦去了上边的灰尘,熟练地向市场街骑去。

沫沫写信让弟弟从山里给她送栗子,弟弟来了之后,才知道姐夫已和姐姐离了婚。弟弟问了大致情况后,沉着脸回去了。没想到第三天傍晚,他又领着村里的老族长青荆爷和另外两个小伙子来了,进屋就说:"姐,我把青荆爷叫了来,让他给你出气!"沫沫一愣之后明白了弟弟的用心,嘴上说"不许胡来",心里却巴望他们真能做出点什么来。那青荆爷不坐沫沫屋里的沙发,照老习惯在当间的地上蹲下,一边去摸旱烟袋一边沉了声对沫沫的弟弟说:"你去把坂子叫来,就说我有点事要见他!"

大约有顿饭工夫,坂子跟在沫沫的弟弟身后来了。沫沫这当儿进了里间把灯熄掉,只侧了耳去听外间的动静,她估计青荆爷会对坂子做出点什么来令她解气。青荆爷,你一定要下令打,打他个浑身流血才对!

坂子进屋叫了一声："青荆爷,你老来了。"青荆爷却冷了脸没有应声,只把烟袋锅朝地上一磕,低声喝喊："跪下!"

坂子闻言没有吃惊,只笑笑说："青荆爷,城市里不兴这一套,我现在是市民,得照城市的规矩办事!"

"市民个蛋!"青荆爷脸立时青了,"日你个奶,到城里几天,就蹬了老婆扔了孩子跟别的骚女人混上,还跟我讲规矩?啥你奶的规矩?!你把栗子坳人的脸都丢尽了,还讲啥规矩?!我看你是欠打!来,他不跪你们给我按倒他!"青荆爷猛地挥了一下手。

沫沫的弟弟和另外两个小伙儿早等着这句话了,闻言呼地一下上前就扭住了坂子,三两下就把他弄倒在地上。

坂子一倒地就叫："青荆爷,我来时怕出事已经打了110,警察一会儿就到,你这样胡来可是犯法的!"

"啥110?"青荆爷不明所以地问沫沫的弟弟。沫沫的弟弟也不明白,一边摇头一边叫："青荆爷,你只说打不打?"

沫沫那当儿在里间就先攥起了拳头,在心里叫:打!

"打!给我打这个狗日的!谁来了也要打!你还敢吓唬我?!"青荆爷威严地摔了一下旱烟袋。那几个小伙儿闻言刚扬拳打了一下,门外已有警车的叫声和刹车声响起,跟着门被撞开,几个警察出现在了门口。沫沫的弟弟和那两个小伙儿被这情景吓得急忙闪开,坂子趁这机会站了起来。青荆爷虽仍蹲在原地,也被惊得目瞪口呆。

"怎么回事?"一个警察问。

"是这样,这是我们村的几个乡亲,跟我为一点事发生了口角,我怕他们动手打我,就报了警,好在他们没有动手。"坂子带了笑上前解释,"没有事了,谢谢你们!"他边说边向门外走。警察们这才松了口气,其中一个看定青荆爷警告说:"乡亲之间也不能动手打人,打人可是犯法的!"说完,也转身走了。

沫沫这时满脸恨色地从里屋出来,上前搀起青荆爷说:"咱不打他,打他会脏了咱手脚,让他狂吧,老天爷在看着他!"心上却在叫:邹坂子,这次让你个狗东西逃开了,但老天爷会惩罚你!会的!

青荆爷显然被警察的意外出现吓住了,口中此刻还在喃喃着:"他个狗日的竟敢把警察叫来,敢把警察叫来……"

下

沫沫那些天只要一想到坂子,就恨得牙根儿疼,就要在心里咒上几句:你个挨千刀的,最好出门就叫汽车撞死!再不,吃鱼叫鱼刺卡在嗓子眼里卡死!老天爷要是有眼,他就该叫你得一种绝症,得上了立马就死!死吧,你!

沫沫每每咒完,总要发一阵愣,凝了神向往昔的那些日子看上一阵,这才又叹口气,打起精神来照应自己的栗子摊位,一边加煤熬粥一边高声招呼顾客:"喷香喷甜的栗子粥——"

唉,当初一家三口快快活活卖栗子做生意的日子,是真的一去不返了。

好在小桐懂事,一放了学就跑来帮妈妈的忙,帮妈妈熬粥,帮妈妈炒栗子,帮妈妈找给顾客零钱,帮妈妈收摊推车回家,而后在电灯下默默地做作业。每一看到儿子,沫沫心里就得到不少安慰。

对于邹坂子的行踪,她再也不愿去打听。附近的商贩们偶尔会谈起邹坂子,说他如何在股市上又赚了钱,说他买了大哥大。沫沫只要一听见是关于邹坂子的事,便立刻扭开身子,拒绝让这些消息往自己耳朵里钻。有一次她去商店里给小桐买学习用品,恰好邹坂子迎面走来,闪开已经来不及,她便让自己的目光笔直向前,连邹坂子的衣服也不碰,径直走了过去。邹坂子,你过你的好日子吧,你就是穿金戴银,老娘也不会朝你再看一眼!

星期六晚上看电视时,只要一见屏幕上出现有关股票的画面,她便立刻让小桐换台——因为对坂子气恨,使得她对有关股票的任何事情都恨。有一次小桐带回来一张包书皮的报纸,沫沫看见上边公布着股票行情,拿过来便把那报纸撕了。

一个天空阴沉的上午,沫沫打发走几个买栗子的顾客之后,正坐在摊位上胡思乱想,在附近卖干枣和核桃的秦嫂忽然由市场街那头匆匆走过来低了声说:"沫沫,听到那个信儿了吗?"

"啥?"沫沫有些茫然。

"邹坂子的事。"

"我跟他不沾亲不带故,我打听他的破事干啥?"沫沫眉毛开始立了起来。

"嗨,你不晓得,他出大事了!"

"哦?"

"邹坂子一心想当百万富翁,借钱要在股票上大赚一回,结果栽了,一下子赔了八十万,成穷光蛋了。"

"嚄?"沫沫的柳叶眉倏然一扬,"真的?"

"那还有假呀?!"秦嫂拍了一下腿,"如今债主都拥上门了,都想赶紧从他手上要出他过去借的钱。我刚才从他租的房前过,只听见屋里吵得像蜂箱一样……"

一团快意似炸弹一样在沫沫的心中轰然炸开,她觉出胸腔里都是快活的碎片。哈哈,邹坂子,你到底也有今天!这么说,老天爷还是睁着眼的,他看见了你做的那些坏事,他要给你回报了!

沫沫那天后晌做生意有点心不在焉,给几个顾客称栗子时都差一点看错了秤。她想她今天得早点收摊,以便吃罢饭去看看邹坂子,看看赔了八十万之后的邹坂子是个啥子模样。你还是那么得意?

她动手收摊时那个叫泰平的男人赶了过来,帮她把炒栗子的铁锅、炉子、秤和生熟栗子放在了她那辆加长的三轮车上。泰平原就是这府城的市民,早先在国营机械厂里当工人,厂子倒闭后自己也在这市场街上摆了个水果摊。沫沫和坂子离婚后,热心的秦嫂为她和泰平做了介绍,丧妻的泰平对沫沫显然满意,时不时主动过来帮沫沫做事;沫沫也觉着泰平这人不错,只是因为心里塞满了和坂子在一起生活的情景,一下子很难接受另外一个男人,所以没让事情继续发展下去。

沫沫骑上三轮车时泰平叮嘱了一句:"骑慢点!"沫沫笑笑,头轻微地一点后蹬动了车子,于是三轮车便像鱼一样自如地游进了人海。

沫沫饭后向坂子所住的那条街走去时,月亮已经升了起来。

因为昏黄的路灯也因为来往汽车腾起的烟尘,投射到人行道上的月光显得十分迷蒙。沫沫踩着迷蒙的月光走得十分轻快,口中居然哼起了当姑娘时常哼的歌儿。邹坂子,赔了钱心里是不是不太好受?你不是想当百万富翁吗?这一下是不是得推迟你的计划了?我祝你早当百万富翁,当上了不就可以再找几个情人再睡几个年轻女人?!……

沫沫在楼前的人行道上站住,站这里可以清楚地看见坂子租住的那两间位于一楼的房子。房子的窗户上拉着白纱窗帘,屋里的灯光把两个男人的身影清楚地映在窗帘上。沫沫只看一眼,就认出那其中的一个是坂子——她对他太熟悉了,熟悉得能记清他的每一个身体姿势。他这会儿的腰稍微有些弯曲,这说明他面前的这个人对他很重要,要不然他是会直起腰来讲话的。

"我求你!"这是坂子的声音,这声音从一扇敞开的窗户里传出来时很清晰。

"我不想听这废话!"这是一个陌生的男人声音,里面带着一股逼人的东西。沫沫轻轻向窗前走了几步,把身子隐在一棵树影里,而后侧了耳去听,她很想听清屋里那不寻常的对话。

"我没想到会出这事,我以为我能成……"

"我警告过你,可你不听,你以为这城里人都是傻瓜,就你一个人聪明?我当初咋给你说的?这城市是一个湖,湖里有浅处也有深处,你摸不清水情,不要贸然下水。现在明白了吧?"

"我以为我已经逮到过鱼……"

"你逮到过鱼就以为到处都是鱼了?"

"再宽我十天,我尽力想出法子。"

"好吧,就给你十天,到时候再不兑现,可别怪我不讲情面!喏,把你的身份证和户口本拿来,我得防着你跑!"

"我能往哪里跑?我是这儿的市民,这里就是我的家呀。"

"你哪儿都可能跑!"

"这户口本你拿去也没啥用处,是不是……"

"少啰唆!……"

沫沫的身子微微一颤,她仿佛一下子看见了那个暗红色的户口本。当初她和坂子离完婚,她亲眼看着派出所的警察把原来的那个户口本换成了两个。在桐柏山栗子坳长大的沫沫,深知那个本本的厉害,那是她和儿子以及邹坂子属于这个城市的唯一凭据。有了它,儿子可以在这个城市里顺利入学,自己可以在这儿经商,警察轻易不找你的麻烦,与别人交往时也会得到信任,万一有什么需要凭证供应的东西,也会有你一份。当年为了得到这个本本,她和坂子付出了怎样的努力啊!

门吱扭响了一声,沫沫急忙在树后藏好自己。她看见坂子送一个胖男人出来,借着屋里的灯光,她能看清那男人就是邹坂子当年在录像厅里结识的那个朋友大东。

"记住,十天!"

"是,是。"坂子哈着腰急忙点头。

"如果你食言……"

"大东哥,你走好!"坂子急忙截断了对方的话。

邹坂子,你这会儿咋也哈起了腰?你当初对我谈离婚时可是腰板挺得笔直,是不是因为衣袋里没钱了?

她看见他重新进屋后点燃了香烟,一口接一口地吐着烟雾。她知道他有一发愁就闷头吸烟的习惯,不过过去吸的是旱烟。她仿佛已经看清了他眉头间紧拧的纹络,抽吧你,最好抽烟抽死你!……

一连几天,沫沫的心情都异常轻快。和坂子离婚后梗在心里的那个由气恼和愤恨结成的硬块,不知不觉间竟了无踪影了。她现在有点理解为啥有些人倒霉时,另外一些人会去燃放鞭炮。一旦你所恨的人倒了霉,你不可能不高兴,因为你找到了心理平衡。看来每个人心里都有一种名叫报复的东西,这种东西平时藏在角落里,一旦你受到别人的侵犯,它立刻就会露出面孔……

沫沫那几天不仅睡得好,饭量大增,而且做生意时也恢复了过去那副笑面孔,动不动就要脆脆地笑上几声,引得不少顾客都围到了她的摊子前,从而使熟栗子的销量大增。看来,所恨的人的倒霉还是一种药,能治人的烦躁、失眠和厌食症。

那天上午,沫沫正在摊子前与几个顾客笑说着闲话,秦嫂走过来朝她指了指马路。她先以为马路上出了啥子意外事情,扭头一看,才发现是那个和坂子同居的女人景玫正向国营康安商场里进。是这个贱货!沫沫脸上的笑纹嗖一下被风刮走,两排细牙倏然间咬在了一起。

"知道了吧?她又回到商场上班了。"秦嫂附着沫沫的耳朵说。

沫沫的两眼直盯着远处景玫的后背,推挤着她走进了康安商场的大门。贱货,你不是办了停薪留职手续,要跟着邹坂子去发大财享大福了吗？咋又回来上班了？你不是能靠好看的屁股和饱实的奶子去勾引男人挣钱吗？还用得着再到商场去挣那份工资？从目光触到景玫的那一刻起,自己当初所受的那些侮辱又全翻上了心头。她至今还记得那个晚上,她那个晚上再一次找到坂子和景玫新租的房子后,景玫竟然指着门对她叫道："出去,这是我的房子,别找不快活！"当时沫沫那个恨哟,可剧烈的恨竟然使她寸步难移了。她最后刚想移步退出屋子,邹坂子竟认为她是想迈步朝景玫面前扑,急忙抱住她就往门外拖,一只手还来捂她的嘴,她想抓住门框挣脱他的拖抱时,他还动了拳头。姓景的,这些你还记得不？那个时候,你大概以为你和邹坂子的好日子会长得没有尽头吧？你肯定没有料到你还会回到商场上班。上吧,好好上班,挣了钱好帮助邹坂子还钱。不才赔了八十万吗？好好干,要不了多久你们就会还清欠债的,还清了之后,你可再让邹坂子抱着你亲热,你们不是情人吗？情人？是谁让城市兴起了这个规矩？农村里男女都是做夫妻,为啥让城市里的男女做起了情人？好端端的城市,让你们这些情人搅坏了。姓景的,你浪吧,你不就是凭着年轻才浪的吗？可你也会年老,也有浪不动的一天,你还是趁早浪吧！……

晚饭后儿子小桐做完作业去睡时,沫沫把自己通身洗了一遍。沫沫如今也学城里老住户女人们的模样,每天收摊回来以后把自己冲洗得干干净净,而且也往身上喷了些香水。香水尽管是最便宜的那一种,可当初买时沫沫还是犹豫了几回：用几十块钱买瓶这东西往身上洒究竟值不值当？这些钱可是得卖好些栗子才能赚回来的。不过沫沫后来还是咬咬牙买了,买了之后才知道它的好处,身上一洒上这东西,心里的感觉就不一样,就觉着自己也该是由男人们来疼爱的女人。而且男人们从自己身边过时,神态也的确不大一样。看来,男人们是喜欢身上香喷喷的女人的。

沫沫洗漱完正准备上床歇息,门外响起了轻微的敲门声。她一听,知道是泰平来了,忙上前开了门。泰平进门后先耸了耸鼻子,轻笑着说了一句:"你身上好香!"沫沫脸上一红,转身去给他倒茶。茶端来时,泰平不接茶,却捉住了她的胳膊说:"让我闻闻!"说着,就把鼻子凑到她的臂弯里闻,嘴唇跟着也就贴了上去。沫沫挣了一下,没挣开,又怕手中的茶水洒了,就不再动,让他尽兴。以往两个人见面时,也有过类似的亲昵举动,不过也就到此为止,沫沫从未允许他再往深处走。——经历了坂子的变心之后,沫沫对男人有了很重的戒心,对泰平她想看一段日子之后再说。可泰平今晚却既大胆又固执,不顾沫沫的无声抗拒,执意拿开她手中的茶杯把她拉到了怀里,而且试探着把手伸进了她的胸口。沫沫脸羞得通红,一心想挣脱却又怕把里间床上的儿子惊醒,就在这犹豫中让泰平得了手。泰平是结过婚的人,用抚摸很快让女人迷醉起来的本领还是有的,沫沫挣扎了一阵后便自愿放弃了抗拒,听任泰平轻轻把她抱放到了外间的床上。

泰平可能过于高兴,一边脱着自己的衣服一边顺口说道:"知道吗?我刚才从邹坂子和景玫那女人租住的房前过时,听见他们正在吵架。"

哦?这可是沫沫最敏感的问题。沫沫的身子一个激灵。当初责骂邹坂子和景玫通奸,自己现在和泰平不结婚就这样,不也是在通奸?那自己和邹坂子不就一个样了?沫沫猛地推开泰平,呼的一下站起了身:"你走吧。"

"你——怎么?"泰平被事情的突然变化惊住了。

"走吧!"沫沫坚决地朝门口指了指。在这一刻她忽然意识到,女人要迷上这个其实是很容易的。男女之间大概就是在这种情况下做了情人的吧?

"我……实在……"

沫沫看着泰平那尴尬得通红的脸孔,知道自己该缓和一下语气,便低了声说:"我听你说邹坂子正在和景玫吵架,就想去看看,我还没有见过他们俩吵架的模样,他们一向是——"

泰平叹了口气,多少有点明白自己的失误在哪里了。

为了证明自己说的是真心话,沫沫先拉开门走了出去。

泰平依恋地望了一眼那刚开始起皱的床单,也只好移步向门外走。

"都是你捣鼓的,买这股买那股,这下可买得好,一下子买趴下了!"

"这会儿倒怨我了?!还不是你想发大财,睁着眼往泥坑里跳?我叫你抛你为啥不抛?"

"抛你妈那个蛋,那个时候谁还要?"

"你骂谁?!你那张臭嘴给我干净点!你咋不骂你妈来着?你妈……"

果然还在吵。

沫沫站在屋角暗处,静静地听着屋里传出的坂子和景玫的吵架声,心里充满了一种莫名的快活。吵呀,吵得不错,继续吵下去,让我也见识见识你们吵架的能耐。当初坂子和我吵时,景玫不是在一旁撇着冷腔:这还像夫妻过的日子?你们这就像情人过的日子了?邹坂子,当初你生了外心我和你吵时,你说我跟你不是自由恋爱结婚的,你说你就是要找一个懂得爱情的城里女人,和她恩恩爱爱地过日子。这就是你说的恩恩爱爱?当初我因为生气骂你几句,你说我是桐柏山里的泼妇,根本不懂温柔,这景玫就懂温柔了?

砰!是瓷器轰然摔碎的声音。

摔吧,最好把这屋里的东西都摔光!反正也不是我掏钱买的。

"我算看透你这个女人了,你从来就没打算和我真心过日子!"

"你说得有几分道理,就你这挣钱的水平,还让我真心跟你过日子?明确告诉你,我可不想跟你去喝西北风!"

"当初你咋给我说的?你一口一个爱我一辈子,生死不分离,原来都是假的!……"

吵下去,接着吵下去我就差不多可以弄明白你们是咋勾搭起来的。生死不分离,多好听的话呀!邹坂子,你就是因为这句话下了和我离婚的决心吧?你知道我那天跟你去办离婚手续回来流了多少眼泪?以我当时的心思,我是真想抱着小桐跳井的,可我后来想开了。我从六七岁起就想成为一个城里人,想像城里人那样光光鲜鲜地活着,如今千辛万苦靠卖栗子终于拿到了城市户口,成了正式市民,这个时候去死,有点太不划算了!我要活下去,我要活个样儿让你看看,也让府城的老市民们看看。我要送我的儿子到城里最好的学校读书,我要挣钱争取能买到一套房子,我还要慢慢地争取盘一个店面做更赚钱的生意。别的市民能做到的,我都要做到。我还想了,日后要是有闲空,我也去学个文凭,你不是总说我文化低吗？我一定要超过你。你不就是读了一年高中吗？我到农专去学个学历也比你强了！

"你知不知道这让我恶心?!"

"你以为我就不恶心了？"

"闪开！"

"干什么？你想打人？……"

打吧,最好打起来让俺开开眼界。邹坂子,你要有种你就该动手,打,打呀！……

天下了小雨,气温降低,市场上买东西的人稀稀落落,沫沫半下午时就收了摊子,准备回家洗洗这些天积下的衣服。

沫沫到家从平板车上卸下各样东西,就忙着把脏衣服往水盆里泡。正当她满手肥皂沫地忙活时,门被敲响。她以为是邻居有事找她,就高了声叫:"进来吧,门没有插。"

有点破旧的木门于是吱吱呀呀地被推开了,一双脚迟迟疑疑地迈进了门槛。

"是你？"沫沫的双眉如受惊的鸟一样倏然飞起,两只手摩挲开来,手上的肥皂沫珠子似的朝下滴。

"我……来……"坂子嗫嚅着一笑,笑得勉强而又吃力。

"你来干啥？"沫沫的声音一下子尖厉起来。她根本没想到是他来了。自从离过婚后,他从未在这门口出现过。

"看……嘿嘿……"坂子的笑声里带足了难堪和尴尬,"来……

看看……"

来看啥？沫沫的目光哧一声扎进坂子的皮肉,疼得他一个哆嗦。

"看看你……和……孩子……"坂子有些站立不稳似的扶住门框,目光已跑过去扶住了儿子。

"嚄,心眼儿这么好?!想起来看俺们了？俺们还值得你来看？不早就是该踢开的累赘?!"

"沫沫……我……"坂子叹了一口气。

"说吧,来干啥？这大好的时光,你不在你那宽敞的家里抱着你那个漂亮的女人亲热,来俺们这穷家小户里干啥？你不怕弄脏了你的鞋子?!"

"我……对不起……你们娘儿俩……"坂子垂下了头。

"哟,俺们可承受不起你这话！咋能说你对不起俺们哩？很对得起了,你如今成了这府城的正式市民,手上又有了钱,应该扔开老婆找个情人嘛！应该把孩子这累赘扔开嘛！老人们不是说过,当年李闯王进了城还找个美女睡睡哩。刚解放那年,咱桐柏山里不也有十来个进城的男人蹬掉了老婆？街上不是有人说,南方有好多乡下人因为有钱在城里落脚之后,又都在城里找了小老婆？你不也说过城里男人应该有个情人吗？你跟他们学学没有啥不对的,谈不到对不起俺们！你又不像陈世美,非要派人把蹬掉的妻儿杀掉不可,你把卖炒栗子的家具留给俺们,还让俺们在这城里卖栗子,这是大恩大德呀,哪能是对不起俺们?!"沫沫把这些话里的每个字都先在冰水里浸过,然后再拎起来朝坂子砸去,坂子的脸由白转红了。

"能不能……让小桐跟我……出去走走?……"

"让他跟你出去?你凭什么让我的儿子跟你出去?告诉你,他是我的儿子,不是你的!他爹早就死了,被我埋到了桐柏山里!你这会儿想起他了?他有灾有病时你在哪里?你这会儿要敢摸一摸他,我就把你的手剁了!"沫沫说着抓起了案板上的一把菜刀。

"……也罢。"坂子又叹了口气,"我待会儿再来……一趟。"说着就转身出了门。

沫沫直直地站在那里,许久没动。这个狗东西今天来是想干啥子?看儿子?有这样的好心?我的儿子不需要你来看!滚吧,别让我看见你!

不大工夫,坂子果然又转了回来,手里还拎着两个提袋,一个袋里装着糖果、点心等吃的东西,另一个袋里装着一件衣服。沫沫直瞪住他,猜测着他的目的。

"沫沫,想你也晓得了,我赔了大钱,我用我剩下的这点钱给你和小桐买点东西,算是做个纪念。小桐,来拿住,这是巧克力糖——"

"小桐!"沫沫猛地喝住向坂子走近的儿子,"咋能要生人的东西吃?!"

"沫沫……那我放在这儿了。在城里生活不容易,你们母子多保重。"坂子的眼圈仿佛有些红了。他在门边放下两个提袋,缓缓地转过身去。

"站住!"沫沫吼了一声,几步上前抓起那两个提袋,像扔砖头一样地扔到坂子的身上,"拿走!俺们不稀奇别人的东西!不稀奇!"

提袋里的几块蛋糕和一些糖块散落到了地上,坂子没捡,坂子的身子只是摇晃了一下,随后就踉跄着走远了。

滚远点!想留个纪念?老娘还要你的纪念?没有纪念我这心里还憋得难受,还要纪念?!老娘一辈子不见你也不会想你,你滚得越远越好!老娘就是饿死、穷死、冻死,也不会要你一口吃的一件衣服!……

赶走了坂子后,沫沫心里觉到了一种积怨得泄的舒服,晚饭就吃得很痛快,饭后还同儿子说了几句闲话,咯咯地笑了几声——这可是同坂子离婚后少有的事情。只是在上床躺下之后,当坂子那张苦咧咧的脸又在眼前浮现出来时,忽然有缕不安不知从什么地方浸了出来:我是不是做得有点过分?他给他儿子买点东西,自己扔出去是不是显得有点太不近人情?他毕竟是遭了难了,这种时候——不!你没有错!你的心咋就立马软了?你想想他当初对你做的那些事情,他啥时候想过人情不人情、过分不过分?你的心不能软!你应该那样对待他!那是他该得到的!他遭难是上天给他的报应!……

第二天是个好天气,逛市场的人多,买栗子的人自然也多,沫沫又炒又称地忙了半晌,直到晌午时分才算有了空闲。也是到了这时,她才听到从早晨起就开始在市场上流传的消息:那个叫景玫的女人已从坂子租住的房屋里搬走了自己的东西,两个人正式分手了。尽管这结局是沫沫早就盼着的,但当它真的来临时,沫沫还是怔了一霎,这之后才让欢喜在脸上积聚起来:多好的结局呀! 邹坂子,那么年轻、漂亮的女人你咋不留她在身边呢? 你们不是爱得要死要活?! 让她离开你就忍心? 你该留住她,像你这样进城没几年的男人,有一个在城里生城里长的情人在身边,不也显得有身份? 办起事来不也方便? 你不是说她会给你带来很多社会关系,会领你走进很多社交场合,会让你遇见很多发财的机会,咋又忽然间让她走了? 你不觉得可惜?

正午是摊贩们歇息和交流各种信息、谈论各样事情的机会,坂子和景玫分手的事成了这个正午摊贩们议论的中心。有的人在琢磨他们分手的原因,有的人在评论情人这种关系,更多的人是在幸灾乐祸:"邹坂子应该尝点苦头了,好事情不能让他都摊上! ……"沫沫最愿意听后一种议论,听这种议论好似喝那种加了蜜的水,心里舒坦得很。

"这个邹坂子也太他妈的不知天高地厚,手里攥了几个臭钱就觉得自己不得了了,就以为可以在这府城为所欲为了。这府城的女人能是他玩的? 也不撒泡尿照照自己的那副相貌,不就是山里的一个土坯子?! 身上的土腥气还没有退完,没当他妈的三天市民,可就挓挲开膀子充人物了——"

原本一直谈笑着听人们议论的沫沫,听到这儿突然眉头一缩,分明地感觉出那话语上的尖刺也朝自己的心上扎了一下。山里的土坯子? 他们能这样看待邹坂子,当然也会这样看待我。这么说,尽管你有了城市户口,你是正式的市民,可你在城里人眼中,还是土包子,还是低人一等!

"我猜,那景玫离开邹坂子,除了邹坂子破了产没了钱之外,怕也有别的缘由。你想,一个山里人,过去看的不过是土呀、树呀、石头呀,再不就是羊呀、牛呀的,他能懂城里女人的心思?我还估计,景玫未必闻得惯山里人身上的那股味,山里人身上可是都有股怪味,他们成年不洗澡……"

"说这话是放屁!"沫沫突然开腔截断了那人的话,"山里人身上有股啥怪味?你闻过了?"

"哦、哦……呵呵……"那人尴尬地住了口,很有几分意外地看着沫沫。原先嗡嗡着的市场一下子静了下来。

"回家问问你爷爷奶奶,保不准你家的祖先也是从乡下从山里搬来的,书上可是说这府城早先只是一个村子!……"

当沫沫的反驳让那人面红耳赤地走开之后,沫沫才又猛然意识到:我这不是也在替邹坂子说话吗?我为啥要开口?

那天晚上收摊回家时,沫沫看见门上她用硬纸板叠成钉好的信插里插着一封信。她估计是桐柏山老家里人写来的,无非是一番问候,便没有立刻抽出来看,而是忙着洗菜做饭。待饭菜做好安顿小桐坐下来吃时,她才抽出那封信来看。一看信封上的字迹,她的神色倏然冷了下来:是邹坂子的字,他写信来干啥?她啪的一声把信扔到桌上,端起了饭碗开始吃饭。这可是他自离婚后写来的第一封信,他会写些啥?饭没有吃上两口,沫沫忍不住心里的那份好奇,放下筷子又捡起了那封信,刺啦一声撕开了封。"沫沫:小桐就托付给你了!"信纸上就这一句话。

沫沫看完这句话的第一个反应是气愤:托付?啥子托付?这

是我的儿子,还用你来托付?你算老几?但接下来她盯住那行字又发起了愣:他为何单单就写来这句话?他为何在这个时候写来这句话?他这是啥子意思?孩子托付给我他去干啥子?他去——想到这儿沫沫的身子猛地一颤:莫非他是要——

她霍地站了起来,头皮一麻。

她疾步来到门外,回头对小桐交代了一句:"插上门!"便慌慌地向坂子租住的房屋跑去。

暮色早已降下,附近的住家都是灯火通明,唯有邹坂子租住的房里没有光亮,门窗漆黑。沫沫在他的房门前站定。他会不会是出门找人借钱去了?兴许啥事都没有发生,只是自己瞎猜吧?再说,他即使真出了事,与你何干?你不是早就盼着他出事,盼着他死吗?沫沫心里虽是这样想,手却不由自主地伸出去推了推门,不想这一推,那门竟无声地开了,原来门是虚掩着的。这一来沫沫的心就越发有些慌了,她对着黑洞洞的屋子问了句:有人吗?

没有人应声。他是出门忘记锁门了?要不要进去看一看?他当初一脚把你踢开,你这会儿倒对他挺关心哪!看啥子?走!

她转身就走,脚步很快,但走出几十米之后,双脚又慢了下来并最终停住:兴许该去看看,天黑了门开着可是有点不大正常,万一出了——她的身子一个激灵,又慢腾腾地开始往回走。

她重新来到门口,手伸进门旁摸住灯绳,啪一下拉开了电灯。

外间一片狼藉。迎面的白墙上用黑笔写着一行凌乱的字:"狗日的城市,我恨你!"

沫沫踩着满地的纸片和碎东西走到里间门口向里屋看去——

床上像是躺着一个人?

"邹坂子!"她冷冷地喊了一声。

没有回音。难道是我眼花了?

她的心开始急跳起来,她再一次伸出手摸住里间门旁的灯绳,啪的一声拉亮了灯。

床上是躺着邹坂子。

"邹坂子!"她禁不住有些急切地喊。但他没应也没动。沫沫的心一下子晃悠到了半空中。"邹坂子!"她的声音有点变调,恐惧从四面八方向她压过来,她边喊边向床边走近一步,这时她看清了他枕边放着一张白纸,白纸上有两行字:"房东大哥:麻烦你把我送到火葬场,你的房租我也付不出了,原谅我!"

"来人哪——"

沫沫那变了调的可怕的叫声,使得停在附近一个站上的公共汽车里的乘客也吓了一跳,一齐向这边扭过脸来……

坂子是第三天从睡眠的海底一点一点浮上水面的。他在安眠药的帮助下再有几步就要抵达那个黑暗的入口,冷不防就在这时,有一股细丝一样的东西缠住了他的脚使他不能向前迈步,并最终一步一步地原路撤退。

医生说:"再晚两个小时送来,这个人就交待了。"

沫沫看见监视器里坂子的心跳一点一点地恢复之后,长长地嘘了口气,身子软软地倚在病房的墙上。邹坂子,你这个狗东西,你存心要把人吓死?

医药费当然是由沫沫掏。她送来的病人,医院不找她要找谁要？各种抢救费加起来,将近一万五千块,这差不多是沫沫眼下的全部积蓄了。临到掏钱的那一刻,沫沫是真有些舍不得了。老天,这钱要交出去,以后交房租、水电费都要拖期了。咋办?不交,医院不依;交,他和我有何相干?唉,谁叫你贱,自动跑去救他?你不是早就盼他死吗?他不声不响地死了多好!

沫沫最后还是把钱交了出去。你不交,还有谁会替他交?

医院的病床周转紧张,坂子一脱离危险,院方就催促沫沫把病人接出去。可往哪里接?坂子原来的房东在听说他破产之后就一直要赶他走,这次又受了他自杀的惊吓,早就把房门上的锁换了,宣布不再出租了。

望着自睁开眼后就呆盯着房顶只管流泪的邹坂子,沫沫没了主意。送他回桐柏山老家?他虚弱的身体根本经不住长途汽车的颠簸。在街上再为他租一处房子?他身上分文没有,自己替他交了医药费后也再拿不出钱了。再说,眼下把他随便放一个地方,他说不定又会去寻死。唉,你个没种的东西,敢做不敢当,没了钱不会再去赚?你以为在这城市里生活就那样容易?当市民虽不是种庄稼,可在收成上也有个丰收、歉收的事。丰收了,不要大喊大笑;歉收了,也别寻死上吊。你见过乡下哪个种庄稼的,因为歉收就不活了?……

思来想去,沫沫只剩下了一个选择:先把他接回自己家里。唉,这个冤孽,我前辈子做了啥样子坏事,非要让你来缠住我不可?

把坂子用出租车拉到自己住处是在一个傍晚,沫沫之所以选择这个时间,是不想让邻居们看见。虚弱得靠沫沫搀扶方能走路的坂子,看见出租车把自己又拉到了原先的住处,什么话也没说,只是不停地流眼泪。

沫沫那几天自然没有时间去市场卖炒栗子和栗子粥,每日里去市场买些鸡、鱼、肉、蛋回来做给坂子吃。医生说不吃好的他就很难恢复到原来的样子。有时忙着忙着沫沫心里就来了气:我这是干啥子?他凭啥要我这样尽心尽意地伺候?我是不是有点太下贱了?有时看见小桐怯怯地站在坂子床边,用手触摸他的父亲,她就恶声恶气地呵斥儿子:"摸他干啥?走开!"可气归气,转眼一看躺在床上的坂子那副虚弱苍白的样子,她又不能不去忙了。

把坂子接回家的第三天晚上,泰平来了。泰平早听说了坂子自杀和沫沫张罗抢救的事,他望了望已经沉睡过去的坂子,又看了看坐在那里默然剥着栗子仁的沫沫,无言地站了一霎,又退了出去。沫沫起身送他到门外,两个人站在黑暗中许久没说话,半晌之后,泰平低低问了一句:"你下一步打算咋办?"沫沫抬头望着远天上被薄云遮住的月牙,长叹了口气,又过了片刻,方微弱地说了一句:"我不知道。"与此同时,有几颗栗子从沫沫的手中掉落地上,滚动在脚下的月光里……

瓦　　解

当夜色再一次跛进空旷的万家小院后,退休的统计员万正德又呆坐在了那棵年岁已高的槐树下,一边抱着那把壶嘴缺了一角的汝瓷茶壶喝茶,一边去回想事情的起点;一双老眼望向邈远的夜空,模样极像是在统计星星的数目;不时地,还会让含混的自言自语苍蝇一样地在嘴角盘旋。

他渐渐认定事情的起点是那个黄昏——在那个到处飘满槐花香气大群蜜蜂上下翻飞的黄昏,他听见女儿万芹脆笑着在院门外和一个男人说话。

"谁? 那是谁?"他记得当万芹进屋时他放下手中的茶壶,顺口问了一句。"东街古家的老二古峪,刚分到税局上班,你说他一个学计算机的大学生到税局干什么?"这好像就是万芹那天的回答。从这声回答里你能看出什么? 什么也看不出! 所以那天老万就没在意,也没再去接女儿的话头,而是继续端起茶壶,去喝那壶用新摘的信阳毛尖泡出的茶水。

这就是起点。

可当时谁能料到这是起点? 你?

接下来就到了那个正午。那是一个在仲春时节暖和得有点过分的正午,以至于老万在往饭桌前坐时把身上的背心都脱了。午饭老伴下的是手擀面条,万芹又用蒜臼砸出了蒜汁,香油蒜汁浇面条是老万最爱吃的饭食。也就在他挑起面条往嘴里送第一筷时,万芹笑着说:"爸、妈,我和秦进已经不再谈了。""啥?"他记得他当时一愣,把筷子上的面条又扔进了碗里。——秦进是万芹已经谈了近一年的对象,那小伙子给老万的印象不错。"谈得好好的怎么忽然就——"他看定女儿,分明是在要解释。

"他给我的感觉不如另一个人给我的感觉好!"万芹依旧笑着说。

"另一个人是谁?"老伴接了口问。

"古峪,东街的。"

"啥叫感觉?"万正德咕哝了一句,语气里透出了不高兴。他记起儿子当初也总用这个词。儿子前年二十五岁时和一个三十七岁的离过婚的女人好上之后,也是这样说的:"爸,她给我的感觉好!"好,好你妈那个腿!好的结果是让街邻们都知道了万家的儿子找上了一个让人睡过的、生养过一个女儿的中年女人。好像万家人就再也找不着好媳妇了,只能要别人不要的货了,丢人哪,我们老万家……

"爸,这种感觉是心理感觉,和我们吃饭时舌头对食物的感觉有那么一点点相似……"

他瞪了一眼女儿。万芹已经用这个借口回绝三个人了。前两个是他和老伴托人为她介绍的,秦进是第三个。这个可是她自己选的,结果又是感觉不好。感觉算个什么东西?他挑起面条往口中送时,感觉到食欲跑走了不少。

"爸,如果一个男子给我的感觉不令我满意,我怎么能下决心跟他一起生活几十年时间直到我老死?"

"好吧,好吧。"他不想和女儿争下去。女儿中文系毕业后在广播电台当记者,口才早练出来了,说什么都是一套一套的。再说,在县政府当了几十年统计员的老万也知道,如今男女在谈恋爱期间中断关系也算是正常的事情。他内心里也希望女儿找一个称心如意的对象。他就这一个宝贝女儿,自从儿子被他赶出门后,女儿更成了他心尖尖上的肉。在她的婚姻大事上是不能马虎的。

你刚才说的这个人叫啥名字?他再扭头问女儿时心情已有些好起来。

"古峪。古代的古,嘉峪关的峪。"

古峪。他就是在这个正午记牢了这个名字的。

正式看到女儿万芹和古峪在一起是在一个薄云轻飘的夜晚。晚上天已经开始正式热了。老万看了一阵电视后出门散步纳凉,快走到云龙舞厅门口时忽然看见有一对男女在街边的灯光下公开亲嘴,他心里刚想骂一句"不成体统",猛地认出那女的竟是万芹,惊得他忙闪到街边的树影里,脸和脖子顷刻间火烧火燎起来。疯丫头!那男的肯定就是古峪了。他本来不愿再看,可到底还是没能把目光管住,这一眼看过去他气得差一点吼起来——那古峪竟在街边把手伸进了万芹的衬衣里,分明是攥住了万芹的乳房。好一对不懂规矩的东西!这是在大街边边上啊,让人看见那还得了?你们不怕丢人可我的脸往哪放?老万再也无心散步纳凉,怒冲冲扭头往家走。老伴那晚正在灯下做针线活,他进屋就把老伴的针线筐踢飞了。"咋了,你?"老伴当时慌慌地问。可他那阵子能说什么?不过是狠狠地长叹一口气。

万芹后来是哼着歌儿走进院子的。老万听见女儿的歌声气得咳了一声。他没法公开对女儿说什么,你能说你看见了?

嗨!

万芹,你这样疯在过去可是要挨打的!我的姑姑也就是你的姑奶奶万枝柳,当年出嫁后,和丈夫在回娘家的路上亲嘴不避人,让别人看见传到了你祖爷耳里。你祖爷立时令人把他两个叫来,骂他们有伤风化,命他们两个互相掌嘴,直掌得两个人的脸蛋子都肿得两寸来高。你呢?你和古峪连订婚仪式都还没办哩,就在街边边上那样子做?成什么样子?

万芹领着古峪来家吃饭是在两个月之后。那天晚上老伴熬的是绿豆稀饭,蒸的韭菜包子,她事先并没听万芹说古峪要来吃晚饭,所以只照平日的习惯,炒了一盘萝卜丝。老伴估摸到了万芹下班的时间,就把饭菜端上了桌。老万那天有些饿,见饭菜既已上桌,就抓过一个包子先吃了。未料这时万芹领着古峪进来,万芹进屋就喊:"妈,饭好了没?古峪来混饭吃,赏他一碗吧!"那当儿老伴慌得一连声地说:"你看你看,叫人家古峪来吃饭,也不早告诉我,我也好多炒几个菜呀!你们先等等,我这再去炒!"老万自己弄得也很不好意思,只好一边嚼着包子一边让古峪:"快坐,快坐!"倒是万芹像没事一样地拉住她妈说:"妈,还炒啥菜呀,这就够了,古峪又不是什么贵客,有啥吃啥呗!"说着,就递一个包子到古峪手中,命令道,"开吃吧,先生!"

吃饭时老万注意地看了几遍这个就要当万家女婿的小伙。这小伙给他的感觉不错,身个、貌相、衣着都让人看着顺眼,而且说话给人一种诚挚的印象。他有点佩服女儿的眼力,挑上这个人是不错。大约是心里高兴,老万就提议和古峪喝几杯酒。可能是喝到第四杯的时候,古峪说了一句:"爸爸,你的酒量还行!"这一声爸爸喊得老万心里好舒服。他正想找话夸这小伙几句,未料万芹笑着叫道:"咋,可叫开爸爸了?也没有问问我同不同意?这爸爸可不是乱叫的!"结果弄得古峪脸一片赤红,使得老万也很尴尬。你看看这个丫头,真是一点事儿也不懂!老万记得他抽冷子瞪了女儿一眼,可万芹只管笑,笑得一脸灿烂。

日子又过了多少才到了那个流产的订婚仪式?

眼见得万芹、古峪两个人已经形影不离,老万就想已到了该办一个订婚仪式的时候了,于是在一个星期六的早晨便交代老伴:去街上买些鸡、鸭、鱼、肉回来,该蒸的蒸,该炸的炸,预备星期天办一桌酒席,把万芹的姑姑、姑夫和舅舅、舅母都请来,给万芹办一个正式的订婚仪式。老伴听后说:"这事你得先和万芹商量商量,看她同不同意办。"老万听后就瞪一眼女人:"这还商量什么?没见他俩已经好得像一个人了?办!"老伴见状只好依言去办,提了篮子去街市上采买。

未料事情还真遇到了麻烦,那天万芹回来吃晚饭时老万兴冲冲地说了自己的打算,他原以为女儿会感激地笑笑说就依你们的意见办吧,不想万芹一听就站了起来叫:"这是谁的主意?搞什么订婚仪式?第一,这太俗!第二,我和古峪目前只是彼此感觉不错,离说到婚姻还有十万八千里再加一万里!"

老万被女儿叫得一怔一愣。等他从愣怔中醒过来预备说话时,女儿早扔下筷子跑出去了。"看你,让我买了这么多的肉和菜,花了这么多的钱!"老伴不失时机地埋怨起来。老万这才开始发火,冲着老伴叫:"花钱买了菜你不会做了咱自己吃?难道会扔了喂狗不成?你脑筋怎会死成这样?!"老伴听后只回了一句:"自己错了还不认账!"这一句把他肚里的火扇得更旺,使得他站在那儿吼起来了:"谁错了?我好心好意的倒错了,你个什么事也不操心的女人倒对了?!……"那晚上是他为万芹和古峪的事第一次发火,当然,当时他并不知道这该算作一次。

结果从第二天起,万家人就开始吃那些鸡鸭鱼肉,一连几天才算勉强吃完。老万吃得又没胃口又心疼:老天,咱这样的工资收入,竟敢一天三顿吃鱼吃肉?

那个雪花纷扬的夜晚是在订婚仪式流产之后来的。

古峪那晚是踏着雪走进万家小院的。

他来得有些晚,他来时老万和老伴已经预备要上床睡觉了。天冷,钻进被窝倒暖和些。

他显然和万芹预先有约,他径直走进万芹住的厢房。老万听见万芹在欢笑着和古峪说话。

万家一共是五间平房:两间正房、两间厢房和一间厨房。两间正房一间做客厅,一间做老万和老伴的卧室;两间厢房早先是儿子、女儿各住一间,自儿子被老万赶出门住到比他大十二岁的妻子家以后,两间厢房便统归万芹住了。

老万上了床但没有立刻躺下就睡,而是拥被而坐在灯下胡乱地翻着报纸,他想待古峪一会儿走后去关好院门。——万芹一向做事马马虎虎,万一她插不好院门的门闩遭了贼偷可就麻烦。

他一边翻着报纸一边注意倾听着女儿屋里的动静,他期望古峪有话赶紧对万芹说完,然后就走。这样的下雪天,他不应该待得太晚。

厢房里的话音在逐渐降低,老万估计古峪这是要走了,但是忽然之间,厢房里的电灯熄了,而老万却没有听见拉门开门的声音。

古峪没走怎么灯竟熄了？老万一怔的同时立刻着慌起来,急忙用脚把躺进了被窝的老伴踹了几下:"快,你赶紧去喊万芹出来!"

"这个时候喊万芹出来干啥?"老伴没有听明白。

"傻东西！古峪没走,可他们把灯拉灭了,要是他们做出了啥子事,我们万家的名声不就完了?!"

老伴这时才听出缘由,起身去穿衣裳。老万嫌老伴动作太慢,怕事情不可收拾,就隔了窗户朝厢房里喊:"万芹,你来一下!"

好一阵才传出万芹不高兴的声音:"爸,干什么?"

"你过来一下！"老万的声音里浸了火气和慌张。与此同时他也急忙下床来到了外间。

万芹满腔不高兴地来到了正屋,可厢房里的灯一直没亮。老万注意地审视了一下女儿,看她还衣扣整齐,这才有些放下心来,放低了声音问:"天这么晚了古峪还没走?"

"爸,你管得太细了!"

"细一点好,古峪人没走,咋把灯都拉了?"老伴这当儿接了口。

"少见多怪!"万芹不满地瞥了一眼爸妈,扭身就往厢房走,边走边喊,"古峪,你走吧,人家在催你哩!"

"嘿,这丫头,咋这样说话?"老万尴尬地和老伴对视一眼。

大约是片刻之后,古峪慌慌地走出厢房,朝站在正屋里的老万和老伴说一句:"伯父、伯母再见。"就逃也似的跑出了院门。

万芹,幸亏你爷爷死了,要是他活着看见那晚上的事,会有一顿好骂和苦打等着你的!想当初我的姐姐也就是你的姑姑和你姑夫好上之后,有一天她把他叫来自己屋里待了有顿饭时辰,那还是个夏天的午后,而且两人还行过了订婚仪式。你爷爷就这还觉着你姑姑违了闺规,当即命人把你姑夫赶走,而后又让你姑姑跪在两个瓦片上,一边用鞋底扇着她的脸一边逼问她是不是已经婚前失身。你姑姑一边否认一边哭着反问:"既是已经订婚了,为啥还要这样打人?"你爷爷说:"该是新婚之夜做的事,提前一天也是违犯闺规!也是败坏万家声誉!"爸爸那晚上既没打你也没骂你,爸爸还不够开通?……

这之后就到了那个雨声淅沥的晚上。那天晚上闭路电视里播出豫剧古装戏《西厢记》,老万和老伴看得都很有兴味。老万尤其爱看古装戏,古代的男女在舞台上谈情说爱的方式很让他满意:双方只说一些含而不露的双关语,大不了彼此拉一下手而已。哪像如今,两个人只要一谈起爱来就在公园里公开亲嘴,还有什么庄重?

那出古装戏落幕时老两口才想起去看墙上的挂钟:嗬,快十二点了！可万芹怎么还不回来？这丫头平日即使出去跳舞唱歌也都是在十二点之前回家。两个人一边进行睡前的洗洗涮涮一边等着女儿，眼见得已过了十二点半还没听见万芹敲门的声音。老伴先急了，就催他去女儿的单位里看看：莫不是她加班晚了，见天又下着雨不敢回来？老万于是就拿了两把伞走出门去。女儿是他的心肝宝贝，老伴不催他也要去接女儿的。可单位里哪有人？门卫老头说今晚上压根儿就没见万芹进院门。老万边听着雨点击伞的声音边在心里断定：万芹很可能在古峪家里。可这样晚了还不知道回家，有多少话不会明天再说？

老万冒雨赶到古峪家时意外地一愣，古峪家的所有窗户都黑着灯，都睡了？这么说万芹也不在这儿？他很想敲门问问，后来又觉得有些不合时宜，一个当父亲的这个时候来问人家自己的女儿在不在这里有些难以出口。

他一个人提着两把伞进了家门后老伴越发着急，说："还只有问古峪方能知道万芹的去处，他两个整日在一起，他会知道她的行踪的。这个时候要赶紧找，一个姑娘家半夜三更的太容易出事！"老伴边说边拿过伞去，迈出门槛时回头交代，"我去问问古峪！"

老万没有拦她，他也觉得确实需要问问，而且由老伴去问也合乎情理。他这时心里多少有些发慌，他知道他的女儿长得漂亮，一个漂亮的姑娘在夜晚的街上很容易出事，莫不是在街角碰到了什么歹人？一些恐怖的幻影开始在他的眼前不停地闪现，他感觉到他的身上出了一层冷汗。

听到老伴的脚步声时他急忙迎到院里，声音里浸满了迫不及待:"问清了?"他没想到老伴的回答是那样慢条斯理,老伴一边收伞一边说:"睡吧。"

"没弄清人在哪里我能睡得下吗?"他朝老伴低叫了一句,他对老伴的慢慢腾腾很不满意。

"她在那儿。"老伴边说边朝他们那个朱漆剥落的大床走去。

"在哪儿?"他仍然没听明白。

"在古峪家。"

"不可能!"他坚决地摇了摇头,"我刚才去时人家全家人都已经睡了,灯也都熄——"他话到此处突然噤了口,他猛然意识到了什么,吃惊地瞪大眼睛望着老伴,"你是说万芹在他家睡?"

"她说她今晚就睡在那儿了。"老伴的目光好像也没处放了。

老万的第一个反应是往后猛跳了一下,模样极像是突然看见了脚前有一条蛇,而且那条蛇的头正朝他抬着。"怎么……怎么可以这样?……并没有结婚呀!……"他叹息了一声抱住了头。

"也许……也许他们是分开……睡的……"老伴嗫嚅着,声音的四周都裹满了小心翼翼。

"可是——你必须问清!你明天早晨必须问清她,他们是不是分开睡的……老天哪,这要是让外人知道……"

老万那天晚上几乎一夜没有合眼,只要一合眼,一些想象的让他羞得无地自容的有关女儿和古峪的场景就来到了眼前。他只有睁眼看着黑夜一点一点走远……

万芹是早饭前回来的。老万原以为女儿进门以后会满面含羞地做番解释,未料她仍像什么事也没发生一样迈过门槛就叫:"妈,饭好了没？我可是快要饿死了！"那一刻,老万气得差一点要吼:饿死你才好哩！但他强忍下心中的怒气,只转过身子示意老伴赶紧问清情况。

老伴把女儿唤进厨房的时候,老万假装寻找墙上的钉子贴近了厨房门框,紧张地偷听里边的对话:

——昨夜里咋不回来睡,让你爸和我操心?

——见天下雨了,我怕淋湿衣裳,就在古峪那里住下了。

——咋住的?

——那还能咋住?往床上一躺不就得了?!

——我是说你和古峪是不是睡在……

——妈,你需要了解得那么清吗?

——只是……你爸不放心。

——这事情对你们很重要吗?

——自然哩,这关乎你一生的大事。

——妈,什么是关乎我一生的大事我明白!

——你明白个啥?你说清楚你们俩昨夜里究竟是……

——好,妈既然想问清,那我就告诉你,我和古峪昨晚是睡在一起的。

——老天爷呀,这咋能行?

——这咋不能行?

——你们还没结婚!

——我正是为了考虑结婚才和他这样做的！妈,你想,要是他那方面有病……

"放屁!"老万就是在这当儿踹开厨房门朝女儿吼的。他感觉到自己的身子因为羞辱和恼怒在不停地哆嗦。

万芹在一瞬间的惊愕之后脸冷了下来:"爸,你说话应该文明点!"

"你做的事就文明了?"老万知道自己的十个指头都在打战。

"我做的怎么不文明了?"

老万的嘴张了张却终于没说出什么来,在这一刹那他意识到自己是老了,要不然不会反应这么慢,竟找不出一句恰当的话回给女儿,以致让她以为自己张口结舌了……

万芹,你晓得爸爸那天早上心里想的啥吗?爸爸只觉得无地自容,爸爸想钻到一条地缝里去再不让别人看见。爸爸还想打自己的脸!而且真打了。在你去上班之后,我面朝墙壁打了自己三个耳光。你万正德怎么会养出了这样一个不听话的女儿?老万家怎么会出了这样的事情?……

老万就是从这天起决定不和女儿说话。一进屋就冷个脸子,他想借此让女儿明白,他对她那样做非常不满意。未料万芹全不在意爸爸的冷落,依旧笑声脆脆地进进出出,不时地还哼着欢快的歌儿,偶尔还会倚在妈妈怀里疯笑一阵。看着母女俩在那里说笑,老万越加生气。那天万芹上班走了之后,他朝老伴翻着白眼训斥:"你还跟她笑?还要把她惯成什么样?"老伴当时不高兴地回口:"那你说咋办?让我哭?儿子让你赶走了,家里就剩三个人,你不说话,再不让俺娘俩说话,那这还像个家吗?"

老万当时气鼓鼓地哼了一声。

其实老万自定的不说话政策并没坚持多久,也就半个月吧。半个月后的那天晚饭时,万芹朝他碗里不停地夹菜,眼看一盘子肉丝让老万自己吃了一半,他忍不住开口说:"你也吃嘛,多吃肉身子才能长壮哩!"他话一落地,女儿就拍手笑了:"爸爸终于开了金口!"他当时也不好意思地笑了,没有办法,他太爱他的女儿了,她不吃肉怎么能行?

这之后家里的气氛开始缓和。这是第一次缓和。

但这次缓和并没持续多久。缓和被破坏是因为那次拟议中的谈话。

那些天老万一直在想的事就是赶紧为女儿完婚。既然他们都已经做到了这一步,还等什么?于是便有了那个星期天上午的谈话。那次谈话时刚好有一个卖小狗的在巷子里摆摊,摊子上十几只小狗汪汪汪地乱叫,叫得人心烦透了,要不然他可能不会让谈话那样开头:

——小芹哪,你们赶紧把事情办了吧!

——办啥事,爸爸?

——还能有啥事?结婚!

——结婚?谁跟谁结?

——还有谁和谁?你和古峪!

——我和古峪谈结婚还早着哩!

——还早?你已经是他的人了!

——我怎么已经是他的人了?

——你们不是……

——我们虽然在一起住过,但那怎么能说明我已经是他的人了?我仍然是我自己的!

——好了,我不跟你斗嘴,我只告诉你,赶紧办手续结婚!

——谁愿结婚谁结婚,反正我还没有决定结婚!万芹说到这儿,扭身就走了。

你?!老万望着女儿的背影举起了手中的茶壶。他最后气极地把茶壶朝地上摔去,茶壶在地上碎成了一群晶亮的碎片,闪着光。壶摔碎的响声又引来了那群小狗的一阵高吠。

"七块钱!这种茶壶如今街上卖七块钱一个!"老伴这时心疼地走过来给他提醒。

"滚!都给我滚!"

这是老万第二次发怒。

万芹不想结婚,你能有什么办法?老万只得在夜里叮嘱老伴注意女儿的例假,一旦不正常就赶紧告诉他。他真怕女儿那次夜不归家会造成什么后果。万一真出了什么事,那不是太丢人?!唉,养个女儿也真不容易!老万那些日子夜里躺在床上常常要叹一口气。

老伴在留心观察了一段日子之后告诉他:一切正常。他这才又松了一口气:事情总算过去。这之后,他又渐渐恢复了下午去和一帮退休的老友下几盘棋的习惯。——前些日子,他可是没有下象棋的心绪。这是第二次缓和。

大约是两个月之后的一个下午,他和老友们下完棋后回家,见家里没人,以为老伴出去买菜女儿还没下班,就自己沏一壶茶,坐那里一边饮着一边把目光在屋里散漫地晃着。他的目光晃着晃着突然一定,他感觉到这屋里好像少了什么,对,一定是少了什么!那种感觉是那样鲜明,以至于他立刻起身去细细察究。这才注意到是女儿的一些用物没有了:她喝水的杯子,她挂在门后墙上的镜子,她放在桌上的一些书,她爱吃的几包零食,这些东西都放哪里了?他走进厢房女儿的睡屋一看,更加吃惊:女儿床上的铺盖也没了。那些瓶瓶盒盒的化妆用品不见了,搬到了哪里?去单位住了?正在他惊惊疑疑猜测的当儿,老伴进屋了。她的脚步仿佛有些犹豫,神态也有些不自然,可他没有留意,他只是急急地问:"芹儿的东西搬哪了?"

"她说她搬过去住。"老伴答得有些吞吐。

"搬哪里住?"他没有听明白。

"搬到古峪家去。"

"啥?"老万的两只老眼无限地瞪大了。

"她说为了下结婚的决心,她必须和古峪在一起住一段时间,好……了解他……"

"了解个屁!"老万双脚跳了起来,"没结婚就住过去,丢人不丢人?你这个当妈的也准许她搬?"

"可她一定……"

"她一定搬你就让她搬了?她说她去杀人你就让她去杀?你这个傻女人!傻东西!"

"她那脾气我能拦住?你别骂人好不好?"

"骂你,你还嫌老子骂你?老子还打你哩!"老万扬手啪地给了老伴一个耳光。手收回来时他才记起,自从儿女长大,他已经很少打老婆了,今晚手打到她脸上,竟震得掌心都有些疼——手心里没有茧了。

老伴呜呜地哭了。

"哭吧,你!憨女人!连女儿搬去没有结婚的男人那里也不知道拦,哭吧!哭吧,你!"

老万气急败坏地奔出了门。

老万那天赶到古峪家时古家人正在吃饭。他站在院门外就看见万芹端着碗有说有笑地坐在古峪身边。笑,你还笑,不知道丢人现眼啊!他不愿直接进屋,女儿的举动令他感到一种无可言说无地自容的羞辱。他让一个在院门口玩耍的女孩去喊万芹出来。那女孩说她认识万芹姨,一蹦一跳地进去了。片刻后万芹出来,看见他竟带几分诧异地问:"爸,你怎么来了?妈没给你说吗?我搬这里住段日子,得空就回去看你们。"

老万冷冷地瞪着女儿,在心里暗暗地叫:还问我为啥来?你个不怕丢人的东西!"回去!跟我回去!"他不容置疑地命令道。

"回去干啥?你不是催我结婚吗?告诉你,我真的想和古峪结婚了,我现在就是在做结婚的准备!"

"还有这个准备法?"他两眼凛凛地瞪着女儿。

"当然。我一旦和他结婚,就我个人心中的意愿来说,就要和他生活到老。在这种情况下,我必须了解他的方方面面,以保证自己以后不为自己的决定后悔,不致婚后因不满意他的某一方面而提出离婚。我这样做实际上是在对我自己负责!"

"嗬,你倒有理由了,不怕别人笑话?"

"这是我对自己生活的安排,管他别人怎么说!是我准备结婚,是我不愿今后离婚,这与别人有啥关系?"

"我不管你说得天花乱坠,就是不许你现在就住在古家。你不觉得丢人我还觉着丢人哩!"

"爸爸,你知道我很爱你,但我不允许你干涉我个人的生活!你回去吧。"

"你——"

要不是有一群孩子和几个大人围观过来,老万那会儿真想开口骂万芹几句。但他没敢,那样一闹,事情就会更快地传开了。他当时只是狠狠地一跺脚,扭身走了。你还能怎么办?上前硬拉女儿回家吗?那才要丢大人哩!

万芹,你知道爹那天回来做了什么?爹把头往堂屋的墙上碰了三下,血都流出来了。要不是你妈抱住我,我真想撞死作罢。咱们老万家多少辈子积下来的清白名声让你毁了。这左邻右舍的街坊谁不知道咱万家家规森严?谁不知道咱万家的闺女、媳妇都最守妇道闺规?当然,也不是一件丑事没有出过,可只要出了丑事那惩罚立马就来。当年你的三奶也就是我的三婶守了寡后,偷偷和一个修洋铁壶的汉子好上,两人也就在一起睡过两夜吧,你祖爷爷知道后立马买了巴豆药熬熬逼你三奶喝了,喝完她就死了。外人只知道她自尽,可一点也不知道她私通的事情……

就是从此开始,老万觉得在街邻们面前抬不起头了。平日因为老万曾是县政府的老科员,和年轻人说话时就总爱卖个老,凡事爱评论两句,但现在他变得小心翼翼了。他唯恐别人知道了万芹的事和他打趣。每逢看见街巷里几个人凑在一起说笑话,他就胆战心惊地侧了耳听,看他们是不是在说他女儿。在街上走路,一见有人抬手朝他指点他就以为人家在骂他放纵万芹,吓得赶紧走了开去。他平时没事也不再出门找几个老友闲聊了,他怕老友们望着他的目光里含有讪笑:你看你养了个什么女儿!

老天爷,这是过的什么日子哟!

都怨我过去没有好好管教女儿,让她这样任性。罢,罢,如今只有等了,等她自己说考察古峪完毕可以结婚!老天爷,她啥时候学来的这一套?

万芹在那个到处都有蜻蜓游荡的傍晚满面春风地走进家门时,老万以为她将会对他和老伴宣布她要和古峪结婚了。未料女儿进门后只对他笑笑,把给他买的一包茶叶往他面前一放,拉了她妈的手就去里间了。母女俩在里间叽叽喳喳说了半晌,老万一句也没听清楚。他有些焦急地等待老伴出来转述万芹说了什么。尽管他对万芹生气,但他依然对她的一切都愿过问。谁让我是她的父亲?

万芹那晚没在家吃饭,对她妈说完话后出来讲:"爸,今晚我要加班,就走了。"万芹一出院门,老万就迫不及待地问老伴:"她说了些啥?"

"说了两桩事。一桩是她怀孕了。她说她很高兴,她说这表明古峪在这方面没有任何问题。"

"啥?"老万从座位上弹跳了起来。未婚先孕一直是他担心的事情,可现在她还感到高兴?傻东西们,你们就不知道采取点措施?结婚!这次可要立马催他们结婚!有了这事再耽误下去可真要出大丑闻了!

"万芹说她已经预备提出和古峪去领结婚证了,可她最近渐渐发现了古峪的两个毛病。"

"毛病?"老万眼又瞪大了,"这就是她说的第二桩事?她说她发现了古峪啥毛病?"

"一个是他夜里有时梦游。"

"哦?"

"她说她过去瞌睡大,一睡就睡得很沉,所以也没有发现他这毛病。近些日子因为怀孕,夜里睡不踏实,就接连发现他有时半夜起来,在屋里、院里转悠,她起初觉得奇怪,后来才弄清他是梦游。她说前天晚上她看见古峪半夜起来,就在后边跟着他,见他走进厨房,拿起菜刀把一块豆腐切得粉碎,而后回来接着睡觉。第二天早上问他切豆腐干啥,他说他根本没切。"

"嗬?"老万吃惊了。

"万芹说她真有些担心,说万一他在梦游时把菜刀拿回到床头岂不是吓人?"

"老天!"老万在原地转了一圈,"她说他另一个毛病是啥?"

"万芹说古峪平时脾气挺好,一般不发火,挺有耐性,可一旦发火之后,容易控制不住自己,像是有点神经质。她说有天她为点小事和他斗嘴,他先上来不吭气,后来就见他因为生气身子抖颤起来,嘴唇也开始变乌,接下来他突然抓起一把剪子向她扔过来,万芹说幸亏她闪得快,要不然就被扎伤了。事后古峪也很后悔,跪下求万芹原谅他。可万芹说她真担心——"

"还有这事?!"老万的两条眉毛都竖起来了。

"万芹说她其他方面对古峪都很满意,她仍然爱着古峪。她要抓紧找医生给古峪看这两个毛病,待病一看好,她就和他结婚。"

"要是看不好哩?"

"我也这样问她了,她说,她暂时不想这个问题,她相信能治好。"

老万那天没再说出让女儿尽快结婚的决心,他变得忧虑重重,那天的晚饭他吃吃停停且吃得很少。

万芹此后许多天一直在四处找医生为古峪看病。老万经常催老伴去打听消息。老伴不断地把报告送到他的耳畔:现在在吃一位老中医的药!现在在针灸!现在在请一位心理医生治疗!现在求的是一位气功师!……

日子就这样一天一天地打发掉了。

万芹的肚子也在这时日的流逝中一天一天地高隆起来。

眼见着女儿怀孕的事已无法再掩盖,老万急得真如热锅上的蚂蚁。是一个无风的闷热的晚上吧,老万催老伴去把女儿叫来,说:"芹儿,现在有两个决定,你必须选择其中的一个:要么决定打胎,要么决定结婚!"

万芹说:"爸,这两个决定目前我都不能做。这是古峪的孩子,我爱古峪,我不愿打掉!古峪的毛病还没有见好的迹象,我也下不了结婚的决心!"

"那你说咋办?"

"再等等!"

万芹,你能想到在等待的那些日子里爸爸是怎么过的?坐立不安哪,干什么都无心绪。坐不是,站不是;吃不下,睡不安。爸爸还从来没有操过那样大的心哩!说实话,爸爸那阵子也想过绝情的做法:像赶你哥哥出门一样,把你也赶出门,宣布同你断绝父女关系。可我舍不得你啊……

大群的日子就这样在等待中无影无踪了。

焦躁中的老万于是自作主张去请了一位妇产科医生,让老伴领着她去看看是否可以给万芹做流产手术。那妇产科医生回来后向他宣布:晚了,这个月数再做手术对孕妇有危险!

老万嘴巴张得很大地望着医生。

现在只有寄希望于古峪的病能治好,让他们完婚了。

可这希望也在一个蝉鸣悠扬的午后破灭了。那日午后老万正在午睡,忽听有人踉跄着脚步跑进屋来,等他听见老伴一声惊呼急忙下床时,才见是满脸沾血的女儿跑进了屋里。"咋回事?"老万三步并作两步地跑到女儿身边。

万芹叹一口气。这是老万第一次听见女儿叹气,她也会叹气了。

"我刚才催古峪吃药,他嫌烦;我又催了几句,他一怒之下就拿起饭桌上的菜盘朝我砸过来了。砸完之后他就又赶紧道歉请求原谅,但我的额头已经被划破了。"

"他古峪怎么可以这样?"老万火了。

"他这是控制不住自己。我问了一个老医生,医生说,这种病的病因极其复杂,一般只能减轻症状,完全治好不可能。"

"那咋着办?"

"爸、妈,我已经在想离开他的事了。当然,如果委曲求全同他结婚也不是不可以,我对他的爱情可能会让我在十年之内容忍他,但我担心我坚持不了更长的时间。一旦爱情被消耗尽之后,我可能还要离开他!与其将来离婚,不如现在就不结。长痛不如短痛!"

"老天,可你已经怀了他的孩子!"

"这没有什么,孩子我生下来,我抚养!大不了我向计划生育部门写一个保证,即使今后结婚也只要这一个孩子!"

"说得轻巧!"老万的眼又瞪了起来,"丢人不丢?别人笑话不笑话?"

"这是我个人的事,我管别人的态度干啥?"

老万没有和女儿争执的心思了,他只是痛苦地闭上眼睛在心里叫:天爷爷,我上辈子究竟作了什么孽,要让我来蒙受这样的羞辱?

没有多久,万芹果真是搬回来住了。万芹往家搬东西的那个中午,老万躺在床上一动不动。没脸见人哪!自己的女儿腆着个肚子从一个不是丈夫的男人那里搬回来住,这算什么事嘛!

没想到万芹倒仍如往常那样,一点也不知道害羞,高声地同邻居们打着招呼,指挥同她一块儿搬东西的古峪把物什放在厢房里她认为恰当的地方。老万在睡屋床上听得很清,古峪临走时还对老伴说:"伯母,我理解万芹,我祝愿她幸福!"如今的年轻人怎么都变成了这样?全都不知道羞耻了?

老万终究还得起床。起床后一走出院门,他就觉得人们看他的目光里多了些内容。哈哈,不嫁女儿就要得外孙了,真是省事呀!……仿佛总有一阵一阵的讪笑声往耳朵里钻。那时天已见凉,老万破天荒地买了个带棉耳朵的帽子,出门就把它戴在头上,这才觉着耳朵里有些清静……

老万最感耻辱的一天——万芹住进产院分娩的日子,到底还是不顾老万的恐惧和厌恶,袅娜着向万家走来了。

那是一个天空正在变蓝的黎明,万芹忽然在她的睡屋里呻吟起来。老伴跑过去一看,回来说:"八成是要生了,得赶紧送产院。"老万听罢猛一拉被子盖住了自己的头,不吭也不动。

"你赶紧去弄个车来!"老伴知道他心里有气,低了声小心地催。

"去哪里弄车?"他掀开被子恶狠狠地对老伴叫。其实老万在县政府里工作多年,同开小车的师傅们都熟,他只要去叫,立马就会有车开过来。但他觉着无脸去惊动别人。他最后是去一个大街清洁工家里,把人家拉垃圾的三轮车借来送万芹到产院的。老万和老伴气喘吁吁地把女儿推到产院门口,几个医护人员看见,过来一齐埋怨:"怎么让你们两个老人送孕妇?做丈夫的去哪了?"老万当时硬着头皮扯了一句谎话:"当兵在外边。"

万芹疼得特别厉害,在产房里一声连一声凄厉地叫着,惊得其他产妇的男人都围到门口问:"这是谁的老婆?"吓得老万大气不敢出地一直抱头蹲在走廊一角。

是个八斤的女孩。

听见那女婴惊天动地的啼叫,老万在心里叹道:死丫头,你就小点声吧,你就不怕别人追问你的来历?

古峪是三天后听说女孩出生的消息赶来医院探望的。他当时抱着那女孩一连声地笑叫:"让爸爸看看!让爸爸看看!"两个护士见状就笑着埋怨:"你只想着当爸爸,就没想着当个好丈夫?你妻子当初在产房受苦受难时你怎么连面也不见?"古峪听后就不好意思地笑笑说:"我不是丈夫。"两个护士闻言就吃惊了,问:"那你怎么又说你是这孩子的爸爸?"古峪吞吐着还没开口,万芹倒先淡淡一笑解释:"他是孩子的爸爸,但我们并没有结婚。"两个护士听后伸伸舌头出门走了,满屋里的产妇都向万芹投过来新奇的目光。当时站在床边的老万那个气噢,恨不得一耳光打到万芹脸上。好一个不知丢脸的东西,你还要专门给别人解释清楚?!你?!

从第二天起,老万拒绝再去产院给女儿送饭。

万芹给那孩子起名叫乐乐。

乐吧,我看你们母女还有心乐吧!老万面孔阴郁地看着万芹抱着乐乐走进她们的睡屋。

做了母亲的万芹依旧爱笑,老万常常听见万芹脆笑着逗她的女儿。不知道操心的东西啊,你的生活都弄成这样子了,还有心笑?

老万的脸阴得越来越重了。无论是出门还是在家,老万再也没有露过笑容。一想到屋里有个很难解释清楚来历的外孙女,你还有本领让笑容爬到脸上?

老万给女儿和老伴严格规定,平日不能把乐乐抱出院门之外。

"为啥?"万芹诧异地问。

"你还嫌知道的人少吗?"

"他们知道了有啥不得了的?!"

啪!老万把手上的茶壶摔了,茶壶在地上碎裂时的声响尖厉刺耳,把乐乐吓哭了。——这是老万摔碎的第二个茶壶。

其实,老万的防范措施已经没有意义,附近的邻居哪家不知道万芹没有结婚却已经生了女儿?

那天,老万的老伴和邻近的一个女人发生了口角。起因是一桩小事,就是那女人每天倒垃圾从万家门前过时总要掉下一些烂菜叶碎纸屑什么的,害得老万的老伴常常还要再扫一遍。于是那天早上老万的老伴就提醒那女人:"大妹子,再倒垃圾时小心点,走一路掉一路的不好。"不防那女人并不讲理,竟粗了声说:"掉一点也没啥不好。"老万的老伴平日虽是好脾气,但被这话也噎得喘不上来气,就又说:"大妹子,做事得讲个文明道德,你把垃圾掉到地上,不是害得别人要重扫?"未料那女人听后尖声笑了,边笑边叫:"嗬,俺们没知没识的,哪知道讲究文明道德? 俺们要是知道,也不会让女儿不找丈夫就养外孙女呀!女儿当着她爸妈的面出去偷汉子,俺们哪懂文明道德? ……"

老万在院里听得清清楚楚,气得咬牙切齿。眼见得邻居们越围越多,老万只有跳出去朝老伴打了一个耳光吼:"就你多嘴,还不快滚回去?!"结果老伴回屋哭了一个早上。很早就起床出去给乐乐买牛奶的万芹回来见她妈在哭,还问是咋着回事。老万和老伴两人都抱了头一声不吭,还能答啥?

老万至今想起那天在杂货店门口的事还在后悔:你真多嘴呀!要不然你会丢那样大的人?

那是一个少有的天晴得没一点点云絮的星期一,退休的老干部们举行门球比赛,老万也被邀请参加。比赛以老万所在的代表队胜利而告结束,这使心情长期抑郁的老万觉到了一点轻松。他由赛场往家走经过那个杂货店门口时,脸上还留着一点隐约的笑意。也就在这当儿,他看见邻家的一个小伙子在和那杂货店主争吵。他于是停下步子,静静地听了一阵他们的争吵声,渐渐就听清道理不在小伙一边。不知是因为当时心情好还是出于维护公道的习惯,老万插言对那小伙说:"算了,错了就认个错吧,强词夺理不好!"那小伙正在理屈词穷恼火至极的时候,一听老万插嘴,立时把恼怒泼到了老万身上,高了声吼:"你他妈的插啥嘴?干你屁事?!"老万是最要面子的人,见小伙出言不逊,就也正色道:"该管的事我就要管!"不想那小伙顿时带了冷笑叫:"你还是回去管管你们家的事吧!你都有了一个没有爸爸的外孙女,为啥不去管管你的女儿?!"嗡的一声,老万感觉到头部像挨了刀砍似的轰然裂开了,大股的热血顺脸而下,一大群蝴蝶样的光斑在他眼前飞旋。他只把嘴张了一下,吐出一个"你——"就向地上扑倒了。

当时,杂货店门口已围了上百的人,都知道我万正德当众遭人羞辱了,都知道啊……

万芹,这都是你给爸爸挣来的呀!我一口水一口饭把你养活成人,你就这样报答我?你和你哥哥一样,把成盆的污水端给别人,让他们朝你爸爸的头上泼。泼吧,泼吧,大不了是我早点死嘛!……

在以后的日子里,老万能感觉到自己一家的声望和声誉像决了堤的河水水位,不可收拾地往下降低了。再也没有退休的老友来喊他出去聊天下棋了。过去,因为老伴裁剪衣服的手艺不错,常有老太太和中年妇女拿了衣料来找她请教帮忙,现在也逐渐地没有了。往日,因了万芹在广播电台工作且又是大学毕业,周围的姑娘们总爱来找万芹说笑玩闹。如今,来的人也越来越少了。那晚一个叫菊花的姑娘前脚刚进屋,才同万芹说两句话,外边就传来她妈的喊声:"菊花,快出来。家里有事!"待菊花出了院门,老万听得清清楚楚,那当妈的在院墙外小声训斥自己的女儿:"去万家跑啥?跟着万芹能学出个好来?"

我们万家多少辈子活出的声望在我手里完了。列祖列宗,正德是不肖子孙,没有管束好女儿啊……

过去老万看见外孙女乐乐时,眼中闪出的是烦恼是不高兴,自从受到那小伙当众讥讽之后,老万感觉到自己看乐乐时目光里已不知不觉地掺上了仇恨。是的,仇恨!都是因为有了这个小丫头片子。要不是有她,谁敢当众污辱我?谁?现在人们在背后指戳议论,也都是因为她!单是万芹和古峪同居的事,没人敢说到桌面上。而且这件事已经过去,我可以一口否认!关键是有了乐乐,这是证据,是把柄,是全部耻辱的根子!

应该想办法把这个根子弄掉!

最好的办法是把孩子改个名后悄悄送到古家,让他们抚养,他们古家的后代他们当然应该养活!

老万于是在一个无月无星的夜晚独自去了古家。他没有绕弯子,他开门见山地向古峪和他的妈妈说明了来意。古峪不错,古峪听罢连考虑也没考虑就点头应道:"行,伯父,这是我的女儿,我当然应该养活。"但古峪的妈妈沉吟了许久都没有开腔,后来她挥手让儿子走开,单独面对老万说:"大兄弟,要说你这想法也在理,只是有个事想让你知道,眼下正有人在给古峪介绍对象,这个时候要是把丫头抱来,人家女方知道了未必就愿意。想你也知道,一般姑娘家是不愿进门就当妈的!我有个主意,不知你以为咋样,能不能把孩子送个人家养活,咱两家都不要了,反正是个丫头片子,也没啥好稀奇的!咋样?"

老万怔怔地看了古峪妈一阵,什么也没再说,起身走了。这个当奶奶的,心也真硬,说不要就不要了。要是个孙子她大约就会收养了。这倒也是,一个丫头片子,谁稀罕?

之后,老万就开始悄悄托万芹的姑姑寻找愿收养女孩的人家。还算幸运,万芹的姑姑在乡下寻到一户人家,那家人只有一个儿子,愿意收养一个闺女。老万听老姐姐说了这信息立即同意,并应允那家人来抱女孩时他再给二百元钱,条件是永不再同万家联系。

老万同人家定好来抱孩子的日期之后,这才松了一口气,回来把自己的计划和安排告诉了老伴。老伴听罢吃了一惊,说:"这咋行?"老万白了老伴一眼:"咋叫不能行?"他知道老伴心软,这些天已经同那外孙女乐乐有了感情,整天抱了乐乐逗着玩。女人家办事总是不从大处着眼。"你赶紧替乐乐收拾收拾衣服用物,好叫人家来了抱上就走!"老万最后对老伴下令。

"那你也得把这事同万芹商量商量。"老伴声音里露出了不安和对乐乐的依恋。

"当然要给她说,只提前半天说就行,免得她多流眼泪。"老万心上估计,只要他把一番道理讲透,万芹是会同意的。养个孩子她也受拖累,过去她常去歌厅、舞厅,如今她不是也没时间去了?再说,日后她再找对象时不也作难?老万自然也想到了,万芹会为此事流眼泪,当妈的嘛,流点眼泪也是正常的。

一切都依计划进行。

抱孩子的人说定是星期六晚上来,到了星期六的后晌,老万把事情对女儿公开了,但他的道理还没讲上几句,万芹就杏眼圆睁柳眉倒竖地跳了起来:"爸,这是谁的主意?是我姑的?她凭什么要把我的女儿送人?她怎么不把她的女儿送人?我的女儿怎么惹住她了?告诉她!我为此事恨她,我不希望再看见她进我们家门!"

老万显然没料到万芹的反应如此强烈,已不敢说此主意是自己出的,只接下去解释:"你姑也是一番好意,怕别人看见了乐乐会影响你的声誉。"不想万芹听罢又恼上心头,高了声叫:"谁叫她去闲操心?乐乐怎么影响了我的声誉?乐乐使我自豪,我为能生下乐乐这样漂亮健康的女儿感到骄傲!现在我正式声明,谁要敢抱走我的女儿,我就同他拼命!"

老万再一次目瞪口呆。

他是知道万芹的脾气的,她会说到做到。老万不敢拖延,急忙去老姐姐家里通知事情有变……

自此,老万死了把乐乐送人的心。

罢了,听天由命吧。既然你当妈的都不怕丢人现眼,我这张老脸就也扔了吧,扔了吧。怨不得别人,谁让你养了个不知羞臊的女儿?这年头的年轻人究竟是咋啦?办事全不看别人的脸色,全不听别人的说法,只由着自己的心思,唉!……

老万感觉到此后他对乐乐的恨意越加深了,他尤其听不得她的笑声。每当他听到乐乐在万芹或老伴怀里咯咯咯地欢笑时,他就觉到了一种莫名的恼恨。你倒笑得自在,可你知道你给我带来了多少耻辱?!你这个丫头!

老万从未抱过乐乐。乐乐似乎也感受到了姥爷的敌意,从未主动地向姥爷身边靠近。

老万意识到自己心里对乐乐恨意的深度是在一个半夜。那天的半夜时分乐乐突然发起了高烧,家里备下的几种退烧药都用上还未能使她的体温有丝毫降低。万芹吓得哭起来了。老伴慌得催老万赶紧起床抱乐乐去医院。老万慢条斯理地起身穿着衣裳,一丝隐约的欢喜就是在那一刻闪过心头的。在那丝欢喜隐走之后,老万才猛然意识到,在他的内心深处,他是希望这孩子死的。意识到这个之后他打了一个寒噤。

但乐乐那次却化险为夷了。当太阳再一次爬上头顶之后,缠绕着乐乐身子的高温开始一点一点撤走,乐乐在白色的病床上又逐渐睁开了她那双极像万芹的眼睛。万芹和老伴都欢喜得满脸是泪,不住地亲吻着乐乐那苍白的脸蛋。老万就是在这时刻沮丧地走出病房的。是的,沮丧! 老万事后还能记得他当时心里充满了沮丧和失望。老天爷你为什么不把她收走? 收走了她也就等于收走了万家的耻辱! ……

老万今天还能记起,促使他向事情的终点接近的是那个药瓶,那个白色的装了一点敌敌畏的瓶子。那点农药是他借来喷洒院中那棵槐树上的虫子的。院中那棵年岁很高的槐树在那个夏天树冠突然生满了虫子,绿色的树叶被虫子们吃得七零八落。他在喷洒完槐树之后把剩有一点药液的瓶子拧紧瓶盖顺手放到了窗户的外台上。他差不多已经把它完全忘记了。

很可能是一只在窗台上寻觅什么的老鼠把药瓶从窗台上撞落在地的,药瓶并没有碎。药瓶似乎决心要在万家的故事里充当一件道具,它在地上滚了两下就缩到了墙角,静静地等待那个上午。

那是一个星期天的上午,万芹去电台里加班,老伴照护着乐乐在屋里玩。老万则坐在院中默想着自己再有两天就要去领退休金的事。大约是半上午的时候,老万看见老伴一手拉着已会走路的乐乐一手提着菜篮向院门外走。"干啥去?"买菜。"买菜还用拉了她去? 你是不是觉得看见她的人还少了?"老万的声音里满是怒气。

老伴迟疑了一刹,老伴说:"你要不让乐乐随我上街你就得照护她。"

"你把她放到院里,她不会自己玩?"

老伴想想也是,就进屋拿了几样万芹给乐乐买的玩具出来,交代着让她在院里玩,外婆买了菜就回来。乐乐是个很容易被玩具迷住的孩子,她没有再坚持要随外婆出门,而是在离姥爷不远的地方玩开了玩具。

乐乐什么时候玩厌了那几个娃娃玩具转而在院中漫无目的地转悠,老万并不知道,自从老伴出门以后他就再没有去看乐乐一眼。内心的厌恶和恨意使他极不愿把目光投到乐乐身上。后来促使他扭脸去看乐乐的是满院子反常的寂静。在这之前乐乐一边自己玩乐一边在口中咿咿呀呀地说着什么,但这时院中突然没有了一点声音,就是这种静寂让老万终于扭头去看了乐乐一眼。但这一眼让老万惊得倏然站起:原来乐乐这时正站在院墙的一角,双手拿着那个滚落在地的敌敌畏药瓶,两眼聚精会神地审视着,乌亮的眸子里满是新奇。

老天!老万的第一个反应是想高喊:快放下!但那声高喊在就要奔出喉咙时突然被一团黑色的东西堵住了。随即就见他原本张开的双唇又慢慢合上。一个愿望像青蛙一样从他意识的深处一点一点浮起。当他的内视力瞥见那个愿望的怪异的头顶时,他清楚地觉到了身子猛然一悸。

老万没喊,更没有移步上前去夺下乐乐手中的毒药瓶,他只是听见心里有一个声音在叫:乐乐,那是一个很好的瓶子,瓶子里装着好喝的东西,你把那瓶盖拧开就行,瓶盖拧开你就可以喝了……对,就那样拧,再使点劲,使点劲!

就在这时门口传来了老伴的脚步声。一听到老伴的脚步声老万就赶忙从乐乐身上扭开了眼睛并迅速地坐了下去。一切和老万预料的一样,老伴一迈过门槛就看见了乐乐手中抱着的药瓶,就惊叫了一声:"乐乐,你在干啥?!"扔下手中的菜篮奔过去从乐乐手中夺下了药瓶,一边拉乐乐去水管上洗手,一边朝老万扔过了一堆埋怨:"你怎么坐在院里像死人一样?怎么能让乐乐抱着那个毒药瓶?万一她弄开瓶盖像喝牛奶那样喝一口那可咋办?天爷爷呀,真险哪!我说你就一直没有看见?你……"

"你还有完没完?"老万扭脸恶狠狠地截住了老伴的抱怨,"她不是还没喝吗?!她能有力气拧开那个瓶盖?她拧了半天都没有拧开。"

最后一句话一出口他就知道说漏了嘴。果然,老伴震惊地朝他扭过了脸:"这么说你是看见乐乐拿药瓶了?"

"没有!我要看见了我会不去把它夺下来?!"他恼怒地瞪住老伴,他企望用这种怒吼来压倒老伴也压住心里涌上来的恐慌。但老伴像是已经明白了什么,她在去远处的垃圾堆扔掉那个药瓶之后,进门时含意莫名地看了他一眼。万芹从电台回来,老伴也没再说乐乐拿毒药瓶的事,但在那天的午饭桌上,老伴有些变化。她没像往常那样,一边和万芹说话一边喂着乐乐,而是默默地低头吃饭,偶尔抬头时,会把一种冷峻的、审视的目光掷到老万的身上。

老万觉得身上有些凉。

你看啥?别说我没做什么,就是真做了又能怎么着?在过去,扔掉女孩子的事多了!我当初还有过一个姑姑,就因为我爷爷嫌女孩子太多,不是很利索地把她塞进尿桶里溺死了?

时至今日老万已在心底里承认,就是乐乐抱起审视的敌敌畏药瓶让他生出了后来的那个主意。那主意诞生于一个大雨滂沱的黎明。在大群的雨点一次又一次撞击屋瓦的响声中,那个被老伴扔掉的白色药瓶像船一样再一次驶进他的心里。当他用内视力去细看那个药瓶时,他发现那药瓶上清清楚楚地写着一行字:乐乐是可以消失的!

他看到那行字后身子打了个哆嗦。也已被雨声惊醒的老伴以为是夜雨带来的寒气让他感到了冷,忙拉了拉被子把他盖好。他没敢再动身体,他担心老伴开口问他什么,他害怕一旦老伴开了口,那行写在药瓶上的字迹就会被吓跑掉。

当他一遍又一遍重读那行字时他想起了院中那个空了的红薯窖。那是早些年冬天用来收藏买来的红薯的地窖,口不大,却有一丈多深。如今因为细粮充足不再吃红薯,那窖也就闲在了那里。乐乐要是一旦滑落进那个窖里她当然就会消失。想到这里他不由自主地再次打了个哆嗦。

"咋,还冷?"老伴开了口问。

"唔。"他含混地应了一声,翻了个身又假装沉沉睡去。其实那刻在他眼前晃动的已是那个黑洞洞的地窖口。

爷爷你不是说过,一旦家族蒙受了耻辱,就要赶紧想法摆脱,越快越好?!爷爷,我已经下了摆脱的决心,我不晓得你是不是赞成,可我是为了我们万家的声誉……

那个斜阳泅血的后晌已经过去,但那个后晌所发生的一切都已用雕刀刻在了老万的记忆里。

一切都是按老万预先的谋划进行的。

一吃过午饭,老万就说,他后晌哪里也不去,要在家歇息。

之后,他催老伴去万芹的姑姑家拿一件外甥女为他织的毛衣。

万芹当然要去上班。老万答应女儿由他来照看乐乐。万芹在亲了两次乐乐粉嫩的双颊之后推动了她那辆红色的坤车,她一边与女儿挥手再见一边叮嘱:"乐乐,听姥爷的话,别给姥爷添乱。"她颊含欢笑地推车出门,一点也没意识到这个后晌将要发生什么。

家里于是只剩下了老万和乐乐。

"姥爷。"乐乐朝老万怯怯地喊了一声。她仍然对这个不苟言笑的姥爷怀着一丝莫名的害怕。

"玩去吧。"他朝乐乐挥了挥手。待乐乐转过身子,他拿过乐乐平日最爱玩的一个绒布娃娃出门到了院中。

他开始向那个地窖走去。他走得很慢,他觉出两条腿都在发抖。地窖离正屋门口不过十几步远,可他却用了差不多五分钟才走完。

他在地窖口站了一刹,做了几次深呼吸,似乎在积攒力气。之后他才弯下腰去,揭开了盖在窖口的那块木板。木板不是很重,有十来斤重吧,但他竟累得有些发喘。

窖口终于呈现在了他的眼前。大约是今年雨水太旺的缘故,窖里有水。这和他判断和希望的一样。他估摸了一下水的深度,有半尺左右,这就够了。一个小小的人儿由洞口落下去,肯定会是脸着地的。

他照计划抓过几把柴草把窖口虚虚地盖住,而后把乐乐的那个绒布娃娃放在了柴草上边,这才又转身向屋里走。

乐乐正专心地用积木搭盖一间彩色的房屋,她一点也不知道危险正在向她悄无声息地爬近。姥爷进屋时她抬起明亮的双眼:"姥爷,我盖的房屋好吗?"

"好。"老万应了一声,目光没敢和乐乐的目光相碰。他觉得心跳有些加快,一种类似恐惧的东西在心底积聚,原先的那种决心开始像水一样地向远处流去。好好的一个外孙女,你竟能忍心?……

"乐乐,你的绒布娃娃呢?"他急急地开口问。他担心再耽搁下去他会没了实施计划的勇气。

"我的娃娃在——"乐乐原地转了一圈,她仿佛记得绒布娃娃就放在身边的,但现在不见了。她抬起困惑的眼睛看着姥爷:"我的娃娃不见了。"

"我看见院中有一个布娃娃,不知是不是你的。"老万记得自己说完这句话后身上突然开始出汗,汗是冷的。

乐乐听罢转身就向门外走,她走得太快,步子显出了蹒跚。老万随即上前把身子靠在了屋门框上,双眼紧张地望着乐乐的背影。

"姥爷,那是我的娃娃!"乐乐很快发现了放在窨口上的那个绒布娃娃,扭头向姥爷快活地报告。她笑得多么好看。

老万的嘴张了张,却并没有把预定要说的那句话——是你的你去把它拿回来——送出双唇。他觉出冰冷的汗水已经湿透了他的衬衫。

快了,快了。随着乐乐向窨口的一步一步接近,老万的心脏也开始一点一点地由胸膛向嗓子眼里提升。与此同时,一些用红笔写成的大字:谋杀……外孙女……乐乐……一个好好的孩子……

开始像蚂蚱一样地在他眼前乱蹦。一具小小的棺材渐渐由远处向他身边移来,眼看就要撞上他的胸脯。他的身子猛然一悸,不由自主地张口喊了一句:"乐乐——"

已经走到窨口的乐乐闻唤停步扭过身来,用纯净的双眸望定他说:"这娃娃是俺的!"

不能前功尽弃!这丫头存在一天,耻辱就在万家的门前悬挂一天。下狠心吧!老万长长地嘘一口气,用力把牙咬了起来。

乐乐见姥爷并没有任何反对的表示,于是重又转过了身去,向窨口抬起了胖胖的右腿,同时右手向前伸去——

老万急忙闭上了双眼。

他没有看见乐乐落进窨去的姿势,他不敢看。他只做好了去倾听那声扑通坠洞的响动,但他没想到他会听到惨厉至极全被惊骇浸透的喊声:"姥爷——"那喊声在由大变小的过程中也把他的魂灵急速地由他的身体深处拽了出来。他没料到那声音是如此可怕地揪扯人心,更没料到那声音会像一根绳子一下子把他的双腿拉到了窨口。他看见了在水中挣扎的乐乐,看见了那双蓄满惊恐的眼睛,这一瞬间,耻辱感和愤恨感已经踪影全无,他能感觉到的只是一阵撕心裂肺的心疼。他几乎没有任何犹豫,就以老年人所没有的敏捷向窨内跳去。他扑进那不深的水里,不顾一切地抱起了乐乐。他看到了泥、水和血,他呜咽着喊:"乐乐——我的乐乐——"

最先听到这异常响动的是邻居的一个小伙,当那小伙奔进万家院中时,老万正一手抱着乐乐一手扒着窨口吃力地往外爬。小伙子将祖孙俩弄出窖口时太阳即将坠落,那小伙在满院的血红残照里跑出院门去打电话叫救护车……

老伴和万芹赶到医院时乐乐已经苏醒,但医生的结论是那样令人心惊:双臂开放性骨折,脊椎严重受伤,孩子将会下身瘫痪。

万芹是哭喊着扑向乐乐的病床的。

满身泥水的老万就坐在医院走廊的木椅上,静静地听着女儿万芹那低抑的哭声,听着老伴的抽噎。有两只苍蝇在他脸上放肆地爬动,但他并没有抬手去赶开它们,他身上的所有力气似乎都已耗尽。他至今还记得他当时的心境:无风、无浪、无声、无色,只是一片空。

列祖列宗,我做了我能做的,更多的事情我已做不下去,我不知道你们是不是赞同……

万芹的怒火是第二天上午朝他发的。老万对当时的一切都还记得很清。他坐在堂屋那把他常坐的红漆木椅里,万芹神色冷冷地站在他的面前:"爸爸,我永远不会原谅你!永远!你答应我照护乐乐的,可你竟把她照护成这样!你应该阻止她跑到院里,更应该阻止她跑到那个窖口玩耍!这说明你对她根本就不关心!我平日就看出你不爱她,你毫不在意她,但我没想到你对她的安全也毫不在意。爸爸,我知道我应该爱你,但现在我心里对你充满恨意!"

"我是……尽了力的……"老万嗫嚅着,自己也觉出辩解的声音无力。

"我知道你在她出事之后是尽力救了的,但你更应该尽力的是关心她的安全,根本不应该让她向那个危险的窖口走!"

"我当时正在看报纸上的一则广告……"

"是那个广告重要还是你外孙女的安全重要?!你不用说了,这件事让我彻底相信,乐乐从你这里获得不了一个姥爷应该给的爱。我现在告诉你,爸爸,为了不使乐乐再看到那个窖口感到害怕,也为了不让我看见这个院子就感到伤心,还为了表示我永不原谅你,待乐乐出院后我们娘俩就搬出去住!而且永远也不再回来!每个月给你和妈妈的赡养费,我会让人送回来。"

"可这里就剩下我和你妈——"

"是你的大意造成了我女儿的残废,一想到这一点我的心就发抖。爸爸,这就是我要给你说的!……"

就在万芹发完那通怒火去医院照护乐乐之后,老万蹒跚着向厨房走去。那时太阳已近当顶,他想他该吃点东西了,从出事到那一刻他还一口饭菜没吃,他觉得心里空得难受,头晕得厉害。往日的这个时候,老伴早已使厨房里溢满了饭菜的香味,但此时他进门一看,还都是空锅冷灶,老伴正双手抱头蹲坐在灶口前。

"咋不做饭?"老万记得他当时的声音里含满了小心。

"我记得很清,那菜窖口是盖着一块木板的!"老伴突然抬头这样说,目光如火一样地罩住了他。

"啥?"老万被老伴这句没头没脑的话吓了一跳,假装着没听清,拖长了声音反问。

"一个像乐乐那样的孩子,是没有力气拖开窖口的那块木板的!"老伴依旧看定了他说。

"你这是啥意思?"老万发火了,他想他只有用发火来把老伴吓住了,"难道还有人特意去揭开木板要害她不成?!"他气势汹汹地瞪住老伴,但片刻后他便把目光移开了,他觉得心里虚得厉害。

"你看住我的眼睛!"老伴忽然这样冷冷地命令。是的,是命令!这一辈子她还从来没有用过这样的口气同他说话,从来没有。

老万惊怔了一刹,他当然没依命令去看她的眼睛,他只是猛然抱头蹲下去说:"你们母女两个是不是想叫我死?不想让我活了你们就直说!干吗那个吼罢这个又来逼我?我不就是没小心让乐乐掉进了窖里?……"

老伴此后没再说一句话。老万只感觉到她的目光像针一样在刺自己的身体。老万后来听见老伴慢慢地站起身,一步一步地向厨房门口走。老伴那天中午没做午饭。

没有一个人理解我,没有!饿吧,饿死了倒也好!

万芹是在乐乐出院的当天收拾东西离开家的。她是真做了永不回来的准备,把属于她的东西收拾得干干净净。她雇了一辆客货两用车来装东西,车停在门口后,老万看见面色苍白左颊有一个疤痕的乐乐坐在一个小小的轮椅里被放在车上。他一步一步地向车厢跟前走。"姥爷。"乐乐细弱地喊了他一声,那喊声震开了绑缚在他心中的大团温情和心疼,使得他突然像孩子一样地哭了。他很想伸手去抚摸一下乐乐的脸颊,但汽车就在这时发动了引擎。他在哽咽中看着汽车驶远,看着汽车拐过街角完全消失了踪影……

宽恕我吧,我的芹儿,我的乐乐。我不知道我是怎么了,我没有办法控制自己,没有办法……

就在万芹和乐乐搬走的那个傍晚,昏昏沉沉坐在椅子里的老万忽然发现老伴在衣柜里翻腾着寻找什么东西。起初他以为她是在寻找芹儿忘了带走的物什,后来才注意到她是在收拾一个包袱,她把她的衣物都从柜里拿出塞进了一个很大的包袱。"你——这是干啥?"老万非常诧异。

"我也想走了。"

"走?"老万惊得一下子从椅子里站了起来,"去哪里?"

"我已经同儿子说好了,我想去他那里住。他已经给我收拾好了房子。"

"那我——咋办?"老万真正地慌了。

"你愿咋办就咋办吧,反正我不想再同你住一起了,你做的有些事让我害怕,真的害怕。我想请你原谅我这样做,我也是没有办法,我心里也不好受……"

老万是在渐浓的暮色里看着老伴挎了包袱出门的,他看见她在街口叫住了一辆三轮车。他忽然认出,那蹬三轮车的是他的儿子。是他,那个逆子!

走吧,你这个女人!你说你跟我在一起感到害怕?你这个没有良心的东西。你跟我生活了大半辈子,我哪点对不起你了?!你竟敢说你对我感到害怕?世上还有这样的女人?走吧,你们都走吧。一个热热闹闹的家就这样走空了,走完了,散了!空了就空了,我就一个人过,大不了是个早点死吧,早死早心静……

夜在往深处沉去。天上的星星越发地密了。露水在逐渐加重,冰凉的露珠由槐树叶上滑下,打在老万的脖子里,他这才中断纷乱的回想和追忆。该睡了。他一手抱着水已变凉了的茶壶,一手撑着椅子,缓缓地站起,伛偻着脊背,一步一步地向空空荡荡的房屋走去……

人 间

一

1

棠梨村,在这豫鄂交界的四乡里很有些名气。它出名就出在它村中的那棵老棠梨树上。

那棠梨树的样子十分古怪:树冠的北半边枝长叶茂,郁郁葱葱;南半边却枯枝戳空,片叶不生。它之所以呈这种半死半活的模样,据住在树旁的郝六嫂解释,是因为当年王母娘娘手下有一丫鬟,私自下凡在咱这地方找了一个男人,王母听说后派雷公来抓,小丫鬟和她的男人就手拉手死抱住棠梨树干不松手,最后王母怒极,让雷公把树劈死一半,这才把被震昏的小丫鬟抓上天庭。"挨千刀的王母娘娘!"郝六嫂每次解释完总要恨恨地骂上一句。

那棠梨树自身也颇有些神道:可为人祛灾灭病。听村中的酒鬼"两瓶半"讲,如果家里人有病,你只要在月黑之夜提两瓶酒来到树下,对着树干连磕三个头,然后小声说清病人病状,把酒留下,转身回家,病人病情保准马上见好。他曾反复宣传过一个病例:有一个姑娘因其嫂生下孩子没有奶水,便提两瓶酒来树下磕头,她磕头时本该说"我嫂嫂有孩子后没有奶水,请开恩让孩子有奶水吃",不想她慌忙中把"嫂嫂"二字漏掉,结果,这姑娘转身没走出二百步,自己的两个奶头便来了奶水,到家时,衣服的前襟竟全被奶水浸透。正因为它神道颇灵,所以在那有名的"十年"间,月黑之夜前来祈求平安的人就接连不断。

那棠梨树的躯干本身就是这地方的一部"史书":上边被前人用刀刻了不少字。那刻在最下边的是隐约可见的三个隶字"棠梨站",刻写的年代无人说得清楚;刻写的原因,大约是因为这里早先是襄阳—洛阳古驿道上的一个驿站。树干上还有三个比较清楚的宋字"棠梨树",据棠梨中学的"公办"魏老师"考证",这三个字是在北宋末年刻上的。大概那时这里已是一个村落了。此外,树上还有一些刀刻出来的字,像"德""闯""贞""聚"等等,村上人对这些字刻写的年月和目的,说法就很不统一了。

棠梨树出名,棠梨村当然也就出名。

二十世纪五十年代,邓州城里的当任县长视察棠梨村时,见它处于四乡几十个村子的中央,又临公路,便指示县商业局、粮食局、邮电局、教育局和新华书店在这里设立分支机构,以便乡民。不久,棠梨村上便出现了有六名国家职工的综合商店、有两名职工的新华书店、有三名"公办"教师的"棠梨学校"、有两名工作人员的邮电所、有三名职工的粮管所。自此以后,邓州至襄阳的公路穿过村中的那截道路,便被称作了"街",每逢阴历单日子,四乡里的人便来这里赶集买东西。

老棠梨树刚好就站在街边,而且又正巧位于这条二里来长的街的中间。

今儿个快吃晌午饭时,已改称为棠梨中学的棠梨学校大门里,走出了"公办"的魏教师。只见他端了半碗红薯面汤来到棠梨树下,在树干上贴了一张写有墨笔字的白纸,纸刚贴上,在街边闲逛的四十来岁的"两瓶半",便凑到前边,用他那被老白干冲哑了的嗓子高声念了起来:"通知。因全体教师进县学习,我校学生今秋入学时间推迟一天。顺告,今年我校参加高考的学生均未被录取,请勿再来校询问。棠梨中学。一九七八年八月十八日。"

"娘的,又没考中一个!""两瓶半"读完后很响地骂道。

"唉——"两瓶半的骂声刚落,在树下摆摊卖菜的邹家庄的"菜驼子",便发出了一声长长的叹息……

2

开始变凉的日头,慢腾腾地向西天沉去。

邹家庄村南的红薯地里,邹尚毅突然扔下挖红薯的三齿钉耙,双手抱头蹲在了地上——刚才,他称驼叔的"菜驼子"从街上回来告诉他:"棠梨树上贴了告示,全学校没考上一个,你也没中。"

没考上!又没考上!

尚毅对考上大学曾怀着怎样的热望啊!二十二岁的他已经从无数个同村、邻村伙伴的身上看清了,要想不再抡这三齿钉耙在地里苦干,只有两条路:一条是参军,另一条就是考学了。由于先天生成了一双平底脚,几次检查身体都未合格,前一条路绝了。于是,他只好把全部希望都寄托在考学上。去年第一次恢复高考时他去应考没考上,接下来他不顾继父的反对,又坚持到母校棠梨中学跟班复习了一年。这期间,继父多次朝他咆哮:"二十多岁了,还要老子养活你,算你娘的什么道理!"他都隐忍着没有辍学。每逢妈妈背着继父悄悄朝他手里塞几个钱让他去学校时,都同时增加一点他考上大学的决心。他付出了怎样的努力啊,然而,终于还是没考上!

嘭!他猛地扬拳朝面前挖出的一块大红薯砸去,那红薯立时碎成了几瓣。

"娘的!早就说不让你上的,你偏要上,这下倒好,学没考上,活也没干成!娘的!"旁边的继父此时也停下手中的钉耙,眼瞪着尚毅大声骂。

"别骂了好不好?孩子心里也不好受。"尚毅娘在一边怯怯地劝。

"为什么不让老子骂?日你娘,当初我说过不让他上学,都是你这个憨女人,整天地上上上,上出你娘的什么好来?"继父边骂边向娘身边逼。

"你嘴里干净点行吗?"做娘的看到大儿子在面前,声音已几近哀求。

"老子嘴里不干净你还能怎么着?老子骂你活该!老子揍你也活该!"继父边叫边猛地朝尚毅娘打起了耳光:啪!啪!啪!他把这些年无偿供应尚毅上学的怨愤全发泄在那耳光上了。

"住手!"随着这声吓人的吼叫,只见尚毅猛地从地上跳起,抓起手边的钉耙便向继父冲去。

"毅儿——"嘴角渗血的娘在瞥见儿子抓起钉耙的瞬间,急忙向他扑来,死死抓住了他的手臂。

"你……你干什么?"继父被尚毅那抓起钉耙的凶状吓愣在那里。

"你再动俺娘一指头,我砍——了——你!"眼珠发红的尚毅从牙缝里迸出了几个字。

"不怕遭雷打呀?!"娘扬手照尚毅的脸上打了一巴掌,夺了他手中的钉耙。

尚毅血红的双眼直瞪着吓愣在那儿的继父,直到对方怯怯地蹲下身,他才猛地转身向棠梨村方向跑去。

"毅儿……"

尚毅娘带着哭音喊……

3

暮色开始在老棠梨树的树冠间飘荡,四周已显出些朦胧了。

苕叶手拿着一本几何作业,脚步轻盈地从棠梨中学院里走出。她刚去找老师问清了暑期作业中几道难题的做法,所以俊俏的脸颊上露着一丝轻松的笑意,但很快,那丝轻松就又消失了,她想起了爸爸昨天说的那句话:"明年你要也考不上,小心着!"今年,连考两次的二姐杏叶又没被录取,明年自己就能行吗?

"三姑娘,你爸的商店里这两天进没进宝丰大曲?"站在街边的"两瓶半"见茴叶走过来,脸上带着讨好的笑容问。茴叶是棠梨村赫赫有名的国营综合商店主任夏恭礼的三女儿,馋酒的"两瓶半"知道她脾性好,便想从她这儿探听点消息。

"俺不知道呀,大叔。"正低头边走边想心事的茴叶此时忙停步答道,"你去店里问问俺爸吧。"

"嗨!咱这号人咋能跟你爸爸搭上腔?""两瓶半"笑笑,紧紧腰上的一截草绳,"我说,三姑娘,帮我探一下有没有。俗话说,好心有好报。大叔我以后多在棠梨树下替你祷告几句,让你找个漂亮女婿!"

"不跟你说话了,大叔!"茴叶脸通红地顿一下脚,低头走了。

茴叶走到棠梨树下时,脸上的红晕才算退尽。她扭头看了一眼树干上那张令二姐伤心的公告,这时,蓦然发现二姐的同班同学邹尚毅正头抵着树干默默站在那儿。她先是一愣,随即便明白了:他也在因为没考上学而伤心。

茴叶轻步走到尚毅身边,低低地叫了一声:"尚毅哥。"

尚毅闻声扭脸看了她一下,又把前额顶在树干上。

茴叶之所以这样称呼尚毅,倒并不是因为两人同在一个学校且尚毅高出茴叶几级,而是因为茴叶知道二姐同尚毅的秘密关系。去年秋天的一个下午放学后,生性泼辣的二姐杏叶同两个同学赌气比赛爬树,爬的就是这棵棠梨树。当二姐爬到北边的那个侧枝上时,树枝突然断裂,在杏叶惊叫着随同树枝往下摔的一刹那,树下的男女同学都慌慌地躲开,只有邹尚毅和茴叶跑上前朝杏叶伸开了双臂。结果,杏叶带着巨大的惯性扑到了尚毅的怀中,一下子把他砸倒在地,他的腿、臂和胳膊上几个地方立时涌出了鲜血。所幸的是,那断了的树枝因为树皮的牵拉,没有随着砸下来,尚未造成更严重的后果。自那以后,苘叶发现二姐常和尚毅在一块儿。有天晚上,苘叶见二姐在很认真地写一封信,以为她是在给城里的大姐写信,便轻步走到背后去看,原来那信是写给尚毅的。苘叶还没看完半页,便羞得先捂了自己的脸叫道:"天哪……"结果惹得二姐在她头上敲了几个栗凿,逼她答应保密。其实,二姐不逼苘叶也不会乱说的,她生性害羞,对这类事根本说不出口。也就是从那时起,苘叶见了尚毅,都是叫他一声"尚毅哥",当然,叫得很轻。

"别因为考不上太伤心,身体要紧。"苘叶柔柔地开口劝道,"走,去家里吧,我二姐在家。"

尚毅闻言慢慢地站直身子。是的,应该去见一下杏叶,把他要离家出走的决定告诉她。她是该知道这个决定的!去哪里?尚毅没仔细想,南下湖北或北上洛阳都行,总之,越远越好。他记得离村里八里地的小火车站夜间有货车通过,现在去找杏叶说说话,还赶得上去那里扒货车远走!

他跟在苘叶身后向她家走去。

暮色浓多了,天边似乎有雷声在响,尚毅抬头看了一下天空,只见远天的一团乌云,正慢慢地磨灭着早出的星星……

4

夏恭礼吃下碗中的最后一口面条,把筷子往黑漆饭桌上啪地一放,带有几分愠怒地朝坐在对面的二女儿杏叶说道:"你今黑里收拾一下,明天上午就骑车去城里你姐家,我下午已给你姐和你姐夫打了电话,让他们给你安排个事情。"

"嗯。"眼泡儿有些红肿的杏叶轻声应道。

"咱原本就是城里人,去吧,杏叶。"七十来岁的杏叶奶在旁边接了口,"咱户口不是农村的,你姐会给你安排个事情做的。"夏家原先的确是城里人,据说祖上有人还曾中过进士,只是到了六十年代初期那场三千万城市人口下放运动开始时,夏恭礼才主动要求带着全家来这里任职。

"还有,"夏恭礼又接着说,"记着把你的那些参考书交给茴叶,让她好好学。嗳,她怎么还没回来?"

"她去学校找教师问难题了。"杏叶低低地答。

"嗯。"夏恭礼点了下头表示明白。因为二女儿没有考上学的事,他很是恼火。他是一个极看重脸面的人,他一心想让三个女儿都能学出个名堂。前些年,他通过关系让大女儿成了工农兵大学生,毕业后在县卫生局当了干部,且又找了个在县委宣传部当干部的女婿,这使他很觉荣耀。接下来,他又开始操心二女儿上学的事。不巧,这时恢复了高考制度,他尽管在县城里关系不少,却无法直接送她入大学,只好让她凭本事考了。结果连考两年,竟都落榜了,这不能不使他窝了一肚子气。使他稍觉宽心的是,下午他打电话给大女儿,大女儿说可以先把杏叶安排到县医院,而后再想法送她去上边的卫校进修,慢慢地可以当医生。也好,夏家再出一个医生也说得过去。

"记着,把给茴叶留的饭温在锅里,她吃了后再让她看会儿书!"夏恭礼又威严地给二女儿交代。在这个家,他是当然的权威。自妻子六年前去世后,是他一个人撑持这个家的,权力自然也都集于他一身。加上他脾气暴躁,所以女儿们都有些怕他。别看杏叶在学校挺厉害,但到了家,却不敢有丝毫放肆,就在饭前,还被爸爸训得哭了一场。

"妈,我出去一会儿。"夏恭礼站起身朝老母亲说了一句,便伸手从柜上抽了一张报纸夹在腋下,向屋门走去。

5

尚毅娘原以为儿子跑一会儿消消气就会回来的,结果天黑定之后,把留下的晚饭热了两次还不见他回来,心里顿时发了毛,忙慌慌地朝近邻"菜驼子"的房子走去。

"菜驼子"今年四十六七岁年纪,孤身一人过日子,也是世代住在邹家庄的邹姓人,只是因为他颇会种菜且背又驼了,才得了个"菜驼子"的外号。此刻,吃了晚饭的"菜驼子",一边嚓了烟锅吧嗒着,一边把床上的两床被子抻成两个被筒。那床黑面的被子是他的,那床花面的被子是尚毅的。因为家里房子窄,家里睡不下,尚毅自八岁以后就一直是在他这里搭铺睡的。被子抻开之后,他又坐在床沿上吧嗒着烟锅,等着尚毅来睡。就在这当儿,红着眼的尚毅娘哐当一声推开门,带着哭音叫道:"他驼叔!"

"咋了?""菜驼子"见状慌忙站起身,早年大队里的人因他偷偷卖菜,曾在夜里撞门让他去参加过"学习班",所以他一听房门这么反常地一响,立时条件反射地慌了起来,手足无措地走到尚毅娘跟前问。

"小毅跟他爹吵了几句,天没黑就走了,到这会儿还没回来——"尚毅娘话没说完,眼泪先淌了出来。

"哦,哦,往哪里走了?带东西了没有?""菜驼子"闻言急急地问道。在邹家庄,关心尚毅的人除了尚毅娘之外,就是这个胆小怕事但心肠颇好的"菜驼子"了。由于尚毅从小就来"菜驼子"屋里搭铺,先是两人睡一个被筒,后来睡两个被筒,他亲眼看着尚毅长大,所以对尚毅很有父对子的那种关切。平时他做点儿好吃的,总不忘给尚毅留一点;夜里,他常常起来给尚毅掖掖被窝;尚毅上学后有时继父不给书杂费钱,"菜驼子"也常从自己怀里掏一点装到尚毅兜里。他也一直暗中希望尚毅能考上学,将来好不再受继父的气。没想到尚毅学没考上,人又被继父骂跑了。

"往棠梨村那边走的,啥也没带。"尚毅娘抽抽噎噎地答。

"别慌,别慌。我去找找,我去找找。""菜驼子"边说边磕了烟灰,急急地拿了手电。出门一看天上有云,又进屋拿了件蓑衣,便向棠梨村方向快步走去……

6

夏恭礼出了屋门,径直向棠梨树旁郝六嫂的小酒馆走去。

"夏主任,还没歇着哪?"街边的一家屋门里传出一声恭谨的招呼。

"哦。"夏恭礼含混地应了一声,脚步没停地继续向前走。他平时总是用这声漫不经心的"哦"来应付人们那殷勤的问候,因为在这棠梨村,向他表示亲热、殷勤的人实在太多。在这个远离县城的偏远的地方,手中握有油、盐、酱、醋、烟、酒、糖、茶和其他日用百货销售权的夏恭礼,实际上是一个无冕之王。四乡里的人,棠梨村的老住户,棠梨大队的干部,包括粮所、邮电所、书店和中学的公教人员,都愿和他攀一点儿亲热。

"他夏伯伯,还忙哪?"街边又传来一个中年女人亲热的招呼声。

"哦。"夏恭礼照旧应了一个字,脚步没停地向郝六嫂的小酒馆走着。平日,他常在晚饭后到那小酒馆里喝两盅。其实,喝酒只是借口,要真想喝酒,他在家里会喝得更舒服。他到酒馆的真实目的,是想去看看郝六嫂。

郝六嫂原是棠梨村种田好手郝六的妻子,人很有几分姿色,嘴上也有几下子。郝六前年病死之后,她因为过去很少下田干活,没有种庄稼的本领,为了养活两个孩子,便先是偷偷,继而公开地卖起了散装酒。最后,干脆炒点花生豆、拌点豆芽什么的,堂而皇之地开起了有三张酒桌的小酒馆。因为要卖酒,六嫂自然就要常去夏恭礼的综合商店进点酒。有一次,由于商店一个职工故意刁难,六嫂没办法,只好找到了夏恭礼,一见面便上前晃着他的胳膊央求着:"夏主任,看在俺孤儿寡母可怜的分上,你就批给一点儿散装酒吧。"夏恭礼自从在小书店工作的妻子死去后,因为三个女儿已经相继长大,加上他又极看重脸面,所以一直没和哪个女人的身子接触过。郝六嫂这么来回摇他的胳膊,摇得他脸热心跳,把埋在心底的那点对女人的渴望摇了起来,于是,他当时就批了条子。从那以后,他就常常借故去六嫂的小店里坐一坐,并且每次去,总要同时给六嫂批一点什么。时间一长,不知郝六嫂是想找一个靠山,还是不堪几年的守寡生活,终于在一个晚上,在几个喝酒的人走了之后,一下子扑到了夏恭礼的怀里。六嫂这个大胆的举动,几乎使夏恭礼失去了自持,但他那保护脸面的强烈愿望终于使他止住自己把事情发展下去。他只是轻轻用手在六嫂那有了皱纹但仍很细腻的脸上抚摩了一下,便扶她坐在了椅子上……

此刻,六嫂摆了三张方桌的那间酒馆正亮着灯。夏恭礼走到门口一看,见几个本村的人正在那里喝酒,有些迟疑地站住了脚。屋里的郝六嫂转身看见他,急忙亲热地向他招呼:"快呀,进来喝两盅。"

夏恭礼进了屋,在回答了几个喝酒人的招呼之后,便在一张桌前坐下,拿过胳膊下夹着的那张报纸看了起来。其实,他根本看不进去,他来这里是为了看六嫂而不是为了看报纸,更别说那张报纸是半个月以前的老报纸了。他平时出门之所以总要在胳膊下夹张报纸,那只是为了表明他有国家干部的身份罢了。

这当儿,六嫂已很麻利地给他端过来一盘猪耳朵、一个小瓷酒壶和一只酒杯。六嫂在给他往杯里斟酒时很快地朝他低声说了一句:"是宝丰大曲。"夏恭礼微笑了一下,他知道六嫂平时卖的主要是县酒厂出的那种散装白干,而每次他来,六嫂端给他的却都是宝丰大曲。

几个喝酒的很快地咂完酒杯里的酒,相继出门走了。六嫂出门看了看,见无别的顾客,便转身进屋关了门,让帮她烧火煮肉的十三岁的儿子拉上九岁的女儿进后房睡觉,自己便又一下子坐在了夏恭礼的腿上,轻轻地把头靠在了他的胸前低声嗔怨道:"我说,你究竟有没有要俺的心?这样不结婚老拖着,心里真不是个味儿。"六嫂边说边拿起夏恭礼的一只手放在自己的胸前揉着。六嫂明白,只要自己能和这个商店主任结婚,不光自己今后的生意好做,两个孩子日后也可以凭着主任的关系,找个不干农活的差事。"昨夜里,"六嫂又低声说道,"我提了两瓶大曲到棠梨树下,已经求神保佑我们早成一家了。"

六嫂这滚烫的话和那丰满的胸脯,慢慢地使夏恭礼身上的血开始变得滚热,有一刹那,他真想猛地把她整个地抱在怀里,大声对她说:"好,我们明天就去登记结婚!"但很快,理智又固执地提醒他注意脸面。是的,倘真和六嫂结了婚,替她抚养孩子他倒不怕,怕就怕进城开会时,那些城里的熟人会在背后笑话他:"想不到堂堂的国家干部娶了个乡下寡妇,可怜呀!"怕就怕大女儿和大女婿看到这个农业户口的继母时,会连他也斜着眼睛瞧的!怕就怕村上那十几个公职人员会在背后指戳他:"没料到大主任看上了一个农夫丢下的婆娘!"怕就怕总以城里人自豪的老母亲,会整天斥责他:"不要忘了咱原本是城里人啊!……"还有,夏恭礼很早就有举家迁往城里的打算,真要同六嫂结了婚,这个愿望就很难实现了。

"听我说,"他轻轻地抚弄着六嫂那饱满的双乳,"我的孩子已经大了,我们可以就这样暗中来往,结婚恐怕……"

"这么说,你是动心不要俺了?"六嫂霍地推开夏恭礼的手,打断了他的话,眼睛瞪着他,"只在你心闲时来玩玩俺?"

"你听我说……"

"不说了!"六嫂站起了身。

"我担心别人笑话……"

"行了!你走吧!"六嫂断然扭过了脸。

夏恭礼过去只看到六嫂对自己恳求顺从的一面,没料到她还有这么厉害的一面,这时只好尴尬地站起身向门口走去。

"等等。"在夏恭礼就要走到门口时,六嫂又声音很低地叫道,"以后,你还常来喝酒吧。"她心里虽然对夏恭礼有些恼,但她知道,她不应该就此得罪他,他是她做生意的靠山啊。

夏恭礼回头默望了她一眼,慢慢地拉开了门。

呼——夜风猛然摇了一下屋旁老棠梨树那巨大的树冠……

7

天,淅淅沥沥地飘起了雨。

夏恭礼有些烦躁地走到自家门口,扬手敲起了门。他自己心里也弄不清为何烦躁,是为郝六嫂刚才那几句厉害话,还是为自己刚才做出的那个决定?他说不清。

"爸,回来了。"小女儿茼叶来开了门。

"哦。"夏恭礼应了一声,便向自己的睡屋走去。在经过两个女儿的房门口时,他突然听到一个小伙子的声音从屋里传了出来,立时停了脚步对着插了院门往回走的茴叶厉声问道:"谁在这里?"——他平时对两个女儿同小伙子们的接触管得极严。

"我二姐的同学邹尚毅。"茴叶轻声答道。

夏恭礼转身咚一下推开了女儿的房门。坐在屋里的杏叶看见爸爸进来急忙立起了身,端着水杯喝水的尚毅也站了起来。

"爸爸,他叫邹尚毅。尚毅,这是我爸爸。"杏叶做着介绍。

"大叔。"尚毅恭敬地叫了一声,他这是第一次来到杏叶家里。

夏恭礼没有应声,只是看了一眼这个穿着一身乡下土气裤褂、光脚套一双旧布鞋的青年,扭过身边往外走边冷冷地说道:"快半夜了,哪有那么多话要说?!"

尚毅一听这话,放下手中的杯子就要往外走,杏叶和茴叶见状急忙伸手拉住他。杏叶示意他坐下,自己随父亲来到了堂屋里说道:"爸爸,能不能让他先住在咱们家里?他不愿回他家了。"

"嗯?!"夏恭礼猛地转过身来,"胡说!让一个农村小子住我这里干什么?"

"爸……"杏叶望了一眼爸爸那冷厉的面孔,牙一咬下唇,脸上突然现出一不做,二不休的神色,低声说道,"他喜欢我!"

"什么?!"夏恭礼的脸突然涨得通红,他一霎时明白了女儿说的是什么,气极地吼道,"他算什么东西?也配往我夏家屋里挤?看他那副样子,他自己不知道害臊,我还觉得丢人哪!"

旁门开了,奶奶这时一手拄着拐杖一手扣着衣扣出来朝杏叶说道:"憨闺女,咱原本是城里人,吃卡片粮的,他一个乡下人……"

"我也喜欢他。"杏叶这时低低地打断了奶奶的话。

"胡说!"夏恭礼恼怒地向女儿逼了一步,"那个东西有什么值得……"

"不要骂人!"一个冷冷的声音突然打断了夏恭礼的话。他扭头一看,才发现邹尚毅一脸怒气地站在门口。尚毅刚才在杏叶屋里坐着的时候,将这边屋里的话听得一清二楚。

"骂我是'什么东西',那么你是'什么东西'呢?"尚毅又直瞪着夏恭礼冷冷说道——他那敏感的自尊心被这几个字刺得太深。

"你?!"夏恭礼一时被气愣在了那儿,在整个棠梨村,还从没有人敢用这样的语气跟他说话,"你给我滚!滚!"他暴怒至极地朝尚毅吼。

不想尚毅这时竟在嘴角浮起了一丝冷笑:"对不起!我不是来找你的,只有夏杏叶说叫我滚我才滚!"他决心气一气这个侮辱他的人——他知道杏叶是不会说出那句话的。

夏恭礼闻言真想上前给这个乡下小子几巴掌,但他止住了自己,万一这小子还了手,让村上的人们知道了,自己的脸往哪里放?

"说!叫他滚、滚!"夏恭礼转向杏叶咆哮道。

杏叶低下头去,默默地站在那儿。

"好哇,你个贱丫头!"夏恭礼气极地叫道。不过,瞬间之后,他的声音突然变得平静了:"把老子给你的东西全部给我留下,把你的外衣也给我脱了,马上跟他走!"

杏叶震惊地抬眼望着爸爸。她清楚地知道,尚毅身无分文,现在跟他走,住哪里?吃什么?穿什么?

尚毅的瞳仁里这时则突然闪过一丝欣喜的光,他满怀希望地望着杏叶。他相信她会坚定地说出那句话:"好,我跟他走!"他记起了她当初写给他的一张纸条上的话:"愿跟你到天南海北!"

"从今以后,我没你这个女儿,你也没有我这个父亲!"夏恭礼边说边抖着手擦燃火柴,点燃一根烟,深深吸了一口。

一直呆站在屋子一角的茴叶,有些紧张地望着姐姐,似乎在担心她说出什么。

奶奶拄着拐杖不动声色地站在那儿。

雨点儿砸着屋瓦的响声立时填补了室内这瞬间的寂静。

"你……走吧。"杏叶低微地朝尚毅说道,声音小得几乎要被雨声淹没。

尚毅的脸倏然变得煞白。

"大声说!叫他'滚'!"女儿在意料之中的妥协使夏恭礼的声音又变成了咆哮。他向杏叶又逼了一步。

"你……滚吧……"杏叶低垂着头说出了这句话。

尚毅的身子先是剧烈地一震,而后盯了一眼杏叶,只一眼,便猛地转身向院门走去。

"外边下雨!"茴叶这句怯怯的提醒还未落地,脸上就重重挨了爸爸一巴掌。

夏恭礼亲自走到院中,哐的一声关上了院门。

8

茴叶挨了爸爸一巴掌进屋后,抹了一下眼角的泪,给伏在床上哭泣的二姐倒了一杯水,便默默去墙角拿了自己雨天上学用的伞,悄步向院中走去。

她要去给尚毅送把伞。这雨,要不了一会儿就会淋湿尚毅的衣服。

茴叶和二姐最大的不同之处,是她心肠软。那次她拿了爸爸给她的五元钱去粮所买香油,在粮所门口碰到了"两瓶半","两瓶半"那天正在为没钱去酒馆发愁,见茴叶一手攥钱,一手提塑料桶迎面走来,忙上前带着哭腔说道:"哎呀,三姑娘,我刚才把买粮的钱丢了,家里还等着我买粮回去做饭哪,天呀!"茴叶一听,赶忙把手中的五元钱给了他。结果,当她回家听着爸爸的怒骂时,"两瓶半"却已在六嫂的酒馆里快活地端起了酒杯……

茴叶刚才见爸爸在这雨夜把尚毅赶出门,心里十分难受,秋雨好凉,淋了雨是会得病的啊!

茴叶在院中站了一会儿,见爸爸睡房的门关了,便轻轻地拉开院门的门闩,闪出了院门。

借着昏黄的街灯,茴叶看到,尚毅正极慢地一步一步向棠梨树那边走着。她疾步追上了他,边把伞往他手里递边喘着气说:"快,拿上这把伞。"令茴叶一愣的是,尚毅接过那把伞啪地往地上一扔,头也没回地加快了步子,拐上了那条通往小火车站的土路。

茴叶愣了一会儿之后,才无可奈何地朝着已消失在黑暗中的尚毅叫道:"你会感冒的!"

"咦,这不是茴叶吗?"街边的一扇门随着茴叶的喊声打开了,一个男子的声音从门里传出。

苘叶扭头一看,才发现自己站在粮所的门外,门口立着她过去的同班同学,现在的粮所会计孔俊。孔俊是前不久坚决要求退学来顶替在粮所工作的妈妈的。

"嗯。"苘叶朝他点了下头,又把眼睛扭向尚毅走去的方向。

"送谁?"孔俊啪地打开一把漂亮的折叠伞,走出门关切地问。

"我二姐的一个同学。"苘叶答得心不在焉。

"去屋里坐吧,外边在下雨。"孔俊的话里满是殷勤,俊俏的脸上满是笑容。

"不了。"苘叶的双眼依然望着尚毅消失的方向。

雨点拍打街边树叶的声音愈来愈响,雨,越下越大了……

二

1

邹尚毅整整有半年时间没有在棠梨村街上出现。直到第二年四月末的一个逢集早晨,他才又站在了棠梨村的老棠梨树下。

他的面前放着一副担子,担子两头的筐里装满了用玉米皮编的提篮。

他的身旁蹲着驼叔,放着驼叔的菜担。

邹尚毅没有远走。

他并不是不想远走!

半年前的那天晚上,他冒雨赶到小火车站,企图扒一列货车南下湖广。不料那火车也欺他是乡下人,就在他的双手刚要抓住那飞驰而过的车厢时,车身轻轻抖了一下,于是,便轻而易举地把他抛到了高填方的路基下。

当寻找他的驼叔找到他时,他只剩下了一口气。

他在驼叔的屋里整整躺了五个月。

不过,这五个月他没有白躺。就在这期间,他从驼叔那里学到了一个不干农活也能混饭的手艺——编织玉米皮提篮。

驼叔早就会这个手艺,过去尚毅一直没有注意过,就连驼叔自己也没看重这个手艺。他只是在急用的时候,才拿着几把玉米皮,顺手编一个,用完就扔了。有天晚上,当驼叔为卖一点零散大蒜而赶编一个玉米皮提篮时,躺在床上的尚毅看到了,也是闷极无聊,便跟着学编了一个。那编法不难学,何况尚毅的两只手原也很巧。小时候他用柳枝、秫秸秆编扎的蝈蝈笼和小鸟笼,常得到伙伴们的称赞。没有料到的是,当第二天驼叔用那两个提篮盛了蒜放在菜担上去四乡里卖时,竟有两个外乡姑娘非要用一块钱把那两个提篮买走不可。驼叔当日回家,把这巧事当笑话一讲,尚毅瞪大了眼睛,毕竟是高中生,惯于琢磨:既然可卖钱,何不继续编下去?于是此后,他便坐在病床上,动手编起来。驼叔常挑担去四乡里卖菜,每次走时,总要把尚毅编的提篮往担子上挂几个,使人惊喜的是,每次都能以五毛左右的价钱顺利卖出。这事连驼叔自己也觉意外,他没想到这东西竟果真能卖钱。

无意中学到的这个手艺,又让尚毅看到了一点不当乡巴佬的希望。

所以,在身体恢复到可以挑担的今天,他便亲自挑着这些提篮来到了多日不见的棠梨街上。

街两边的人们相继起床开门了。

最先跑到街上的是一个七八岁的男娃,大约是被尿憋急了,一到街上便捏了鸡鸡当街浇起来,声音哗哗的,好响。

跟着出现在街上的,便是"两瓶半"了。这"两瓶半"变成酒鬼前是南阳师范的一个学生,所以至今还保持了当学生的那个好习惯:不睡懒觉。"两瓶半"当年考上南阳师范时,这棠梨村人是很觉荣耀的,因为新中国成立后整个棠梨村也就出了这么一个秀才,可惜的是他只上了一年多一点就退学回来了,而且很快变成了一个酒鬼。这内中的原因,村上人不大清楚,有传说他是因为写了一封什么建议书被批斗之后失了意,有传说他是爱上了副校长的女儿被副校长干涉失了恋。究竟因为什么,无人花钱去南阳了解明白,反正他已变成了酒鬼。此刻,"两瓶半"一见棠梨树下的驼叔,便高声招呼起来:"驼哥,卖菜哪?"说着,走过来,从菜筐里捏了两棵葱,手一捋,便塞进嘴里嚼起来。

这时,紧挨老棠梨树的郝六嫂家开了门,六嫂拎了一个尿罐走出来。她原本是要去把尿倒在屋后茅房里的,但一见驼叔的菜担摆在树下,立时高兴地拎着罐径直奔过来叫道:"驼哥,给我称五斤葱!"——棠梨街上的人都知道驼叔的菜务得好,人又厚道,所以都愿买他的菜。

"两瓶半"一见六嫂这样子来到菜担前,便把头探到尿罐口上看。"看你娘的啥?想喝?给!全喝了!"六嫂见状嗔骂道,丰腴的脸上虽带些惺忪,却泛着歇息过后的晕红。

"我看看有没有红的。""两瓶半"嬉笑着叫。他至今没有结婚,所以特别爱和六嫂缠。

"红你娘的那个脚!"六嫂笑骂着,随后把尿罐绳往"两瓶半"跟前一递,"去,帮老娘把它倒了,老娘要买菜!"

"帮忙可以,不过,你一会儿得给一杯宝丰大曲!""两瓶半"讲起价钱来。

"想得倒美!还宝丰大曲哩。"六嫂不再理会"两瓶半",转向驼叔,"驼哥,称吧,五斤!"

"两瓶半"一见六嫂不再理他,忙讨好地主动上前接过尿罐提绳,跑到茅房那里倒了,而后又跑过来嬉笑着对六嫂说:"待一会儿你给半杯红薯烧也行。"

六嫂不理他,只管撩起衣襟把驼叔称好的葱往衣襟里放。"两瓶半"见状急忙又伸手帮忙,趁六嫂不注意的当儿,探手捏了一下她左边那个高高的奶子。

"滚!"六嫂笑着用脚踢了一下。

六嫂把葱包好掏钱算账时,忽然惊叫道:"哟,钱不够了,少五分,来,来,退点儿菜。"

"算了,算了,拿走吧。"老实的驼叔立时摆手。他哪里知道,六嫂是存心想沾这点光。屋这么近,她是完全可以进屋拿上钱交来的。

"少五分钱好办!""两瓶半"立时又接了口,"让驼哥在你脸上亲一下就算两清了!咋样?驼哥,快亲呀!"

"放你娘的狗屁!"六嫂笑骂一句之后,便转身向屋门走去。

"你呀,有光不沾!""两瓶半"指着驼叔训道。

"别瞎说,别瞎说。"驼叔的黑脸孔涨得通红,赶忙又拿起秤盘应付新来的顾客。

在驼叔忙着称菜的当儿,尚毅把那担提篮在一旁摆开,而后自己蹲在一边,有些紧张地看着街上的人。"两瓶半"这时也注意到那些提篮,他挨个儿地拿起来看,不知他是看到尚毅可怜,还是真觉得那提篮好,只听他一连声地夸赞:"嚆,这篮子编得好!编得好!"他这么一叫,当下便吸引了几个赶早集的姑娘媳妇过来问价看货。人越围越多,转眼之间,一担子提篮便全以六毛的价卖出了。尚毅握着那一卷钱,心里忽然萌出一个念头:既然出手这么快当,何不大干一下?除了自己整日编外,能不能再找驼叔姐姐的那两个孙女、一个孙子也来干?他们不是也会这个手艺吗?对!和驼叔商量商量!

"驼叔,我去综合商店看看。"尚毅对驼叔说了一声,便大步向那边的国营综合商店走去,他想去给驼叔买瓶酒,今黑里回去犒劳犒劳教他这个手艺的老师。

"喂,同志!给我拿瓶宛城白干。"尚毅进了商店,很气派地朝正在货架前整理货物的一个男子叫道。过去他当学生时虽然也常和同学们一起进这个商店,但从来没有像今天这样气派,娘塞给他的那几张毛票哪允许他气派?

"好。"那男子转过身来,尚毅当时一愣:夏恭礼!

夏恭礼也认出了眼前人,嘴角上浮出了一丝轻蔑。

尚毅两眼迎着夏恭礼的目光,两人对视着。

最后,还是夏恭礼先移开了眼睛,大声地对近处的一个女售货员叫道:"小陈,来给这位农民拿货!"对"农民"两字,他特意加重了语气。

尚毅鬓角上的血管一下子凸现了出来,但他终于还是抿紧了嘴唇,默默地把钱递给了那位女售货员……

2

一阵风吹过,几片黄了的棠梨叶缓缓飘下,落在了尚毅摆开的那些提篮上。

今儿个上午,尚毅又挑着满满一担提篮,和挑着菜担的驼叔一块儿来到了棠梨树下摆摊儿。

那天从街上回庄里后,尚毅把请人帮助编提篮的想法同驼叔一说,驼叔就满口应道:"中,这是好事!"第二天,驼叔便去老姐姐家,把一个孙子、两个孙女叫了过来。这样,加上尚毅,四个人编织,速度很快,每人每天六个,一天下来就是二十四个,驼叔晚上也来帮忙,所以每天就是二十五六个。几乎只隔一天,尚毅就要挑上一担提篮去棠梨村卖。二十多天下来,就赚了二百五十多元,加上原来的那些钱,已近四百元了。前不久,尚毅拿出一些钱在村里又买了一部分玉米皮,同时给三个半大孩子每人分了五十元,三人一下子拿到这么多钱,干得更欢了。

尚毅和驼叔刚在摊后蹲下不久,菜担前就响起了一个姑娘轻柔的声音:"大叔,给我称三斤胡萝卜。"尚毅闻声扭头一看,原来是茴叶。茴叶这时也认出了他,刚要张口说什么,尚毅已经猛地扭过头吆喝道:"卖提篮啦!"——自从那晚上的事情发生后,他一见夏家的人心里就来气。

"茴叶,买菜哪?"这当儿,粮所会计孔俊走过来亲热地朝茴叶打着招呼,"怎么,没带菜篮?来,来,我给你买个玉米皮提篮你提回去。"他殷勤地朝茴叶说罢,便转向尚毅叫道,"来,我来照顾一下你的生意,买一个两毛钱可以了吧?"他边说边拿起一个提篮审视着,"嗬,这么粗糙!你们这些农民倒真会赚我们拿工资人的钱噢!"

"哧!"尚毅闻言猛夺下了他手中的提篮,冷冷说道:"不卖!"

"嗬,为什么不卖?我买你的东西是看得起你!"

"孔俊,我不要你买的篮子,我走了。"茴叶这时低声说罢,用手绢兜着买的胡萝卜转身走了。

"真他妈的不识抬举!乡巴佬!"孔俊见茴叶走开,自己的殷勤没献上,心中有些火了——自苕叶进城工作之后,茴叶就是整个棠梨村最漂亮的姑娘,孔俊已被茴叶的漂亮弄得颠三倒四。

"再说一句!"尚毅此时忽地握拳站起身来。

"尚毅!"一旁的驼叔见状急忙上前攥住了尚毅的手。

"再说一遍怎么了?乡巴佬!"孔俊鄙夷地一瞥尚毅,扭身走开。

尚毅气得浑身颤动着想去掰开驼叔的手,然而终于没有掰开。直到孔俊走出好远之后,驼叔才松了手小声说道:"人家是办公事的人,咱咋敢去惹人家?"

尚毅重重地拍了一下大腿,蹲在了摊子前。

今儿个是有些反常,天快晌午时,提篮才卖出了三个。怎么回事?尚毅肚里那股被孔俊引起的怒气慢慢被焦躁所代替。后来,他去村街上走了一趟才明白:在另外几个地方,也有人在卖式样相同的提篮。

糟糕!有人跟我学了。怎么办?倏地,他记起中学图书室里有一本《商业入门》,在校时有一次他去借小说《商界皇后》,管理员误把《商业入门》拿给了他。也许,那书上写有对付眼下这类情况的办法。想到这里,他疾步跑回摊子,给驼叔说了一声,便向不远处的母校大门奔去……

3

当尚毅从学校图书室回来时,太阳已经落了。

"咋去这么大时候?"仍守在摊前的驼叔见尚毅终于回来,急忙把早上带来的白馍递到了尚毅手里,又给他剥了两棵大葱让他就着。

饿极了的尚毅边嚼着馍边兴冲冲地说道:"我在那儿把《商业入门》那本书粗粗地看了一遍,把有用的东西抄下来了。另外,还翻了几张《市场报》,嗨,心里明白了不少!"看书所引起的兴奋已经使他忘记了原来的不快和烦恼。

"快吃吧,饿到现在。"驼叔心疼地望着尚毅。待尚毅把三个白馍送进肚之后,驼叔才指着还剩下一半的提篮宽慰地说:"天快黑了,今儿个先回去,这些晚点再拿来卖吧。"他怕尚毅伤心。

"行。这些就是卖不出去也没啥,我们以后的东西会卖出去的。"尚毅倒没伤心,挑起担子便跟着驼叔往回走。

两人闲话着走过棠梨大队部门口时,见门前的平场上有不少人在搭架子、拉电灯,场边上停着两辆马车,马车四周围着好些人。尚毅有些诧异,上前一打听,才知道是从新野县那边过来了一个乡间豫剧团,今黑里要在这儿演豫剧《穆桂英挂帅》,是棠梨大队包场。

"咦,演穆桂英打仗?好哇!我二十几岁时看过一回,好得很!"驼叔一听戏名,脸上立时满溢着笑,"那个穆桂英啊,嗨!打仗厉害着哪!"

尚毅一见驼叔这个欢喜劲儿,立时说道:"那咱就看看!"说罢,便同驼叔一起去近处一个相熟的人家把两副担子存了,而后,两人便各找两块土坯,早早地搬放在戏台正前方中央最好的位置,坐下来静等开演。

乡下轻易没有剧团来演出,一旦来了剧团,人们的高兴劲儿就无异于过年,男女老少早早地吃了晚饭赶来,黑压压地挤满了整个平场。驼叔和尚毅望了望四周的人群,暗自庆幸自己来得早。戏台右侧乐队坐的地方,已经有一个拉板胡的在那里调弦;几个化了装穿了戏服的"杨家女将",在台幕一侧不时地露出身影,惹得人群中的孩子们一阵阵发出"哟、哟"的惊叹声。驼叔兴致很高地把双眼对着舞台。不想就在这时,棠梨大队的几个干部领着几个搬了矮腿长条凳的青年从台前径朝驼叔、尚毅坐的位置走来,在他们的身后,跟着一溜在街上综合商店、粮所、书店、邮电所工作的吃"卡片粮"的人。走在前边的大队干部边走边叫道:"喂,坐这个地方的都请让一让,空出位置,让机关的同志坐在这儿,按老规矩,让让!"

驼叔和尚毅一听这话有些吃惊,尚毅立时开口叫道:"先来后到!我们早坐了这里,凭啥让给他们?"

"哎呀,这小伙子,"那大队干部轻声劝说道,"人家是公家的人嘛,再说,平日里我们不是也要常求人家吗?来,让让!让让!"

"走吧,咱到边上去。"驼叔虽然不舍但又有些胆怯地去拉尚毅的手。

"公家人就高人一头呀?"尚毅愤愤地站起了身。

场中最好的位置很快让出来了,条凳摆好后,那一溜吃"卡片粮"的人开始依次入座。尚毅这时瞥见走在最前面的是夏恭礼,孔俊也在其中。对方显然也看见了尚毅,夏恭礼只是不屑地很快扭过头去,而孔俊则高声地朝尚毅叫道:"哟,你也想坐这个位置?最好回去照照镜子,看清你属于哪一个等级!"

尚毅一听这话,脸一下子涨得通红,立时转身要去重坐刚才的位置。驼叔见状急忙死死扯住他的胳膊,硬把他拉到了人圈外。

"我说,咱这第三等级坐这里可以吧?""两瓶半"此时不知从哪儿钻了出来,嬉笑着挤进了公职人员坐的地方。

夏恭礼和孔俊厌恶地看了他一眼,无可奈何地扭过了头。

演出开始了,穆桂英戎装一身威武地出场亮相,驼叔急忙抬眼从人缝里向戏台上望,尚毅却木然地站在那里,咬牙看着脚下的地……

4

秋去冬来。转眼之间,棠梨树北半边的枝上又长出了一片片嫩叶,中原南部的春天便不声不响地到了。

天刚刚亮,尚毅和驼叔就在棠梨树下铺着的塑料单上,摆了长长几溜五颜六色的玉米皮编织品,有多种图案和样式的提篮,有小孩、老人用的方形、圆形坐垫,有小孩们玩的彩色小篮,有成人夏季在户外地上铺的睡垫,有家庭放暖瓶、茶壶用的瓶垫、壶垫,有粮囤底下用的垫子,等等。

尚毅自那次看戏夜回家之后,就开始专心琢磨如何打开自己商品的销路问题。他先是按《商业入门》那本书上关于商品应既具使用价值也具观赏价值的要求,买来颜料,在编好的提篮上绘上花鸟虫鱼——他过去在学校上美术课时比较用心,还能略略画上几笔。接着,他又买来彩色塑料单,裁成小片,在每个提篮的里边衬上一层,既好看,又使顾客可用它盛细小物品。之后,他又外出请教了懂漂染的人,买来染料,把玉米皮染成各种颜色,用这些有色玉米皮在提篮两侧直接编出各种图案来。此外,他又按书上关于注意调查顾客消费需求情况,及时转产和扩大生产的要求,专门跑到十几个村里做了调查,回来后又增加编织除提篮之外的十来种新产品,这样,生意马上又兴旺起来,每次来卖,总是很快卖光。顾客已由四乡里的农民和棠梨村吃"卡片粮"的人,扩展到那些南来北往的过路人。

生意越做越活,钱也越积越多。短短几个月过去,除去各项开支,尚毅竟已积下了近三千块钱。现在,尚毅又叫来了一个表弟、一个堂妹参加编织,让驼叔和继父帮他往集上挑着卖。事顺人心畅,眼下的尚毅整日面露笑容,就连此刻站在那儿吆喝买卖也是高腔大嗓:"草编制品,物美价廉,任挑包换!哎,草编制品——"

不到晌午,挑来的编制品便已卖出了一半,他高兴地转身刚要同驼叔说几句开心话,忽然看见驼叔正在皱着眉头用手捶腰,他心里咯噔一下,那股高兴劲顿时没了。是啊,老这样来回挑着卖太累人费工,能不能就在这棠梨村边编边卖呢?他的两眼下意识地盯着街对面不远处的那片空地,默站了许久。当他又转过身来时,看到一个穿着夹克和筒裤的城里小伙儿与一个烫了发的城里姑娘正在摊子上挑着提篮。他上前刚要张嘴向他们介绍产品的优点,那女的抬起了头,就在那一瞬间,尚毅原本浮在脸上的笑容倏然消失,脖子上的喉结滚了几下,把要出口的话咽回了肚里。

对面站着杏叶。

杏叶也在一刹那认出了他,双颊立时变红,眼里现出了莫名的慌意。

"杏,你看这个提篮编得多巧!"旁边那个小伙子并没注意到杏叶神情的变化,而是很亲昵地拉了一下她的手。

尚毅两腮上的咬肌一阵抽搐。

杏叶猛地转身慌不择路地向她家那个方向走去。

"哎,怎么走了！就买这两个!"那个穿夹克的小伙儿见状急忙提了篮子向驼叔手里递钱。

"哎,草编制品,物美价廉——"尚毅突然声嘶力竭地喊……

三

1

棠梨树上的几只知了,大概由于耐不住天热的缘故,一齐发出长长的叫声。

紧挨着郝六嫂酒馆的国营小书店的柜台后,站着刚刚参加工作不久的茼叶。

此刻,她正默默地望着对面的那片空地。空地上,七八个人正在太阳底下忙着扎两个挺大的席棚,尚毅跑前跑后地指挥着,只穿着背心的上身被太阳晒得发亮。

茼叶今年也没考上大学。她自己很伤心。也使夏恭礼很伤心,夏恭礼在说了一句"看来你们都不是读书的料"之后,便开始为小女儿的工作奔忙起来。城里如今的待业青年很多,确实难进去,恰巧这时县新华书店设在棠梨村的仅有两名职工的分店里,有一个女的到部队随军了,县店里的其他人都不愿来,夏恭礼便通过县劳动局,让茼叶到这个小书店上了班。茼叶是很愿意在这小书店上班的,这一来是因为她从小在棠梨村长大,这儿有她熟悉的同学、女伴,她不愿离开他们去城里;二来是因为她喜欢看书,干上这个工作后,看书就特方便;三是因为茴叶的妈妈生前就在这个小书店里上班,茴叶小时候常来这店里找妈妈,对这个只有两间店堂、一间仓库的小书店有了感情。

天,真热!茴叶站在这儿不动,汗还是一个劲儿地出,果真是遇上了"秋老虎"!好在这会儿店里无顾客,她可以把短袖衬衣上边的两个纽扣解开,并不时地用两手提起长裤的裤脚抖几下,让风从裤脚沁到身上。天哪!对面空地上忙碌着的尚毅他们肯定热得更厉害。

"茴叶,今儿下午是你的班?"一个男子的问话突然在柜台外响起,茴叶一看,原来是粮所的孔俊进了屋。

"嗯,嗯。"她慌慌地应着,急忙抬手把刚才解开的纽扣扣上。

"我下午不上班,随便走走。"孔俊很随便地说着,眼睛却火辣辣地盯着茴叶那柔美的脸孔。

"噢,噢。"茴叶漫应着,转身从暖瓶里倒了一杯水,隔柜台递给孔俊。她看到孔俊那双眼睛直盯着自己,心里有些慌,也有些烦。说心里话,她不喜欢他那种过分殷勤的样子,尤其不愿见到他那火辣烫人的目光。

"知道吗?对面那两个大席棚是那个卖提篮的乡下小子邹尚毅搭的。"孔俊见茴叶的两眼只顾望着对面的那片空地,便也搭讪着说道,"听说他这是要办什么草编公司,简直是异想天开!"

"哦。"茴叶漫应了一声,目光并未离开那片空地。

"晓得吗?"孔俊又继续说道,"听说这小子当初在学校时中午连五分钱的菜都吃不起,现在倒要办草编公司了!嘿嘿,妈的,想得倒美!"

听到两个脏字,茴叶的两道秀眉倏地挤在了一起,脸孔也微微有些发红。茴叶从小就受到奶奶的教育:"咱原本是城里人,说话要文雅。"可能由于奶奶的严格要求,茴叶家的人很少说脏话,在这种家庭环境中长大的茴叶,一听到脏话,脸就要羞红。她扭过头略略有些不高兴地看了孔俊一眼。

孔俊并未注意到茴叶神情的变化,依旧兴致很高地说道:"听说这小子有个继父,原先总骂他,这会儿……"

茴叶不再理会孔俊的话,又把目光移向在太阳下忙碌着的尚毅,心里默默想着:"天这么热,怎么不歇歇呢?"

街边树上的知了,还在无休止地叫……

2

太阳略略西斜,一天中最热的时候过去了。

茴叶把那捆新到的《农村科普读本》在自行车后座上绑好,便推车出了县新华书店的大院。

前天,县书店通知今上午要开发行工作会,让各个分店来一人参加。棠梨村分店就两个营业员,这个会本该由老营业员姚云婶参加的,可她病了,没办法,一向不爱出头露面的茴叶只得在昨天骑上自行车来了。会议整整开了一个上午,茴叶本想吃了午饭就回去的,因等着领这捆书,耽误到了这会儿。

茴叶骑自行车出了县城南门,上了通往棠梨村的公路,沿路边不紧不慢地蹬着车子……

出汗了。茴叶一手握车把,一手去衣袋里掏手绢,这当儿,前边近处突然响起了自行车铃声,她抬眼一看,见是一个胖胖的农村姑娘骑车迎面驶来,忙攥着手绢扭车向路中间躲去,不料那胖姑娘竟也向路中间躲来,三躲两躲,两车当的一声撞在一起,两人也一块儿摔倒在路上。那胖姑娘倒麻利,先爬起来拍拍身上的土,走过来扶起了茴叶。还好,两人都没受伤。可扶起车子一看,两辆车子的前轮都已不会转动。

"只有扛了。怎么办?"那胖姑娘呆愣了一下说,"要不你先去俺家住一夜,这事怨我!"她说着指了指公路一侧一个模模糊糊的村子。

"不,不,你走吧。"茴叶明知这件事怨对方,但她一直没说抱怨的话,她从来不愿使人为难。

胖姑娘见她说了这话,只好扛起车子先走了。

没办法,茴叶也只好扛起车子往前走,可没走出五十米,就不得不放下车子喘气。天啊,这车子好沉!

茴叶望望那已经快接近地平线的太阳,心里着急起来,离家还有二十多里路,照这样走法天黑之前怎能到家?一想到要走夜路,她的心里就先发了毛。没走多远,衬衣已全被汗水湿透,眼看着太阳落了地,茴叶急得流出了眼泪。

一辆汽车从后边驶来,她急忙挥手拦车,但司机连看也没看一眼,就开了过去,没法子,还得扛着走。

暮色越来越浓,茴叶的两腿也越来越酸。忽然一阵自行车铃声从身后传来,她不顾羞怯,急忙拦在路中间,半带着哭音叫道:"同志,帮帮忙!"

自行车停下了,骑车的是一个陌生人。在车子停下的瞬间茴叶的心就凉了,因为这车后座上还带着一个人,即使骑车的愿意带她也无办法。

"车坏了?"坐在车后座上的人这时跳下来问。茴叶觉得声有些耳熟,定睛一看,才发现原来是尚毅。他怀里抱着一块长方形的木板。

"嗯。"茴叶觉得心里有了点依靠。这时尚毅已走到她的车前查看着,少顷,他走到茴叶面前把手中的木板递给她说道:"喏,帮我把这个拿住,坐我表弟的车子先走吧!明早到你书店对面的席棚里推你的车子。"

"不,不,那怎么行?"茴叶急忙说道。

"怎么?怕我这个农民拐走了你的车子?"尚毅的眼睛眯了起来,里边闪出一束冷光。

"不,不是。"茴叶急忙摇头。这时,尚毅已把那块木板塞到了茴叶手上,自己抓起茴叶的自行车往肩上一放,先向前走了。

茴叶只得坐到尚毅表弟的车子后座上。

尚毅很快就被抛在了后边,直到暮色把尚毅的身影遮没之后,茴叶才把目光移到怀中抱着的木板上。这时她才注意到,这是一块设计得非常漂亮的广告牌,在几个画得精美的玉米皮提篮、椅垫、沙发垫之上,是一行好看的美术字:"棠梨草编工艺品公司"……

3

起风了。

风摇着老棠梨树那巨大的树冠,发出呜呜的响声,那响声经过玻璃窗阻隔传进屋里时,也仍然很大。

因为姚云婶的病没好,夜里值班看店的任务就落在了茴叶的身上。此刻,茴叶正静静坐在书店的值班床上,就着昏黄的街灯,隔窗望着对面席棚前挂着的那个"棠梨草编工艺品公司"的广告牌,那广告牌被风吹得一摇一晃。

今天早上茴叶去给尚毅送这块广告牌、扛自己的车子时,她本来是准备了一大堆感谢话的,不想见了尚毅刚说两个字"谢谢",便被尚毅冷冷地截住:"行了,走吧!"她当时只得红着脸退出来。虽然他给了她难堪,但她心里并不气他,她晓得二姐和爸爸当初怎样伤了他的心。

哐啷!对面席棚上挂着的那个广告牌先是被风掀起,接着又重重地碰在了棚壁上。风,变大了。她听别人说,尚毅的公司明天正式开业。

茴叶心里一紧,莫名其妙地担心那广告牌会被碰坏,今晚广告牌若坏了,明日开业怎么办?这时,她瞥见穿着长裤、背心的尚毅从席棚里跑出来,摘掉了那广告牌。哟,他怎么还没睡?他昨晚回来已是后半夜了,今天白天又看见他总在两个席棚周围忙乎,可不要累坏!

呼——又一股风从街路上呼啸而过,卷起了一股尘土。

不会下大雨吧?茵叶边默想着边放下蚊帐,躺了下去……

当一阵雷鸣夹着呜呜的暴风雨声把茵叶从梦中惊醒以后,她从床上坐起后的第一个动作,便是爬到窗前去看对面尚毅的那两个席棚,映入她眼帘的情景竟令她吃惊地啊了一声:狂风把一个席棚顶都掀开了半边,暴雨中,只见穿着短裤、背心的尚毅正同两个小伙子和那个叫驼叔的老人使劲地扯住那剩下的半边棚顶。不过,转瞬之间,又有一股风怪叫着从他们手中撕开了棚席,棚中放着的几堆编好的提篮立时暴露在暴雨之下。他们几个人这时急忙去抱那些提篮往另一个席棚里送。茵叶见状急忙穿衣起床要去帮忙,因为店里没有雨衣、雨伞,她只穿着衬衣、长裤开门跑了出去。然而当她跑到那席棚跟前时,尚毅他们几个已停手不搬——雨水早已把提篮浇透了。

"快,去那个席棚里避雨。"驼叔对尚毅他们几个大声叫道,然后又转对茵叶说道,"姑娘,麻烦你也跑来了,回去吧,这些东西已经湿透,搬也没用。"

另外那两个小伙子已进了席棚,驼叔去拉尚毅,但尚毅猛地推开了他的手,仍定定地站在那里。

"快进棚吧,不然你会感冒的!"茵叶对着尚毅喊,可尚毅似乎根本没听见。尚毅的脑子里此刻全被痛苦占满——这批提篮是他公司开张的第一批货。由于买地皮、搭席棚、买原料,他原来存的钱基本上完了,他急等着这批货出手后,才有流动资金来扩大生产,没料到转眼之间,就有一半货毁在这暴风雨之中。

"快进去,要不你会得病的!"茵叶又对着尚毅着急地喊。

"滚开!"不料尚毅突然转脸对她歇斯底里地吼。

茵叶被吓愣在那儿。

"姑娘,你别见怪,快回去吧,小心凉着。他这会儿心里难受。"驼叔见状急忙走过来对茵叶说。

茵叶慢慢地走回书店,但她没有立刻去脱湿衣,只是默站在窗前直望着待在风雨中的尚毅,直到驼叔和另外两个小伙强把尚毅拉回席棚之后,茵叶才慢慢地抬手去解湿衣的纽扣。

雨,还在一个劲地下……

4

还好,第二天是个大晴天。

一大早,棠梨草编工艺品公司门口的几排木板上,就摆满了被雨淋湿的提篮。

在那个漂亮的广告牌下,贴了一张白纸,白纸上写着几行大字:"减价三分之一,出售昨夜被雨淋湿的提篮,欢迎选购!"

赶集的人多起来了,然而,人们只是站在那儿看,并无人来买。直到半晌午时分,仍没卖出一个。尚毅眼光发直地坐在那儿盯着那些提篮,他知道,只要太阳一晒,那些提篮就会变成一种难看的黄色。

"哈哈。你们看人家草编工艺品公司多会做生意,把提篮在水中泡了后再卖,重量一下子增加一倍!"孔俊那幸灾乐祸的声音此刻突然在近处响起。尚毅身子一震,抬头冷冷地看了他一眼,在这同时,尚毅发现夏恭礼从综合商店那边走过来了。

"夏伯伯,忙哪!"孔俊含笑迎了上去,"今天人家草编公司开张,把好东西都摆出来了,你不来采购一点?"边说边把眼睛斜着这边的尚毅。

夏恭礼没有理会孔俊的话,只是不屑地朝尚毅的摊子瞥一眼,脚步没停地走了过去。

夏恭礼这一眼刺得尚毅心尖发疼,然而他也只能咬牙站起身在摊子旁来回踱步,并无别的办法。

"喂,我买二十个提篮,给我捆好!"一个手拿扁担的胖胖的姑娘突然出现在摊子前叫道。

"哦?"尚毅的身子一震,意外而惊喜地叫了一声,立时找了麻绳将二十个提篮捆成了两捆。

赶集的人们一见姑娘买了这么多湿提篮,立时围了过来。一个男子轻声朝那胖姑娘问道:"这是淋过雨的,怎么还买这么多呀?"

"淋点儿雨怕啥!一晒干还不是好好地用?货不济,人家价钱便宜呀!多买几个给亲戚送个人情,多合算!"胖姑娘快嘴快舌地说罢,给尚毅付了钱,挑上篮子就走了。

那个胖姑娘刚走不一会儿,又有一个矮个儿姑娘走到摊子前递上钱叫道:"我买十五个。"

尚毅刚把十五个提篮捆好让那姑娘提走,跟着又来了两三个姑娘要买,且每人买的都在十个以上。中国人向来就有一个随大溜的习惯,凡是很多人都干的事,自己就也想去干干试试。这五六个姑娘一买,引得那些原来围在一旁只看不想买的人来了兴趣,也争着掏钱买了起来,一时间,竟形成了一种抢购的局面。一个过路的汽车司机见状,也一下买了二十个。最后,连在街边闲逛的"两瓶半",也紧了紧腰上的草绳,掏出了预备喝酒的几毛钱买了一个,拿到手后还高声叫道:"嗬,这篮子装酒瓶还是很好的嘛!"结果,天到晌午时,几百个被雨淋湿的提篮和一些椅垫、睡垫一下子脱手了。

"该好好谢谢第一个来买咱货的胖姑娘!"尚毅抬头向天无声地说道,脸上露出一个欢喜的笑。

"啊,灵呀!灵呀!"驼叔此时望着不远处那淋雨之后变得湿漉漉的老棠梨树冠喃喃着。

尚毅闻言含笑望了一眼驼叔,以为他高兴极了才顺口说出这些莫名其妙的话。其实,他哪里知道,天亮前雨住风停之后,驼叔悄悄地提了两瓶酒到棠梨树下,不顾树下的泥水,双膝跪地祈求:"请神灵保佑俺尚毅生意兴隆……"

当欢喜在尚毅脸上出现的时候,站在对门小书店柜台后的茵叶,双颊也泛起了一个舒心的笑。尚毅哪会料到,那几个成捆买他提篮的姑娘,实际上都是茵叶找来的女伴,姑娘们买提篮的钱,是茵叶参加工作后细心积攒起来的体己。

尚毅在笑,因为他的生意可以继续做下去!

茵叶在笑,因为她帮助了一个曾经帮助过她的人!

5

夏恭礼面色阴郁地从郝六嫂小店门前的灯影里走开,见近处小书店的门开着,便缓步走了过去。

正在摆书上架的茴叶见爸爸这时走进书店,有些意外,忙搬过一张椅子放到爸爸身旁:"爸,你坐。"

"嗯。"夏恭礼漫应了一声,拿了夹在胳膊下的一张报纸很响地敲打着裤脚上的灰。

茴叶注意到爸爸的脸色,有些不安地问:"爸,身子不舒服?"

"没啥。"夏恭礼摇了摇头,心不在焉地把目光投到了书架上。

夏恭礼此刻确实不舒服!不过不是身子,而是心!刚才,他原本是想去六嫂的小店里喝两盅的。那晚他虽然拒绝了六嫂提出的结婚要求,但六嫂似乎没有太生他的气,每次他去店里时,六嫂照样笑脸相待,照样给他悄悄地端宝丰大曲,而且无人时,照样抓起他的手在她那丰满的胸前揉着。他今天吃了晚饭,原希望像往常那样,去六嫂那里过过"瘾",但走到酒店门口,却猛地瞥见"两瓶半"在向六嫂交酒钱时,顺手在六嫂的胸前摸了一把,而六嫂竟然没有生气,只是笑着说了一句:"滚!"这情景令夏恭礼心里倏地升起一股怒气,他马上阴沉着脸离开了酒店门口来到小女儿这里。他虽然明白自己既然不愿同六嫂结婚就不应去为这类小事生气,但心里却止不住地烦躁。

"爸,店里新进了一种《老年健康手册》,我给你买了一本。"茴叶这时边说边把一本书递到爸爸手上。

"哦。"夏恭礼接了书后翻了几下,又心不在焉地打量起屋子来。蓦地,他的目光停在了茴叶夜间值班睡的床下面,那床下塞满了变成灰黄色的提篮。"那提篮是哪里来的?"他冷冷地问。

茴叶见爸爸注意到那些提篮,脸孔立时一红——那是她那次让女伴们代买的被雨淋了的提篮,她送给了女伴们一大部分,剩下的因为没处放,就塞在了床底下。"那是我几个女同学买的,暂存在我这里。"茴叶听出了爸爸问话里的不高兴,撒了个谎。"记住咱们的身份!需要什么东西去城里买,买他的东西丢脸!"夏恭礼边说边隔门望了一眼对面的草编工艺品公司。

"嗯。"茴叶低低地应了一声……

四

1

几近当顶的夏阳,把老棠梨树的叶子烤得都有些发蔫,街上腾着一股蒸人的热气。

身着的确良衬衣、深色筒裤的尚毅,正在公司门市部审看着一卷刚编好的玉米皮地毯——这是他前些日子去地区土产公司交货,看到一名工作人员把一个玉米皮椅垫铺在地上垫脚,由此产生联想而设计出的一种产品。他估计这种产品会受到城市中等生活水平人家的欢迎。这种毯子铺在房间地板上,虽不如毛毯柔软,但同样可以达到无声、去尘、美观和冬暖夏凉的效果。铺一间房的地毯只需三十来块钱,一般人家都可以买得起。这地毯明天要送到地区土产公司试销,所以尚毅要做最后一次认真检查。

棠梨草编工艺品工司在这近一年时间内的发展速度,是棠梨村所有人都没有料到的。由于尚毅注意不断改进产品的质量、增加品种,产品不仅很快在这周围四乡赢得了声誉,而且引起了县和地区土产、外贸公司的重视,专门来同他们签订了订货合同,甚至连湖北襄阳城里的人也专门来此买货。为了扩大生产,尚毅用赚的钱买了铁皮、木板,新建了十六间简易房屋,其中四间做门市部,三间做宿舍,剩下的做编织间,同时又新招了几名乡下姑娘和小伙子参加编织。草编公司已颇具规模了。

"行吗,小毅?"也穿着干净白汗衫的驼叔此时从柜台一头走过来问。这个地毯样品是驼叔和尚毅两人花了几天工夫编成的。前些日子,尚毅见驼叔在地里种菜、卖菜太劳累,便执意要他向队上交了地,来公司门市部站柜台,并兼管钱财。

"行。"尚毅点点头,把地毯卷了起来,随之走到柜台一头,提起暖瓶要倒水喝,可巧瓶里无了水。驼叔见状上前拿过水瓶要去灌水,被尚毅喊住了:"驼叔,不忙打水,有件事同你商量一下。"说着,从柜台下拿出一本《商业文摘》杂志,"这书上说,一个商人经营商品的种类越多,破产的可能性就越小。由此我想到,咱们的门市部是不是在经销编制品的同时,再造几间房子,卖一点百货、烟酒和土产,你说咋样?"

"中、中。"驼叔一个劲儿地点头。平日无论尚毅说出什么主意,驼叔总是这样点头。他相信尚毅的聪明。

"驼叔伯伯,"门口这时忽然响起茵叶一声轻柔的叫声,两人扭过头来,看到茵叶端着一个大瓷缸子向他们身边走来,"这是我自己学着做的酸梅汤,端一点你们尝尝。"

"哎呀,这姑娘!"驼叔忙不迭地迎上前。因为门市部同小书店对门儿,驼叔傍晚时常同茵叶说几句话,两人也熟了。

茵叶把缸子递到驼叔手上,转脸对尚毅看了一眼。而尚毅此时已把目光移到了杂志上,他刚才只看了茵叶一眼就扭了头。他不喜欢看到她——他在内心里对夏家的人怀有一种深深的厌恶。可他哪里想得到,茵叶刚才就是隔窗看到他想喝水时,才冲了这缸酸梅汤送来的。

"来,小毅,你把这碗喝了。"茵叶走后,驼叔从缸子里倒出一碗酸梅汤放到了尚毅手边,"我把这些端去让他们编东西的尝尝。"

见驼叔走出门后,尚毅端起碗,噗地一下把酸梅汤倒在了地上。

飞落窗台的一只雀儿,受了惊吓似的叫了一声……

2

一股秋风钻进店内,把柜台上放着的几张"新书征订单"轻轻拂到了地上,而茵叶毫无察觉,仍默站在柜台里,定定地望着窗外。

"同志,请拿一本高中物理辅导材料。"一个中学生站在柜台外向茵叶说道。

然而,茴叶没有听见,依旧凝望着对面草编公司门市部的门口。直到那个学生又喊了一遍,茴叶才猛地从凝神状态中醒过来,红着脸把书拿给了那个学生。

最近一段时间,茴叶常常望着对面的门市部门口出神。她自己也不知是怎么回事,一天看不到尚毅在那门口出入,就心神不宁。这段时间夜里还常常做梦,而且大多数梦都与尚毅有关。有天晚上,她竟梦见自己伏在尚毅的怀里,醒来后,羞得她赶忙用被子捂住了脸。这些日子,她要隔窗看到尚毅在笑,她心里就高兴;她要看到尚毅面露忧愁,她心里就也跟着烦愁起来。她被这种感情折磨得明显地消瘦下去,以至于奶奶几次问她是不是病了。

"茴叶,上班了?"一声熟悉的招呼声使茴叶扭过头来,原来是孔俊含笑进了书店。

"嗯。"茴叶点了点头,"买书吗?"

"不。我是来告诉你,我们所下午有汽车去城里拉东西,你要愿去看电影的话,咱俩一块儿去。"

"谢谢了。我夜里要值班。"茴叶边说边给店里的其他几位顾客拿着书。孔俊见状急忙跨进柜台说道:"来,我帮你拿。"

"不,不用。"茴叶见他随便就进了柜台,心里有些不高兴,但她说不出太令人难堪的话,只说道,"你去吧,别耽误你的事。"

"我下午没啥事,帮帮忙是应该的。"孔俊很豪爽。

当茴叶站到凳子上为一个顾客取书时,孔俊立时上前小心地扶住凳子,恰在这时,随着一阵急而重的脚步声,尚毅跨进了店门。

茴叶一见尚毅进了店,脸上立时溢出了喜色。不过尚毅只是冷冷地望了茴叶和孔俊一眼,便走到社会科学书架前看了起来。

"哟,邹经理,买什么书呀?"孔俊此时语带讥讽地问。

尚毅没有理会孔俊,照旧用目光在书架上寻找着。

"你是不是在找省商业学校的那套教材?"茴叶上前轻声问道。她听人说他参加了省商校的函授学习。

"书来了吗?"尚毅的声音仍然很冷。

"没有。不过我去县店时再给你联系联系。"茴叶恳切地说。此刻,她真希望孔俊和那些顾客都不在店里,让她和尚毅单独待在一起多好啊。

"联系什么呀!他要买自己还不会到县里去买!"孔俊在一旁接了口。

"我没说让谁代我联系!"尚毅狠狠地瞪了一眼孔俊,转身跨出了店门。

"你走!你走!"一向不会发火的茴叶这时突然扭头朝孔俊连声叫道。

"怎么了?"孔俊不明白茴叶的态度何以会突然起了变化。

"不怎么,你走!"茴叶的脸孔涨得通红。

"你看,你看。"孔俊尴尬地走出了柜台,临出门时,还十分遗憾地叫道,"你看,你看……"

3

早晨一起床,尚毅脸还没洗就坐在了编织间地上,编织着一个图案别致的地毯。几天前,地区土产公司专门来人告诉他,早些日子送去的地毯已经售出,现在订购这种地毯的已有七十家,要求他们尽早供货。这几天,在其他人编织那七十条地毯的同时,他又根据书刊资料,摸索设计了这种新的图案,他期望这种图案的地毯能进一步引起顾客的喜欢,扩大销售量。

"小毅,小毅,"驼叔这时急急地走进编织间,声音有些发颤地说,"郝六嫂家失盗了,她正在哭,你去看看。"

"哦?"尚毅霍地站起来,拍拍身上的玉米皮屑,急忙走出了门。

"……没心肝的贼呀……你为啥不给俺娘儿仨留条路呀……你把那钱拿回去买膏药贴啊……"尚毅一出门就听到郝六嫂在伤心地哭骂着,走到酒店门口,见有两个妇女在那里解劝着六嫂,六嫂的一双儿女在那里陪着流泪。

"六婶,丢了多少?"尚毅上前轻声问道。

"二百多块钱呀……"平日里泼辣厉害的郝六嫂此时眼睛都哭肿了,"我原指望用这些钱再买两张桌、凳,添点酒壶什么的,没料想……狠心的贼呀……"六嫂说着说着又痛心地哭骂起来。

虽然只二百多块钱,但尚毅知道,在郝六嫂这小本儿生意人家,已是一个很大的数目了。那两个妇女拉着尚毅看了那张被撬开了抽屉的小账桌,尚毅见现场已被破坏,料到即使乡里公安人员来了也未必能破案,于是便从衣袋里掏出了一卷钱——这是他原打算上午去买玉米皮用的——走到郝六嫂面前说道:"六婶,别哭了,我这里有三百元钱,你先用。"

"不,不,俺咋能要你的钱!"六嫂抹了一把眼泪推着尚毅的手。

"六婶,干啥都讲究个互相帮助,将来我有难了,你再帮我嘛!这样吧,这笔钱就算是我借给你的,等弟弟妹妹长大了,让他们还我。"说着,把钱硬塞到了六嫂手中,跟着转向两个孩子,"烧火吧,准备菜和酒,一会儿喝酒的人就会来了。"

"我说,六嫂,我这几个酒瓶也不卖了,给你留下装酒用。"一直站在门外看热闹的"两瓶半",这时提着半篮子空酒瓶进了店,一个一个地掏出来放在了桌子上。

驼叔也无声地走进屋来,在锅灶前站住,先看了看锅里准备煮的一些猪杂碎,然后在灶前坐下,擦燃火柴,点着柴火,填进了灶膛。

六嫂这时擦了擦眼泪,慢慢走到案板前,拿刀切起了一把葱白。

店门外,围观的人们渐渐散去,只有头发尚未梳理的茴叶还定定地站在那儿。

尚毅望着默坐在灶前烧火的驼叔和在案前切菜的六嫂,一双眸子倏然闪了一下……

4

今晚的天有些阴,天上的星星稀得很。

临街的人家有的还在吃晚饭。男人们蹲在街边吞着碗里的面条儿,发出很响很响的呼噜声;给孩子喂饭的女人们则不时地骂着:"张开嘴,小祖宗,快吃!"

夏恭礼就在这时走出院门,慢慢地沿街向郝六嫂的小酒馆走去,右臂下照例夹着一张报纸。"咳、咳……"他边走边咳了几声。前些天他去城里开会,可能受了风寒,回来后病了十几天,今儿个是刚刚痊愈出门。

在病中,他听到了郝六嫂家失盗的消息,心里也很替郝六嫂着急。他虽然觉得同六嫂结婚有些丢脸,且又气她有时的放浪,但脑子里却总是不时地晃着她的影子。晚上,六嫂也时常走进他的梦境。今晚,他是特地带了五十块钱,想去给失了盗的六嫂一点帮助。

街边一排铁皮房里洒出来一片明亮的电灯光,夏恭礼扭头一看,吃了一惊,原来是一个铺面不小的商店。他这才记起病中自己商店里的职工来告诉他的那个消息:邹尚毅在很短时间内也办起了一个综合商店,很多生意被他抢去了。夏恭礼站在灯光照不到的地方,审视着店内货架上的东西,他以长期经商的眼光一下子就看出,店里的货物虽不及自己店里的多、门类全,却全是时下最急用、最流行的东西。店里这时仍有不少顾客在挑选商品,驼叔和邹尚毅在含笑营业。这使他相信了本店职工的话:很多生意被抢去了。好一个乡下小子!夏恭礼心里突然涌上了一股妒意。蓦地,他瞥见茵叶竟也伏身在那柜台上挑选着什么东西。好一个贱丫头!偏要来这里给我丢人现眼!他本想喊女儿出来,又怕惊动其他顾客,只好狠狠地用报纸在腿上砸了一下,悻悻地向郝六嫂的店门口走去。

六嫂的酒馆今晚顾客不少。夏恭礼走到门口时,六嫂像往常一样热情地把他迎到了店内,待他一在桌前坐下,六嫂就端来了酒壶和他爱吃的一盘猪耳朵。在向杯中倒酒的时候,六嫂仍像往常那样低声说一句:"宝丰大曲。"一切都像以往一样,夏恭礼满意地慢慢呷着酒,等着顾客散去后好把那五十块钱掏给六嫂。当他的眼睛随着六嫂那丰满的腰身转动时,心里起了一股微微的激动,他发现,六嫂今晚脸上似乎有一丝抑制不住的欢喜,在店里来回忙活时不时发出畅快的笑声。这有点出乎夏恭礼的意料,他原来估计郝六嫂刚丢了钱,会愁眉苦脸,没想到她的心情竟这样好。

喝酒的人终于都走了,六嫂像往常一样打发一双儿女去后房睡觉,自己插了店门向夏恭礼坐的桌子走来。夏恭礼此时有些急切地伸出手,想像往常那样让六嫂握住放在她胸前,然而六嫂却笑了笑,径直在他对面的凳子上坐了。

夏恭礼略略有些尴尬地缩回手,边去口袋里掏那五十块钱边亲切地说:"听孩子讲你家被盗了,我带来了五十块钱,帮点小忙。"

"不用了。"六嫂又含笑摇了摇头,跟着轻声说道,"有个事情我想跟你说一下,我下个月要结婚了。"

"结婚?!"夏恭礼像突然遭到枪击一样身子一震,停止了掏钱,哑声问道,"跟谁?"

"菜驼子。"六嫂依旧含着笑。

"你?你怎么能跟他结婚?!"夏恭礼的脸孔一下子涨得有些发紫。

"我怎么不能跟他结婚?"六嫂笑着反问。

"他、他是个驼子!"

"我不嫌弃。再说,我也不是漂亮的黄花姑娘了。"六嫂仍旧眉梢高扬,"俺是农民,高攀不上你们'吃卡片'粮的人,找个农民门当户对。"

"你、你不觉得丢脸?!"夏恭礼的声音里带着气恼。

"丢什么脸?"六嫂脸上的笑容倏地失去,"整天跟在你屁股后求你娶我不丢脸,别人给我介绍个男人就丢脸了?告诉你,我今儿个之所以先说给你,是把你当作一个老熟人通知你,不是让你来教训我的!"

"谁介绍的?"夏恭礼的眼睛不看郝六嫂,低沉地问。

"一个晚辈,邹尚毅。怎么?你问这干啥?是我自己愿意的!"六嫂的声调冷了起来。

"又是这个乡下小子!"夏恭礼从牙缝里挤出了这几个字。

"不许骂他!"郝六嫂霍地站起了身。

"哼!"夏恭礼恼怒地瞥了一眼六嫂,猛地起身拉开门,快步走了出去。但刚走到棠梨树下,他突然弯腰爆发了一阵剧烈的咳嗽,咳得他不得不伸手扶住棠梨树那粗糙的躯干。

当夏恭礼终于止住咳嗽直起身时,他望着棠梨树北半边的茂枝繁叶,含混地叫了一句:"该死!"

他又开始抬脚往回走,但与刚才来时相比,那脚步分明有些踉跄了……

5

茴叶看完驼叔和郝六嫂举行的婚礼仪式之后,脸红红地回到家里自己的房间,插了房门,从抽屉里拿出一沓信纸放在了桌上。

她决心给尚毅写信!

刚才,她挤在人群中看那番热闹时,双眼并未望着驼叔和六嫂,而是自始至终地盯在尚毅的身上。当尚毅欢笑着点燃挂在棠梨树枝上的一长串鞭炮时,她也在人群中无声地笑了。当有一个鞭炮在尚毅手里爆响疼得他眉头一皱时,她的一双秀眉也跟着痛楚地皱了一下,好像那鞭炮就响在她的手中。当尚毅双眉飞扬着提一篮糖果向围观的孩子们抛散喜糖时,站在孩子们身旁的茴叶也欢喜而又有些害羞地捧起了双手,果然,有两块糖落在了她的手中。哦,刚好两块!这一定是他故意扔给我的!

就是这种猜测帮助茴叶最后下了写信的决心,她要让他也知道自己的心!

她把那两块喜糖从口袋里掏出放在桌上,一脸幸福地看着。

"亲爱的尚毅",她拿笔写了这个开头,但马上又羞红着脸把"亲爱的"三个字抹去了,太羞人。

她换了一张信纸,双手捧着发烧的双颊坐在那儿想着如何写这个称呼。这时,只听门上嘟地一响,有人推门。

茴叶慌张地把信纸塞进抽屉,这才起身去开门。门一拉开,茴叶一怔,原来是爸爸满脸怒气地站在门口。

"你刚才又出去凑热闹了?"夏恭礼向女儿低沉冷厉地叫道,"二十多岁的姑娘,不会学得稳重点?!"

茴叶看了一眼爸爸那十分苍白的脸孔,垂首站在那里。

"咱们原本是城里人,"站在爸爸身后的奶奶顿了顿拐杖接腔道,"跟他们乡下人挤在一起不怕丢人?"

"以后再见你去街上疯跑,小心着点!"夏恭礼的声音冷得吓人,"还有,以后不准再去邹尚毅的店里买东西!"

6

尚毅从临街的一栋旧瓦屋里走出来,脸上漾着一丝满意的笑:这栋瓦屋他买下了。

尚毅心里早就想把继父和娘从邹家庄接到这儿,一直苦于没有房子,听说这家的主人要卖了房子在别处盖,他便立时赶了来,总算顺利买下了。

他知道,继父和娘的体力已越来越弱,做田里的一些重活已很是吃力了。他想让他们来这里住下后,自己拿出一部分钱做本钱,让继父和娘开一个饭店。他晓得娘手挺巧,在做饭食上颇有一套,光面条就能做出十几个花样来,不愁赚不了钱。再说,最近半年,棠梨村和四乡里的不少人学着尚毅的样子,在街两边盖房做生意办作坊,什么陈记油坊、老韩家挂面坊、杨记黄酒坊纷纷开张,棠梨村一下子变得热闹非常,一天到晚人流不断。在这种情况下开饭店,营业额是不会小的。这样一来,小妹、小弟也可到棠梨中学去读书,而不会被继父赶到田里做活耽误学业了。

尚毅边走边想着回家说服继父和娘搬家的事,前边忽然传来驼叔一声亲切的招呼:"小毅,你来店里一下。"尚毅闻唤抬头一看,才发现已经到了棠梨树下,穿得整整齐齐的驼叔正站在郝六嫂的小酒馆前向他招手。

尚毅急忙向小酒馆走去。驼叔和六嫂结婚后,便搬到这边住了。驼叔临离开草编公司时,尚毅拿出了四千块钱执意让他带上。到了这边后,驼叔就利用这笔钱对酒馆做了全面改造。尚毅进店一看,店面又向一侧新扩了一间,四壁刚用石灰刷过,桌凳新添了不少,酒具都是一色禹州出的中等品,菜橱、酒橱都是新的。店里的顾客不少,穿了新衣、脸色显得更红润的郝六嫂正在招呼顾客,一见尚毅进了店门,忙笑着指着一个桌子叫道:"大侄子,来,坐这里,我立时给你端酒!"

尚毅一听急忙摆手:"六婶,我不是来喝酒的。"

"咋?是不是嫌六婶的酒不好?"郝六嫂嗔道,"快坐下,老老实实给我喝几杯!"边说边端了猪肝、牛肉、兔肉、花生米四个凉盘摆在了那张桌上,"这是你六婶请你喝的!"

尚毅只得笑着到那桌前坐下。这时,驼叔手拿着一本书匆匆走过来低声说:"书店里的苕叶姑娘刚刚送来一本书,说是你过去要买没买到的,还夹有一封信,她让我交给你。"

"哦?"尚毅有些诧异地接过书一看,见是一本《商业基础知识》,他记起了那天他去书店买书的事。他掀开书页,看到内中夹着一封封了口的信。

"你慢慢喝,我去那边烧火,锅里还煮着肉。"驼叔说罢,向锅灶那边走去,六嫂也走去招呼新到的顾客了。尚毅慢慢地撕开那个信封,抽出了信笺:

尚毅哥：

你每天都那么忙，以后让我来帮你买书、订报、洗衣、做饭，行吗？

茼叶

望着这几行纤秀的字迹，先是一丝鄙夷的笑纹浮上了尚毅的嘴角，继而，便见他狠狠地、一下一下地撕着那张信纸。

"夏家姑娘，你看老子现在有钱了吧！"尚毅低低地从牙缝里送出了这句话，而后猛地把纸屑往地上一摔，抓起酒杯仰头喝了一口……

7

茼叶无滋无味地嚼着嘴里的饭，目无所视地望着桌上的菜盘。

这些天，她一直在急切地盼望着尚毅来信，然而，一直没有。为什么不回信？是不好意思？是无交给我的机会？还是嫌弃我？这些问号一齐在她的脑子里闪着。

有几天，茼叶甚至已陷入了绝望的深渊，但那两桩事实又鼓起了她的希望：一是尚毅收了她的信没有退回来，二是他收了她替他买的书。她哪里知道，尚毅已把她买的那本书扔给六嫂的儿子叠三角玩儿了。

下午，她在书店里隔窗看见驼叔出现在店前街上，立时高兴地站起身——她以为驼叔会带来尚毅的回信，可驼叔并没进书店，而是径直向街北边走了。

以她内心的那份急切,她真想跑到尚毅面前问问他,但是,羞怯,使她最终打消了这个念头。

"也许,他不想写信,而是想找机会同我面谈?"茴叶边机械地向嘴里扒着面条边想,"要真是那样的话,见了面该向他说什么话呢?像电影上那样说'我爱你'吗?天呀,羞死了。"两片红晕随着茴叶的想象漫上了她的双颊。

"茴叶,怎么不吃菜?"奶奶的一声招呼打断了茴叶的想象,她急忙伸筷去盘里叨菜,但因尚毅的幻影还在眼前晃动,她竟把筷子插进了奶奶放在桌上的饭碗里。

"嗨哟,死丫头,去我碗里叨什么?"奶奶的一声嗔怪,使茴叶眼前的幻影倏然消失,浓浓的红晕罩满了她的整个脸孔。她慌忙怯怯地抬眼看了一下爸爸,还好,爸爸没注意,正低头默默吃饭。

茴叶急忙去菜盘里夹了一筷菜放到奶奶碗里轻声说:"我看你碗里怎么没有一点菜?"

还好,掩饰得挺成功,奶奶没有发现什么,孙女的孝心使她很高兴地端起了饭碗。奶奶吃了几口,忽然想起了什么似的停下筷说道:"恭礼、小叶,有件事差点忘了给你们说。后晌,邮电所的老孔来给我说,说他们家孔俊很喜欢小叶,看两家能不能做亲……"

"不,不!"茴叶闻言身子骇然一抖,急忙打断了奶奶的话。

夏恭礼也有些意外地瞪大了眼。

"我也觉得这事不大合适。"奶奶又开口说道,"咱原本是城里人,孔俊和他爸妈虽说都在工作,可毕竟不是住在城里……"

"这事算了!"夏恭礼很干脆地打断了老母亲的话,"我已经给茴叶她大姐、二姐说过了,让她们在城里给茴叶找个合意的人家!"

"不,不!"茴叶又急忙红着脸叫道,但看看爸爸那威严的面孔,又赶忙低下了头。

"你要再在城里找了对象,待你爸爸退了休,我们就也搬到你们身边,轮流在你们三家住,咱原本就是城里人……"奶奶仍在絮絮地说着。

茴叶脸上的红晕一点一点地退尽,像喝药似的一口一口吃着碗里剩下的饭……

五

1

只差一点点就圆了的月亮高悬在天上。明晚,就是赏月的中秋之夜了。

听说县豫剧团明晚起要在棠梨村演出连本戏《朱仙镇》,尚毅忙完了公司里的事,便急急地向爹娘开的棠梨面馆走去,他要告诉他们做好准备——这是饭店做生意的一个好机会。

棠梨面馆开业已近一个月,生意做得不错。尚毅娘做各种面条的手艺的确出色,吸引了很多顾客;尚毅的继父过去虽没做过生意,但经过尚毅几天的示教,也已完全可以应付了。

他迈着轻快的步子沿街向前走着。这条街近来又向两头沿公路延长了许多,汪大兴面粉加工厂、刘富贵点心厂、昌盛粉条坊、棠梨旅栈相继出现在街道两旁。尚毅那天听棠梨大队的郑大队长说,现在仅四乡来棠梨村办厂、办作坊、做生意的人已近两千,每天在棠梨村流动的人员已有数千了,大队已觉无法管理,变化真是太快了。

"尚毅,还没歇哪?"

"尚毅经理,明天进城送货吗?"

"小毅,来店里坐坐嘛!……"

街两边不时传来人们的热情招呼,尚毅礼貌客气地应答着。如今,尚毅在棠梨村的威望是颇高的。这除了他是第一个在这儿定居做生意、办编织厂的,而且营业额最大、资金最雄厚之外,还因为他对刚起家办厂、办作坊和做小本生意的人,常给予照顾。哪一家一时资金上紧张,可以随时到他那里去借钱;初做生意的人遇到什么困难、风险,可以去他那里讨点办法;平时谁若进城送货、进货,也可以就便搭乘尚毅自己买的汽车。

"尚毅。"一声低柔的呼唤蓦地飞进了尚毅的耳朵,他一愣,脚步慢了下来。

"尚毅。"从街边一个暗影里又传出了一声低低的、怯怯的喊声。这一下尚毅听清了:是茴叶。

有一刹那,他曾不自觉地停下了脚步,想转过脸去。是的,尽管他心里时时记着夏家给过他的那场侮辱,但茴叶那姣好的面孔时常还会莫名其妙地在他脑子里闪过,每当这时,他都不得不狠命地从自己脑子里赶开那个面孔。此刻,他又迅速打消停下步子的念头,装着没听见似的大步向棠梨面馆的门口迈去。

"尚毅!"他听到身后又传来一声怯怯的、发颤的声音。

"见鬼去吧!"尚毅在心里狠狠叫了一声,径直进了面馆的店门,但他刚一进门,又慌忙退出了门槛儿。店内,继父正满脸含笑地向娘的头发上别着一个发卡。

尚毅愣在门口,长这么大,他这还是第一次看见继父在娘面前露出笑脸。

"尚毅。"他隐隐听见背后又传来一声茴叶的轻唤。

"咳!"他大声咳了一下,迈步进了店……

2

天还没黑,街上的人们就相继搬椅拿凳地去大队部门前的戏场上占位置了,所以到路灯亮时,长长的街上就显出了不常有的静寂。

此刻,就在这静寂的街道上,指间夹着一根香烟的夏恭礼,迈着稳稳的方步,由棠梨大队的支部书记陪着,不紧不慢地向戏场里走去。这已经成了惯例,每次演戏,都是在开演前,由大队一名干部来请他到观众席上最好的位置就座。因此,一逢观看演出,实际上也是夏恭礼在棠梨村真正地位的一次炫耀。

今天看戏的人真多,舞台上的几只大灯泡照着台下黑压压的一片人头。夏恭礼由支书领着径直向舞台前走去,那里放着几把靠背椅和一张条桌,条桌上放着几个茶杯。支书把夏恭礼让在中间的一把椅上坐下,立时又客气地把一个水杯端到了他的面前。夏恭礼扯了扯身上的中山服,把右臂下夹着的一张报纸在条桌上放下,接过杯呷了一口,便缓缓地向四下里打量起来。像过去一样,他的眼睛立时碰到了无数尊敬而羡慕的目光,一种自豪感又像往常那样涌上了心头,他那极爱面子的心理在这一刹那得到了完全的满足。

"夏伯伯,刚到?"身后传来了一声殷勤的招呼。

夏恭礼扭头一看,原来是孔俊。他矜持地朝孔俊和其他坐在他身后的公职人员点了下头,就又把目光移向了四周的观众。当他的目光掠过观众席左侧时,眉心倏地一耸——那边,"菜驼子"和郝六嫂合坐在一个条凳上,郝六嫂正笑指着戏台向一脸喜色的"菜驼子"说着什么,两人的身子挨得好紧啊!一阵揪心的灼痛迅速驱走了他胸中原有的那股自豪。

他猛地把脸扭向了戏台,然而,戏台上还无演员。他看了看表,离开演还有二十分钟。

夏恭礼心中的灼痛渐渐转成了气恨,并将气恨转向了把郝六嫂和"菜驼子"连在一起的邹尚毅。"好一个乡下小子!"他在心里叫。

恰在这时,也是穿着一身笔挺中山服的尚毅正由棠梨大队郑大队长引领着向这边走来。

怎么?难道让他也来这里坐?夏恭礼吃惊了。

果然如此。郑大队长径直领着尚毅走到夏恭礼面前,先是含笑招呼了一句"夏主任",而后便指着夏恭礼身边的一把靠背椅对尚毅笑着说:"来,坐这里。"

尚毅朝夏恭礼点了一下头,便很随便地在那个椅子上坐下了。

夏恭礼猛地扭过头去,一团怒气开始在他的心里膨胀。他万万没料到大队干部竟会把邹尚毅请来和他坐在一块儿。

"郑大队长,今晚你们请的人还真不少呀!"夏恭礼的声音中带着愠怒且夹有几分警告的意味。

"是呀,是呀,轻易不演戏,请大家都来看看。"大队长笑着答道。他当然听出了夏恭礼话里对他们请尚毅坐这儿的不满,但他明白,不论是谁当棠梨大队的干部,在这种场合下都会请尚毅来的。尚毅现在在棠梨村是一个举足轻重的人物,他不仅拥有一个草编工艺品公司和一个综合商店,是这里最富的人,而且他在整个四乡来这儿做生意的人中很有威信,是一个领头的,若外村来的人和本村人发生纠纷,无他出面还颇难解决。此外,他还几次给棠梨中学捐款,深得棠梨村人的尊敬。何况,最近又风传县里要把棠梨村改为棠梨镇,据说临时领导小组中也有邹尚毅的名字。

坐在一旁的尚毅自然也听出了夏恭礼的话意,但他只是在脸上浮出了一个满足的笑容:我终于可以和你平等地坐在一起了。今晚上的戏,尚毅原本是不打算看的,后来因为大队长亲自登门恳切相请,加上他听说夏恭礼今晚也要到戏场并且和他坐在一起,他才下了决心,换了一身笔挺的中山服,穿上一双很亮的皮鞋,来了。

"看,坐在夏主任身旁的那个小伙,就是草编公司的经理,有钱着哩!"

"哟,那小伙长得还不错,看那衣服,比夏主任穿得还挺括哩!"……

周围人群中飞出的议论声直钻夏恭礼的耳朵,他觉得,自己要再和这个邹尚毅并肩坐下去,就要把脸丢尽了。

"嗨,他妈的,现在什么人都抖起来了!"背后传来了孔俊讥讽的声音,"再抖还不就是个乡下小子吗?"

孔俊的这句话使夏恭礼和尚毅的身子同时一震。夏恭礼在身子一震的同时做出了决定:不看戏了!不能同这个乡下小子坐一起让人耻笑!尚毅则在身子一震的同时,抹去了脸上原有的笑容,在心里痛苦地重复了两句:"乡下小子!"

"不看了!"夏恭礼猛站起身对大队长冷冷说了一句,跟着便向戏台一侧走去。

"嗳,嗳,你怎么不看?马上就要开演了!"大队长吃惊地起身赶上去要拉住夏恭礼。

夏恭礼推开大队长的手,冷冷地甩下一句:"我不愿和姓邹的坐在一块儿!"便快步走出了戏场。

大队长愣了一下,慢慢走回来坐下了。

很多人都听到了夏恭礼最后那句话,尚毅当然也听到了。一股血先是猛冲到头顶,继而又一下子倒回了心脏,因受了侮辱而引起的激动使他的身子开始哆嗦了。

不想身后的孔俊此时竟也站起身来叫道:"什么熊样的人都坐在了咱前面,不看了!"说罢,也抬脚向戏台一侧走去,经过尚毅身边时,还特意轻蔑地瞥了尚毅一眼。

尚毅的两臂剧烈地抖动了一下,他真想立时跳起身就把拳头砸在孔俊的那张白脸上,但他知道在这种场合闹起来不好,终于还是压下了这股冲动,只是紧咬下唇,用双手死死抱住手中的茶杯。

戏开演了,但演的什么,唱的什么,尚毅既没看见也没听见,他的身子只是一个劲儿地哆嗦着,一缕血丝渗出了他的下唇。蓦地,他那喷火的目光停在了戏台右侧的人群里,那儿,站着茴叶,她正直直地向他望着。

尚毅两腮的咬肌抽搐了一下,一个低微得只有他自己听到的声音从他的嘴里迸出:"我要让你们付出代价!"

当戏台上的演员翻起跟斗,台下所有的观众都把目光投向台上的时候,尚毅悄悄地弯腰在人缝中向茴叶站的地方走去。走出几步之后他才发现,那个陶瓷茶杯的把手已被他折掉在手里了。

3

茴叶是电影迷,却不爱看戏。

她今晚之所以来到戏场里,其实只是为了远远地看看尚毅。她吃了晚饭去书店,隔着窗户看到郑大队长领着尚毅向戏场走时,便随后跟了来。戏台上这会儿演的是什么,茴叶根本不知道,她的目光只是不离开坐在场中的尚毅。开戏前,爸爸和孔俊走出戏场她是看见了,但因为隔得远,听不到他们说了些什么,所以她并不知道他们离开戏场的真正原因。茴叶对他俩走出场去倒不关心,只要尚毅还坐在那儿就行。

此刻,她看见尚毅向自己站着的这个方向走来,心里顿时涌起了一阵欢喜。这几天,她下了决心要寻找机会同他说话,她想告诉他爸爸、奶奶要给她在城里找对象的事,也想问问他为什么不回信。那天晚上,她大着胆子站在街边暗处喊了他几声,可惜他没听见——她哪里晓得尚毅其实是听见了。

近了,近了,尚毅只差两步就要走到她面前了,她的心咚咚地跳起来,脸涨得通红,但是怎么开口?茵叶在这一刹那了无主意,羞赧最终使得她垂下了头。尚毅就要从她的面前挤过,最好的机会眼看要错过了,着急和后悔使得茵叶的双眼涌上了眼泪。就在这时,她明显地感到她的衣襟被就要挤过去的尚毅暗暗扯了一下。啊! 茵叶的心猛地一颤,一股巨大的欣喜霎时涌到了胸中:他要我跟他出去!

几乎在尚毅刚挤出人群时,茵叶便也向外挤了。她挤出人群一看,尚毅在几十步外站着,显然在等她。她看了一眼身后的观众,还好,人们的眼睛都只顾盯着戏台,并无人注意她,她疾步跑到了尚毅跟前。

"愿不愿跟我去随便走走?"尚毅的声音低而清晰。

啊,终于等来了这个机会! 来得太猛的欢喜竟使得茵叶说不出了话,她只是很快地点了点头。

尚毅迈开步子向街上走去,茵叶在后边快步跟着。

街上此时一片静寂,只有不多几家店铺还亮着灯光。尚毅径直走到棠梨树冠下的阴影中停住了脚步,茵叶也随后气喘吁吁地站在了他的面前。

被棠梨叶筛碎了的月光,照着茵叶那张激动的脸庞。

"你前些日子写给我的信,看到后我本想早给你回信的,后来想想还是找机会当面谈谈好。"尚毅声音很轻地说道,语调虽然柔和,但其中却带有一点抑着的冷意,"说真话,我内心里早就很爱你了!"他有意重读了"爱"字。不过刚说完这句话,他被那一缕月光照着的额头上就掠过了一丝厌恶。

茵叶并没有注意到尚毅神色的变化和声调的异样,其实,她那单纯的被炽热爱情填满的头脑,此时已不能详细地分辨什么了。她一听到从尚毅的口中说出"很爱你"三个字,一种从未体验过的幸福感就使得她有些晕眩。过了好长一段时间之后,她才用轻柔的声音说,"我不会办什么大事,不过以后我可以给你洗衣、做饭,帮你记账,你累了的时候,我可以给你读书、读报,你可以放心干你的事,杂事不让你操心。"她边说边用脚尖轻轻地蹭着脚下的土。

"既然这样,"尚毅接腔说道,"我想明天我们正式举行个订婚仪式!"

"订婚仪式?"茵叶那充盈着幸福的乌眸意外地闪了一下。

"对,愿意吗?"尚毅的声音里带了点压力。

"我……听你的。"茵叶急忙点了点头,"别让老人参加,行吗?"茵叶低低地问——她估计爸爸是不会这样快就同意她订婚的。

"行!明天上午……"

哗啦一声,那边墙根儿的阴影里此时突然响了一下,茵叶一惊。"有人!"她低叫了一声,慌忙向尚毅身边靠了靠。

"没什么,别怕。"尚毅安慰了一句,随后又压低声音说,"明天上午八点钟,你我准时到郝六婶的酒店里,在那儿喝杯订婚酒,然后,我俩挽着胳膊在街上走一趟,让街上所有的人知道:我俩订婚了!"

"挽着胳膊在街上走?"茵叶惊骇地瞪大了眼,声音中露出了恐慌。生性腼腆、羞怯的她,尽管内心里幻想了无数个和尚毅在一起的场面,却从来没敢想到这种场面。

"对!怎么样?不愿吗?"尚毅直瞪着茵叶,双眼中有了冷光。

"我、我……害怕……"茵叶深深地垂下了头。

"哦,那就算了!看来,你并不是真心要跟我结婚。"尚毅的声音顿时冷了起来,"我不勉强你!"

"不、不,"茵叶急忙抬起头,"我、我只是……我……听你的……"她惶然地说罢,又垂下了头。

一丝冰冷的笑意闪过尚毅的嘴角:"那好,就这样定了!你暂不要给你爸说明天的事,咱们走吧。"

"这……就走吗?"茵叶声音低微地说道,她不愿就这样放弃这个宝贵的机会,她心里还有许多话没对他说呢。

尚毅闻言先是愣了一下,而后像是明白了什么似的猛地伸手把茵叶拉到了怀里。

茵叶显然没料到他会这样做,双眸惊异地一闪,但随即,她大概明白了他是要像电影上的情人们那样亲她,便顺从地偎在了他的怀里。

然而,尚毅只是把他那冰冷的嘴唇在茵叶额头上轻轻触了一下。

可是,就这样轻轻一触,已使茴叶浑身起了一阵幸福的战栗,她醉了似的闭上了眼睛。

"夏恭礼,你等着明天吧!"尚毅抬头望着头顶的棠梨树冠,在心里狠狠地叫。

远处的戏台上,大概岳家将正与金兵在朱仙镇对阵,锣鼓声显得越发急骤……

4

茴叶刚才听到附近墙根阴影里哗啦一响时,曾吃惊地叫了一声:"有人!"她在惊慌中做出的这个猜测其实没错,那儿的确有人在偷听他们的谈话,那人就是孔俊。

孔俊在随夏恭礼从戏场中间退出之后,其实并没有离开戏场。他在退场之前就已经注意到茴叶站在戏台右侧,他所以要退场,除了向夏恭礼表明自己同他观点一致外,就是想去和茴叶站在一起,把他托人给她买了双高勒皮靴的消息告诉她。不料,他绕过戏台刚要向茴叶身边挤去时,恰被一个熟人碰见,拉住他没完没了地说话,当他终于摆脱那个熟人后要向茴叶身边挤去时,却见茴叶随在邹尚毅的身后从人群中挤了出来。他见状一惊,慌忙闪在暗影里,待他看到茴叶竟顺从地跟在邹尚毅的身后向街上走去时,他惊呆了。他从没想到茴叶会同她爸爸那么瞧不起的一个乡下小子去幽会。他内心里也曾担忧过茴叶会像她两个姐姐那样远嫁城里,因此,曾暗中设想了无数个情敌的模样,但在他所设想的那无数个情敌中,却根本没有邹尚毅。他万万没有料到以邹尚毅那样的出身,竟能得到茁叶的青睐。一股强烈的妒意使他想也没想,就立即尾随在他们身后,藏在了墙根阴影里听他们谈话。当听到茁叶说同意明天举行订婚仪式的话时,他气极地顿了一下脚,就在那一刻,他碰响了地上的一块砖头,发出了响声。他当时急忙悄步离开了那地方,向街上的夏家院子奔去。他要去找夏恭礼,他知道夏恭礼绝不会同意茁叶嫁给邹尚毅,也知道只有夏恭礼才能阻止这件事情的发展。他想得到茁叶,他要得到茁叶!

他奔到夏家门前急骤地拍起了门,茁叶奶刚拉开院门,他就急切地问:"夏伯伯在家吗?"

"在堂屋里坐着,不知在生什么气哩。"茁叶奶应着。

孔俊走到堂屋门前,看到夏恭礼正阴沉着脸捧着茶杯坐在那儿,显然还在为戏场里的事生气。

"有事?"夏恭礼抬眼看到孔俊,淡了声问。

"夏伯伯,出事了!"

"嗯?"夏恭礼冷眼望着他。

"茁叶和邹尚毅一块儿到棠梨树下……"

"什么?!"夏恭礼霍地站起了身,双眼可怕地瞪着孔俊。

"刚才茁叶和邹尚毅从戏场里出来,一起到了棠梨树下的阴影里。"

"胡说!"夏恭礼暴怒地叫道。他决不相信,这无异于打他耳光!

"我亲眼看见的。我在离他们几十步远的地方,亲耳听见他们说明天要举行订婚仪式……"孔俊嗫嚅着解释。

夏恭礼的面孔在慢慢地变青,下颔开始不住地抖动,他从孔俊的神态上明白了,孔俊没有说谎。

"天哪,我们原本是城里人啊……"茼叶奶此时在一旁发出了一声呻吟。

"这、个、贱、丫、头!"夏恭礼咬着牙一字一顿地说道……

5

茼叶在书店里停了一会儿,待戏散时,才迈着轻快的步子走到自家院门前,推开虚掩的院门,走进了自己的房间。她拉开灯后的第一个动作,便是走到镜前去看自己那充溢着幸福的绯红的面孔。这时,房门忽然咚地被踢开,茼叶回头一看,见是脸色铁青的爸爸站在门外。

"爸,你还没睡?"茼叶有些意外。

"说,刚才去哪里了?"夏恭礼一步跨进屋内,厉声问。

"去、去看戏了。"茼叶有些慌张地答。她拿定了暂时不把要同尚毅订婚的事告诉爸爸、奶奶的主意。

"说谎!"夏恭礼又一步跨到了女儿面前叫。

茼叶的脸孔唰地红了,不会说谎的她,被爸爸的这一句话吓得说出了真情:"我同尚毅刚才在一起讲了一会儿……"

啪!茼叶的第一句话未说完,脸上就重重挨了爸爸一巴掌。

"天哪,我们原本是城里人呀……"站在门口的奶奶这时长叹了一声,重重地在地上顿了顿拐杖。

茴叶无言地望了爸爸一眼,脸上的红晕一点一点地被苍白所替代。她原来虽然估计到爸爸会反对,但没想到他竟这样决绝。

"贱丫头!说!为什么偏要去找他?!"夏恭礼已近乎吼叫了。

"我喜欢他。"茴叶声音虽低,但内中却了无怯意。

啪!夏恭礼又猛地抬手向女儿脸上打了一掌。

"你不会好好对孩子说?"茴叶奶大概因为心疼孙女,在门外顿着拐杖朝儿子抱怨,但她随之又把话头转向了孙女,"小叶,咱原本是城里人,他一个乡下……"

"说!以后还去找他不?"夏恭礼打断母亲的话,又向女儿吼。

"我们说好了要订婚。"茴叶静静地站在那儿望着爸爸说,一缕血丝随着话语溢出了她的嘴角,缓缓地向下滴着,"爸,你打吧,把我打死算了,反正我不会变了。"

"你?!——"夏恭礼的身子因气愤而开始发抖,但他的声音却突然变得冷而低了,"好!既然要跟他,就把老子给你的一切东西都留下,马上给我滚出这个屋子!"这是他当初制服二女儿的最厉害的一招,他又拿出来了。

夏恭礼万没料到,茴叶听到这句话后竟然默默地抬手去解上身外衣的扣子,并很快地把外衣脱下来扔到了床上,同时低而清晰地说道:"我明天再把其余的衣服都送过来。"说完,抬脚便向门口走。

"好哇!——"女儿这种冷静而固执的顽抗把夏恭礼激怒得失去了理智,只见他边嘶声叫着边猛地抓过门后靠着的一根小竹扁担,狠狠地向女儿抡去。

竹扁担重重地砸在苗叶的左小臂上,只见苗叶先是极端痛楚地耸起眉头,随即便重重地倒在了地上。

"天哪!你要把孩子打死?!"苗叶奶见孙女被打倒在地,心疼地叫了一声,同时挥起拐杖朝儿子的胳膊上狠狠打了一下。

哐当!夏恭礼手中的竹扁担掉在了地上。

"小叶,叶儿——"苗叶奶慌慌地颤步向孙女奔过去……

6

尚毅一大早就起了床。

他没有穿昨晚上穿的那套笔挺的中山服,而是换上了他一直保存着的最初离家时穿的那身衣服:一件土气的蓝色布扣对襟褂,一条黑色的打了补丁的裤子。在前边门市部睡着的表弟手拿着一封信,匆匆向尚毅住的房子走来,他推开门一看尚毅身上的穿着,惊愕地叫了一声:"嗬!怎么穿起这身旧衣服了?"

尚毅淡淡一笑:"衣服洗了,临时换上这身。"

"你不是有几身好衣服吗?要不,我那里还有衣服,先给你拿一套来!"表弟说着就要转身出门。

"不用!"尚毅口气坚决地叫住他,"我今天就想穿这身衣服!你去照应门市部吧,上午我有点事出去。"

表弟见他这样,就把手中一个封了口的信封递上说:"这是粮所孔俊刚才拿来让交给你的。"说罢,便转身走了。

尚毅接了信封,脸上闪过了一丝意外。他默默地撕开封口,抽出了信笺,立时,一行歪斜的字迹跳进了他的眼里——

"要不要我告诉你茴叶曾打过一次胎?"——为了阻挡尚毅和茴叶之间关系的发展,聪明的孔俊想出了这个主意。

尚毅猛地抬起头来,双眼喷着火,但瞬间之后,那火变成了冰,只听他咬牙低声道:"破鞋,也要!"……

7

脸孔苍白的茴叶慢慢走出小书店,向六嫂的酒店走去。

左小臂疼得厉害。茴叶每走一步,都会引起小臂上一阵剧痛。这疼痛折磨了她整整一夜,夜里有几次疼得她都想喊出声来,但她终于还是咬着牙强忍住了,只是让眼泪无声地流。天亮时,她注意到整个左臂都肿了,穿衣服时疼得她几乎要把嘴唇都咬破。起床后,她勉强吃了几口奶奶端给她的饭,便径直来到了书店里,看看手表上的指针快到八点了,她才起身向六嫂的酒店走去。

走进店门,她一看到尚毅端坐在一张酒桌后,胳膊上的疼痛似乎骤然减轻了许多,一抹幸福的微笑出现在她的脸上。

"哎呀,小叶,快,快,快到桌边坐!"六嫂满脸堆笑、风风火火地从菜案那边走过来叫道,"尚毅不会办事,今早晨才来告诉我你俩今儿个要订婚的事,这不,慌里慌张地才做出了几个菜!"茴叶刚在桌边坐下,六嫂就急忙转身对含笑站在那儿的驼叔道,"他爹,快呀,快端菜!"

驼叔急忙把六嫂刚才准备好的六个冷盘、六个热盘一股脑儿全端放到了桌上。

"我早就同孩儿他爹说,你们两个是最般配的一对儿,这不,果然爱上了。"六嫂一边往杯里倒酒一边笑着说。

一丝如愿以偿的欢喜浮在茴叶那因臂疼而微蹙的眉梢上。

尚毅一直静静地坐在桌边,嘴角吊着一丝含意莫名的笑意。

"来,来,茴叶、尚毅,你们端起杯,我知道茴叶不会喝酒,特意温的家酿的黄酒,来,喝一杯。"六嫂端起了杯。

茴叶站起身,就在她站起的瞬间,一阵剧痛从左小臂上传出,她咬了咬嘴唇,喝下了酒。

几杯酒喝下之后,六嫂从衣襟里掏出一个红纸包笑着说:"小叶,虽说你和尚毅是自由恋爱,有些事上还要按咱这里的规矩办。这是尚毅给你的一点钱,你拿着,买两身衣服。"

"不,不。"茴叶慌忙红着脸拒绝。

"拿着吧,"驼叔也在一旁劝道,"这是咱们这儿的老规矩。"

这当儿,六嫂已把红纸包塞到了茴叶的褂子口袋里。茴叶没再掏出来,她怕因为这件事伤了尚毅的心。然而她没注意到,就在此刻,一丝鄙夷出现在尚毅的眉间,不过那鄙夷转瞬即逝了,只见尚毅站起身说道:"驼叔、六婶,你们忙。我和茴叶到街上去转转!"

"转转?那好!那你快回去换身衣服!"六婶指了指尚毅身上的旧衣服。

茴时这才注意到,尚毅今天换了衣服。她刚才因为害羞,很少往他身上看,即使看一眼,目光也总是在他的脸上一扫,并没注意他的衣着。

"我很喜欢这身衣服,你说呢?"尚毅直盯着茴叶问,脸上带着一种古怪的神情。

茴叶垂下头低声说道:"穿什么衣服都行。"她这是真心话,在她眼里,尚毅穿什么衣服都一样好看。茴叶心里没有别的要求,她只希望尚毅喜欢她!

"那好,咱们走吧!"尚毅离开了桌子。

茴叶咬牙忍着左小臂上的疼痛,也站起身……

8

飘动着几缕絮云的淡蓝色天空,清肃如洗。

阳光静静地照着人群熙攘的棠梨村街。

街两边摆摊售货的和街中间看货、买货的,把街面几乎挤满了。但当尚毅左臂挽着茴叶的右臂出现在街上时,人们立时面露惊异地自动让开了路:这街上还从未见过有哪一对男女臂挽臂地当众行走,何况这又是夏恭礼的漂亮女儿挽着邹尚毅的胳膊走。

"嗨呀!尚毅经理,三姑娘!""两瓶半"这时不知从哪儿钻了出来,嬉笑着站到了尚毅和茴叶面前叫道,"我早就说,你俩是最般配的一对儿,这不,果真了!怎么样?我可是常常在月黑之夜到棠梨树下替你俩祷告,让你俩早成一对儿的,今儿个不慰劳慰劳大叔?"他边说边伸出了手。

尚毅面带笑容地从衣袋里摸出了一张十元的票子递给了"两

瓶半","两瓶半"立时欢呼:"哎呀,我的天!我今儿黑里一定再到棠梨树下替你们祷告,祝你们早进洞房、早生儿子!"

茴叶那因臂疼而显苍白的双颊,又被这些话说得红透了。

尚毅挽着茴叶不紧不慢地在街上走着,他俩走到哪里,哪里的人们就会立刻停下买卖,新奇地望着他俩。街边偶尔会响起几声低低的议论:"夏家的三姑娘长得真漂亮!""尚毅这娃多有福气!""那姑娘脸好白!""尚毅怎么穿上这身衣服?"……

在这一双双眼睛的注视下和人们的轻声议论中,尚毅神色自若地迈着步。而他身旁茴叶的脸孔,则变得愈加苍白了——因为移动脚步而引起的颤动,使左小臂上的疼痛急剧地增加着,冷汗,开始从她的额角上渗了出来。

"啊?"街边的人群中蓦地传出一声低低的惊呼。尚毅扭头一看,原来是孔俊,只见他直瞪着茴叶,身子软软地倚在粮所的门框上。

一丝令人难以察觉的快意,从尚毅的双眼闪过。

快要经过茴叶的家门口了,尚毅感觉到茴叶的胳膊在轻轻地哆嗦。他看了她一眼,注意到她的脖子上全是汗,但他估计她是因为害怕她爸爸发现,根本没想到茴叶胳膊的哆嗦是因为那越来越加剧了的伤痛。

尚毅微微地歪过头,目光直盯着茴叶家的门口,他很希望夏恭礼此时出现在门口,能够亲眼看看这个场面。可是,没人,院门关着。尚毅有些遗憾地扭过脸去,就在扭脸的一瞬间,他眼睛的余光蓦地瞥见,在夏家临街的一间房屋的玻璃窗后面,站着脸色苍白的夏恭礼。当他们双方的目光相触以后,他清楚地看到夏恭礼猛地扬手打了自己一个耳光。

一个终于得胜的笑意出现在尚毅的脸上。

他感觉到茴叶的步子明显地慢下来,且整个身子都倚在了他的身上。

他和茴叶向小书店走去。在迈过书店那不高的门槛时,耗尽了最后一点力气的茴叶一个踉跄,突然向地上倒去,尚毅见状急忙伸手扶住了她的左臂。

"啊!——"几乎在尚毅触着茴叶左臂的同时,茴叶发出了一声痛楚至极的嘶喊……

9

透进病房的一缕阳光,照在茴叶那失了血色的脸上。

她双眼闭拢静静地躺在县医院的一张病床上,打了石膏的左臂平伸在床边——她的左小臂断裂性骨折,医生已为她做了接骨手术。

尚毅默坐在床头,两眼望着茴叶的脸孔,嘴角挂着一丝不甚明显的冷笑。他虽然已经知道了茴叶受伤的原因,但他内心里却无半点感动和同情,相反,还感到了一种隐隐的快意。人间的痛苦每个人都应该尝尝!两个月后,我还要再让你尝尝解除婚约的味道!

茴叶的身子轻轻动了一下,随后,慢慢睁开了眼睛。她的目光一触到坐在床头的尚毅,苍白的脸上就立时浮出了一个放心的、满足的笑。尽管胳膊上的伤痛还在折磨着她,但一见到自己所爱的人坐在身边,那疼痛便暂时被忘却了。"你,回去歇歇吧。"她声音微弱地看着尚毅说,目光中透出无限的关切和柔情。

尚毅摇了摇头,而后却冷漠地问:"喝水吗?"

茴叶刚要张口回答,门外突然响起了一阵急而重的步子,随之,便见夏恭礼出现在了病房门口。他在门口站了一下,仇恨地瞪了一眼尚毅,这才急急地奔到茴叶的床前,俯下身去看茴叶的胳膊。

"爸爸。"茴叶低低地叫了一声。

夏恭礼的目光中交织着心疼、愧疚和气恼。

定定坐在床头的尚毅,原本没有要爱抚茴叶的心思,但他此刻为了向夏恭礼显示"你女儿现在是我的人了",便装作很亲密地用一只手在茴叶的额头上抚摩着。

茴叶对尚毅的这个举动虽感羞赧,脸上涌起了一层艳红,但她的内心深处,却满是甜蜜和幸福。

夏恭礼一见尚毅的这个举动,双眉立时厌恶地一耸,随即便低沉地叫:"不许碰我的女儿!"

尚毅像没有听到这声音似的,一边继续用手抚摩着茴叶的脸颊,一边无声地抬头望着夏恭礼,眼里闪着一丝轻蔑和"你奈我何"的神色。

"叫他把爪子拿开!"夏恭礼气极地望着茴叶压低声音吼道。

茴叶无言地闭上了眼睛,两串晶莹的泪珠立时溢出了她的眼角,沿着她的双颊飞快滚着。

夏恭礼猛地转身,迈着重重的步子向门外走去。

一丝冷酷的笑意从尚毅的嘴角一闪而灭……

溺

我至今还清楚地记得那个穿蓝旗袍的女人，记得她那声尖尖的惊叫。那声惊叫虽然音量不高且已经历了几十年的磨蚀，今天却依然像枣刺一样尖厉地扎着我的耳朵。那声惊叫响在一个秋天的上午。那天上午国小的刘先生把我们十二个女孩叫出来，往我们每人手里放了一束鲜花，说："待一会儿省府里有几位女士要来视察我们学堂，你们就站在学堂门口，等女士们从乘坐的马车里下来之后，你们拥上去把花献给她们。"他说完，还做了一个碎步小跑双手献花的动作，他跑起来左右摇晃，有点像鸭子，惹得我们一齐咯咯咯直笑。我们的笑声还未落地，一个穿蓝旗袍的女人由一位男子陪着向我们走来，刘先生恭敬地迎上去含了笑报告："夫人，都已经照你的吩咐准备好了。"那女人点点头，走近来仔细地审视着我们。她像分糖似的把她的目光分给我们每人一眼，看到我时双眉先是一扬，随即响起了那声让我终生难忘的惊叫："喃，这丫头咋长这样丑?！不行，换一个！"

接下来别人又说了什么做了什么我都不知道，我被蓝旗袍女人的那声惊叫砸蒙了：我丑？我丑？我丑?！我晓得我那阵不能哭，我拼命用牙咬住下唇，但泪水还是糊住了我的眼睛……

这是我第一次当面听人说我长得丑！

那一年,我九岁!

那个秋天的中午我噙着眼泪跑回家所做的第一件事,是跑到娘的屋里照镜子,我要弄明白我究竟丑不丑!我在镜子前站了很久很久,也许是那蓝旗袍女人的惊叫在提示的缘故,我头一回注意到镜中的那张脸是有不少毛病:双颊上有许多麻坑,两眼如一条细线且分得太开,鼻子有些塌,嘴大得太过还有两个牙向外凸着,头发又黄又细。我发现了这些可我的心却在固执地否定这就是丑:也许有的人就该长成这个样子,长成这个样子兴许也叫美哩?为了验证我的这个念头,我想和大姐站在镜前比比,只要我和她在镜中看去一样入眼,我就不丑!为了不让大姐觉察出我的心思,我把娘搽脸的胭脂在镜子上抹了一点,我说:"大姐你来看看这镜上抹的是啥东西。"大姐闻声走过来。大姐长我三岁,在大姐伸头去察看镜子上那点胭脂究竟是什么的当儿,我飞快地把她的脸和我的脸做了比较,这一比我心中一冷:大姐的脸看上去的确比我的入眼,我自己看她的脸也比看自己的脸感到舒服。但对这个结果我还是不服,也许是大姐大我三岁的缘故,我要长到十二岁也可能和现在的她一样耐看。二姐只大我一岁,和二姐比可能比较平等。我于是又想和二姐比,我把娘的木梳掰断了一根齿,而后向二姐叫道:"二姐你来看这木梳咋会断了!"二姐闻唤跑过来。在二姐去察看梳齿的时候,我把自己的脸和二姐的脸比了一下,这一比我的心中又一寒:我的脸不如二姐的耐看,我看二姐的脸比看自己的脸心里顺畅。天啊,我的心真正有些慌了,但我还是不甘心,二姐毕竟大我一岁,我再长一年说不定和她一样好看。我于是又想到了妹妹。我那时已经知道和哥哥和弟弟们比不出啥子名堂,女娃应该和女娃比。妹妹小我两岁,对她我可以直接指挥。我站在镜前朝她喊:"喂,你过来!"妹妹就乖乖地站到了镜前,我将脸朝妹妹的脸贴去,那一刻是可怕的,镜子清楚地显示出:妹妹的脸柔和而甜美,而我的嘴、眼、鼻子、眉毛和双颊样样比上去都显别扭。我不得不承认,我长得丑,丑!我捂了脸哭着跑开了,妹妹不知所以地边喊着三姐边追过来,我跑进睡屋,关上门。

那天后晌我没去上学,家里人都以为我病了。我昏昏沉沉地躺在床上,蓝旗袍女人的那声尖叫像一群白色的鹅一样伸头围着我:"这丫头咋长这样丑?!这丫头咋长这样丑?!这丫头咋长这样丑?!……"

就是从那天以后,我开始找理由不再和全家人坐在一起吃饭,不再和姐姐妹妹在一起玩,我害怕爹娘和家里的仆人们暗中拿我的脸和姐姐、妹妹的比,从而看出我的丑来。我那时还在天真的年纪,我天真地以为,只要他们不拿我和大姐、二姐和妹妹比,他们就看不出我长得丑。

对于我的这些变化,整日忙于买盐卖盐赚钱的爹和常常躺在床上吸烟的娘并未留意,只有做饭的刘妈稍稍有些惊奇,小声嘟囔着:"三姑娘这是咋着了?"

逢到天气暖和的傍晚,姐姐妹妹和哥哥弟弟们以及仆人们的孩子,常在前院里做"扯羊逮"的游戏。大伙挨个扯住前边人的衣裳后襟成一队,队伍的对面站着一个人,这个人必须想法躲过排头人的保护而抓住排尾的那个人。为了避免被逮住,一队人如扫帚一样左右摆动,随着队伍的大幅度摆动,笑声叫声便响彻了整个院子并能把院中三棵榆树上栖落的宿鸟吓得逃入迷蒙的暮空。每逢游戏开始时,我的心就痒痒得也直想跑过去,也像他们一样跑、一样叫、一样笑,但我忍住了,我咽了几口唾沫把那个想要快活的愿望压下去。我只是眼巴巴地隔窗而看,我怕大人们把我的脸和姐姐、妹妹的脸拿来对比从而看出我的丑来,学堂里的人们已经知道我长得丑了,在家里再不能让人看出,不能!

也就是从这时起,我对人们用"对比"这个法子去论人说事感到了仇恨,倘若人们不会对比,不用对比这个法子,不就可以发现不了人的丑了?是谁最初教会了人们对比?

我曾以我有限的智力想把自己的脸往美处变,我想先把颊上的那些麻坑弄平,这东西最丑。我一连几天琢磨着把那些麻坑填平的方法。我从刘妈用面糊填平面板上的凹坑得了启发,偷偷和了半碗红薯面糊,拿一根小棍蘸上面糊往脸上的麻坑里填。我是头天晚上对镜填上的,填上我就睡下了,我想这些和我肤色差不多的面糊会很快长在我的脸上,没想到第二天起床时手一摸发现它们全都掉了。我为此哭了一个早上,那天早上全家没有一个人知道我流泪的真正原因。

我不想让家里人看出自己丑的希望最后破灭于一个后晌。那是来年春天的一个后晌,我爹兴冲冲地进家宣布,县长大人晚上要到我们家做客。爹要我们兄弟姐妹和仆人们都穿上最好的衣裳,把手脸洗洗,把院子和屋子收拾干净,并交代我们各自待在自己的屋子里读书,不要乱跑。天擦黑的时候,县长坐的马车碾着街上的石板咯噔咯噔地滚到了门前,我听见爹娘在门口谦恭地和陌生的男女说话的声音。随后,一阵杂沓的脚步声就响进了后院。一种想看看县长是什么模样的欲望像蚯蚓一样在我心里乱拱,但我没敢乱动。没过多久,爹忽然出现在我们兄弟姐妹们的房间门口,爹高兴地说:"快,你们把衣服抻抻,把头发梳梳,跟我去后院,县长要见你们!"我慌忙拿起木梳去梳头发,一种要见到县长的新奇心使我忘掉了平日的决心:不和姐姐、妹妹她们走在一起。我快活地站在大姐、二姐身后,准备随着她们走,不想就在这时爹拍了拍我肩头说:"小三,你不用去了。"我一怔:"为啥?""你在这儿看着门吧。"爹说了一句,便领着大姐、二姐、哥哥、妹妹和两个弟弟他们走了。看门?用人们都站在院里还用看门?我怔了一刹那之后,喊过一个女佣,我说:"你在这儿看门。"说罢我就往后院跑去。那阵子后院的客厅里灯火通明,门虚掩着,我听见爹正在逐个介绍着大姐、二姐、哥哥、妹妹和弟弟们的名字,我拿不准该不该立时推门进去好赶上爹给我介绍。我在门口站了一会儿,我隔门缝看见那县长哈哈笑着对爹说:"恭喜你呀吴先生,你有三个儿子三个女儿,而且都长得漂亮可人,可真是让人羡慕哩!"爹干咳了一下,说:"还有一个女儿,去她姑家了。""哦,哦。"县长又笑了,"你这样儿女成群,晚年可是要享福的呀!……"我惊站在那儿:爹为啥说谎讲我去姑家了?他刚才不是还让我看着门吗?这当儿在客厅里沏茶的刘妈开门出来,看见我站在门口,吃了一惊,一边把我往暗影里推一边说:"三姑娘,快随我回前院!"我被刘妈扯着向前院走,委屈地诘问:"爹为啥说我去姑家了?"刘妈叹口气,刘妈说:"唉,真不明白,都是一个娘生的,咋就你长得这样……八成是因你爹喝酒你娘吸烟……"

刘妈没有再说下去,我的身子一个激灵,就在这一瞬间我明白了,爹不让我去见县长是嫌我长得丑!爹怕我这副长相给他丢人!哦,这么说,在这个家里,我的丑其实是人人都明白的!连我的爹都嫌我长得丑哇!我甩开刘妈的手跑进睡屋,我所能做的仍是扑到床上去哭……

也就是在这个晚上,我决定去求剑二奶。剑二奶是北街的神婆,平时常用一把桃木宝剑为人们消病去灾,我想她兴许能为我想个变得不丑的法子。我是在一个正午人们都歇晌时去找二奶的。去时我偷偷从家中的盐仓里给二奶拿了一小袋盐作为礼物,进门我就把盐递到二奶手上,我说:"二奶,俺没有钱,俺给你带了点盐来,俺求你让俺的模样变变。"二奶怔怔看了我一阵,二奶摇摇头说:"小三,二奶不看这病。"我一听,就哇的一声哭了。二奶后来拍了拍我的肩膀说:"好吧,我来给你破破!"二奶找来五根干树枝,在地上摆了个"丑"字,让我站在"丑"字中间,她提着她那把桃木宝剑绕着我转,口中还说了些听不清的话,之后让我从"丑"字上下来,她把那五根树枝捡起点火烧了。二奶对我说:"回去吧,小三,说不定哪天夜里会有神女去找你,把你的模样变变,让你变成一个漂漂亮亮的姑娘!……"

此后,我常常夜里做梦,梦见有一位神女来到床边,向我的脸上指指点点,我以为那是在取走我脸上的丑,几乎每次都是笑醒的,但每到第二天对镜一看,我还是原来的模样。梦一次一次落空,终于使我原来的希望成了绝望。不过,那时我还没有想到去死,想到死是在十二岁那年的冬天——

那年冬天好冷啊,雪没完没了地往下落,似乎想把整个南阳城埋住,学堂里好多学生因为怕冷不上学了,我的两个姐姐、哥哥、弟弟、妹妹都找借口留在了家里,只有我仍按时去学堂听课。我不是不怕冷,我是不想留在家里,我不愿和长得"漂亮可人"的他们坐在一起。"漂亮可人"是那位大嘴巴的县长说的,它和蓝旗袍女人的那声惊叫一样牢牢钉在了我的心中。

我在学堂里的日子也不轻松。我不愿和别的女学生坐在一起,我怕她们;我恐惧站在讲台上背书,我怕人们审视的目光;我听到别人念"丑""难看""不入眼"这些字词时就浑身一抖,我怕他们那是在说我。我活在一种不安和惊恐中,我把书本上所有的"丑"字,都用黑墨抹掉,我恨它!

我们的国语先生年轻,他的教法常与别人不同。在那个雪花飘飞的静谧的上午,他挑出了四首唐人咏雪的绝句,要我们背。一首是祖咏的"终南阴岭秀,积雪浮云端。林表明霁色,城中增暮寒",一首是刘方平的"飞雪带春风,徘徊乱绕空。君看似花处,偏在洛城东",再一首是柳宗元的"千山鸟飞绝,万径人踪灭。孤舟蓑笠翁,独钓寒江雪",还有一首是罗隐的"尽道丰年瑞,丰年事若何?长安有贫者,为瑞不宜多"。我们背了一阵之后,他随手点了四个男生四个女生,我是四个女生之一,要我们分成四组先后上台,两人一轮一句地把四首诗再背一遍。我一听就有些着慌,不过我咬了牙准备上台,我想我的记性很好,我会很熟练地背过来。万没料到的是,当轮到我和那个叫甲富的男生上台时,那个面粉商的儿子甲富竟坐在椅上不动,说:"我不愿和她一组!"国语先生诧异了问:"为啥?!"甲富说:"和她一块儿背书,过后别的男生会笑我!"我立刻明白了他的话意,这像一块砖头从房顶落下正好砸在了我的头上,我踉跄着摇摇晃晃地冲出学堂,跑到了雪花飞扬的街上。飞舞着的雪花撞上我滚热的脸,立刻化成水,伴着我眼里的泪一起向白色的地面坠落。我在空旷无人的街上漫无目的地跑着,像要躲开什么怪物的追踪,直跑到迈不动腿时,方向家里走。进了院门,我没去睡屋,径去了娘的屋子,娘正躺在床上咕噜咕噜地吸烟。屈辱给了我巨大的勇气,我站在娘的床头嘶声问:"娘,你说,你咋会把我生成了这个样子?"娘显然吃了一惊,她抬起苍黄的脸瞪了我一刹那,似乎在琢磨我的话意,随后她的眉毛挑起来了,她捶了一下床帮吼道:"好你个死女子,你敢这样问你娘?!告诉你,老子当初就是不想要你!老子吃了药想把你弄掉,可你削尖了头非要来不可,怨我!老子生三个儿女都生够了,可你爹这个杂种,还要生,生!生得可好,看把老子的肚子生成啥样子了?!"娘边说边撩开她的衣裳前襟,把她那黄苍苍耷拉好长的肚皮露了出来,"现在好了,你爹那个杂种嫌我难看了,嫌摸我的肚子难受了,就去找别的女人,去摸人家的光肚皮了!可你这个丑东西,还嫌老子心里烦得不够,还怕我不早死。滚,滚,滚!"娘把她的烟盘子朝我扔来,砸到了我的脖子上,我感觉出有一股温暖的东西顺脖而下,我知道是血,但我没动,我仍然固执地问:"你为啥把我生成这个样子?"娘跳下床,连踢带打地把我揉到了她的门外。

我被屈辱和气愤推着向爹的账房走。我猛地推开了账房门,我没想到爹的屋里会有一个漂亮年轻的女人,那女人的上身衣扣全都解开,爹正俯在女人的胸上用嘴唇噙住一个奶头吸着,就像我的弟弟当初吸着娘的奶头一样。我被这场面弄得有些发呆,一时忘了说话,爹抬头惊看了我一眼,随即便抓起算盘向我砸来。

死的决心就是那一刻下定的,是在我从爹的房里奔出来的那一刻下定的。就在那个雪花依然飞舞的晚上,我趁娘去吃饭的当儿,蹑手蹑脚潜进娘的房里,从一口木箱里找到了一撮大烟——我曾经听刘妈说过人吃这个会死。我大口地吃了下去,而后躺在了娘的床上,我不知道我吃的不是烟土而是烟壳,且吃下去的量远没有达到死人的程度。我在一种似睡非睡的奇妙状态中听到了人们惊慌而杂沓的脚步声,听到一个人在叫:"催吐!催吐!"我感觉到有几只手在摆弄着我,我看见有一只伞一样的大手在我的头上晃来晃去,那只大手上写着一个巨大的字:丑!那个"丑"字的每一笔画看上去都像锋利的刀刃一样……

死的办法还有很多,我本来可以继续死下去并最终成功的,但爹、娘在救醒我之后说的那些话让我停止了这种努力。爹说:"这个丑丫头,真死了倒也好!"娘说:"死了倒少让我烦心!"这些话像石头一样敲得我心头咣啷一响,好嘛,你们既是一心想要我死,我反偏偏不死了!我不死,县长再来家,爹你就还需要说谎话:还有一个姑娘去她姑家了!你不是怕我丢你的脸吗?那我就偏要给你丢丢!娘不是怕烦心吗?我就活着让你烦,看你能烦成啥样子!

于是不死的日子开始了。学堂我根本不想再去。爹听说我不去学堂,发了狠说:"不想读书就给我干活,省得你吃饱了没事干净想些歪的,从明儿起,去盐仓里碾盐!"

我咬牙去了盐仓。我们吴家世代卖盐,有一个很大的盐仓。盐仓里有一盘驴拉的石碾,我爹平日就用这盘石碾把枣大的盐粒碾碎,而后再拿出去卖。爹让我干的就是这个活儿,往碾盘上添大盐粒,再把碾碎的盐收起来装进袋子。这个活不重,可也不轻,不过我默默地干下来了。每天,当我随着那头毛色发灰蒙了眼罩的驴子在碾前转时,我心里坠着的一个问号就这样转来转去:我的脸还能不能向不丑处变?

刘妈看出了我的心思,她常常在干完了活儿的晚饭后,坐到我身边絮絮地说:"想开点,三姑娘,女大十八变,越变越好看,你日后说不定还会变成个美人哩!"

我明知道她这是在安慰我,可她的这些话语还是像蝴蝶一样在我的心里扑扇开了,把我原先死灭了的对相貌变美的希望重新扇旺:就是,也许上天看我可怜,会让我的脸越变越好看,不是人人都说女大十八变吗?我为什么就不能变呢?

我开始在干活的同时满怀希望地等待。我重新对镜子有了兴趣。原先挂在我睡屋里的那面镜子被我砸碎扔了,我又悄悄给了刘妈点钱让她去街上买了一面。我天天去镜子前照,在那面圆形的镜子里,随着日子的一天一天流走,我看到自己胖了,胸脯挺起来了,臀部变宽变大了。在这同时,我感觉出自己的心也在变,我开始对男人的目光十分敏感,任何一个男人朝我看上一眼,都会让我心里莫名地颤动半天。我夜里开始频繁地做梦,那梦中总有一个英俊的男人向我微笑,并轻轻悠悠地向我伸过手来。我的身子常常被这种梦境撩拨得燥热无比惊惊悸悸。我在盐仓干活的间隙开始更频繁地照镜子,但镜子里的那张脸变化不大,两只眼依然很小且间隔很宽,鼻子仍是平塌塌的,嘴照旧很宽,两颗凸出的门牙仿佛又凸得更厉害了一些,头发虽说密了点,却还是像入冬的茅草一样发黄,两颊上的麻坑也未见平下去。我的心重又开始变得焦躁:老天爷,发发善心,让俺的这张脸变变吧……

我十六岁那年,大姐出嫁了。大姐的出嫁,使梦中的那个英俊小伙在夜晚更频繁地出现在我眼前。就在这年秋天的一个正午,我爹差人把西街的媒婆三婶叫来了。三婶一进门就含了笑叫:"老东家,你叫我来是给你说儿媳还是找女婿?"我听见爹应了一声。"是给二姑娘找?"我隔窗看见爹摇了摇头。我的心当时猛然一蹿:难道是我?片刻之后,爹果然说了一句:"给小三找。"我虽然猜出爹是把我当个累赘想早推出家门,可当时还是对他生出了感激。那整整一天,平日在梦中见过的那个小伙就总在我身边转,我觉出我的脸一阵一阵发热,两腿反常地变得很软。

三婶是第三天晚饭后来回话的。看见三婶进了爹的屋子,我赶紧走到爹的房子后窗那儿,这是我的终身大事,我多想立时听个明白。三婶的声音很响,三婶说:"找到了人家,是福至街开当铺的崔家,崔家很愿和你们吴家做亲,一听说我提的是你们家的姑娘,立马应承下来,你们两家做亲,可真是门当户对哩!"爹"嗯"了一下,似乎还笑了一声,不过他没我笑得早,三婶的话音刚落,笑纹就跳上了我的脸。崔家就一个儿子,叫东成,我见过,人长得高高大大,面孔白净。能找到这样一个男人我可是知足了!我正暗自高兴,万没料到三婶又说道:"不过嘛,他们崔家倒是中意你家二姑娘。要我说你也该先嫁二姑娘,二姑娘还没出阁,咋能嫁三姑娘呢?他们说只要你肯许二姑娘,要他们出多少聘金都成,你定个数就行,他们不说二话……"

三婶底下的话我没有再听,我也没有力量去听了。我是扶住墙才勉强走回自己睡屋的,我知道崔家为啥要娶二姐,我知道。

第二天早上,我强撑着起身去盐仓干活,爹看见我时叹口气,我明白他为什么叹息,我假装什么也不知道,照旧默默地在盐碾前转……

二姐是这年年底嫁去福至街崔家的。第二年春天的一个上午,我刚从盐仓里干活回来,刘妈忽然急匆匆地跑进我屋说:"三姑娘,你爹让你赶紧换上新衣裳梳好头去客厅里。"我问干啥。刘妈说:"有一个老先生领着一个小伙在客厅里喝茶,他们父子可能是你爹生意上的朋友。"我一愣。刘妈这当儿附在我耳边说:"那小伙子长得可是一表人才呢,我估摸你爹想让那小伙子相相你,如今这是刚兴起来的规矩,你快去!"我听了心又猛跳起来,但这次不是因为欢喜,是因为恐惧:人家会相中我吗?换衣服时,我的手因为恐惧哆嗦得连扣子都扣不上,最后是刘妈帮我把衣服扣好把头发梳拢的。我战战兢兢地往客厅里走,仿佛不是去见男子而是去见老虎。进了客厅,爹给我介绍说:"这是你徐伯伯,那是你徐济哥!"我紧忙鞠躬,而后按爹的手势在一张椅子上坐了。我回答了一些徐伯伯的问话,在回话的间隙我偷看了一眼徐济,他是长得不错。我注意到他也往我这边看,而且目光渐渐不再移动,我心中有了一些信心,也许他会相中我的。徐济,你看女人不要只看她的脸,你要是娶了我,我会一生一世侍候你,我有力气,我会勤勤快快地干活挣钱,我会什么活儿都不让你干;我的针线手艺也好,是跟刘妈学的,你的衣服鞋袜我都会给你缝得漂漂亮亮;我还会做饭,是我这几年悄悄学的,日后你想吃什么我都能给你做出来……我渐渐变得有些自然了,我开始大胆地看他。我发现他看我的目光有些发直,我正想高兴,却又注意到他那目光其实并没停留在我的身上,而是越过我的肩头往我的身后看,我身后有什么东西值得他如此凝神?我扭头看去,原来我身后的门被我那顽皮的妹妹推开了一道大缝,也已经长成漂亮姑娘的妹妹正站在门缝那儿好奇地往屋里看。我的身子一悸,我立刻明白了徐济在看什么。妹妹的漂亮是我小时候就知道的,吸引徐济的是妹妹!我在做出这个推断的同时周身如浇了一瓢冰水。我颤颤着起身说:"徐伯伯,我有点头疼,想去歇息。"而后便站起身向门口走。我瞥见爹的脸上有股愠色一闪而过,我知道他还没看明白,妹妹站的那个角度他看不见,他不知道徐济相的早已不是我了。

我的判断果然没错,徐家父子第二天走后,刘妈告诉我:"徐济看中了四姑娘,他爹向你爹求了半天,非要做亲不可,过几天就要来下聘礼。"我听后点点头。已经没有什么值得吃惊的了,我只是在心中为妹妹祝福。

我仍和往常一样干活,连爹也没看出我有什么异样。只是到了靳岗教堂做礼拜的那天,我才跑到教堂里,跪在圣母像前哭了一场。圣母啊,你为啥要让我这个丑人出生?为啥要让俺长得这样丑?是俺上辈子做了啥子恶事要惩罚俺吗?你一点点也不可怜俺吗?……我哭罢跪望着圣母,我多么希望她那只神圣的手朝我伸过来,在我的脸上拂一拂,把我的丑拿走啊!可圣母没动,仍只是那样静静地看着我。我这才发现圣母也很漂亮,我估摸漂亮的圣母未必就会理解我这个丑姑娘的心。我正这样想着,一个外国神父走过来问:"姑娘,遇到难受的事了吗?我可以为你做点什么?"我于是像遇见了亲人似的向他哭诉了一番。他听罢慢腾腾地说:"孩子,我们的长相不由自己决定,决定权在主。世上所有的人尤其是女人,都希望自己长得漂亮,但主并没有允许。主所以这样做可能有他的道理,也许他是想让这个世界保持某种自然的秩序。如果这世上的女人都像画上的美女一样漂亮,都按一个漂亮的标准长,那这个世界可能就要遇到一些麻烦,其中有一点你一想就可以明白:假若每个男人都会轻易地得到一个美女,那男人们就不会去攀比、去竞争、去追求、去进取,这个世界就会失去一部分活力。我理解你,孩子,你为自己的长相苦恼是正常的,但你也要理解主的心意,他要为整个人世考虑,他为了让整个人世保持活力存在下去,不得不暂时委屈他的一些孩子,你是被委屈者之一,他以后也许会给你补偿,主是公平的,让我们听从他的安排吧……"

连续两次做媒相亲的失败,让我对婚事不敢再抱什么希望。一天晚饭后,我用一块砖头,把挂在我屋里的那面镜子一砖一砖地砸碎,我直把它全砸成了一些米粒样大的碎块。在把它砸成碎末的过程中,看着那些碎末在烛光下闪着鱼鳞样的光,我感到了一丝丝畅快。

然而我爹要为我找个婆家的心显然没死,我听刘妈说他还在不断地找人保媒,但那些媒人在吃了爹为他们备的酒席之后,却并没带来好听的消息,这我从他不断爆发出的怒骂中已经听个明白。有一次他刚把一个来回口信的媒人骂走,我进了他的屋,我说:"爹,你不用再为我的出嫁操心,我这辈子不嫁人了。你给我两间屋让我住着,我每日去盐仓里做活,你也好少雇个工人。"爹把眼朝我瞪过来,大声地吼道:"滚开,滚!你这个丑东西,你让我丢尽了人……"我默默地退出来,我没有对他的怒骂生气,我那阵对他的气恨已经消失,我对他反生出了歉疚,他是因为有了我这个丑女儿才受了屈辱。我那时之所以没有再一次想到死,是因为我那颗年轻的心被一个古怪的念头缠住,我想看看我此生究竟还会遇到什么事情。

我二十七岁那年,爹最后死了要在门当户对的人家中为我找女婿的心。他在一个黄昏再次把媒婆三婶叫来,他在院中高声地对三婶说:"你别在有钱人家找了,在穷人里找,讨饭花子也行,只要是个年轻男的就中,我陪送五间房子,另带一个卖杂货的铺子!他们以后只要把杂货铺子经营下去,就不会愁了吃穿……"

我没有再听下去,我那时一听到找女婿的事就浑身发冷。我知道就像每个女人都想找一个魁梧英俊的男人做丈夫一样,每个男人也都想找一个漂亮可心的女人做妻。眼睁睁看着你是个丑女人而甘愿娶回去,那男人不是个傻子才怪。我对爹的这次努力没抱任何希望。

但事情大出我的预料,半个月后媒婆三婶竟真领来了一个三十上下的男子,这男子相貌说不上英俊却也不错,穿得也干净讲究。我听见三婶在向爹介绍:"这是南关给骡马钉掌的汪家的老二,叫世通,他认识你家三姑娘,他和他爹都愿意这门亲事……"

我那颗长久没有急跳的心又狂跳起来:这难道会是真的?我猜测那汪世通一定是把我和我的两个姐姐、一个妹妹弄混了,他见过的是她们中的一个而不是我,他真要见了我就会退走的。我不想再受捉弄,我决定放胆和那汪世通先见一面,直接和他说几句话,我看他是不是真对我这个丑女人动了心。在他和三婶同父亲告别要出大门时,我喊住了三婶,我说:"请你和汪先生来我屋里坐一下。"三婶和汪世通仿佛都吃了一惊,不过随后他们进了我的屋子。我径直对汪世通说:"汪先生,我是怕你日后后悔,先让你看清楚,我才是三姑娘,你看见我的脸了吗?上边该大的地方不大,该小的地方不小,五官搭配得有些不对,而且还有些麻坑,太丑了!你真是想娶我这个丑姑娘吗?"我说罢汪老二呆了一刹那,他一定没想到我会这么直白地说话。他咽了两口唾沫,随后笑了笑,开口说:"三姑娘,我看中的就是你,我喜欢你,我愿意娶你,我永远不会后悔!人要紧的是过日子,只要咱们今后把日子过好就成……"他的话没说完,泪水就涌上了我的眼睛,这么多年来,第一次有一个男人对我说"我喜欢你",第一次受到一个人尤其是男人的尊重,那一刻,我的心里对他涌满了感激,如果当时没有三婶在场,我真想朝他跪下去……我好容易控制住自己要跪下去的冲动。我在心里说:让我今后再报答你吧,我将来会尽我的全部力量来当一个好妻子,我要让你的日子过得比所有别的男人都好,我要让你吃好、穿好、睡好、玩好,我要让南阳城所有的男人都羡慕你……

那天过后不久,爹就催着汪家定迎娶的日子,他分明是害怕汪家变卦。他很快在南关为我买了陪嫁的五间房子和一个临街的铺面,甚至还差人赶做了柜台。汪世通先搬进了那粉刷一新的房子,雇了一个女仆,做起杂货铺的老板,而后在一个早上雇了一顶轿子把我抬进了那五间住房和两间铺面构成的小院。婚礼没有张扬,爹不想大请客,只给几家主要的亲戚发了很少几张请帖!我猜他是因为觉着屈辱——他的女儿在二十七岁才嫁出去,而且找的是一个穷汉,还陪嫁了好多东西。汪家则是没钱来讲排场,他父亲靠给马、骡、驴钉掌挣得的那点钱,只够他们家糊口。所以我的婚礼冷清简单,但就这我已经很满足了,我总算也像姐姐、妹妹和其他女人一样,有了一个自己的家,有了一个丈夫。

举行罢婚礼的那天晚上,当不多的几个客人走后,新房里只剩下我和汪世通时,我怀着激动和感激的心情望着他,我那时已经做好了准备,他一走近我,我就朝他跪下去,我要向他倾诉我对他深深的感激之意和要照料好他的心愿。但他没有走近我,他只说了一句:"你先洗洗歇着吧,我还有点急事,去办了就回。"我猜他可能是要巡查一下院子和铺子,就依顺地把头点点。他出门后,我开始用女佣刚才送来的温水洗脸、洗身、洗脚。洗身子的时候,我特意用随身带来的香胰子把腋下、胸前、大腿、臀上擦了擦。我那年二十七岁,男女间的事我虽然还没有经验过,但我已经在脑子里做过无数次的想象和猜测,我想把一个香香的身子送给他。

洗完之后,见他还没有回来,我就先上了床,我想这样也好,免得当着他的面脱衣裳难为情。我把灯草香油灯的亮光拨小,半闭着眼睛静静躺那儿等他。我甜蜜地猜想着他待会儿进了屋之后会做什么举动:是先脱他自己的衣裳还是先来床边看我?倘是他先脱衣裳,我该不该扭脸去看一眼他光身子的模样?他要发现我在看他的光身子,会不会认为我脸皮太厚?他脱完衣服过来一下子掀开了我的被子我该咋办?装出一副害羞的样子捂上脸吗?……我就在这种胡思乱想中慢慢被疲倦合拢了眼皮,沉入了一段更加五彩缤纷的梦里。当我醒来时天已微明,我发现他酣睡在我的身边。我轻轻地给他掖了掖被子,我想他这些天为准备婚礼肯定也累得厉害,我长久地心疼而幸福地望着他的睡态……

第二天晚上临睡时,他再次交代我先睡,说铺子里有些账目要结一结,就又走了出去。我仍然以为他是真去结账,就又先上床躺下,怀着满胸的甜蜜等他。也许是疲倦已被白天的歇息带走了,也许是心中的激动太过,我这天晚上一直没有睡意,我静静地躺在床上等。太久的等待使我先是有些焦躁后来又有点惊慌:他为啥去了这么大时辰?是不是出了什么意外?一想到这里,平日听人们说到的盗贼在别人结婚时趁机偷抢的故事便一齐浮上脑际。天啊,莫不是他刚好也碰上了歹人?不能再这样等,我得出去看看!我急急地起身穿好衣裳,轻轻开门到了院里。院子里很静,我蹑手蹑脚走到前边铺子后门那儿听了一阵,里边的灯亮着,门却闩着,我敲了敲,没人答应,我心里越加发毛。莫不是他们把世通打晕在了铺子里?我被自己的猜想吓得双腿发抖,我向女佣的住屋摸去。

女佣叫昉昉,是一个长相不错的姑娘。我们家就雇了这一个用人,我想把她喊醒壮胆,和她一块儿去找世通。我在昉昉的住屋门上拍了拍,我听见了屋里有响动却不见昉昉应声,就隔了门缝低喊:"是我,快开开门!"隔了半晌,里边才传出昉昉的声音:"是夫人吧?你咋不睡?"我又拍了门催:"快,快开门!"屋里的灯点亮了,随后传来了门闩迟迟疑疑的抽动声。门刚拉开一道缝,我就闪身挤了进去,但刚挤进门我的眼就一下子瞪大了:原来汪世通就躺在女佣的床上,那会儿正抬起光赤的上身在灯光下讪笑着看定我。"你?!"我只叫出一个字就被气愤卡住了喉咙。他笑了,他从从容容地笑着说:"我的丑媳妇,没想到会在这儿看见我吧?这桩事原本想过几天再告诉你,没想到你这样急于知道,好吧,那我就直直白白说给你。我想娶你当老婆,但不想跟你睡觉,同你睡一块儿得有勇气。刚才同我睡的这个女人,是我专门挑的,看见了吧?她长得比你漂亮,跟她睡我心里快活,男女睡一块儿,不就是图个快活吗?从今往后,昉昉就和我们住在一起,她名义上是女佣,实际上是妻子。你呢,最好对这桩事默认下去,名义上你还是唯一的夫人。过几年,我再把她正式娶成小婆,那时你还是大婆。我想,这于你于我于她都好。倘若你顺顺当当地认了这桩事,不吵不闹地依了我,我也不会太对不起你,我会隔三岔五地过去跟你睡一夜。我想你也明白,你这个丑样子,我跟你睡,是对你的抬举!如果你想闹别扭,那我也不怕,你知道我是钉马掌出身的人,好多好多乱踢乱咬的烈马都被我治得服服帖帖……"

"你——你这个畜生——"我没容他说完,就发疯似的向他扑过去,那一刻,我恨得真想活活把他撕了!天啊,我从来没有受过如此大的欺骗!我刚刚扑到床边,就见他猛地扬起掌来,我只听到自己脸上啪一响,随后便什么也不知道了。

  我醒来时已是第二天的晌午了。我睁开眼,看见他站在我的床前。气恨使得我的嘴唇又开始哆嗦,可我已无力说什么了,我只是挣扎着起身,我想立刻回娘家去。我刚刚坐起,就又被他按倒在了床上,他厉声问:"丑东西,你想去哪里?"我挣着他的手叫:"放开,畜生,我要回家!""回家?"他咬着牙笑了,"回家可以,可你现在回去不行!你还是一个姑娘身子哩!让你这样回去,我太有点对不起你爹给的这些陪嫁了!来,让我给你破破身子,破完身子你再走,那时我也好陪着你去见我的岳父!"他说罢就来撕扯我的衣服。我仇恨至极地又抓又咬想挣脱,他便又抡起了拳头,他边打边骂:"丑东西,你以为老子愿意挨你的身子?!老子要不是为了这点陪嫁,你想让我碰一下我都不乐意!……"我重又被他打晕过去。我再一次醒来时,发现自己赤身躺在床上,他正自在地坐在床边吸烟。看见我醒来,他抓起我身下的床单说:"好,这是我刚才给你破身时你流的血,有了这个东西,你这辈子就是我的人了!不管你回去在你爹面前怎么说我不好,我只要把这个让你爹一看,他就不会让你离开我的!再说,你爹是生意场上的人,讲脸面,他当初为嫁你这个丑闺女陪了这么多东西已经有点丢脸了,他如今不会让你再和我闹得沸沸扬扬丢更大的脸面。还有一点你可能没有想到,据我所知,你爹也喜欢玩漂亮女人,你要对他说出我和女佣的事,他心里也会理解,他至多不过斥责我两句,他不会答应让你离开我的……"

他这番话说得我浑身发凉,我开始冷静下来,尽管我对他恨得牙根发痒,可我不得不承认他说得有道理,如果我当天立刻回家,除了给自己带来新的屈辱之外不会带来别的。那一刻,我又一次想到了死。死神再一次亲热地站在近处向我招手,我真想向它走过去,我知道只要向它走过去,我的一切苦难就都会结束了……

我最后决定了死是在一个月圆如轮的晚上,那天晚上汪世通去隔壁的人家打麻将,女佣昉昉有事回了她在城外的家。我在破窗而入的清亮月光的映照下,动手往屋梁上绑一根麻绳。我没想到往屋梁上绑一个绳套原来也需要技术,我把绳头往梁上搭了几次都没有成功。没想到就在这当儿汪世通又回来了,他边进屋边嘟囔说他今晚手气不好还需要拿点零钱。我当时正拿着绳站在一个凳子上,努力想往梁上拴,我想把绳藏起来却已经来不及了。我原想他看见我这样一定会大吃一惊立刻过来制止,未料到他看见后微微一笑平平淡淡地问:"是想上吊吧?要我来帮帮你吗?"边说边过来扯去我手中的绳,准确利落地往梁上一搭,并很快拴成了一个圆环。他把那圆环拉动了两次试了试它们能否拉紧之后,把一个高低正好的凳子往那圆环下一放,说:"这就行了,你站到凳子上把脖子往里一伸脚把凳子一踢就成!"我被他这种平静的神气惊呆气蒙了,我咬了牙看定他说:"你真是一个畜生!"他在明亮的月光下笑了笑说:"不是畜生是世通,我是觉得你眼下走这条上吊的路最好,这于你于我都是个解脱。你死了之后,这房子铺子就名正言顺地归我了,我也好正式娶了昉昉过日子。你呢,也少了罪受,丑女人在这世上有啥活头？你去问问这世上有哪个男人喜欢丑女人？一个没有男人喜欢的女人活在世上还有啥味道？"

我被他的话深深激怒，我朝他一字一句地叫："你想得倒好，你要我死，我偏不死！"他仍旧笑着说："你不想死我也没有办法，我又不敢杀你，杀了你我还要偿命哩！我只是为你着想才劝你上吊，你要不上吊我就还去打麻将了……"

我被他气傻了那里，我怔怔地坐在凳子上看那个在月光下微微晃动的绳套，直看得月光退出屋子退出了院子。我后来拿了一把剪子，站在凳子上把那个轻轻荡动的绳套一截一截剪碎了。看见绳套像一堆牛粪一样窝在地上时，我扔了剪子，趴到床上睡了长长的一觉。

这一次我又没有死成，自杀应该是一种纯自愿的举动，让别人催着去自杀那是一种太可怕的屈辱。我又一次活下去了，我想看看汪世通怎样快活地活下去，也想看看我这个丑女人的生活中还会遇到啥东西。

人忍受痛苦和屈辱的能力其实很强，我在这个可怕的"家"中硬是留下来了。表面上，我是这个家的女主人，来了客，我要出面应酬；实际上，真正的女主人是女佣肪肪。汪世通会把最好吃的东西给她吃，最漂亮的衣服给她穿，家中的钱也由她来掌管，晚上，他就睡到她的房里。女佣的活，好多是由我来做的。有一天，我心里实在憋闷不过，跑回家想向爹娘哭诉一番，不料刚开口哭着说了一句"汪世通他不是人——"，爹就乌青着脸拦住了我吼道：人要懂得知足，不管汪世通有再多的毛病，他愿和你成个家就是你的福分！

娘也把眼瞪过来说:"做了人家媳妇就得有个媳妇的样子,甭动不动就回娘家说男人的不好,人家不嫌弃你和你过日子就不孬了!……"

我那天含着泪又返回了这边的"家",发誓从此再不向任何人诉说,只咬牙挺下来。

我就这样生活了一年多。我强令自己不去做任何思考,只是做活、吃饭、看书。我手上有一些体己钱,我把这些钱都用来去书店买书,我什么书都读,我读书并不是为了学到什么,而只是想躲到书里不想眼前的事情。我很少同汪世通和女佣眆眆说话,我用意志在自己和他们中间筑了一道隔绝的篱笆。

我本来可以就这样活下去的,但一件小事的出现使生活改了道。那件小事发生在一个闷热的夏季的午后。午饭后,按照这个小城居民的习惯,人们都要睡一阵午觉,我们这"家"的三口人也是这种习惯。那天午后我按照习惯穿得很少地睡到了床上,汪世通就在这时来到我住的屋里翻找一件什么东西,因为天热,他穿得也很少。我看见他进来,本能地翻过身面朝墙不再看他,我能感觉到他也没有看我。我和他自从那唯一的一次之后,再没有任何"亲热"的举动,他说他看见我的丑脸就难受,我则是看见他就感到恶心。我躺在那儿,听见他在柜子里不停地翻腾东西,院中这时响起了眆眆喊他的声音:"喂,你还睡不睡了?"他晚上和午后一向都是睡在她那边的。他没有回音,不知是没有听见还是不愿作答。她立刻做了错误的理解,她以为他是睡到了我的床上。他常和她在午后的床上做那种事情,那种响动常常在灼热的阳光里飘到院中。

她于是以为他一定是和我也在做那种事,就来了醋意,就朝院中扔了一句:"还真叫那个丑东西迷住了?!"

自那个蓝旗袍女人的那声尖叫过后,我听到说我丑的话太多了,按理我应该有了承受力,但那天中午不知是我的承受力出了问题还是她话中充溢着的优越感太多,反正我的心被扎得太疼了。我被那疼痛刺激得一跃而起,穿上鞋走到了门口,定定地拿眼盯住她。我没有说话,只是笑了笑,我估计我笑得十分可怖,因为她看见我的笑时分明身子一抖并很快进了屋。就在那一刻,一个从未有过的念头从我心里的一个什么角落闪出:让她变丑!

让她变丑!

让她也尝尝丑的滋味!

汪世通找到了他要找的东西之后,回到了她的屋里午睡,院子里只剩下一片炽白的阳光和安静。我就站在门口,盯着那片刺眼的阳光和那阵宜人的安静,思谋出了一个让她变丑的计谋。

我是一个盐商的女儿,我对"盐"这个东西了解得比较清楚,我知道盐有一个特性:它在滚油里会炸! 尤其是大颗粒的盐,它在滚油里炸起时的声音很大且能溅爆出滚烫的油滴。

计谋实施是在三天后的傍晚。那天晚上轮到她做饭——我俩常常是一轮一顿做饭。她有一个爱好,爱吃炸肉丸,每逢轮到她做饭时,她总要炸一盘肉丸子。我在那天下午进灶屋悄悄把一包大颗粒的海盐放在了炒锅上方的碗架上。傍晚她进灶屋做饭时,果然又炸起了肉丸。待她把锅里的香油烧开,刚将第一个肉丸放进滚油里低头去翻动时,我站在灶屋窗外,用一根预先准备好的细棍伸进窗框飞快地把那些盐粒一下子从碗架上拨拉到了锅里,一阵噼啪的炸裂声立时从锅里响起,与此同时我听到她发出了一声瘆人的惨叫。我急忙把细棍从窗框里抽出扔到远处,而后煞有介事地跑进灶屋着急而关切地询问出了什么事情。那当儿她已双手罩脸疼得哇哇大叫。我急忙搀着她向附近街上的药铺里跑。汪世通闻声也赶来相扶。药铺里的大夫面对昉昉的伤脸一边抹着药膏一边大声叹惜,他说这种滚油烫伤肯定要留下疤痕,他说你这个年轻姑娘侍弄滚油时为啥子不小心?他说你这样年轻弄得满脸伤疤日后可怎么见人?我听着老大夫的话,面孔上一副惋惜之情,肚子里却快活无比。

　　昉昉的脸被药膏和白布蒙了好多天,最后当大夫把那些药膏和白布去掉时,一张被大小疤痕牵拉成的丑脸呈现在汪世通和我的眼前。尽管我早有心理准备,可看见她的脸时我还是吃了一惊。原来美和丑之间只有很短很短的一点间隔,人只要轻轻用手一抹,就可以把这点间隔抹掉。我感觉出我当初拿棍拨盐的那只手在抖,可心里还是叫:昉昉,也该你来尝尝丑的滋味了!

　　昉昉一直没有追问那盐咋会掉进油锅里的,一定是疼痛让她生了错觉,以为那盐是被她自己弄掉的。

　　汪世通先上来不断对昉昉软语安慰,但我发现他对她的态度在慢慢变得冷淡。过去,吃饭时,他常常会当我的面用筷子夹菜往昉昉的嘴里填,如今这种举动先是变少,随后就完全没有了。过去,每到夜晚,他们的房间里会传出嬉笑和玩闹的声音,如今,这种声音也慢慢绝迹。我注意到他看她时常常发呆。又过了些日子,他们开始吵嘴,这种争吵越来越变得频繁。终于有一天,当他俩的又一次争吵开始时,他打了她几个耳光并恨恨骂道:滚,你这个丑东西!

她哭了半夜。

昉昉,你也觉着屈辱了?你还记得你当初欺负过另一个丑女人吗?主让你长得美并不是给你欺负别人的仗恃,不是!主让你长得美只是为了让你给这人世带来活力!——这是神父说的。

他俩在一起的时间越来越少,汪世通先是把白天的时光都耗费在前面的铺子里,后来干脆在铺子里放了个床,晚上也不回她屋里睡。冬天的一个晚上,当他俩又一次争执过后,汪世通冷冷地对昉昉说道:"从明天起,你从哪里来还回哪里去,我这里不雇你了!"昉昉听罢大哭,昉昉说:"你当初答应过要娶我做二夫人的!"汪世通冷笑了一声,说:"你为啥不在镜子里照照你那张脸?你已经没有了做夫人的资格!我娶二夫人是要和她睡觉让她替我生儿育女的,你这个模样我看见心里就别扭我咋和你睡?你知道男人睡女人凭的是啥?那凭的是一个兴致,这兴致从哪儿来?主要是从女人的长相上来,女人的相貌越美男人的兴致越大,女人的相貌越丑男人的兴致越小……"

昉昉后来是在一个后晌背着一个包袱离开这个家的。当她揉着红肿的双眼向院门口走时,我追上去把几个银圆塞进了她的包袱里。她感动地扑进我的怀里哽咽着喊了一声三姐,这是她第一次以女人的身份而不是以漂亮女人的身份同我说话。我搂紧了她,我能感到她的身子在哆嗦,那一刹那我想,女人们平日彼此争执怨恨不能互相理解,原因之一可能就在长相。不同的长相常常会把女人领上不同的地位,会让她们生出不同的希冀,这种种不同便把女人们的心隔开了。我望着昉昉在石板铺就的街道上一步一步向远处走时,心里涌上了一股深深的自责:是你让她变丑的!不过很快,我就又为自己辩解:我让昉昉变丑是想让她知道,主给人的所有东西都不是永久性的,包括长相,随时都可以被收回被夺走,这世上没有人有永久的仗恃……

昉昉被汪世通赶走之后,有天晚上,我刚刚在床上躺下,一向睡在前边店铺里的汪世通来敲门。我以为他又是来找东西,就穿好衣服去给他开了门,没想到他进屋就插了门闩,把我往床上推。我搡开了他,他又扑上来说:"我想了!"我说:"你想我不想!"他笑着说:"我是你丈夫我想弄你就可以弄你!"我说:"你从来就没有娶过妻子你娶的是这五间房子和那铺子!"他说:"闲话少说别坏了我的兴致!"我说:"你有兴致我还没有兴致!"他后来就瞪了眼说:"我再告诉你一遍我是个给马、骡、驴钉掌的,你惹恼了我会给你上嚼子!"我使出了我全身的力气抵抗他,可后来还是败给了他。我当时气恨至极地问他:"你这会儿不嫌我丑了?!"他嘿嘿笑了一声。我当时没有理解他那声嘿嘿里的含意,我以为那是表示他有些回心转意。

那天晚上过后,他开始天天睡到我屋里。尽管我恨他,可他这种举动还是让我又燃起了过正常家庭生活的希望。我太愿意像那些漂亮女人一样有一个温暖的家了,愿意像她们一样为丈夫、孩子忙碌为家庭操劳。我想我该原谅他的过去,也许男人们都要过一段荒唐的生活之后再回到妻子身边,再说自己也确实长得丑,他看上别人也不是他的过错!我在心里为他辩护,自己来说服自己的自尊心。

我开始真正来尽一个主妇的责任,做饭烧水洗衣扫地缝鞋,样样都做得尽心尽意。有时为了买到他爱吃的东西,我会提上篮子跑遍街上的铺子;有时为了给他缝一件可身的衣裳,我会缝了拆拆了缝折腾几次。多少个晚上,我烧好水舀在一个大盆子里,让他坐在盆里,亲自动手给他擦洗身子。多少年来我积存在心里没法倾注出去的爱,我此时都掏出来给他了!我愿意日子就这样过下去,我甚至希望自己能很快怀上他的孩子,我对这个家庭的信心越来越足,我天真地以为可能是上天也可能是佛祖终于打算把我这个丑女人从苦海里接出来了。

这所有的希望和信心都在一个秋阳高照的中午给轻易地捏碎了。那天上午我上街为汪世通买他爱喝的邓县黄酒回来得晚了,进门就紧忙往灶屋里走想赶快做饭。这当儿从正屋里飘过来一阵女人的嬉笑,我先是一怔,随后以为是来了什么客人。我走到正屋门外时已经觉着了事情有几分不妙,因为那个女人的笑声不仅陌生,而且带了几分撒娇的意味。我有些发慌地推开了门,一个很有几分姿色的女人正坐在汪世通的腿上而汪世通的手正停在她的两腿之间。我只觉得浑身正张开流汗的那些毛孔一下子闭合,我手上提着的黄酒坛也随之砰地落地,米黄色的酒液立时在院子里四下爬走,一股浓浓的酒香直冲我的脑门。这当儿那女人已从他的腿上跳开,而他则嬉笑着向我走来说:"我以为有过昉昉,你对这种事已经能够看惯,没想到你还这样吃惊。她是我刚刚找到的女佣,她来顶替昉昉的位置。你看她长得是不是比昉昉还耐看一点?男人见到漂亮女人就来精神浑身就都是劲,就有点忍不住!前一段我有点饥不择食打扰了你,从今往后我们还像过去那样互不打扰地过日子……"

我自始至终一句话没说,我只是在闻正在院子里激荡的那股酒味,我第一次知道酒的味道原来十分好闻。就在那酒味不散的秋天的后晌,我做出了一个重要的决定,我想我要再不做点什么就有些太对不起自己了。

我的准备工作很从容,我从容地收拾了自己的衣物并把它们捆成一个包袱,我从铺子的钱柜里弄到了一些钱,我去街上买了一桶点灯的洋油。

我动手是在买了油的那天半夜之后。我是先举火点着的正屋,而后点着铺子点着了灶屋,最后才去点燃他们睡的偏房。他俩睡得很香,呼噜声高低相连一唱一和。我在他们的窗外特意放了一把椅子,为的是让他们往窗外跳时方便。我不想烧死他们,我只想烧毁我爹陪嫁的那些东西,烧毁那个院子,烧毁我的屈辱。

我是在大火的噼啪声中向城外走的,那火头腾跃的高度使我相信没有人能救得了它,我在火光在救火的人们的喧叫声中轻快地舒了一口气。我知道我这个丑女人的心因为今夜的大火又镀上了一层硬壳,我知道我今后将很少再流泪……

我是往北走的。我过了云阳过了鲁山过了宝丰,我边讨饭边走,走了多少日子我已经记不清了。我只想走远,再不见家人和熟人的面。那是一个兵荒马乱的年月。一个单身女人走路应该说很危险,也可能是我长得太丑的缘故,我并没有遇到太大的麻烦。我最后是在一个名叫龙门的地方停下了脚。我听人说这儿离洛阳城已经不远,我不想到城里去,我愿意在这个陌生的小地方安顿下来。我那时并没去想活着的目的,我只是凭本能活着,心里也和上天赌了一口气:你不是不想让我这个丑女人活下去吗?我就偏偏要活给你看!

我身上带有钱,我在这儿买了一间房子,买罢房子之后身上的钱已所剩无几,我意识到我必须想法挣钱。我先是卖茶水,后来又做了汤面条卖。我还找了住在附近一个快六十岁的老婆婆帮忙烧锅刷碗,人们都叫她菊花婶。这龙门有许多石刻的佛像,时不时有人从外地跑来上香敬佛看景致作画,这些不断来往的人使我的小饭馆的生意得以维持。

日子就这样重新开始,我想就这样平静地活到老也行,姐姐和妹妹她们那些漂亮的女人能活到七八十岁,我也要争取活到,她们能看到的人生景致,我也要全都看看。我那时还不知道龙门石窟里有一个专管清扫佛像前地面的小伙,更不知道他还会走进我的生活。

他在那个细雨淅沥的傍晚疲惫地走进我的面条铺时,也根本料不到我这个丑女人将会和他的生活发生瓜葛,他当时只是想进铺子喝一碗面条。我记得他进门是重重地跌坐在我那张唯一的饭桌前的,他有气无力地说了一句:"给来碗面条,放点辣子。"我应了一声便立刻动手忙活。他则坐在那儿呆呆地盯着桌面,有些细小的水珠由他乌黑的头发向下滴落。面条做好端给他时,他吃得很急,吞咽时带很大的响声,我猜他肚里可能没积有什么东西,很空。他吃完后小心地从衣袋里摸出了一张票子,两手展了展递给我。

他推开碗朝我点了点头,就又出门没进了细雨里。这时,菊花婶望着他那颓唐的背影自动地向我介绍了他,我这才知道他叫萧文轩,是一个穷塾师的独生儿子。几年前他的父母先后得病归天,只给他留下了一间草房、几支毛笔和几摞书,他无法糊口,最后才找了个清扫龙门石窟的活儿,挣一点点钱吃饭。在那个傍晚,菊花婶的介绍像门外的雨声一样,并没钻进我的耳里,我只是"嗯"了几声表示在听着,很快把注意力转到了新来的吃客身上。

那场淅淅沥沥的雨一连下了十几天,大约是第四天的早上,我刚刚起床,还没有开门,就听到外边有一个声音在问:"这会儿能不能买碗面吃?"我拉开门认出是萧文轩,就点点头说:"进来吧。"他那天早上把一碗面条吃完的时候说:"我的柴火都让雨淋湿了,没法做饭,我这几天能不能都在你这铺子包饭吃?我照价付钱。"我说行。

从这天开始,他成了我这个小饭铺的常客,逢到吃饭时,他就进来在桌子一角坐下,呆望着桌子,静静等着把饭端给他。他每顿吃完,都照价留下饭钱,又一声不响地走出去。连阴雨过后,我以为他要回家自己做饭了,不想他还要吃包饭。他说:"我实在懒得动手做饭,我的做饭手艺又不好,干脆我还在你这儿吃吧,你多我一个吃客不是也好?"我当然喜欢多一个固定的吃客,就也应允了。

我们就这样渐渐熟了,他有时来吃饭时见我们太忙,就也蹲在灶前帮助向灶膛里填填柴火。两三个月之后的有天晚上,他没像往常那样按时来吃饭,我以为他去龙门石窟清扫回来得晚,没当回事,一直到吃客们都走后该清锅关门了,才见他趔趄着进来。我刚要开口问他为啥这会儿才来,却见他扑通一声倒坐在了墙根。我和菊花婶一惊,上前一看才发现他正发着高烧,一张脸被烧得通红。他含含混混地说:"我怕是要死了。"我和菊花婶紧忙把他抬放到里边半间我那张床上,又赶快烧了姜汤给他灌下。眼看到了灭灯睡觉的时辰,他的烧还没有要退下来的样子,还是一个劲地说着胡话,菊花婶就说:"他这样子不敢让他一个人回家,半夜里渴了谁给他端点水喝?发烧的人没有水喝那可咋得了?我看今夜就让他睡到这铺子里吧。"我面有难色,我的铺子小得可怜,让他怎么睡?而且菊花婶待会儿回家去睡之后,我一个女人尽管是一个丑女人,和一个小伙子待在一间房里,外人知道了又会咋说?菊花婶似乎看出了我的顾虑,说:"别想那么多,救人一命,胜造七级浮屠,咱龙门这儿离佛门这样近,你做了好事佛不会不知道的。"我不得不点了点头,我觉着在这种情况下硬逼着他走也多少有点说不过去。我抱来柴草铺了一个地铺。菊花婶回她家之后,我就在地铺上睡了。半夜里,他几次哼哼着要水喝,我每次都起身给他喂了水。喂他水时,我得把他扶起让他靠我怀里,于是一股男人身上浓浓的汗味涌进了我的鼻孔。自从离开汪世通之后,我还是第一次闻见男人身上的这种味道,我感觉出我的心急跳了几下,不由自主地把他搂紧了些。我在灯光下端详着他那烧得通红的年轻的脸,看着他那倚在我怀里一动不动软弱无力的身子,胸中忽然涌起了一股极想保护他的愿望。天快亮时,稍有些退烧的他慢腾腾地坐起,并且一边呻吟着一边摸索着要下床。我点亮灯问他要干啥,他先是迷迷糊糊地看了我一阵,认出我后又摇摇头坚持着要下床。我估计他是要解手,正不知如何是好时,他已经腿一软栽倒在了床前。我急忙上前去扶起他,他显然无力去门外解手,我把我平日用的尿罐拎来说:"你别硬撑着出门,就解到这里边吧。"说完,我去了外间。我在外边听见,他刚向尿罐里尿了一点,就又扑通一声栽倒了。我跑进里间,见他已倒在地上,一边呜咽着一边把裤子尿湿了。我搀扶起他,一时不知如何是好。他的意识显然还有一部分未被烧昏,他还知道害羞,他用手捂住了脸。是让他穿着尿湿的裤子上床睡下还是给他把湿裤子脱下?我犹豫了一阵,最后还是决定给他脱下。当我费劲地给他把裤子褪下时,他用手捂住了他的裆部。我用被子给他盖好那阵,他抓住我的手喊了一句:"大姐——"这一句叫得我心里有些发热,看来,只要真心待人,一个丑女人也能赢得男人的尊敬。

他是第三天后晌才完全退了烧的,这三天中,他一直就睡在我的床上。第三天的傍晚当他终于下床之后,他一下子跪在了我和菊花婶面前,哑着声说:"大姐、婶子,萧文轩不会忘了你们的救命之恩……"

这之后,他一从石窟清扫回来,就径直来铺子帮助干活,不是烧火、挑水、择菜,就是刷碗、擦桌子、扫地,以致外人都以为我又雇了他当伙计。

一天晚上,吃客们走罢收拾完铺子,我们三个人在灯下择洗第二天要用的青菜,菊花婶忽然看定我和萧文轩说:"有句话我想说出来,不知你们俩愿不愿让俺老婆子说。"萧文轩立时催她:"有啥话你就说吧!"我也不在意地点点头,我当时根本没料到她会说:"我觉着你俩倒是挺好的一对,都是单身独户的苦命人,凑到一起不也好有个照应?文轩虽说小几岁,可也早到成婚的年纪,再说女大五,你不受苦,有吴姑娘的照应,你娃子会享福的。吴姑娘虽说能干,可没有男人撑个门户,过日子也艰难,单是这下雨、下雪天挑水的活儿就够你难的!⋯⋯"

我被菊花婶这话窘住,自从离开南阳离开汪世通,我从来不敢想再结婚成家的事。我心里暗暗埋怨菊花婶多事,萧文轩年纪轻轻长得清清秀秀,怎会看中我这个丑女人?这不是当面要我难堪吗?我正想找借口出门,不想萧文轩已讷讷地开了口:"我这边没啥,只要吴大姐愿意,就行。"我呆呆看定萧文轩那张羞得通红的脸,感到一阵意外的欢喜涌进心里。"你呢,吴姑娘?"菊花婶扭头问我。"我⋯⋯当然⋯⋯只是⋯⋯"

我没有说成句。

菊花婶笑笑,菊花婶说她"既是你们两个都没啥,那就商量商量啥时候办,我得先回去睡了。"说罢,朝我俩挤了挤眼睛开门走了。

屋里只剩下了我俩,他低了头没有说话,我稳定自己的情绪,轻轻问:"文轩,这是一件大事,我想知道你是真心愿意还是怕当我的面不好回绝。"他抬起涨红的脸说:"我是真心。"我想起当年汪世通对我说的那些好听话,不敢相信,忙又说:"我俩的年龄相差也大,我大你五岁,而且你注意到了吗?我长得可是丑,这脸上的麻子……"

"别那样说自己!"他开口打断了我的话,"你心肠好,我想和你在一起!"

他这句话揉暖了我的心,我冲动地朝他走过去,一下子把他的头抱在了胸口。他像一个孩子那样依顺地偎在我的怀里,许久许久一动不动。我激动地揉着他的头发,他的呼吸也在变急,他的手在我的身上触了一下,又胆怯地缩回。我意识到他还是童男子,该帮助他打破羞怯,我于是拿起他的手放在我的胸口上。他后来有些急了,但又不知该怎么做,只是慌乱得厉害,我不动声色地引导着他。看见他后来在我身上欢快地忙着时,我的心才也融化在一阵撼人心魄的快乐里……

这是我做女人以来过得最快活的一个夜晚。

我心里对文轩充满了感激,没有他,我这个丑女人根本不知道人生中还会有这样美好的时辰!那天早上,当晨光透过窗缝照进屋里时,我望着熟睡在身边的文轩,心里满足极了也舒畅极了,我在心里暗暗发誓,文轩,我这辈子一定要尽全力来保护你……

这之后不久,他就搬过来同我正式住在了一起。那时我还不明白,我和文轩的结合只是为了"感激",他感激我对他的照顾,我感激他对我这个丑女人的看重。我们的婚礼很简单,我只是炒了几个菜,请菊花婶一起坐下喝了顿黄酒。

我此生过得最好的一段日子就这样开始了。自然,我没料到它会那样短,短得让我一想起来就觉得那是一个梦,一个多么好的梦啊！后来我才想起当年靳岗教堂那个外国神父对我说的话：主以后也可能会给你补偿。我过的这段日子，大约就是主因为我丑而给我的一点补偿，是给我的一个短暂的安慰，他安慰和补偿我的目的，是想让我保持对他的虔敬。对于那些可能对他失去虔敬的人，他有时会稍稍给他们一点甜头，一点，就一点……

文轩当初跟他做塾师的父亲学过作画，后来到龙门石窟清扫，闲下来的时候，常常随便在找来的旧纸上边画些东西，有时画的是佛像，更多的时候是画那些来石窟上香的香客。一来二去，他作画的功夫就有很大长进，尤其是画起人像来，很是逼真，这就引起了香客们的注意。一些有钱的香客，就让文轩把自己的像画下来，在上边写个"画于龙门石窟"，以留作进香的纪念。那时没有照相机，文轩的画笔就差不多起到了照相机的作用。有些人让文轩画罢，还会扔几个钱给他，这使文轩很高兴，他常常拿了这些额外的收入，兴高采烈地回来。我也支持他多买些纸，把这桩好事坚持做下去。

他常要带一些画废的画稿和速写稿回家，回来就扔进我们床下的一破木箱里。对这些画稿，我闲的时候，也偶尔翻翻看看，一忙起来，就忘了。

春天的那段日子，我发现他每日回来，都去床下的箱子里找出一张画稿，在那里反复审看。我一开始并未在意，以为他是在自我品评琢磨画技，便没理会。有一次他又凝神看那张画稿时，我恰从他身后过，就也看了一眼，这才发现那是一张女人的画像，而且那女人的模样还很漂亮。我随口问道："这画的是谁呀？"文轩脸一红,有些吞吐地说:"一个香客。"我仍然没有放在心上。又过了些日子,我整理床下的东西,无意中在那个破木箱里看见,内中有十来张那个女人的画像,每张画里的姿势不同,这才一惊。我知道文轩作画一向是让人摆个姿势他照着画。这个女人让他画这么多的姿势,这说明他们是常见面的。这引起了我的猜疑,我决定弄个明白。后来在他去石窟清扫的日子,我就悄悄跟上去,果真见到了那女人。那是一个年龄比我轻的少妇,家境显然挺好,穿得很光鲜,人长得比文轩画的还要漂亮。她每隔三天来烧一次香,每回烧香都在那尊最大的佛像左侧一个石窟里烧,每回都是她刚把香点着,磕了头,文轩就过去了。两个人先是说一阵话,后来女人就在石窟外摆个姿势让文轩画。我不敢近前,听不清他们说些什么,不过,从文轩不时上前替那女人抿一抿被风撩乱的鬓发的动作看,两人已很亲昵。我的心一沉。

我开始打听那女人的来历。从其他的香客口中,我弄清了那女人是附近关林镇里一个姓白的大户人家的媳妇,男人久病在床,她频频来龙门石窟烧香是想祈求佛祖保佑她丈夫早日康复。她已是有夫之妇这一点让我多少得了安慰。

为了收住文轩的心,我更加尽心尽意地照料他的饮食起居,他过的可以说是衣来伸手饭来张口的生活。我把所有的好吃好穿都给了他,他在生活上任何一个要求我都想法去满足。他的身体明显地变得强壮起来,与我当初刚见他时相比,简直是换了一个人。我想用爱去把那个漂亮女人的影像从他的心里挤走。可我没料到,那个结局还是不依不饶地向我走来了。

那是一个挺热的中午,到吃饭的时候文轩还没回来,铺子里那阵刚好没有吃客,我就去石窟喊文轩回家吃饭。因为天热,整个石窟里已不见香客,显得很静。我估摸他可能又在哪个石洞里画佛像,就挨个石洞去找。我没有高声去喊,我的心里也有一点猜疑:他总不会是和那个女人在哪个佛窟里吧?我沿着伊河边把石窟走了将近一半的时候,前边一个洞窟里突然传出了文轩和一个女人的说话声,我的心一紧,急忙悄步靠近了去。他们两个人的说话声不高却很清晰,女的说:"我真是一天不见就想死你了!"文轩说:"我何尝不是?"女的道:"你骗我吧,你家有贤妻,还会想起我?"文轩道:"你是没见过我老婆,她人心是好,这点我着实喜欢,就是丑得怕人,刚成婚时我还能忍受,如今是一见她那张脸就难受恶心。人的脸相太重要了,不瞒你说,我和她做那事时,总吹熄灯闭了眼,把她的脸想象成你的脸,要不,就实在无兴致把事情做下去……"

我像被突然打了一棍,差一点瘫坐在那儿。我勉强退回来,躲进了另一个洞窟。我抱住那洞窟里的一个佛像,身子打起了冷噤。我随后在佛像脚下缩成了一团,我觉得我的身上从来没有这样冷过,在洞窟外伊河的流淌声里,我又一次听见了许多年前那个蓝旗袍女人的那声惊叫:"嗬,这丫头咋长这样丑?!……"

后来我眼前就出现了一片旷野,我看见我正在那片旷野上没命地奔跑,身后追着一个似狼非狼的东西,我跑,它追,我藏进草丛,它追进草丛;我躲在树后,它寻到树后;我溜进坟地,它冲进坟地。我最后筋疲力尽地被逼到了一条河边,我看见了一片水……

我最后离开我亲手建起的那个饭铺,离开我和文轩的家,离开龙门是在一个上午。那天上午文轩要去石窟做清扫的活儿,我没让他看出一点我要走的迹象。待他走了之后,我把我的衣裳打成一个小小的包袱放进菜篮,把家里积攒的钱拿了一半装到身上,我对菊花婶说我要去关林镇买菜顺便去裁缝铺剪两件衣裳,让她照管铺子,待她应声之后就出了门。邻人们同我打着招呼,但没有一个人知道我就要永离此处。走出龙门之后仍不时地回头,我尝到了恋恋不舍的滋味,说真的,这块我原先陌生的地方并没有亏待我,它给过我一段虽然很短却是真正快乐的生活。文轩也并没有让我生出气恨,他只是让我彻底看到了我此生的命运——我不适宜做男人的妻子,不适宜结婚成家,上天给女人们的这种权利并没有给我。

我是往东走的,并没有一定的目的地,我只是想再换一个完全陌生、远离龙门、远离南阳的地方。我边走边想着文轩中午回来见不到我时的那种慌乱,他会出来找吗?文轩,别找我了,我给你留下了饭铺留下了钱,你从此放心地和那个漂亮女人在一起吧……

我走了许多天,疲惫像绳索一样勒着我,我知道这种疲惫不仅仅是两腿是身子的疲惫。我时时以为疲惫就要把我的命拿走了,没想到它还算宽容,它容许我走到了开封城。

我一开始住在一家大车店里,后来在潘湖附近的一条巷子里租到了一间小屋。我对生活已无心做认真的安排,我随便地在一家寿衣店里找了个代缝寿衣的活儿,而后按照吃饭、干活、睡觉的习惯,无声无息地活下去。

我在开封这段日子里唯一值得说的一个人是那位箍桶匠。我那时还年轻,年轻的我虽然不敢再去想任何结婚成家的事,可身子还有对男人的本能要求。对这种要求,我先上来是压,是想毁了它,但它很可怕,它能随着时间的延长一日一日地长高变大,压制它不仅要耗费我很大的精力而且很痛苦。我最后实在受不了它的折磨,我想我的生活本来就没人来关注来关心,本来就已经很糟,何必再要受这种折磨?身子想要,给它找来不就行了?!我就是在这种情况下去找来了那个箍桶匠。当然,那时我根本没想到会因此怀孕,根本没想到找来的男人会做父亲。我当时想的只是找一个男人!这男人在地位上和我差不了多少,而且这个男人必须也丑!他丑,他对我就不敢挑剔;他丑,我和他就处于了平等地位;他丑,我的心才不会因为感恩而变得别扭,才不会觉得欠了他什么;他丑,我才能向他提出我的苛刻条件:不许他主动找我,不许他探问我的姓名身世,不许他向我提任何别的要求。

我于是在做寿衣的间隙,按照我的标准,在街巷间做苦力活的男人间用眼睛挑选。我曾暗暗地相中了两个人:一个是位钉鞋的,半边脸被火烧坏了,看上去挺丑,但我总担心他丑得还有点轻,他还有半边脸是好的,而且他可能还记着他的脸在没烧坏时的样子,他看见我也可能还会有一点优越感。不,不能要他!第二个是一个编竹筛的篾匠,秃头,而且左耳朵上还有个很大的豁口,要说也挺丑,可我还是有点犹豫,因为他的脸还有点看头,两只眼挺有神,我担心他会拿他的眼和我的眼相比从而觉得是屈就于我。不,不能要他!决定了不要这两个之后,我才又去了城边的那个箍桶铺子。

铺子很小，就他一个人忙活。我从他那间小铺门前走过时，他正在箍一个木桶，他用木槌敲砸桶箍的响声引得我停步扭头看了他一眼。他长得可真让人意外，他的鼻子塌了，不是我这种不挺的鼻子，是基本上不见什么鼻梁的那种塌；他的两眼都有毛病，一只眼里有一块很大的翳，另一只眼的眼皮不仅外翻还发红；他的两个嘴唇厚得出奇，门牙也大得出格。

我当时一看见箍桶匠的这副相貌，立时在心中决定：就是他了！我想，以他的这个模样，他站在我面前是绝不会有任何优越感的，我要的就是这一点，我找的也就是这种男人！我于是借口找水喝走进了他的铺子。我断定平日一定很少有女人走进他的铺子并同他搭话，因为他一见我进门便赶紧扔下手中的活过来殷勤地招呼，听说我要喝水，又忙跑进里间把碗刷了又刷，而后恭恭敬敬给我端一碗凉开水。我看得出他是一人过活。我坐在他对面，有一句没一句地同他说话，与此同时我装作擦汗把上衣的扣子解开了两个，他一见我露出的胸脯眼睛立时直了。我一见他的样子知道对他可以直来直去，于是就荡笑——我是第一次这样笑——着问他："想吗？"我的突然发问使他吃了一惊，他先是不知所以地慌望着我，后来见我又把扣子解开了一个，才明白了我的问话而涨红了脸讷讷着说："我没有多少钱。"我笑了，我说："我不是卖身的妓女，我不要钱，我只要你答应我三个条件就行！"他听我说罢三个条件，喜出望外地连连点头。

我没有再说什么就起身向他的睡屋走，甚至也没问他的姓名。他慌慌地关上铺门也走了进来。我们基本上没有说话，我们只是很快脱了衣裳抱在一起,在他那张油油腻腻的床上像野兽一样滚动起来,我们之间没有任何感情需要表达,我们只需要身体的满足。事情做完我拒绝了他要我留下吃饭的好意,带着身子的满足和心里对他的厌恶走出了他那偏僻冷清的箍桶铺子。

这之后,每隔一段日子,每当我想要的时候,我就去一次他那儿。我一去,他便像迎接皇上一样地忙这忙那,尽力为我准备了些他认为好吃的东西。但我通常不吃,也很少同他说话,我只要我愿意要的。偶尔,我也会指使他为我干点事,比如为我洗洗脚、剪剪脚指甲或为我把内衣内裤洗洗,他每件事都小心地照办。看到他像狗一样如此听使唤,我不止一次地想:假若他是个英俊魁梧的男子汉,他在我这个丑女人面前还会这样吗?他是因为比我还丑才在我面前失去了仗恃。

我在和他的交往中没有任何心理障碍,我愿做什么就做什么,想怎么做就怎么做,不必顾虑他有什么不快,不必担心他有什么不满,我第一次在男人面前觉得自由自在。

我那时根本没想到我还会怀孕。丑已经使我不敢像别的女人那样去抱这种希望,所以直到孩子在我肚子里有了动静我还不敢相信,直到诊所里的大夫正式告诉我是"有喜了"我才一惊。

我最初感到了无比的欢喜。啊,我也可以像那些漂亮女人一样有一个孩子了!我将来也可以拉上我的儿子或女儿在人面前自豪地走来走去了。将来,我要带着我的孩子回去了。将来,我要带着我的孩子回到南阳,让我的爹、娘和姐姐、妹妹、哥哥、弟弟他们见,让那个钉马掌的狗男人也看看!……

但接下来我就不能不去想孩子将来的模样会像谁,而一想到这一点我便感到了一阵彻心的恐惧:像我?不行!像箍桶匠?更可怕!我那时还不知道我怀的是个女儿,我以为是个男孩,我在心里想象着这个男孩的相貌,那个男孩一会儿长了我这张脸一会儿又长了箍桶匠那张脸,这两张脸都让我禁不住打了个寒噤。

我就在这种恐惧不安中迎来了孩子的出生。孩子落地是在一个半夜,我预先变换住处,没有人知道我这个孕妇是从什么地方来的,我掏钱请来了一个接生婆。我知道我不能惊动邻居,我把塞到嘴里的被角咬穿咬烂,到底没喊没叫就把孩子生下来,当我听说是个闺女时,顷刻就晕了过去。接生婆照顾了我三天,从第四天起,我下床料理一切。

我之所以一听说是女孩就晕了过去,并不是因为不想要女儿,我实在是担心女儿的长相像我或像她爹,相貌对于男人重要,对于女人更重要,我的经历使我太清楚这一点了!一个女孩,不论长得是像我还是像她爹,都会有一大堆苦难在等着她。

那些天我陷入了痛苦的矛盾中,一方面为她的出生感到自豪高兴,尤其是当她——我给她起名么么——的小嘴噙住我的奶头甜甜吸吮时,一种难以言说的快乐和幸福就如温水一样浸润着我的全身;另一方面却是为她日后的相貌担心害怕,觉得她还是不出生为好。我常常看着那张暂时还辨不出像谁的脸在心上猜测她长大后的模样,我有时把我这种丑脸安到她的脸上,有时把她爹那张更丑的脸安到她脸上,我的心就在这种猜测中变得越来越凉。

有一天我听说汴京医院来了个高明的大夫,我虽说没有满月,仍包着头巾专门跑去问那个大夫:两个长相丑的男女能不能生出一个漂亮女儿?那个大夫沉吟一刹那之后摇摇头说:"恐怕不能,我还没有见过这种先例。孩子通常是要和父母的长相相像的,有时可能更像母亲一点,有时可能更像父亲一点,有时这一点像父亲,有时那一点像母亲,有时集中父母的优点多一些,有时集中父母的缺点多一些,但完全不像父母的孩子没有!这是上帝行使他神秘法力的结果,我们个人无法改变!……"

大夫的话更加重了我的恐惧,我仿佛已经看出九岁的幺幺和我当年九岁时一样,正听着一个蓝旗袍女人的惊叫:嚛,这丫头咋长这样丑?!我好像看见幺幺和我当年一样,正坐在教室里面对同学们的轻视而咬牙忍受着屈辱。我似乎看见幺幺在小伙子们的侧目而视之下捂着脸呜咽。我还分明看见幺幺的丈夫在挥拳打她。我看见我所曾经历的一切她都在重新经历……

不,我决不能让我的孩子去受这份罪!这种罪不是我的幺幺能受得了的!可是咋样才能不使她承受这份罪?

我想了一天又一天,直直地想到她满月,到底也没想出啥法子。我最后明白了,只要让她长大,让她活下去,那份罪她就非受不可,要想躲开这份罪这份苦,办法只有一个,就是让她绕开人世这段路,提前离开这个人世。我那时想,这和走路应该一样,你明明看见前边有好多泥坑,干吗还照旧往前走?咱干脆绕开它,提前拐上人人最终都要走的那条路,不是也行?不是更好?

我当时被自己的这些想法吓了一跳。

可我又想了几天,觉着还是只有这个法子好,我最后下了决心是在那个无月无星的阴沉沉的夜里。我烧了一大盆开水,我用扇子把开水扇成温水。我先伸出右手,去把裹幺幺的小被子解开。她当时已经睡着,大约是略略有些冷的缘故,她蹬了几下小腿哭了。我紧忙把奶头填到她的嘴里,她吸了几口就又睡了过去,我于是抱着睡熟了的她走向水盆。我长长地亲了她一口,又用左脸贴了贴她那粉嫩的脸蛋,而后双手托着她,轻轻地把她往水中放,水温正好,不热不凉。她的身子刚触到水时悸了一下,眼一下子睁开,随后大约因为温水使她感到惬意,她把眼又慢慢合起,身子不再动。幺幺没有哭,幺幺是无声地仰身沉入水中的,当水漫过她的脸时,她的两只小手和两条腿都拨动了几下,有一串水花咕嘟嘟地漂上了水面。我扭过了脸,我怕我的心变软。我就是在这时看见幺幺欢笑着向那条路跑去的,我看见那条路上虽然没灯,有些黑,但路很光很平,路两旁有草有花,走在路上的人谁也看不清谁的脸,人们只管说说笑笑地往前走,我听见她的笑声很高……

  大约是两个来月后的一个后晌,我正在家里呆坐,忽然看见幺幺的爹走进门来。我吃了一惊,同时也有些生气,我说:"你来干啥?当初咱们咋订的条件?"他讨好地笑笑,他说他想我,找了好久好久才找到这儿来。我说:"你滚!"他央求说:"让俺坐一会儿。"我扭过脸,没有理他。没想到他的眼挺好用,他看见了放在床头的一件幺幺的衣裳。那件衣裳是我夜里抱着睡觉用的,抱着幺幺的衣裳睡我能睡得踏实。他问那是啥,我说那啥也不是。他问是小孩衣裳?我说是邻居家孩子在这儿玩时丢下的。他说:"我啥时候也能有个孩子就好了,不管是儿子还是闺女。"我的心一颤,我说:"你做梦吧!"他说:"是哩,我常做梦。常常梦见我有一个孩子。"我说:"你咋不拿个镜子照照你自己?就你那个丑模样还想要孩子?!"他说:"我样子是丑,可丑人也该有后代,要是不让丑人有后代,这世上没有了像我这样很丑的人,那些丑得很轻的人就成了丑子!世上要是没有了丑得很轻的人,那些原本不丑的人就成了丑子!人总是要在对比中分个美丑吧?这世上早晚得有丑子,没有丑子,咋能显出另外一些人的漂亮?……"

这是我第一回听他说这么长的话,我没想到他还挺能说的,我觉得他这些话有点像风,把我心里原有的一些东西刮得摇晃了。我说:"晚了。"他问:"啥子晚了?"我说:"没啥晚了。"他又问:"咋叫晚了?"我说:"晚了就叫晚了!"我没想到他那样丑的人还很机灵,他竟从我的话里听出了名堂,我看见他猛跑到床前抓起幺幺那件衣裳放到鼻子前闻,而后转向我急急地说:"我闻出来了,这衣裳上有奶味,告诉我这衣裳究竟是哪个孩子的!"我坚持说,是邻居家的。他两步扑到我面前,一把撕开了我的上衣摸着我的奶子叫:"你奶子大了,你肯定喂过孩子!告诉我,是不是我们有了孩子?!"我这时有些怕,我推开他的手说:"你滚开去做梦吧!"他说:"有!一定有!我从你的眼里看出了,告诉我,他(她)在哪儿?让我看看,我是他(她)的爹!"我看他猜准了,不想再瞒,就说:"晚了。"他闻听抓住我的领口瞪了眼叫:"你咋总说晚了?"我说:"她日后会像你我一样丑,我怕她受苦,提前送她到那边了!"他闻言骇极地把眼瞪大,随后疯了样地一边扬拳向我砸来一边吼道:"你这个丑女人噢!——"

他在把我打倒之后踉跄着捂脸出门走了,我看见他的背影摇摇晃晃,那是我最后一次见他。他留给我的最后的礼物是那句怒骂,他那句怒骂和几十年前那个蓝旗袍女人的那声尖叫混在一起,常年在我的耳边响着……

如今,我只要一看见水,我就能看见我的么么,我看见她长高了,看见她长壮了;就能听见她在笑,笑声又响又脆。喏,看见了吧,她就站在那儿,有水草的那片水上……

附1:一点说明

注意到那位老人是在一个无风而多云的后晌。我在那个后晌走进河边那片坐满了老人的绿地时并没有要结识谁的目的,我只是想散步歇息。这是一个适宜老人们闲坐的地方:脚下那层翠绿的葛麻草除了给人一种柔软感之外,还散发着一股青鲜之气;静卧一边的河水虽然有些碎纸、易拉罐漂浮其上,可还透着清;被风捏弯了腰的几十棵柳树,枝条如长须一样下垂;有几只雀儿在柳树枝上蹦蹦跳跳练着脚力;几只蜻蜓在水面上来回寻觅着什么。老头老太太们三五成群地散坐着,有下象棋、编提篮的,有读报纸的,更多的则是在那儿絮语家常。我双眼散漫地掠过他们,就在我要把目光收回时,一个人的神态引起了我的注意。这是一位独坐河边的老太太,她的年龄挺高衣衫破旧,一双眼定定地盯着水面,脸上浮着一种慈祥而欣悦的笑容。以她的年纪和穿着,如果盯住河水发愣发呆还可以理解,可她这样子笑却不能不令我感到好奇,就是这种好奇令我朝她走了过去。她显然沉浸在一种什么思绪里,并没听见我已走到了她的身边,仍面带那种笑容盯着水面。我问候了一声:"老奶奶,你好!"她才慢慢转过脸来,惶惑地望着我。我便做了自我介绍,在她身边坐下企图同她聊起来。但她显然无意同我这个陌生人说话,便简短地应了一声就沉默了,我见状只好又缓步走开。

此后我又数次去过河边,每回都见那老人独坐河边笑着看河水,这就使我对她的好奇愈加变浓,便想尽办法过去同她搭讪攀谈。我多次的努力总算没有白费,终于有一天,她开了口,断断续续地说出了上述的故事。

附2:《古城晚报》10月21日消息一则

一老妇在城南河中溺水死亡

记者王汪报道:今日中午12时10分左右,有人在城南河里发现一老太太溺水,待救上岸时已停止呼吸。死者七十多岁,姓吴,孤身生活。据远处的目击者说,她好像要下水去捞抱什么东西,径往水里走。记者提醒本城居民,注意照料好家中的高龄老人,劝止他们独自到河边去洗刷东西,以防再次发生此类溺水事件。